Allein mit Mr. Darcy

EINE VARIATION VON STOLZ UND VORURTEIL

Abigail Reynolds

übersetzt von

Nicola Geiger

White Soup Press

Inhaltsverzeichnis

Für
Snowdrop,
weil sie sich furchtlos in die Geschichte gestürzt hat
und allen Widrigkeiten zum Trotz einen außergewöhnlichen
Lebenswillen gezeigt hat.

Kapitel 1

ER ERINNERTE SICH AN diese alte Eiche, die mit dem gespaltenen Stamm. Wie ein Gigant, der ein Stück vom Himmel für sich beansprucht, war sie in vollem Grün gestanden, als er das erste Mal mit Bingley nach Meryton geritten war. Jetzt hingen ihre kahlen Äste über die Hecke hinweg, als ob sie nach einem unachtsamen Reisenden greifen wollten. Aber Darcy war alles andere als unachtsam.

Er kannte die Gefahren, die auf seiner Reiseroute lauerten, ganz genau. Sie führte zu Miss Elizabeth Bennet mit den schönen Augen, die Frau, die ihn beinahe hatte vergessen lassen, wer er war und was er zu tun hatte. Aber das hatte nun ein Ende. Er hatte diese Schwäche besiegt und hinter sich gelassen. Seine Reise nach Meryton diente einem Zweck und diesem allein, und sie wiederzusehen gehörte nicht dazu.

Die meisten seiner Bekanntschaften in Meryton waren in seinem Gedächtnis bereits verblasst. Er konnte sich kaum noch an deren Gesichter erinnern, aber diese kleine Haarlocke, die Elizabeths Haarnadeln entwischt war und über ihren Nacken getanzt war – *daran* erinnerte er sich in jedem qualvollen Detail. Er konnte ihren Duft nach

ALLEIN MIT MR DARCY: EINE VARIATION VON STOLZ UND VORURTEIL

Lavendel praktisch riechen und sehen, wie sich das Kerzenlicht in dem gravierten Silberanhänger spiegelte, den sie zum Ball auf Netherfield an ihrer Kette getragen hatte, der seine Augen magisch angezogen und ihn in Versuchung gebracht hatte. Ihr melodisches Lachen, ihre schönen Augen, die blitzten, wenn sie etwas vergnügte, dieses blassblaue Kleid, das sie getragen hatte, als Caroline Bingley sie aufgefordert hatte, mit ihr durch den Raum zu schreiten. Das Sonnenlicht hatte durchgeschienen, als sie damit vor dem Fenster entlang gegangen war, ein Bild, das sich in seine Seele eingebrannt hatte. Aber jetzt hatte er all das hinter sich gelassen. Falls sich ihre Wege heute kreuzen sollten, würde er nichts fühlen. Er hatte sich wieder unter Kontrolle, er war der Herr von Pemberley und seines eigenen Schicksals.

Der eisige Wind blies ihm um die Ohren und in seinen Kragen hinein, als ein paar träge Schneeflocken durch die Luft tanzten. Mit der freien Hand zog er seinen Schal enger um den Hals und schlug den Kragen seines Mantels mit den mehrlagigen Schultercapes, um die er bei diesem Wetter froh war, hoch. Seine dicken Lederhandschuhe waren pelzgefüttert, nichtsdestotrotz wurden seine Finger langsam taub, als er die Zügel hielt. Es wäre klüger gewesen, bei diesem Wetter die Kutsche zu nehmen, in der er einen warmen Ziegelstein zu seinen Füßen und einen weiteren für seine Hände gehabt hätte, doch er hatte sich für die Freiheit entschieden, kommen und gehen zu können wann immer er wollte, wenn er Meryton erreichte. Nur noch ein paar Meilen lagen vor ihm. Seine tauben Finger spielten keine Rolle. Je schneller er es hinter sich gebracht hatte, desto schneller würde er wieder glücklich sein.

Er blinzelte zum grauen Himmel hinauf. Er war klar gewesen, als er London verlassen hatte. Nun war er vollkommen von Wolken verhangen, doch das ließ ihn kalt. Wolken entsprachen eher seiner Stimmung, als blauer Himmel und Sonnenschein. Bald schon wurde der Schnee dichter und der Wind frischte auf.

Ein ernsthafter Schneesturm könnte ihn über Nacht in Meryton festhalten und das war unannehmbar. Die Leute würden ihn erkennen und Fragen stellen. Vielleicht sollte er umkehren und ein Gasthaus an der Hauptstraße finden. Jedoch war er weder mit seinem Kammerdiener noch mit Wechselkleidung für einen weiteren Tag angereist, und wenn er den Schneesturm über Nacht in einem Gasthaus aussitzen müsste, würde er am nächsten Tag nicht annehmbar aussehen, wenn er nach Longbourn reiten müsste. Es war schon schlimm genug, dass er die Spuren seines langen, kalten Ritts nicht würde verbergen können. Nicht dass er es nötig hatte, irgendjemand auf Longbourne zu imponieren – bei Weitem nicht. Er hatte nicht vor, bei irgendjemand irgendwelche Hoffnungen zu wecken. Nicht die Geringsten.

Wahrscheinlich war es nur ein kurzes Schneegestöber, das bald wieder vorüber sein würde.

Ein Windstoß blies ihm den Schnee direkt ins Gesicht. Mercury warf seinen Kopf zurück und wieherte, vermutlich war er unglücklich mit dem Schnee, der ihm in die Augen wehte. Wahrscheinlich hatte er noch nie zuvor Schnee gesehen. Darcy beugte sich vor und tätschelte ihm seitlich den Kopf, aber die Ohren des Pferds blieben angelegt. Vielleicht war es ein Fehler gewesen, den jungen Hengst statt eines seiner erfahrenen Pferde zu nehmen.

4

ALLEIN MIT MR DARCY: EINE VARIATION VON STOLZ UND VORURTEIL

Nun schneite es stärker und es wurde zunehmend schwieriger, den Verlauf der Straße in der Ferne noch zu erkennen. Teufel nochmal, er würde umkehren müssen. Aber als er an Mercurys Zügeln zog, bäumte sich das Pferd wild auf, anstatt umzukehren. Plötzlich spürte Darcy nichts als Luft unter sich.

ELIZABETH BENNET SCHOB ihre eisigen Finger tiefer in ihre Wollhandschuhe und wünschte sich, Lydia hätte nicht schon wieder den Muff für sich beansprucht. Natürlich würde Lydia darüber nur lachen und sagen, dass sie selbst schuld war, wenn sie den langen Weg von der Kirche nach Hause lief. Lydia würde ihr Bedürfnis, den anderen für eine Weile zu entkommen, nie verstehen, und heute wäre sie wahnsinnig geworden, wenn sie nicht ein wenig Zeit für sich selbst gehabt hätte.

Warum, warum nur, hatte sie zugestimmt, Charlotte in Kent zu besuchen? Das Letzte, was sie sich wünschte, war die lange Reise nach Kent zu unternehmen, nur um die angebliche Freude zu haben, sich ein Haus mit Mr. Collins und all seinen lächerlichen Plattitüden und Schmeicheleien zu teilen. Wie konnte Charlotte nur einer Ehe mit diesem Dummkopf zustimmen? Was war mit ihrem gesunden Menschenverstand geschehen? Elizabeth wäre lieber eine arme alte Jungfer, als einen Mann zu heiraten, den sie nicht respektieren konnte.

Und dennoch war es unmöglich gewesen, die Einladung abzulehnen. Wenn Charlotte sie nur nicht direkt an der Kirchentüre gefragt hätte, wo alle um sie herum gestanden waren! Dann hätte sie womöglich eine Ausrede gefunden, durch die sie den Besuch hätte vermeiden können. Aber jetzt war sie darauf festgenagelt, denn jeder in der Stadt wusste, dass sie im März nach Kent fahren würde. Oh Freuden – sie würde ganz bestimmt in den *großen* Genuss kommen, die berühmte Lady Catherine de Bourgh ebenfalls kennen zu lernen. Das würden keine fröhlichen Ferien werden.

Der Schnee fiel nun wirklich dichter vom Himmel, wirbelte um sie herum und zeichnete die Welt in allen Schattierungen von Weiß. Wie könnte sie wiederstehen, ihre Zunge herauszustrecken und eine Flocke zu fangen, auch wenn sie schon halb erfroren war? Von ihren Schwestern war sie bei diesem Spiel immer die Beste gewesen und Schneeflocken zu fangen war wesentlich angenehmer, als an einen Besuch bei Charlotte und ihrem schrecklichen Ehemann zu denken. Ihre kalten Finger waren vergessen, als sie den Weg entlang tanzte, und hier und da anhielt, um die schönen Formen der Schneeflocken zu bestaunen, die auf ihren Handschuhen landeten. Keine war wie die andere zuvor! Wenn es nur eine Möglichkeit gäbe, die phantasievollen Formen zu erhalten. Doch innerhalb von Sekunden waren sie schon wieder zu nichts als einem kleinen Tropfen Wasser geschmolzen.

EIN GLÜHENDES MESSER bohrte sich in Darcys Schädel. Warum? Er wollte nur schlafen. Endlich war die Kälte verschwunden. Wenn nur das Messer dasselbe täte!

„Mr. Darcy, Mr. Darcy!", rief ihn eine weibliche Stimme drängend. Er wollte sie ignorieren, doch irgendwie kam sie ihm bekannt vor. Angestrengt zwang er sich dazu, die Augen zu öffnen, nur um Elizabeth Bennets Gesicht wenige Zentimeter von seinem eigenen entfernt zu entdecken. „Sie", sagte er deutlich, „sollten nicht hier sein."

„*Ich* sollte nicht hier sein?" Ihre Stimme erhob sich schrill, als sie sprach. „Sie sind derjenige, der... ach, vergessen Sie es. Geht es Ihnen gut genug, dass Sie gehen können?"

„Gehen? Warum sollte ich gehen wollen?"

Sie schloss die Augen als ob sie versuchte, innerlich Geduld aufzubringen. „Weil es schneit und Sie verletzt sind."

„Ich bin nicht verletzt. Ich ruhe mich lediglich aus."

Dieses Mal zuckten ihre Mundwinkel. „Ich verstehe. Sie haben sich dazu entschlossen, eine Pause am Wegesrand einzulegen, mitten in einem Schneesturm mit einer Platzwunde am Kopf. Eine sehr interessante Wahl, Mr. Darcy. Ich persönlich würde Ihnen für das nächste Mal ein warmes Bett empfehlen."

Wie verlockend diese Lippen waren! „Ein warmes Bett klingt gut, jedoch wohl kaum zum Ausruhen."

Elizabeth wandte sich ab, und er meinte, sie lachen gesehen zu haben. „Kommen Sie, Sir. Ich muss Sie in Sicherheit bringen. Ich fürchte, dass Sie durch Ihren Unfall verwirrt sind."

Er runzelte die Stirn. Hatte sie ihren sonst so scharfen Verstand verloren? „Ich habe Ihnen schon gesagt, dass ich nicht verletzt bin."

Seufzend zog sie ihren Handschuh aus und berührte mit ihren Fingern das glühende Messer, das sie dadurch nur noch tiefer in seinen Schädel stieß. Er fuhr zusammen, als sie ihm ein blutiges Taschentuch vor die Nase hielt. „Sir, Sie bluten.

Landläufig wird das als Anzeichen für Verletzungen angesehen."

Machte sie sich über ihn lustig? Er versuchte, sich aufzusetzen, da es nicht höflich war, sich in Anwesenheit einer Lady hinzulegen, aber das Messer bewegte sich schmerzhaft und er musste sich auf die Lippe beißen, um nicht laut aufzuschreien. Er war also *doch* verletzt. Das erklärte Einiges. „Ah, ja, ich vermute, Sie haben Recht."

Eine eisige Windböe blies über sie hinweg. Elizabeth packte ihren Hut und hielt ihn sich auf dem Kopf fest. „Mr. Darcy, der Sturm wird schlimmer. Hier können wir nicht bleiben."

„Wo sind wir?"

„Auf der Straße nach Hatfield. Waren Sie allein unterwegs?"

„Ich glaube...", vorsichtig schüttelte er den Kopf, worauf ihn wieder dieser brennende Schmerz durchfuhr. Er konnte sich nicht daran erinnern, wie er hier her gekommen war. Aber *das* würde er Miss Bennet gegenüber sicherlich nicht zugeben.

„Macht nichts. Denken Sie, dass Sie stehen können?"

Der Schnee wehte nun schräg von der Seite auf sie und kleine Eiskristalle gruben sich stechend in seine Wangen. Er biss die Zähne zusammen, um den unvermeidlichen Schmerz zu ertragen, als er mit steifen Muskeln taumelnd aufstand und sich den Schnee von seinem Mantel streifte, der sich über die Zeit hinweg dort angesammelt hatte. „Ich muss ein paar Minuten lang bewusstlos gewesen sein."

„Nach der Menge Schnee zu urteilen, die auf Ihnen lag, befürchte ich, dass man wohl von mehr als nur ein paar

Minuten ausgehen muss. Sie müssen halb erfroren sein. Vielleicht sollten Sie mein Taschentuch auf Ihre Wunde pressen, damit Sie nicht wieder zu bluten beginnen." Sie stand mit halb ausgebreiteten Armen da, als ob sie jederzeit damit rechnete, ihn auffangen zu müssen.

Er brauchte ihre Hilfe nicht, auch wenn der Boden unter ihm deutlich schwankte. „Mir geht es gut. Können wir in der Nähe irgendwo Unterschlupf finden?"

„Meryton ist beinahe drei Meilen entfernt, wobei es auf halben Weg eine Schänke gibt, in der Sie sich am Feuer wärmen könnten."

Zwei Meilen. Er versuchte, einen Schritt zu gehen, und dann noch einen. Die Welt verschwamm immer wieder vor seinen Augen. Durch den Nebel aus Schmerz sagte er „Ich fürchte, dass das über meine Kräfte geht. Dürfte ich vorschlagen, dass Sie Hilfe holen, während ich hier bleibe?" Um Hilfe zu bitten war immer bitter. Sie von Elizabeth Bennet erbitten zu müssen, war noch schlimmer.

Elizabeth blickte zum Himmel, konnte durch den dichten Schneefall aber nicht viel erkennen. Dann sah sie auf die Stelle hinab, wo er gerade gelegen hatte, die sich schon wieder zur Hälfte mit Schnee gefüllt hatte. „Ich wage es nicht, Sie bei diesem Wetter so lange allein zu lassen. In der Nähe steht eine Arbeiterhütte. Dahin werde ich Sie bringen und von dort aus Hilfe suchen." Sie biss sich auf die Lippe. „Die Unterbringung mag nicht das sein, was Sie sonst gewöhnt sind, aber es wird warm und trocken sein."

„Ich war zuvor schon in ärmlichen Hütten. Mehr als warm und trocken kann ich nicht verlangen." Warm und trocken klang im Moment wie der Himmel.

9

WAR SIE AN DEM KLEINEN Cottage schon vorbeigegangen? Es könnte durch den dichten Schnee nicht zu sehen gewesen sein – schließlich konnte sie keine dreißig Schritte weit sehen. Sie brauchten viel länger als sie es in Erinnerung hatte. Ihr war es so vorgekommen, als wären nur ein paar Minuten vergangen, nachdem sie auf ihrem Streifzug an dem Cottage vorbeigegangen war und bis sie Mr. Darcy am Wegesrand gefunden hatte, jetzt hatte sie jedoch das Gefühl, als würden sie schon viel länger durch den Schnee stapfen. Mr. Darcy behauptete, dass das Laufen für ihn nicht anstrengend sei, was wesentlich glaubhafter wäre, wenn er nicht bei jeder Windböe ins Taumeln geraten würde.

Sie mussten es irgendwie verpasst haben. Was sollte sie jetzt tun? Sollte Sie vorschlagen, umzukehren? Wenn sie in dieser Richtung weitergingen, würde sie das nur noch weiter über die offenen Felder führen. Auf der Straße würden die Chancen besser stehen, gefunden zu werden... wenn sie die Straße *finden* würden. Vielleicht liefen sie ihm Kreis herum. Wenn nur das Zittern aufhören würde, damit sie klar denken könnte!

Ihr Stiefel stieß an ein verborgenes Hindernis und ein heftiger Schmerz durchfuhr ihren Fuß. Offensichtlich waren ihre Zehen noch nicht so taub vor Kälte, wie sie gedacht hatte. Sie ging in die Hocke und wischte über die Stelle, die ihr Fuß erwischt hatte. Ihre Finger erfühlten die Form, bevor ihre Augen sie sehen konnten. Ein Grenzstein – die Hütte musste ganz in der Nähe sein! Sie legte ihre Hand auf Mr.

Darcys Arm und sah sich sorgfältig um. Dann sah sie, gleich zu ihrer Linken, die Umrisse nur ein blasser Schatten in der verschneiten Welt. Wenn sie sich nicht den Fuß gestoßen hätte, wären sie direkt daran vorbeigelaufen.

„Da ist es!" Sie eilte zur Tür und hämmerte dagegen. Keine Antwort. Sie klopfte wieder. In den Fenstern war kein Licht zu sehen. Sicherlich waren die Eigentümer bei solchem Wetter nicht ausgegangen. Was, wenn das Cottage unbewohnt war? Sie hätte keine Möglichkeit, Feuer zu machen. Aber das war jetzt nicht die richtige Zeit, sich darüber Gedanken zu machen. Sie fror und Mr. Darcy war verletzt. Sie hob den Riegel an und schob die Tür auf.

Der Innenraum war dunkel, abgesehen von dem schwachen Licht, das durch ein kleines Fenster herein fiel, aber glücklicherweise blies hier der Wind nicht so, der draußen an ihr gezogen und gezerrt hatte. Zumindest war man nicht der *Kraft* des Windes ausgesetzt, an den Wänden konnte man ihn aber immer noch rütteln hören. Drinnen waren nur ein paar spärliche Möbelstücke zu sehen und der Lehmboden war mit Stroh ausgestreut worden. Zu ihrer Linken befand sich die Feuerstelle, eine kleine Nische von der aus ein Abzug nach oben weg führte, der im Kamin endete und den Innenraum rauchfrei hielt. Am oberen Abschluss war ein Kessel an drei dicken eisernen Ketten aufgehängt. Elizabeth ging direkt auf die Feuerstelle zu, kniete sich auf die niedrige, immer noch leicht warme, gemauerte Stufe davor und benutzte den kleinen Handbesen, um die Asche, die das Feuer in der Mitte des kleinen Bereichs umgab, wegzukehren. Dem Himmel sei Dank – ein paar Kohlen glühten noch! Die Pächter mussten nur für den Tag fort gegangen sein. Sie pustete auf die Kohlen, wie sie es die Dienstmädchen hatte tun sehen, wurde aber nur mit einer Wolke aus Asche und Staub belohnt. Sie hustete und wedelte ihre Hand vor der Nase, um sich von der Asche zu befreien.

Mr. Darcy kniete sich neben sie, seine langen Finger legten ein Stück Anfeuerholz nach dem anderen über die Kohlen, dann lehnte er sich vor und pustete behutsam darauf. Dieses Mal erschienen kleine Flämmchen und mit unerträglicher Langsamkeit fing das Holz Feuer.

Elizabeth ließ sich auf ihre Hacken zurücksinken und sah zu, wie er zwei Holzscheite über den Zunder legte. Sie zog ihre Handschuhe aus und hielt ihre Hände gegen das sich langsam entfachende Feuer. Sogar diese schwache Wärme fühlte sich himmlisch an. Sie würde nur lange genug bleiben, um ihre Finger wieder komplett aufzuwärmen. Wenn sie es sich zu gemütlich machte, würde sie sich nicht mehr dazu aufraffen können, wieder in die Kälte hinaus zu gehen. Beim Gedanken, ihre nassen Handschuhe wieder anziehen zu müssen, war ihr zum Heulen zumute.

Glücklicherweise schien es Mr. Darcy besser zu gehen, zumindest wirkte er weniger verwirrt. Als er die Flammen anstarrte, als ob seine bloße Willenskraft sie dazu bringen könnte, höher zu schlagen, versuchte sie, einen Blick auf seine Wunde zu erhaschen. Offensichtlich floss kein Blut mehr heraus, doch mehr konnte sie unter seinem dicken, vom schmelzenden Schnee durchnässten, Haar nicht ausmachen. Sie nahm an, dass ihres auch nicht besser aussah, doch immerhin war ihr Kopf bedeckt, auch wenn ihr Hut die Nässe nicht hatte abhalten können. Aber darum sollte sie sich jetzt keine Sorgen machen. Sogar Mr. Darcy, der sonst so viel Wert auf seine Erscheinung legte, sah derangiert aus.

Die Erschöpfung kroch ihr in die Glieder, sie kämpfte jedoch dagegen an, denn ihm gegenüber wollte sie keine Schwäche zeigen. "Ich muss jetzt gehen, aber ich werde Ihnen so bald als möglich Hilfe schicken."

Er wandte ihr das Gesicht zu, eine Seite im Schatten, die andere fing das Licht des Feuers ein. Er sah erschöpft aus. "Miss Elizabeth, ich rechne Ihnen Ihren Mut hoch an, aber Sie können nicht wieder in diesen Sturm hinaus gehen. Wie sollten Sie zur Straße zurück finden, wenn sie nur ein paar Fuß weit sehen können? Nein, wir müssen hier bleiben, bis der Sturm wieder nachlässt."

"Ich kann nicht hier bleiben! Es wird bald dunkel sein." Und wenn sie hier nach Einbruch der Dunkelheit festsitzen würden, dann würde sich ihr guter Ruf nie wieder davon erholen, auch wenn jeder wusste, dass sie nicht attraktiv genug war, um Mr. Darcy in Versuchung zu bringen.

"Die Situation ist ungünstig, aber wir haben keine andere Wahl. Ich werde Sie nicht Ihr Leben in diesem Sturm riskieren lassen."

Er würde sie nicht lassen! Elizabeth zählte langsam innerlich bis zehn, ehe sie erwiderte: "Das ist *meine* Entscheidung, Sir, und ich habe vor, zu gehen." Der Himmel wusste wohl, dass Mr. Darcy wahrscheinlich Recht hatte, doch der Himmel war nachsichtiger, als die Bewohner von Meryton.

Er schüttelte den Kopf. "Ich bin erschöpft, Miss Elizabeth. Bitte zwingen Sie mich nicht dazu, mich in den Türrahmen zu stellen und Ihnen den Weg zu versperren.

Mir gefällt diese Situation auch nicht besser als Ihnen, aber ich möchte Ihren Tod nicht auf dem Gewissen haben. Falls mein derzeitiger Zustand nicht ausreicht, um Ihnen Ihre Sicherheit vor mir zu garantieren, dann gebe ich Ihnen mein Wort, dass Sie bei mir sicher sein werden." Sein Mund nahm bittere Züge an.

Nicht von ihm ging die Gefahr aus, um die sie sich Sorgen machte, sondern der Klatsch der Leute war die eigentliche Gefahr.

DARCY LEHNTE SICH ZURÜCK. Sein Kopf pochte während er die tanzenden Flammen beobachtete. Es war Jahre her, seit Richard und er Feuer in der Höhle bei Matlock gemacht hatten, aber offensichtlich war ihm von ihren ungelenken Versuchen noch ein wenig Wissen geblieben. Das kleine Feuer würde nicht ausreichen, um die Kälte im Raum zu vertreiben, aber der Stapel aus Feuerholz und Kohlen neben dem Kamin würde nicht lange reichen, wenn er mehr auflegte. Die Kälte war so tief in seine Knochen vorgedrungen, dass er sich schon gar nicht mehr vorstellen konnte, wie es ihm jemals wieder warm werden sollte.

Er zog seinen durchnässten Mantel aus und hing ihn über einen Hocker in der Nähe des Feuers. Er bezweifelte, dass es einen großen Unterschied machen würde, aber es würde ihm jedenfalls auch nicht weiterhelfen, wenn seine Kleider auch noch nass würden. Nasser, als sie sowieso schon waren, um genau zu sein. Seine Hose war bis zu den Knien durchnässt und über seinen Stiefeln mit Eis verkrustet. Als er so viel Eis abklopfte wie es nur ging, sah er, dass Elizabeth gerade den Saum ihres Kleides auswrang. In dieser Hinsicht schien es ihr ein wenig besser ergangen zu sein, aber immerhin war sie auch nicht bewusstlos im Schnee gelegen, sondern nur durchgelaufen. Ihr Mantel schien sie gut geschützt zu haben, obwohl ihre Strümpfe nass und kalt sein mussten. Nein. Er sollte nicht an Elizabeths Strümpfe denken, oder daran, wie sie an ihren wohlgeformten Beinen kleben mussten. Nicht dass er ihre Beine jemals gesehen hatte, von einem Schatten durch das blassblaue Kleid hindurch abgesehen, aber er hatte sie sich oft genug vorgestellt, für gewöhnlich um ihn geschlungen. Teufel nochmal! Er musste sich ein wenig mehr zusammenreißen.

Zornig starrte er das Feuer an. Das war kein gutes Zeichen. Hier stand er nun, halb erfroren, verspannt durch all seine Prellungen, sein Kopf pochte, und er befand sich in einem alten Cottage, das nicht viel besser war, als der Unterstand eines Schäfers. Er sollte der Begierde gegenüber immun sein und nicht über Elizabeths Beine nachdenken - besonders wenn diese Beine auf engem Raum mit ihm festsaßen. Vielleicht hatte seine Kopfverletzung doch größere Auswirkungen auf seine geistigen Fähigkeiten, als er gedacht hatte.

Auf der Suche nach Ablenkung fielen ihm zwei Eimer neben der Tür auf. Sie würden Wasser brauchen und er konnte sich genauso gut darum kümmern, während er noch nass und kalt war. Wenn ihm nur nicht so schwindlig wäre! Irgendwie schaffte er es, einen Fuß vor den anderen zu setzen und die paar Schritte bis zur Tür zu gehen.

Elizabeth sagte scharf: "Wo gehen Sie hin? Haben Sie nicht eben gesagt, dass es nicht sicher ist, bei diesem Wetter unterwegs zu sein?"

"Ich habe nicht die Absicht zu gehen, ich hole nur ein wenig Schnee, damit wir ihn schmelzen lassen können. Früher oder später werden wir Wasser brauchen."

"Oh", sie klang überrascht, "danke, dass Sie daran gedacht haben."

Ein ohrenbetäubender, eisiger Windstoß fuhr ihm entgegen, schmerzte im Gesicht und durchfuhr seine Kleidung sobald er über die Schwelle trat. Es war noch schlimmer als ein paar Minuten zuvor. So schnell er konnte, füllte er die Eimer mit Schnee und eilte dann in die relative Sicherheit der Hütte zurück.

Drinnen war es seltsam still, auch wenn er nur ein paar Augenblicke im Sturm draußen verbracht hatte. Er stellte die Eimer neben die Feuerstelle, wo auch Elizabeth stand und sich die Hände wärmte. "Der Wind ist stärker geworden. Wir haben Glück gehabt, dass wir schon einen Unterschlupf gefunden haben."

"Mir kam es auch so vor, als ob er lauter klingen würde."

Irgendetwas an dem Feuer war seltsam. Es schien anzuwachsen, nur um dann gleich wieder zu schrumpfen...

Elizabeths Hand brachte ihn wieder zu sich, als sie sich um seinen Arm legte. "Mr. Darcy, ich bitte Sie, setzen Sie sich, bevor Sie fallen. Eine Wunde am Kopf genügt für heute."

"Mir geht es hervorragend", antwortete er automatisch.

Sie schnaubte. "Wären Sie in diesem Fall, obwohl es Ihnen *hervorragend* geht, so freundlich, sich hinzusetzen, nur um mich von *meiner* übermäßigen Angst zu befreien? Sicherlich möchten Sie nicht, dass ich durch Ihre Sturheit leide."

Wie geschickt sie ihn in die Enge getrieben hatte. Und glücklicherweise hatte sie das so schnell getan, denn der Boden hatte die beunruhigende Tendenz, unter seinen Füßen hinweg zu kippen. "Also gut." Mit einer Hand an der Wand, um sich abzustützen, ließ er sich auf der Stufe vor der Feuerstelle nieder.

"Danke." Elizabeth zögerte, dann eilte sie von der Feuerstelle weg - nicht dass sie weit gekommen wäre - um in einer kleinen Kommode zu kramen.

"Kann ich Ihnen irgendwie helfen?" Der Höflichkeit halber fragte er nach, obwohl er bezweifelte, dass er in der Lage sein würde, aufzustehen.

"Nein, vielen Dank. Ich suche nur nach... ahh, hier sind sie. Bitte seien Sie so gut und drehen Sie sich für einen Augenblick um, das wüsste ich sehr zu schätzen."

"Selbstverständlich." Darcy biss sich so sehr auf die Lippe, dass es weh tat. Sicherlich zog sie sich nicht das Kleid aus!

Schnell kehrte sie wieder zu ihm ans Feuer zurück und trug immer noch dasselbe Kleid - seine Zurechnungsfähigkeit dankte es ihr.

"Vielen Dank. Nun, wenn Sie nichts dagegen haben, denke ich, dass es klug wäre, wenn ich mir Ihre Wunde ansehen würde, solange wir noch genug Licht haben."

Als ob er sich nicht schon genug wie ein Invalide fühlte, nachdem ihn ausgerechnet die Frau hatte retten müssen, die er zu vergessen versucht hatte. „Ich denke, dass das nicht vonnöten ist. Mir scheint, als hätte es aufgehört zu bluten."

Ihre Mundwinkel zuckten. „Ich wusste, dass Sie ein Mann mit vielen Talenten sind, aber die Fähigkeit, auf Ihren Hinterkopf sehen zu können, ist wirklich bemerkenswert. Vielleicht hätte ich mich deutlicher ausdrücken sollen, als ich sagte, dass ich Sie untersuchen würde, wenn Sie nichts dagegen haben. Denn *wenn* Sie etwas dagegen haben, dann würde ich es dennoch vorziehen, einen Blick auf die Wunde zu werfen."

Auf Elizabeth Bennet konnte man sich verlassen - sie würde ihn auch in der unmöglichsten Situation zum Lachen bringen. „Da Sie darauf bestehen, Miss Elizabeth, werde ich mein Bestes geben, Ihnen bereitwillig zuzustimmen, aber ich halte es *dennoch* für unnötig."

„Sie können davon halten was Sie wollen, solange Sie mir gestatten, die Verletzung zu inspizieren. Wenn Sie sich bitte vom Fenster abwenden könnten, damit das Licht darauf fällt – ja, genau so."

Er konnte ihre Finger in seinem Haar fühlen, wie sie es um die Wunde herum vorsichtig zur Seite schoben. Die Bewegung versetzte ihm einen stechenden Schmerz, aber ihre Berührung war alles, woran er denken konnte. Wie oft hatte er sich gewünscht, dass sie ihm mit den Fingern durchs Haar fuhr! Sicherlich, er hatte es sich nicht unter diesen Umständen vorgestellt, und doch stand sie so nahe bei ihm, dass er praktisch die Wärme spüren konnte, die von ihrem Körper ausging.

„Ich fürchte, dass die Augen in Ihrem Hinterkopf sie getrogen haben, Mr. Darcy. Die Wunde blutet in der Tat noch. Haben Sie unter Umständen ein Taschentuch bei sich, mit dem ich sie säubern könnte?"

Darcy griff sich in die Tasche und reichte es ihr wortlos.

„Dankeschön. Es tut mir leid, dass ich das hochwertige Leinen einer solchen Prozedur unterziehen muss. Ich werde versuchen, Ihnen nicht mehr weh zu tun als unbedingt notwendig."

Er war versucht, ihr zu sagen, dass es dafür schon zu spät war. Bereits seit zwei Monaten bereitete ihm seine Unfähigkeit, sie für sich zu beanspruchen, konstant Schmerzen. Verglichen damit war die sanfte Berührung ihrer Finger an einer offenen Wunde gar nichts und ihre Sorge um ihn war mehr Balsam für seine Seele als er es sich eingestehen wollte.

Es wäre ein Leichtes, sich zu erlauben mehr von Elizabeth umsorgt zu werden als er es sollte. Um sich abzulenken, starrte er auf seinen trocknenden Mantel. Zwei lange weiße Strümpfe hatten sich dazu gesellt. Großer Gott, sie musste sie ausgezogen haben, während er beim Schneeholen gewesen war. Vor seinem inneren Auge entfaltete sich ein verlockendes Bild davon, wie er sie beim Eintreten in die Hütte dabei überraschte, als sie sich diese Strümpfe gerade abstreifte, ein Bein nach dem anderen. Verwundet oder nicht, es wäre ihm eine Freude gewesen, ihr seine Hilfe anzubieten und dann...

„Entschuldigen Sie bitte, das muss weh getan haben. Ich werde versuchen, behutsamer zu sein."

Wie gut, dass sie nicht erraten konnte, warum er sich tatsächlich verkrampft hatte. Er sollte nicht mehr an ihre Beine denken, die entblößt und kalt sein mussten unter ihren Unterröcken. Er würde ihr einen Dienst tun, sie zu wärmen.

Fast schon war er dankbar um den alles umnebelnden, heftigen Schmerz, der plötzlich seinen Kopf durchfuhr.

„Na also, jetzt kann ich es sehen. Zum Glück klafft die Wunde nicht tief, aber Sie haben da eine beachtliche Beule. Ich nehme an, dass die Blutung durch ein bisschen Druck zu stoppen ist. Ich habe Ihr Taschentuch gefaltet, vielleicht könnten Sie es hier drauf drücken." Ihre Hand griff die Seine und führte sie an die passende Stelle. „Sehr gut. Ich werde in ein paar Minuten wieder danach sehen."

Was würde sie dazu sagen, wenn er ihr erzählte, dass die Berührung ihrer Hand auf seiner die beste Medizin war, die er sich denken konnte?

„Wie konnte das passieren? Wurden Sie von Wegelagerern überfallen?"

Er zuckte zusammen. „Nein, ich war..." Verdammt nochmal, was *war* passiert? Warum konnte er sich nicht dran erinnern? Die Straße nach Meryton war eine Sichere, und es war ja auch helllichter Tag gewesen. Verstohlen griff er nach seiner Taschenuhr. Sie war noch da, mit Goldkette und allem Drum und Dran. Also keine Wegelagerer. Die hätten sie nicht zurückgelassen. „Ich bin mir nicht sicher."

Ihre Augenbrauen schossen in die Höhe, doch statt einen Kommentar abzugeben, ging sie zur Kommode und kehrte mit einem abgewetzten Quilt zurück. Den legte sie ihm um die Schultern und sagte: „Es kann wohl kaum als kleidsam bezeichnet werden, sollte Sie aber ein wenig wärmen."

ALLEIN MIT MR DARCY: EINE VARIATION VON STOLZ UND VORURTEIL

Er hätte ablehnen sollen, aber sich von Elizabeth umsorgt zu wissen, war beunruhigend angenehm.

Kapitel 2

WARUM WAR SIE NICHT wenigstens lange genug beim Hochzeitsfrühstück geblieben, um sich satt zu essen? Abgesehen von einem Brötchen und einer Tasse heißer Schokolade nach dem Aufstehen hatte Elizabeth den ganzen Tag nichts gegessen. „Ich sehe besser mal nach, ob es hier irgendetwas für uns zu essen gibt, bevor die Dunkelheit einsetzt."

„Das wäre höchst willkommen."

Wenigstens war er höflich, auch wenn er sie weiter anstarrte. Sie begann in den Regalen und Schränken zu kramen, die an der Wand entlang standen. Zu finden gab es dort nicht viel – ein paar einfache Kleidungsstücke, ein Paar Schuhe mit Löchern an den Zehen, eine Tasche voll Lumpen. In einem Fach waren Heilpflanzen, getrocknete Blätter, Blüten, ein Stück Rinde – und ein kleines Messer. Mit einem verstohlenen Blick über ihre Schulter vergewisserte sie sich, dass Mr. Darcy mit dem Feuer beschäftigt war und biss in die Rinde, um sie als bitter schmeckende Weide zu identifizieren. Hervorragend. Im Stillen dankte sie der Frau des Hauses. Dazu noch eine Tasse und ein hölzerner Teller.

ALLEIN MIT MR DARCY: EINE VARIATION VON STOLZ UND VORURTEIL

Der Letzte stellte sich als Vorratsschrank heraus. Ein paar Zwiebeln, ein Jutesack voll Hafer und nochmal einer mit Gerste. Nichts davon würde ihr weiterhelfen. Wenn ihre Mutter doch nur nicht so stolz darauf gewesen wäre, dass keine ihrer Töchter es nötig hatte, kochen zu lernen. Momentan würde sie viel darum geben, ein paar Lektionen von der Köchin bekommen zu haben. Ein halber Laib Brot, so trocken, dass man ihn auf Longbourn den Armen gegeben hätte. Vielleicht war dieser aus einem anderen vornehmen Haus gegeben worden. Noch mehr Zwiebeln. Konnten sich Menschen von Zwiebeln allein ernähren? Ein paar Karotten, ein Dutzend schrumpelige Äpfel und zwei Steckrüben. Sie warf Mr. Darcy einen Blick zu. Die Äpfel würden schon gehen, aber sie vermutete, dass er schon sehr verzweifelt sein müsste, um an einer Steckrübe zu nagen.

Am Boden des Schränkchens, halb unter einem weiteren Sack versteckt, entdeckte sie ein ausgefranstes Stück Stoff, das zu einem Bündel zusammengerollt war. Sie hob es heraus und öffnete es. Getrocknetes Fleisch! Das war eine angenehme Überraschung. Sie hätte nicht erwartet, dass sich ein armer Tagelöhner etwas so teures leisten konnte.

„Wir haben Glück." Sie zeigte Mr. Darcy ihren Fund.

„In der Tat." Er nahm ein Stück und blickte finster drein. „Wild. Offensichtlich ist unser Gastgeber ein Wilderer oder hat Freunde in dem Geschäft."

„Sie werden ihn nicht melden, oder?"

„Das kann ich wohl kaum machen, wenn ich davon profitiere, aber richtig ist es nicht." Er warf dem anstößigen Stück einen vernichtenden Blick zu.

23

Elizabeth verkniff sich ein Lachen. „Nun, wir werden nicht hungern, aber es wird weit von der Kost entfernt sein, die Sie sonst so gewohnt sind, es sei denn, Sie unternehmen im Winter öfter Kletterpartien auf Apfelbäume, um die letzten runzligen Früchte herunterzuholen."

Er warf ihr einen Seitenblick zu. „Es ist schon viele Jahre her, seit ich auf einen Apfelbaum geklettert bin."

„Sie bestreiten also nicht, jemals von den verbotenen Früchten genommen zu haben! Mr. Darcy, Sie haben ungeahnte Tiefen. Und wir werden außerdem keinen Durst leiden, es sei denn, Sie haben Einwände dagegen, aus einer Holztasse zu trinken. In der Ecke dort steht ein Fass, von dem ich wetten würde, dass es selbstgebrautes Dünnbier enthält."

Seine Mundwinkel erhoben sich. „Ein wahres Festessen! Trockenfleisch, runzlige Äpfel und Dünnbier."

Wer hätte gedacht, dass der strenge Mr. Darcy eine verspielte Seite hatte? Sie sollte dankbar dafür sein. Die Situation war schwierig genug, auch ohne sich Klagen darüber anhören zu müssen. Als sie ihm dabei zusah, wie er noch mehr Holz ins Feuer legte, kam es ihr in den Sinn, dass man beinahe meinen könnte, er hätte Spaß daran.

Nachdem sie den kleinen Kessel, der über der Feuerstelle gehangen war, mit schmelzendem Schnee gefüllt hatte, zerteilte sie die Äpfel so gut sie es mit dem kleinen Messer konnte, raffte die Bestandteile ihres mageren Mahls zusammen und brachte sie zu den warmen Steinen vor dem Feuer. „Ich fürchte, wir müssen teilen, da es nur einen Teller und eine Tasse gibt." Sie sah durch ihre Wimpern hindurch zu ihm auf und fragte sich, wie er es aufnehmen würde, auch noch den letzten Rest Zivilisiertheit aufgeben zu müssen. Anzeichen dafür, dass es ihn stören würde, zeigte er jedenfalls nicht.

Er bot ihr die Tasse an, sodass sie den ersten Schluck nehmen konnte. Warum musste er ihr dabei zusehen, als ihr Mund an dem rauen Rand der Tasse ansetzte? Sie leckte sich den letzten Tropfen von den Lippen, während sie ihm die Tasse reichte. „Es ist ganz schön sauer."

„Was zu erwarten war." Er wandte seinen Blick nicht von ihr ab, als er aus der Tasse trank.

Seine Miene jagte ihr einen Schauder über den Rücken. Schon oft hatte sie sich eine Tasse mit ihren Schwestern geteilt, aber irgendwie fühlte sich das hier fast schon unanständig an, wenn sie betrachtete, wie er seine Lippen genau dort ansetzte, wo zuvor ihre gewesen waren, aber daran konnte sie jetzt auch nichts ändern. Verlegen sah sie weg, bis die Stille sie daran erinnerte, dass er nicht zu essen beginnen konnte, bevor sie es nicht getan hatte. Wobei man es wohl kaum als Stille bezeichnen konnte, wenn man bedachte, wie sehr der Wind heulte. Sie hoffte, dass das Stroh auf dem Dach halten würde, ansonsten wären sie tatsächlich in ernsthaften Schwierigkeiten.

Irgendwie hatte er es fertig gebracht, die Apfelschnitze so anzuordnen, dass die Besseren darunter auf ihrer Seite des Holztellers lagen. Trotz ihres Hungers musste sie sich dazu überwinden, einen davon zu nehmen und in sein weiches Fleisch zu beißen.

Als es ihm gestattet war, mit dem Essen zu beginnen, attackierte Darcy den Rest davon mit besonders gesundem

Appetit und zögerte nicht, sich die runzeligsten Apfelstücke zu nehmen.

„Mr. Darcy, Sie erstaunen mich. Von Ihnen hätte ich nicht erwartet, dass Sie unsere Umstände so wenig berühren." Vielleicht hatte der Schlag auf den Kopf ja sein Wesen ein wenig erträglicher gemacht.

„Wenn man hungrig genug ist, dann weiß man selbst das spärlichste Mahl zu schätzen. Das ist mir nicht ganz fremd. Auf Pemberley gibt es einen kleinen Einsiedlerhof, nicht größer als dieses Cottage, den ich mir zu meinem persönlichen Rückzugsort gemacht habe. Selbstverständlich ist es, wenn auch schlicht, komfortabler eingerichtet und es ist immer genug Kohle und Feuerholz vorhanden, aber es ist durchaus vergleichbar. Wir können uns glücklich schätzen, dass unser abwesender Gastgeber gut nach seinem Eigentum sieht. Ich habe schon Cottages wie dieses gesehen, die auch nur für ein paar Stunden Aufenthalt sehr unangenehm gewesen wären. Natürlich nicht auf Pemberley, das würde ich nicht zulassen."

„Natürlich nicht", murmelte Elizabeth, und schüttelte amüsiert den Kopf. „Sie haben die Häuser Ihrer Pächter besichtigt?"

„Aber sicher doch. Ich wäre ein schlechter Grundherr, wenn ich das nicht täte oder wenn ich die Zeichen nicht deuten könnte, die auf eine gute Instandhaltung hindeuten. Dieses Cottage ist ordentlich, sauber und es gibt jemanden, der sich gut darum kümmert." Mit einem Streifen getrockneten Fleisches deutete er auf ihre Umgebung. „Das Fenster hat keine Vorhänge, aber die Wände sind gut abgedichtet worden, damit die Kälte nicht eindringt, und der Kamin rußt nicht. Abgesehen von seiner unangenehmen Tendenz, sich am Wild seines Herrn zu bedienen, scheint unser Gastgeber ein tüchtiger Kerl zu sein."

„Oder seine Frau ist die Tüchtige"

„Ihr rechne ich die Sauberkeit an, und ihrem Mann die gut verputzten Wände. Das mag hier natürlich weniger wichtig sein als in Derbyshire, wo die Winter durchaus bitterkalt sein können."

„Für mich ist das schon kalt genug!"

„Ich spreche im Generellen, Miss Elizabeth. An einen Sturm wie diesen würde man sich auch in Derbyshire noch lange erinnern. Und es ist schon zwanzig Jahre her, seit irgendjemand in Derbyshire in einem Cottage wie diesem gelebt hat, das aus mit Lehm abgedichtetem Flechtwerk besteht. Die paar wenigen Lehmhäuser, die es dort noch gibt, werden nur zur Lagerhaltung benutzt."

Also war Mr. Darcy doch wieder auf seinem hohen Ross zurück! Sie sollte dankbar dafür sein, dass sie eine zivilisierte Unterhaltung immerhin so lange aufrechterhalten konnten. Wenn sie ihre spärliche Mahlzeit beendet hätten, würde es keine Notwendigkeit mehr geben, sich zu unterhalten und sie würden beide ihren eigenen Interessen nachgehen.

Ihren eigenen Interessen... in einem Cottage, in dem es keine Bücher, Stifte und Papier, Zeitungen oder Spielkarten gab. Zweifelsohne würde es irgendwo etwas zu nähen geben, aber nicht auf die Art, wie sie es gewohnt war, und sicherlich auch keine Stickereien. Sie hatte nur eine kleine Kerze aus billigem Talg gefunden, die nur wenig Licht bringen würde. Nein, Sie und Mr. Darcy waren zusammen auf engem Raum gefangen und hatten nichts anderes zu tun, als die ganze

Nacht miteinander zu reden – und zu versuchen, nicht an die Auswirkungen ihrer Misere zu denken.

Ihr kam ein Gedanke. „Kehrt Mr. Bingley nach Netherfield zurück?"

Eine Pause entstand. „Ich habe keinen Grund zur Annahme, dass er Derartiges vorhat."

Arme Jane! „Entschuldigen Sie. Ich wollte nicht unverfroren sein, ich konnte mir einfach keinen anderen Grund vorstellen, warum Sie auf der Straße nach Meryton unterwegs waren, aber sicherlich haben Sie viele Angelegenheiten zu erledigen, von denen ich keine Ahnung habe."

Darcy blickte zur Seite, ehe er ihr antwortete. „Ich wünschte, dass ich es Ihnen sagen könnte, aber ich kann mich selbst nicht daran erinnern. Ich weiß nicht einmal, welcher Tag heute ist."

Wie seltsam! Er erinnerte sich offensichtlich daran, wer sie war, also konnte der Gedächtnisverlust nicht allzu gravierend sein.

„Der neunte Januar, drei Tage nach dem Dreikönigstag. Können Sie sich daran noch erinnern?"

Mit gerunzelter Stirn dachte er nach. „Ich erinnere mich an Weihnachten und Neujahr, aber nicht an den Dreikönigstag."

„Also fehlt Ihnen nicht viel. Ihr Gedächtnis wird sicherlich bald zurück kehren. Das ist oft so bei Verletzungen wie Sie sie erlitten haben." Ihr bereitete die Wunde selbst mehr Kopfzerbrechen als der Verlust von ein paar Tagen Erinnerungsvermögen.

ALLEIN MIT MR DARCY: EINE VARIATION VON STOLZ UND VORURTEIL

„Was ist mit Ihnen? Was hat Sie an einem kalten Wintertag auf einen Spaziergang so weit abseits von Longbourn geführt?" Irgendwie klang es anklagend.

Eine gute Frage. Wenn sie ein wenig Verstand gehabt hätte, wäre sie nach der Hochzeit direkt nach Hause gegangen. „Ich bin nicht von Longbourn, sondern von der Kirche aus los gegangen. Charlotte – Miss Lucas – hat dort heute geheiratet. Danach sollte es ein großes Hochzeitsfrühstück in der Schänke geben, wenn man es noch Frühstück nennen kann, wenn es Freibier für die ganze Stadt gibt. Sicherlich ist auch unser abwesender Gastgeber dort zu finden. Ich habe beschlossen, einen Spaziergang zu machen, weil ich nicht zu den Festlichkeiten stoßen wollte und mir war nicht aufgefallen, wie weit ich vom Weg abgekommen war." Keinen Grund zu erwähnen, dass sie kein Bedürfnis gehabt hatte, Mr. Wickham zu begegnen, der Mary King beim Frühstück sicherlich besondere Aufmerksamkeit geschenkt hatte. Ganz besonders dann nicht, wenn die ganze Stadt darauf geachtet hätte, wie sie darauf reagierte. Er mochte ihr Herz nicht gebrochen haben, aber dass er so plötzlich das Interesse an ihr verloren hatte, traf sie dann doch.

„Es überrascht mich, dass Sie den Hochzeitsfeierlichkeiten Ihrer Freundin fern bleiben wollten."

Elizabeth zuckte mit den Achseln. „Sie und ihr Ehemann sind direkt an der Kirchentüre aufgebrochen, sie wäre also gar nicht da gewesen. Er lebt... er lebt weit entfernt."

„Das ist schade, dann werden Sie weniger Gelegenheit haben, Ihre Freundin zu sehen."

Wenn es nur das wäre! „Nicht wirklich"

„Entschuldigen Sie. Ich hatte den Eindruck, dass Sie besonders mit Miss Lucas befreundet waren."

Sie hätte nicht erwartet, dass ihm so ein Detail aufgefallen war. „Das sind wir, oder das *waren* wir, bis sie beschlossen hatte, einen Dummkopf zu heiraten und jedes Gefühl zugunsten der materiellen Sicherheit zu opfern. Von ihr hatte ich mehr erwartet." Warum erzählte sie Mr. Darcy das? Er mochte sie nicht einmal und hatte sicherlich keinerlei Interesse an ihrem Seelenleben. Vielleicht gerade *deshalb*. Außerdem hatte sie sich schon so lange danach gesehnt, mit jemandem darüber sprechen zu können.

„Das ist ungünstig, aber das *ist* nun mal der Lauf der Welt."

„Aber nicht der Lauf *meiner* Welt! Ich kann mir nicht vorstellen, einen Mann zu heiraten, den ich nicht respektieren könnte, ganz gleich, was er zu bieten hätte. Dass Charlottes Ansichten über die Ehe von meinen abweichen, wusste ich ... aber dass sie so tief sinken würde! Ich kann ihr nicht mehr so vertrauen wie zuvor." Die Worte schienen in der Luft zu hängen.

„Wie lange sind Sie schon befreundet?"

Sie hatte schon so viel gesagt, also konnte sie ihm auch gleich alles erzählen. „Seit ich fünfzehn war. Sie ist sieben Jahre älter als ich, und wie alle Mädchen, dachte ich, dass die älteren Mädchen wunderbar und kultiviert sind. Ich fühlte mich geschmeichelt, dass sie meine Freundin sein wollte. Aber sie hat keine Schwestern in ihrem Alter und sie ist eine kluge Frau, die in einem Haus lebt, in dem Klugheit bei Frauen nicht geschätzt wird, also suchte sie meine Nähe. Und jetzt ist sie mit einem Mann verheiratet, dem nicht einmal auffällt, wie geistreich sie ist!"

„Gibt es noch etwas anderes, das Sie ihr zur Last legen, weshalb Sie ihr nicht mehr trauen können?"

Sie schlug ihre Augen nieder. „Nein, nur das." Aber das reichte auch schon.

„Ich kann mir nicht vorstellen, eine langjährige Freundschaft zu beenden, nur weil ich die Frau meines Freundes nicht ausstehen kann. Ist es denn solch eine Sünde, einen dummen Mann geheiratet zu haben?"

„Nein." Er hatte recht. Wenn Charlotte Mr. Buscot geheiratet hätte, der kaum in der Lage dazu war, zwei vernünftige zusammenhängende Sätze zu sprechen, hätte sie ihr das vergeben können. „Es geht um diesen einen dummen Mann. Ich habe mich oft über ihn lustig gemacht, wenn wir zusammen waren, und..."

Sein Schweigen sagte mehr aus, als Worte hätten sagen können.

„Und ich hatte eben erst seinen Antrag abgelehnt, weil er solch ein Trottel war."

„Das *ist* peinlich."

„Das ist es tatsächlich, und jetzt wünscht sie sich, dass ich sie *besuchen* komme! Können Sie sich vorstellen, wie unangenehm das sein wird, mit seinem unablässigen Geschwätz und seinem Ärger darüber, dass ich ihn zurückgewiesen habe?"

„Höchst unangenehm. Ihre Freundschaft muss ihr viel bedeuten, wenn sie Sie dennoch auf einen Besuch eingeladen

ABIGAIL REYNOLDS

hat und ihre Kameradschaft über das Wohl ihres frisch gebackenen Ehemanns stellt."

„Das denke ich schon, ja." Und doch hatte Charlotte ihre Freundschaft riskiert, um Mr. Collins zu heiraten. Hatte sie nicht in Betracht gezogen, wie unwohl sich Elizabeth mit ihrer Wahl fühlen würde? Aber schließlich war es nicht so, als hätte Charlotte eine Wahl gehabt, wenn sie noch heiraten wollte. Kein Mann hatte ihr jemals einen Antrag gemacht und sie war kurz davor, eine alte Jungfer zu werden. Wenn sie jemals unabhängig von ihrer Familie sein wollte, war das wohl die einzige Möglichkeit, die sie bekommen konnte. Und trotzdem - *Mr. Collins* zu heiraten? Doch Elizabeth hätte ihr sogar das noch zu Gute gehalten, wenn sie *sie selbst* damit nicht so bloß gestellt hätte.

Wie erniedrigend, dass ausgerechnet Mr. Darcy erkannt hatte, wofür sie selbst blind gewesen war. Noch einmal etwas, wofür er sie würde kritisieren können. Sie nahm natürlich an, dass er selbst hundert Meilen weit laufen würde, um etwas aus dem Weg zu gehen, das *ihn* erniedrigen könnte. Und immer noch beobachtete er sie.

Um ihr Unbehagen zu überspielen, sah sie nach dem Wasserkessel. Der Weidenrindentee war zwar immer noch schwach, er könnte ihm aber dennoch helfen. Sie goss ihn in die hölzerne Tasse und reichte sie ihm. „Das könnte Ihre Schmerzen lindern."

Er roch daran. „Weidenrindentee?"

„Ja."

„Im Moment weiß ich jedes warme Getränk zu schätzen, sogar Weidenrindentee." Er nahm einen Schluck und verzog das Gesicht, als er den bitteren Geschmack auf der Zunge hatte. „Danke, dass Sie ihn gemacht haben."

„Tee ist das Einzige, von dem ich weiß, wie es zubereitet wird. Kochkünste wären uns jetzt hilfreicher, aber das ist leider eine Fähigkeit, die an jungen Ladys nicht besonders geschätzt wird. Wie dem auch sei, wenn Sie sich in der verzweifelten Lage befinden sollten, dringend ein geknüpftes Täschchen oder einen bemalten Wandschirm zu benötigen, dann stehe ich Ihnen voll und ganz zur Verfügung." Sie erinnerte sich an seine außergewöhnliche lange Liste an Fähigkeiten, die eine vollendete junge Lady besitzen sollte, und von denen sie nur wenige vorweisen konnte.

„Der Tee ist vollkommen adäquat, vielen Dank. Wir müssen aus unseren Umständen das Beste machen." Seine Augen wanderten an ihrem Körper hinab.

Sein kritischer Blick und die Last, die er ihr damit auferlegte, war mehr als sie im Moment ertragen konnte. „Mr. Darcy, mein Haar ist vollkommen durcheinander, mein Kleid ist ruiniert, meine Hände sind rot und ich befinde mich in der denkbar unvorteilhaftesten Umgebung. Sicherlich kann es nicht so schwer sein, etwas zu kritisieren an mir zu finden."

Als er sprach, waren seine Worte so eisig wie der Wind draußen vor der Tür. „Verzeihen Sie mir. Ich hatte nicht vor, Sie zu kritisieren."

Was machte es schon? Sie würde ihn nach der heutigen Nacht nie wieder sehen. Also konnte sie ihm genauso gut die Meinung sagen. „Es geht nicht darum, was Sie gesagt haben, sondern wie sie mich immer anstarren und versuchen, jeden

Fehler an mir zu finden. Es gibt genug Tadelnswertes an mir, das kann ich Ihnen versichern."

„Ich fürchte, dass Sie da falsch liegen. Ich versuche nicht, Ihre Fehler aufzudecken. Ich..." Abrupt hielt er inne.

„Warum verbringen Sie dann so viel Zeit damit, mich zu beobachten? Sogar Charlotte ist es aufgefallen."

Sein Blick wandte sich von ihr ab. „Es war einfach nur aus ... Interesse. Ihre ... Mimik ist so lebhaft und vielfältig. Ich genieße es, zu raten, was wohl als Nächstes kommen wird, welche humorvolle und geistreiche Bemerkung Sie wohl als Nächstes machen werden. Sie sind nicht wie die meisten anderen Ladys, die vorgeben, allem gleichgültig gegenüber zu stehen. Es tut mir leid, ich hatte nicht vor, Sie damit zu verletzen, und sicherlich nicht, Sie in Verlegenheit zu bringen. Wenn ich Sie als unangenehm empfunden hätte, dann hätte ich Sie nicht *an* -, sondern von Ihnen weggeschaut."

Man musste ihm zugutehalten, dass er ernstlich über ihre Vorhaltungen amüsiert schien. Vielleicht hatte er es wirklich so gemeint.

„Oh, das war mir nicht... aufgefallen." Sie hoffte, dass das Licht schummrig genug war, um die Röte auf ihren Wangen zu verbergen. Natürlich hatte er sie nicht angesehen, um ihre Makel aufzudecken. Wenn er in Gesellschaft ihrer Mutter oder Lydia war, schaute er immer aus dem Fenster. Was war mit ihrem gesunden Menschenverstand geschehen? Offensichtlich war sie nicht hübsch genug gewesen, um ihn beim Tanz in Meryton zu reizen, aber ihr Gesicht schien interessant genug, um seine Aufmerksamkeit auf sich zu ziehen. Was dachte sie denn da? Männer wie Mr. Darcy zeigten kein Interesse an Mädchen vom Lande, die nichts Besonderes vorzuweisen hatten. Sie sollte nicht zu viel in seine Worte hinein interpretieren, ganz besonders nicht unter den widrigen Umständen, in denen sie sich derzeit befanden.

Er stand auf, schürte das Feuer an und legte noch ein Scheit darauf. Zumindest schien er dieses Mal nicht zu schwanken. „Ich wünschte, ich könnte mehr einheizen, aber dann würde uns das Holz nicht die ganze Nacht hindurch reichen. Ich werde Ihnen das Bettzeug vor dem Ofen auslegen."

„Sie sind verletzt, ich kann es nicht zulassen, dass Sie sich um mich kümmern. Ich bin durchaus in der Lage, das Bettzeug selbst auszurollen und *Sie* werden darauf schlafen. Ich bin vollkommen zufrieden damit, mich auf die Stufe vor dem Feuer zu setzen. Davon abgesehen würde ich viel lieber frieren, als Miss Bingley erzählen zu müssen, dass ich es zugelassen habe, dass Sie vor Kälte umkommen." Sie hatte sowieso nicht vor, zu schlafen, aber es hatte keinen Sinn, Mr. Darcy das zu gestehen.

Er lachte schnaubend auf. „Auch wenn Ihnen dieses grässliche Schicksal bevorstehen mag, kann ich es Ihnen nicht gestatten. Meine Verletzung ist nur oberflächlich und ich bin immer noch ein Gentleman."

Männer! Warum mussten sie immer so tun als ob sie nicht krank oder verletzt wären und Aufgaben übernehmen, von denen jedes Kind wusste, dass sie dafür ungeeignet waren? Anstatt sich auf eine Diskussion einzulassen, legte sie einfach Hand an und zog an dem Bündel Bettzeug, um es näher zum Feuer zu zerren. Wer hätte gedacht, dass schlicht aufgerolltes Bettzeug so schwer sein konnte? War die Rolle mit Wackersteinen gefüllt?

Bevor sie das Bündel auch nur einen Fuß weit bewegen konnte, erschien Mr. Darcy an ihrer Seite. Immerhin hielt er sie nicht an, damit aufzuhören, sondern zog stattdessen mit ihr gemeinsam daran. Nun glitt es beinahe mühelos zur Feuerstelle hinüber.

Elizabeth sah im dabei zu, wie er sich mit den Bändern abmühte, die die Rolle zusammenhielten. Er hielt inne und brummelte vor sich hin, nur um sich dann wieder erfolglos ans Werk zu machen. Seltsam, es sah nach einem einfachen Knoten aus und sicherlich wollte der Besitzer des Cottages sich nicht jede Nacht unnötige Arbeit beim Aufknöpfen machen. Dann bemerkte sie, dass seine Finger zitterten.

Sie lehnte sich vor und legte ihre Hand über seine. Augenblicklich hielt er still und drehte sich dann langsam um, um sie anzusehen. „Sir, ich habe größtes Vertrauen darin, dass Sie unter normalen Umständen Knoten knüpfen und wieder lösen könnten, aber das sind außergewöhnliche Umstände und es schmerzt mich, Ihnen bei Ihren Anstrengungen zusehen zu müssen. Bitte erlauben Sie mir, es auch einmal zu versuchen."

Einen Augenblick lang dachte sie, er würde es ihr verwehren, aber dann trat er ohne ein weiteres Wort zurück. Bevor er es sich noch einmal anders überlegen konnte, griff sie zu und entknotete flink das Bettzeug. Von ihren Zwängen befreit, rollte sich die Rolle so schnell und für sie vollkommen unerwartet auf, dass sie beinahe davon mitgerissen wurde. Komplett entrollt machte das Bettzeug direkt vor ihren Zehenspitzen Halt, während Mr. Darcy hinter ihr stand, seine Hände noch immer an ihren Armen. Offensichtlich hatte seine Verletzung seine Kraft weniger in Mitleidenschaft gezogen, als seine Geschicklichkeit.

Mit atemlosen Lachen sagte sie: „Das hatte ich nicht erwartet. Federbetten sind einfacher in Schach zu halten. Dieses Abenteuer stellt sich als äußerst lehrreich heraus." Lehrreich. Sie hoffte, dass das unaufgeregt genug klang, um von der Unschicklichkeit ihrer derzeitigen Stellung abzulenken, bei der sie hinter sich die Wärme eines Mannes spüren konnte, während sich direkt vor ihr ein Bett befand. Warum hatte er ihre Arme noch nicht losgelassen?

„Es tut mir leid, dass ich nicht in der Lage dazu war, das selbst zu bewerkstelligen." Seine Stimme klang ungewöhnlich rau. Sie hoffte, dass er sich keine Erkältung eingefangen hatte. Das war das Letzte, was sie jetzt noch gebrauchen konnten.

Betont sah sie zu seiner Hand auf ihrem Arm herab - nicht dass er in der Lage wäre, ihren Blick zu verfolgen - und beschloss, ihn zu necken: „Ich bin schrecklich enttäuscht. Ich dachte, Sie wären fähig, jede Herausforderung zu meistern, wie widrig auch immer die Umstände sein mögen. Und jetzt muss ich feststellen, dass es schon genügt, dass Sie fast erfrieren und eine Platzwunde am Kopf haben, um dann doch ab und an Hilfe zu benötigen. Wenn es nicht darum ginge, dass ein Feuer zu entfachen sich derzeit als eine hilfreichere Fähigkeit herausstellt, als Knoten zu öffnen, dann müsste ich Sie als rein dekorativ und unnütz herabstufen."

Er löste seine Finger von ihrem Arm. „Ich glaube nicht, dass ich jemals zuvor als dekorativ bezeichnet wurde."

„Es gibt immer ein erstes Mal." Sie schlüpfte zur Seite weg und achtete sorgsam darauf, ihn nicht anzusehen, als sie den ausgefransten Quilt über dem Bettzeug ausbreitete. „Na also. Etwas Besseres werden wir wohl nicht erreichen können. Ich hoffe, Sie werden es zumindest etwas bequem haben."

„Miss Bennet, ich kann nicht..."

Sie hielt ihre Hand in die Höhe, um ihn zu unterbrechen. „Müssen wir Ladys und Gentlemen spielen, selbst unter diesen Umständen, wenn weder das eine noch das andere gefragt ist? Sie sind verletzt und ich nicht und wir sind beide nicht dumm. Bitte, lassen Sie uns praktisch denken. Sie nehmen die Pritsche." Es war ein so langer Tag mit viel zu vielen Überraschungen gewesen. Für diese Diskussionen hatte sie keine Kraft mehr.

Er blieb still, seine Lippen fest verschlossen. Schließlich erwiderte er: „Also gut, aber wenn wir praktisch denken, und uns nicht an die Regeln für Ladys und Gentlemen halten, dann wäre die logische Schlussfolgerung, dass wir uns das Lager teilen. Wenn jeder auf seiner Seite bleibt, bietet es genug Platz für uns beide."

„Ich kann kein Bett mit Ihnen teilen!"

„Wenn ich vorgehabt hätte, die Gelegenheit auszunutzen, dann hätte ich das in den letzten paar Stunden zu jeder Zeit tun können. Wenn es Ihnen hilft, dann gebe ich Ihnen mein Wort, dass Sie vollkommen sicher vor mir sein werden." Sein Gesicht wirkte blass im flackernden Schein des Feuers.

Sie war zu müde, um sich zu streiten und auch sein Durchhaltevermögen musste ein Ende gefunden haben. Die einfachste Lösung wäre, seinem Plan zuzustimmen und wenn er eingeschlafen wäre, würde sie dann auf den sichereren Stuhl entkommen können. Ja, das war die beste Lösung. „Also gut." Sie sah ihm nicht in die Augen.

„Dankeschön." Er ließ sich am Rande des Ofens niederfallen, die Erschöpfung stand ihm ins Gesicht geschrieben, und deutete auf die Pritsche hinab. „Nach Ihnen."

Je früher er zur Ruhe kam, desto besser. Elizabeth begann ihre Stiefel aufzuschnüren. Sie auszuziehen war ein Kampf, denn sie saßen eng über ihren unförmigen geliehenen Strümpfen, aber schließlich waren ihre Füße wieder frei. Ihr Haar stellte ein schwierigeres Problem dar. Sie konnte sich nicht einmal für eine Minute hinlegen, wenn es noch hochgesteckt war, zumindest nicht, wenn sie nicht wünschte, dass sich ihr die spitzen Haarnadeln in ihre Kopfhaut bohrten. So oder so wäre es am nächsten Morgen in vollkommener Unordnung. Resolut drehte sie sich um, entfernte die Haarnadeln und flocht sich ihr Haar so flink wie nie zuvor zum Zopf, ohne sich darum zu kümmern, dass immer noch Bänder in ihr Haar gewunden waren. Besser konnte sie sich nicht fürs Bett vorbereiten, ohne sich bis aufs Hemdchen auszuziehen und das würde ganz sicherlich nicht passieren.

Sie tapste zu der Pritsche zurück und hielt daneben inne, um ein Stück Stroh zu entfernen, das sich durch ihren Socken gebohrt hatte. „Ich schwöre, die ebenmäßigen Böden von Longbourn nie wieder als Selbstverständlichkeit hinzunehmen!" sagte sie, doch als sie aufblickte, wurde ihr der Mund trocken.

Mr. Darcy saß hemdsärmelig in einer Ecke ihres Nachtlagers und nur seine Weste bedecke noch Teile des feinen Leinenstoffes seines Hemdes. Er legte die Stirn kraus – zweifelsohne weil sie so geschockt drein schaute – und sagte brüsk: „Ich bitte um Verzeihung, Miss Elizabeth. Die derzeitige Herrenmode legt bei einem Frack mehr Wert auf das Aussehen als auf den Komfort des Trägers und wenn wir praktisch denken möchten, dann tut er uns auch noch gute Dienste als zusätzliche Lage über dem Quilt."

Elizabeth schluckte schwer. „Natürlich." Es war ja nicht so, als ob ihre Erscheinung den guten Sitten entsprach, sie sah sicherlich ebenso anrüchig aus, ohne Schuhe und mit einem Zopf im Haar. Zumindest musste sie sich keine Sorgen machen, die falsche Art von Interesse in ihm zu wecken, so unordentlich wie sie gerade aussah! „Vielleicht sollte ich noch einmal nach Ihrer Wunde sehen, ehe Sie sich schlafen legen."

Zu ihrer Überraschung lächelte er. „Ich werde mir meinen Atem sparen und nicht mit Ihnen darüber diskutieren, da sie sowieso darauf bestehen werden." Damit wandte er sein Gesicht von ihr ab, sodass sie die Wunde sehen konnte.

„Ich bin froh, zu hören, dass Sie dazulernen", entgegnete sie mit scharfer Zunge, und auch das Atmen fiel ihr leichter, wenn seine dunklen Augen nicht auf ihr lagen. Sie teilte sein Haar mit ihren Fingern und sah sich die Verletzung im Schein des Feuers an. „Es scheint eine Kruste gebildet zu haben, da kein Blut mehr heraus fließt."

„Ich hoffe, Sie damit zufriedenstellen zu können", entgegnete er trocken.

ALLEIN MIT MR DARCY: EINE VARIATION VON STOLZ UND VORURTEIL

Sein Haar fühlte sich seidenweich zwischen ihren Finger an, als sie es wieder losließ. „Es würde mir nicht behagen, wenn wir unserem abwesenden Gastgeber Blutflecken auf seiner Bettwäsche hinterlassen würden."

„In der Tat." Er deutete auf jene Seite der Pritsche, die zwischen ihm selbst und dem Feuer lag.

Natürlich würde er darauf bestehen, dass sie den wärmeren Platz einnahm. Unglücklicherweise machte es ihr seine galante Geste unmöglich, ihre glühenden Wangen zu verbergen, als sie sich auf dem ihr angezeigten Platz niederließ. Das war ohne Frage das Schockierendste, was sie jemals getan hatte – und noch dazu war er in Hemdsärmeln! Sie war sich schmerzlich darüber bewusst, wie nah ihm ihr eigener tiefer Ausschnitt war und schnell zog sich den Quilt bis unters Kinn.

Eine Mischung aus Moschus und Rauch lag in der Luft, als er seinen Frack über ihr ausbreitete. Es war fast schon unanständig intim, unter seiner Kleidung zu liegen. Elizabeth presste die Augen fest zusammen und murmelte: „Ich danke Ihnen."

Sie spürte, wie sich sein Gewicht neben ihr in die Pritsche drückte. Wie viele Zentimeter lagen wohl zwischen ihnen? Trotz seiner kühnen Behauptung, dass noch genug Raum zwischen ihnen wäre, wusste sie, dass er das nur gesagt hatte, um ihre Bedenken zu zerstreuen. Wie alles andere in dieser kleinen Hütte war die Pritsche nicht größer als sie unbedingt sein musste. Sie versuchte, ihre Atmung zu kontrollieren, um ihre Verlegenheit nicht zu zeigen. Wenn er nur einschlafen würde, dann könnte sie aus dieser Lage entkommen.

„Schlafen Sie gut, Miss Elizabeth." Seine Stimme war ungewöhnlich sanft.

„Ihnen auch eine ruhige Nacht", brummelte sie.

DARCY SCHLOSS DIE AUGEN und wusste genau, dass er trotz seiner Erschöpfung nicht einschlafen durfte, solange er nur ein paar Zentimeter von Elizabeth Bennet entfernt lag. Er wollte nicht einmal schlafen, denn das würde bedeuten, diese außergewöhnliche Erfahrung zu verpassen. Sicherlich, er hatte das Einzige getan, was er als Gentleman tun konnte und sich von ihr abgewandt, aber selbst dass er sie nicht sehen konnte, änderte nichts daran, welche Bedeutung es hatte, sie neben sich liegen zu haben. Trotz seiner Kopfschmerzen und seiner zeitweiligen Verwirrtheit, hatte der gemeinsam verbrachte Abend nur dazu beigetragen, ihn noch weiter in ihren Bann zu ziehen.

Seit fünf Jahren nun war er Herr auf Pemberley, herrschte über seine Pächter und Dienstboten und bestimmte, wie das Anwesen zu verwalten war. Aber nie hatte er sich so lebendig gefühlt wie heute, als Elizabeth ihm ihre Schwierigkeiten mit ihrer Freundin Charlotte anvertraut hatte. Selbst wenn er nichts tun konnte, um ihr zu helfen, war die schlichte Tatsache, dass sie sich ihm anvertraut hatte, ein unerwartetes Geschenk. Und dass sie so reizend darauf bestanden hatte, sich um ihn zu kümmern, könnte ihn leicht süchtig machen. Auf Netherfield war er in Versuchung geraten, aber verglichen mit dem Hier und Jetzt war das nichts gewesen.

ALLEIN MIT MR DARCY: EINE VARIATION VON STOLZ UND VORURTEIL

Ihr regelmäßiger Atem war Musik in seinen Ohren. Selbstverständlich war sie immer noch wach, er bezweifelte nicht, dass es einige Zeit dauern würde, bis sie ihr Unbehagen soweit überwunden hatte, um einschlafen zu können. Aber sie lag hier, neben ihm – Elizabeth Bennet, von der er geglaubt hatte, dass er sie nie wieder sehen würde.

Wie seltsam es war, dass ausgerechnet sie, von all den Leuten in Meryton, diejenige gewesen war, die ihn am Straßenrand gefunden hatte! Das musste ein Zeichen gewesen sein.

Aber diese Gedanken warfen die unangenehme Frage auf, *warum* er sich denn ursprünglich auf dieser Straße befunden hatte. Es gab nichts, was ihn nach Meryton zog, Elizabeth war die einzige Person, deren Anwesenheit ihn hätte anziehen können, aber von ihr hatte er sich ja bereits losgesagt. Hatte sich daran etwas geändert? Er konnte sich nicht vorstellen, was ihn zu der plötzlichen Überzeugung gebracht haben könnte, dass sie doch eine geeignete Braut für ihn sein könnte. Das konnte es nicht gewesen sein.

Vielleicht war er unterwegs gewesen, um etwas für Bingley zu erledigen, doch er konnte sich nicht ausmalen, was das gewesen sein könnte. Was könnte er für Bingley auf Netherfield tun? Nichts. Und wenn er bedachte, was Elizabeth gesagt hatte, dann war er nicht einmal auf der Straße in Richtung Netherfield unterwegs gewesen. Das ergab keinen Sinn.

Ein unwillkürliches Lächeln schlich sich auf seine Lippen. Nur eines ergab Sinn und das war, dass Elizabeth bei ihm war. So wie es sein sollte.

Kapitel 3

ELIZABETHS KÖRPER FÜHLTE sich beim Aufwachen ungewöhnlich steif an und sie rückte näher an Jane heran, um sich an ihr zu wärmen. Aber der Körper neben ihrem roch nicht nach Janes Rosenwasser, sondern nach dem Rauch eines Holzfeuers, nassem Leder und etwas archaisch männlichem. Sie riss ihre Augen auf und blickte auf feines weißes Leinen, das eine eindeutig männliche Brust bedeckte. Herr im Himmel! Ihr Körper war mit Mr. Darcys verschlungen! Wenn ihr Herz noch wilder schlug, dann würde es ihren Brustkorb sprengen.

Sie konnte nicht zulassen, dass er sie in dieser vollkommen kompromittierenden Position ertappte. Sie würde seinen Arm, der sich um sie geschlungen hatte, um sie zu sich heran in seine Wärme zu ziehen, von sich weg heben müssen, ohne ihn zu wecken. Mit äußerster Vorsicht hob sie ihr Kinn so weit an, bis sie ihm ins Gesicht sehen konnte. Und in seine Augen. Die sie anschauten.

Ihre Kehle verengte sich. Warum sah er sie auf diese Art an? So unverwandt, so ernst, so ... sie fand nicht einmal die richtigen Worte dafür, aber es fühlte sich ziemlich seltsam an. Und er hatte sie nicht losgelassen. Was musste er von ihr denken?

Sie setzte sich so schnell auf, dass ihr schwindlig wurde, und kroch rückwärts von ihm weg. Sobald sie ein paar Meter vom Ofen entfernt war, umgab die kalte Luft sie schonungslos, und vertrieb auch noch die letzten Reste Schläfrigkeit aus ihren Knochen, sodass sie innerlich erschauerte über das, was gerade geschehen war. Wenn irgendjemand sie so gesehen hätte, wäre sie ruiniert gewesen oder man hätte sie gezwungen, Mr. Darcy zu heiraten. Was wäre wohl schlimmer? Zumindest hatte er genauso viel Interesse daran, diesen Vorfall geheim zu halten, wie sie selbst auch. Es würde ihm nicht gefallen, wenn er an die Tochter eines einfachen Gentlemans vom Lande gebunden wäre. Doch selbst wenn es niemals ans Licht käme, würde *sie selbst* es doch wissen und nichts wäre jemals wieder wie zuvor.

Mit zitternden Fingern strich sie sich über ihre Röcke, die jedoch so zerknittert waren, dass jede Hoffnung auf Ansehnlichkeit dahin war. Sogar ihr Zopf war teilweise aufgegangen, obwohl die Bänder in ihrem Haar wie durch ein Wunder noch an ihrem Platz waren. Nell musste Leim verwendet haben, um zu verhindern, dass sie herausrutschten! Sie fuhr sich mit den Fingern durchs Haar und schlang es dann schnell zu einem einfachen Knoten zusammen, während sie standhaft vermied, auch nur in Mr. Darcys Richtung zu blicken. In ihrem derzeitigen Zustand konnte sie nicht vorgeben, die Lady zu spielen.

„Haben Sie irgendeine Ahnung davon, wie entzückt Miss Bingley wäre, wenn sie sich heute Morgen in Ihrer Lage befunden hätte?" Mr. Darcys tiefe Stimme in ihrem Rücken ließ sie zusammenzucken.

Sie wandte sich um, um zu sehen, dass er immer noch auf der Pritsche lag, wobei er sich nun auf seinen Ellenbogen stützte. Die Intimität der Situation war angsteinflößend: Mr. Darcy, der sich sonst so formvollendet benahm, derart verändert zu sehen. Ihre Wangen wurden heiß. „Das habe ich nicht geplant. Ich war mir überhaupt nicht bewusst, wo ich war."

„Das weiß ich." Er klang vollkommen unbeeindruckt, als ob sie sich am Frühstückstisch über das Wetter unterhielten. „Obwohl es andere Frauen bereits versucht haben, kann ich es mir von *Ihnen* nicht vorstellen, dass Sie mich in eine Falle locken wollen." Er hielt ihr seine Hand hin. Wollte er ihr etwa bedeuten, dass sie wieder zu ihm ins Bett kommen sollte?

Ihre Fingernägel gruben sich in ihre Handflächen. „Ich erhebe Ihnen gegenüber keine Ansprüche, abgesehen davon, dass sie hierüber an niemandem jemals auch nur ein Sterbenswörtchen verlieren werden."

„Selbstverständlich können Sie auf meine Diskretion zählen. Aber ich kenne meine Pflichten ebenso gut wie Sie."

„Ich entlasse Sie aus diesen Pflichten. Solange niemand weiß, dass wir beide hier waren, wird auch kein Schaden angerichtet."

Er hob eine Augenbraue. „Die Tatsache, dass Sie über Nacht fort waren, schadet ihrem Ruf schon genug."

Es spielte keine Rolle, ob er Recht hatte oder nicht. Sie hatte keinerlei Absicht, in einer Ehe mit einem Mann gefangen zu sein, der seine Wahl jeden Tag seines Lebens bereuen würde. „Meine Vorliebe für lange Spaziergänge ist allgemein bekannt und niemand würde sich wundern, wenn ich Unterschlupf gesucht hätte, bis der Sturm vorüber ist. Es ist sehr wahrscheinlich, dass noch viele andere Leute durch den Schnee in Meryton gestrandet sind. Alle werden annehmen, dass ich auch dazu gehört habe." Sie drehte sich weg, um ihm zu bedeuten, dass sie die Unterhaltung für beendet ansah.

Warum blieb er beim Gedanken an eine Heirat mit ihr so ruhig? Das ergab keinen Sinn. Entweder musste sie noch träumen oder der Aufprall hatte seinem Kopf doch mehr Schaden angerichtet, als gedacht. Unter normalen Umständen wäre Mr. Darcy ohne jeden Zweifel aufgebracht darüber, dass er ein unbedeutendes, impertinentes Mädchen vom Lande heiraten sollte. Er sollte sich glücklich schätzen, dass er mit einer der wenigen Frauen zusammen war, die die Situation nicht für sich ausnutzen wollten. Gütiger Gott, verheiratet mit Mr. Darcy! Bei diesem Gedanken durchfuhr sie ein Schauder, der nichts mit der Kälte zu tun hatte.

Es war notwendig, dass sie diesen Ort so schnell als möglich verließen – vorzugsweise getrennt. Sie wappnete sich gegen die Kälte und ging zum Fenster hinüber. Es war komplett zugefroren und ließ nur schwaches Licht durchscheinen. Sie kratzte am Eis und hauchte es schließlich an, um sich ein Guckloch freiwischen zu können. Ihre Schultern senkten sich beim Anblick der dicken weißen Wolken, aus denen immer noch Schnee fiel. Hohe Schneewehen bedeckten jenen kleinen Teil der Landschaft, den sie erspähen konnte. Noch würde sie Mr. Darcy nicht entkommen.

VERWIRRT LIESS DARCY die Hand sinken. Was war mit Elizabeth los? Sicherlich war ihr klar, was getan werden musste. Warum war sie nicht zufrieden damit? Schließlich war er eine bessere Partie als sie sich jemals hätte erträumen können.

Ah, vielleicht war es das. Sie war sich des Unterschieds zwischen ihnen beiden nur zu bewusst und wusste, wie unpassend es für sie war, in jene Kreise aufsteigen zu wollen, in denen er verkehrte und nun versuchte sie, ihm die Peinlichkeit einer solchen Verbindung zu ersparen. Liebste Elizabeth! Welche andere Frau würde sich in einer Situation wie dieser in *seine* Lage versetzen?

Er räkelte sich wie eine zufriedene Katze und war sich des leeren Platzes neben sich bewusst, den bis vor Kurzem Elizabeths warmer Körper eingenommen hatte. Er hätte die Gelegenheit ergreifen können, sie zu küssen, bevor sie davongerannt war. Seine Lippen schmerzten immer noch sehnsuchtsvoll. Aber jetzt war es keine unerfüllte Sehnsucht mehr. Wenn sie ihre Launenhaftigkeit überwunden hätte, würde er sie so oft küssen, wie er wollte – und es würde ihm Freude bereiten, sie so oft als möglich zu küssen. Dieser Gedanke brachte ihm ein Lächeln auf die Lippen.

Schließlich und endlich meinte es das Schicksal also *doch* gut mit ihm. Elizabeth Bennet war nicht mehr außerhalb seiner Reichweite und gleichzeitig konnte ihm niemand Vorwürfe machen, so weit unter seines Standes geheiratet zu haben. Sie hatte sein Leben gerettet und sich dabei selbst in eine heillos kompromittierende Lage gebracht. Er würde sich nicht selbst herabsetzen, indem er um ihre Hand anhielt, sondern nur das einzig Richtige und Ehrbare tun. Die Leute würden ihn dafür respektieren, anstatt über ihn zu lachen, weil er den Verführungskünsten eines Mädchens, das gesellschaftlich weit unter ihm stand, zum Opfer gefallen war. Vielleicht würden sie Elizabeth noch belächeln, aber das spielte keine Rolle. Sie würde die Seine sein.

Er schob den ausgefransten Quilt zur Seite. Verdammt, war es kalt in dieser kleinen Hütte! Seine noch vom Schlafen steifen Muskeln protestierten, als er sich bewegte, um die letzten Reste der Kohlen zu schüren. Vorsichtig legte er eines der letzten Scheite oben auf und pustete behutsam darauf, um die Flammen wieder zum Leben zu erwecken. Währenddessen rüttelte eine Windböe an der kleinen Hütte. Offensichtlich hatte der Sturm noch nicht an Kraft eingebüßt.

„Es schneit immer noch, nehme ich an", sagte er.

Elizabeth erschrak bei seinen Worten „Es scheint so." Ihre Stimme klang leblos.

„Zweifellos wird es bald nachlassen", versicherte er, obwohl er es damit nicht eilig hatte. Dieses Cottage mochte wenig Komfort bieten, doch wenn sie es erst verlassen hätten, müsste er Elizabeth wieder den Zwängen der Gesellschaft überlassen, bis sie einmal verheiratet wären. Er beschloss, die Gelegenheit voll auszukosten, nun, da er sie für sich allein hatte.

ELIZABETH BLICKTE NOCH ein letztes Mal auf den Schnee draußen vor dem Fenster. Es half nichts, sie mussten das Beste aus ihrer Situation machen. Sie rieb sich die Arme und sah nach ihrem Mantel. Immer noch durchnässt. Seine Wärme hätte sie zu schätzen gewusst, ganz zu schweigen davon, dass er mehr Distanz zwischen ihr und Mr. Darcy geschaffen hätte.

Da Mr. Darcy immer noch vor dem Feuer lag, fiel es ihr schwer, ihn nicht anzusehen, als sie den Kessel mit dem letzten Rest Wasser aus dem Eimer befüllte und ihn wieder übers Feuer hing. Beinahe hatte sie sich an den schockierenden Anblick von ihm in Hemdsärmeln gewöhnt. Wie konnte sie schließlich auch darüber schockiert sein, ihn so zu sehen, wenn sie in diesen nur wenig bedeckten Armen noch kurze Zeit zuvor geschlafen hatte? Ein kalter Schauder lief ihr über den Rücken.

„Wird niemand danach fragen, wie Sie Ihre Version der Geschichte untermauern können?" Seine Stimme überraschte sie.

„Meine Geschichte?"

„Dass Sie irgendwo - mutmaßlich allein - festsaßen."

„Höchstwahrscheinlich nicht, bei all dem Chaos. Abgesehen davon, wenn irgendjemand Wind davon bekäme, dass Sie auch hier waren, dann wären Sie wohl der letzte Mensch, von dem irgendwer glauben würde, dass er mich kompromittieren würde."

„Wie das?" Er hatte doch die Frechheit, verwirrt zu klingen.

Ihre Zähne mahlten. Wollte er sie wirklich dazu zwingen, es zu sagen? „Jeder weiß bereits, dass Sie mich nicht attraktiv genug finden, um Sie in Versuchung zu bringen."

„Nicht attraktiv genug... warum um alles in der Welt würden sie *das* denken?"

Seine ungläubige Miene brachte sie nur noch mehr auf. „Weil Sie das gesagt haben. Als wir uns beim Tanz in Meryton das erste Mal begegnet sind. Bitte versuchen Sie jetzt nicht, es zu leugnen. Ich war dort und habe es selbst gehört. Meine Eitelkeit hat den Seitenhieb, Ihnen nicht zu gefallen, überlebt. Da es sich dabei aber nicht um mein liebstes Gesprächsthema handelt, lassen Sie uns einfach nicht mehr darüber sprechen."

Von ihrem Geständnis beschämt, drehte sie sich zu dem Schrank um, der als Vorratskammer diente und begann, darin herumzuwühlen - mehr um ihm zu entkommen, denn aus Hunger. Es war schon schlimm genug, dass sie wiederholen musste, was er gesagt hatte, sie wollte es nicht auch noch auf seinem Gesicht bestätigt sehen. Wenn sie ehrlich war, tat seine Ablehnung immer noch weh. Auch vorher schon hatten Gentlemen kein Interesse an ihr gezeigt, aber keiner davon hatte ihr das ins Gesicht gesagt.

Ihre Suche im Schrank würde wohl kaum etwas Neues zu Tage bringen, was auf mysteriöse Weise in der vorigen Nacht dort erschienen sein könnte. Sie griff nach zwei weiteren Äpfeln, nahm von dem altbackenen Brot und warf alles kurzerhand auf den Teller, der noch vor der Feuerstelle lag. Wenn Mr. Darcy etwas zu trinken wünschte, sollte er es sich selbst holen. Sie war nicht seine Dienstmagd.

Ihre Mühen wurden nicht anerkannt. Er ignorierte beides - was sie ihm anbot und sie selbst und sah überall hin, nur sie nicht an. Hatte sie es tatsächlich geschafft, den stolzen und unbeirrbaren Mr. Darcy aus der Fassung zu bringen?

„Ich habe es nicht so gemeint", sagte er ausdruckslos zum Feuer hin.

„Wie bitte?"

„Ich habe es nicht so gemeint!" blaffte er.

„Was haben Sie nicht so gemeint? Ihr Angebot, meine Ehre wiederherzustellen? Das ist wohl kaum eine Überraschung."

„Nein! *Das* habe ich so gemeint." Ungeduldig fuhr er sich mit den Fingern durchs Haar. „Was ich bei dem Tanz gesagt habe. Das war nicht wahr. Ich kann mich nicht daran erinnern, etwas Derartiges gesagt zu haben, aber wenn, dann höchstwahrscheinlich, um jemanden loszuwerden, der mich ansprechen wollte."

Versuchte er gerade, sich bei ihr zu entschuldigen? Wahrscheinlicher war, dass sie immer noch schlief und träumte.

„Wirklich Sir, die Sache berührt mich nicht weiter." Sie gab sich alle Mühe, gleichgültig zu klingen.

„Sicherlich wussten Sie... schließlich waren Sie die einzige Frau, die ich beim Ball auf Netherfield zum Tanz aufgefordert habe."

„Was weiß ich?" Ihre Wut wandelte sich in Verblüffung.

„Dass ich Sie für zu attraktiv für meinen Seelenfrieden hielt!" Sein Blick war eher feindlich, denn bewundernd.

ALLEIN MIT MR DARCY: EINE VARIATION VON STOLZ UND VORURTEIL

„Ach, kommen Sie schon. Das ist lächerlich! Ich weiß nicht, worauf Sie hinaus wollen, aber ich wünschte, Sie würden damit aufhören."

„Sie sind nicht die Einzige, die sich wünscht, dass ich damit aufhöre." Er zog sich seinen Mantel an und schloss die Knöpfe. „Miss Bingley wusste davon und es hat ihr gar nicht gefallen." Er stapfte zur Tür, riss sie auf und ließ eine Windböe voll Schnee herein.

„Wo wollen Sie hin? Sie können unmöglich bis in die Stadt gehen!"

„Ich suche den Holzvorrat, sodass wir heute nicht zu Tode frieren!" Er schlug die Türe hinter sich zu.

Fassungslos schüttelte Elizabeth den Kopf. Was für ein seltsamer Mann! Dachte er etwa, seine Worte auf der Tanzveranstaltung hätten sie so sehr verletzt, dass er sich so etwas ausdenken musste? Das war Irrsinn. Wollte er sich über sie lustig machen? Sie würde Mr. Wickham fragen müssen, wenn sie ihn das nächste Mal traf. Vielleicht verstand er, was Mr. Darcy meinte und warum ihre Aussage ihn so wütend gemacht hatte.

Ein Schatten zog am Fenster vorbei. Sie rieb sich genug Fläche frei, um Mr. Darcy zu sehen, der seine Arme um sich geschlungen hatte, den Kopf gesenkt hielt und langsam vor dem Cottage auf und ab ging. Hatte sie einen Holzstoß gesehen, als sie das erste Mal an der Hütte vorbeigegangen war? Sie konnte sich nicht erinnern. Als sie gestern Zuflucht gesucht hatten, wäre er schon mit Schnee bedeckt gewesen.

Was, wenn er kein Feuerholz finden konnte? Ihr Blick fiel auf den Ofen und die beiden kleinen Holzscheite, die noch daneben lagen. Sie würden nicht lange reichen.

Vielleicht wäre es genug, wenn der Schnee bald vorüber wäre, aber wenn es so weiter ging, würde es in dem kleinen Cottage in der Tat sehr kalt werden. Sie wagte nicht einmal, darüber nachzudenken, was geschehen würde, wenn der Schnee noch so lange anhielt, bis es zu spät sein würde, um aufzubrechen. Um diese Jahreszeit ging die Sonne schon bald unter und sie würden nicht losziehen können, ohne noch mindestens zwei Stunden Tageslicht zu haben.

DARCY TRAT GEGEN EINE weitere Schneewehe, als ob sein ärgster Feind darunter läge. Auch hier wieder nichts. Zum Teufel nochmal, was musste das für ein Kerl sein, der seinen Holzhaufen versteckte? Ein Idiot, das musste er sein. Fast genauso sehr Idiot wie er selbst, um mit Elizabeth Bennet in einem Schneesturm gefangen zu sein. Er trat wieder gegen den Schnee und schrie vor Schmerz auf, als sein Schuh auf etwas Hartes traf. Vielleicht war es das endlich! Aber als er sich herabbeugte, um den Schnee abzustreifen, fand er nur noch einen weiteren der Grenzsteine, über die Elizabeth schon am Tag zuvor gestolpert war. Warum war er nur in diesen gottverdammten Winkel von Hertfordshire zurückgekehrt? Er stapfte weiter und der Schmerz in seinen Zehen mahnte ihn, seinem Ärger dieses Mal nicht mit den Füßen Luft zu machen. Wie konnte Elizabeth nur denken, dass er sie für unattraktiv hielt? Er hatte gefürchtet, dass er ein offenes Buch sei und sich Sorgen darüber gemacht, falsche Erwartungen zu wecken... und wenn er schon beim Thema Erwartungen war – warum in Gottes Namen, wollte sie nicht die Gelegenheit beim Schopf ergreifen, Herrin von

Pemberley zu werden? Jede andere Frau wäre begeistert gewesen über die Möglichkeit, die sich ihre geboten hatte. Was war nur los mit ihr?

Ihr warmer Körper hatte sich so richtig in seinen Armen angefühlt als er aufgewacht war, mit sich und der Welt zum ersten Mal seit Monaten im Reinen und das, obwohl er auf einer vergammelten und verlausten alten Strohmatratze in seinen Anziehsachen geschlafen hatte. Es war verdammt gut gewesen, dass er voll bekleidet gewesen war, ansonsten hätte er ihrer Versuchung nicht widerstehen können. Er wusste nur zu gut, dass er Elizabeth Bennet nicht heiraten sollte. Es wäre ein Fehler in so vielerlei Hinsichten, dass er nicht einmal beginnen sollte, sie zu zählen. Und doch war er froh gewesen, dass ihm die Entscheidung abgenommen worden war. Sie hatte sein Leben gerettet und er dankte es ihr, indem er sie kompromittierte. Sie zu heiraten war unter diesen Umständen seine Pflicht als Ehrenmann und er musste sich keine Vorwürfe dafür machen, dass er ihrer Anziehungskraft erlag.

Und sie hatte ihn nicht ernst genommen! Sogar wenn man davon ausging, sie hätten Glück genug, nicht zusammen entdeckt zu werden – wie konnte sie nur glauben, dass niemand ihre Abwesenheit bemerken würde? Lächerlich! Die einfachste Lösung wäre es, direkt zu Mr. Bennet zu gehen und die Fakten auf den Tisch zu legen. Aber was redete er denn da – er sollte diese Verbindung mit allen Mitteln zu verhindern versuchen. Vielleicht hatte ihm der Schlag auf den Kopf tatsächlich den Verstand vernebelt.

Wenn es stattdessen nur seine Augen getroffen hätte! So nahe bei Elizabeth konnte er nicht anders, als sie zu bewundern. Ihre Schönheit überstrahlte sogar ihre mittlerweile zerzauste Aufmachung und er wurde wie die Motte von der Flamme davon angezogen. Und jetzt hatte er es ihr auch noch gesagt. Würde sie versuchen, diese Macht gegen ihn auszuspielen? Wo war dieser *verdammte* Holzstoß?

Warum versuchte er überhaupt, ihn zu finden? Ohne Holz würden sie näher zusammen rücken müssen, um sich warm zu halten. Sogar mitten in einem tosenden Schneesturm wurde ihm bei dem Gedanken warm. Aber das würde er ihr nicht antun. Er würde ihre Schutzlosigkeit nicht ausnützen. Und das würde er sich immer und immer wieder vorsagen, bis der Gentleman in ihm wieder hervor kam, wo auch immer der sich derzeit versteckt hielt. Vermutlich hinter dem verdammten, unauffindbaren Holzstoß.

Er hatte das Cottage beinahe einmal umrundet, und doch fühlte er sich immer noch so rastlos wie zuvor, als er die Tür hinter sich zugeschlagen hatte, bevor er eine Dummheit begehen konnte, wie etwa Elizabeth zu zeigen, wie attraktiv er sie tatsächlich fand. Der Holzvorrat musste weiter von dem Cottage entfernt sein, als er sich zu gehen getraut hatte. In diesem Schneetreiben konnte er sich schon zwei Dutzend Schritte von seinem Ziel entfernt verlaufen. Und das würde auch keines seiner Probleme lösen.

Er stolperte über den Holzstapel, als er schon fast wieder an der Tür angekommen war. Verdammtes Ding! Er hätte ihn sofort gefunden, wenn er nur in der anderen Richtung danach geschaut hätte. Sogar unbewegliches Feuerholz hatte sich heute gegen ihn verschworen und es darauf angelegt, ihn in den Wahnsinn zu treiben. Er wischte sich den Schnee von seiner Hose und rieb sich das schmerzende Knie, bevor er sich die Arme voll Feuerholz lud. Gott-sei-Dank konnte ihn seine Dienerschaft jetzt nicht sehen.

Kapitel 4

ELIZABETH SPRANG VON der warmen Stufe auf, als
Mr. Darcy mit einem Windstoß herein trat, die Arme voll
Feuerholz und den Kopf mit Schnee bedeckt. Er gab sich
große Mühe, die Scheite ordentlich aufzustapeln und ging
dann wieder hinaus. Obwohl die Tür nur für diese kurze Zeit
offen gestanden hatte, sank die Temperatur im Innenraum
des Cottages empfindlich. Wenn er mehrmals würde gehen
müssen, wäre es wohl besser, wenn sie ihm die Türe öffnete
und hinter ihm wieder schloss, um das bisschen an Wärme,
das ihnen noch blieb, drinnen zu halten.

Er bedankte sich kühl für ihre Hilfe. Nachdem er einen
dritten Arm voll Holz auf den Stapel gelegt hatte, taumelte
er und musste sich am Kaminsims festhalten. Elizabeth
wollte ihm die Hand reichen, damit er nicht wieder
stolperte, doch dann zog sie sie wieder zurück, denn sie
wagte es nicht, ihm zu bedeuten, dass er solche
Anstrengungen besser nicht unternehmen sollte.

Als er das nächste Mal nach draußen ging, kehrte er
nicht gleich wieder zurück. Elizabeth ging zur Tür und
spähte hinaus, um zu sehen, ob er darauf wartete, dass sie

ihm öffnete, doch dem war nicht so und alles jenseits der Türschwelle war vom frischem Weiß überdeckt.

War er in dem rutschigen Schnee gestürzt? Oder hatte das Bewusstsein verloren? Ein scharfes Stück Eis schien sich tief in ihr Inneres zu graben. Oh, warum hatte sie es zugelassen, dass er nochmal nach draußen ging? Es war doch deutlich gewesen, dass er nicht in der Verfassung dazu war!

Ohne weiter darüber nachzudenken, öffnete sie die Tür und trat in den schneidenden Wind hinaus. Aber wie sollte sie ihn finden, wenn sie nicht einmal ein paar Fuß weit sehen konnte? „Mr. Darcy!" rief sie.

„Ja?" Hörte sie seine Stimme dumpf zu ihrer Linken.

Erleichterung durchfuhr sie, als sie einen nur leicht dunkleren Umriss sah. „Ist etwas passiert?"

„Nein. Ja."

Irgendwo zwischen lachen und seufzen blieb ihr der Atem weg. „Was denn nun?"

„Wenn Sie mir hier zur Hand gehen könnten..." Seine Stimme klang angestrengt.

Wenn Mr. Darcy sie tatsächlich um Hilfe bat, musste etwas Schlimmes geschehen sein. Vielleicht wurde er von einem herabfallenden Holzscheit eingeklemmt. Sie bahnte sich einen Weg durch den dichten Schnee, bis sie ihn auf seinen Knien fand, als er sich mit beiden Händen durch eine Schneewehe wühlte, um ihn herum lag das Feuerholz verstreut. „Was soll ich tun?" Sie musste beinahe schreien, um den Wind zu übertönen.

„Könnten Sie die Scheite beiseite nehmen, die auf meinen Arm gefallen sind?", knurrte er.

„Selbstverständlich." Beinahe bemerkte sie nicht, wie sehr der kalte Schnee an ihren Fingerspitzen schmerzte, so sehr beeilte sie sich, das Holz zur Seite zu räumen. „Soll ich noch mehr wegnehmen?"

„Nein, das sollte..." Er beugte sich in das Loch hinab, das er geschaffen hatte und zog an etwas. Dann richtete er sich plötzlich auf und hatte einen Brocken Schnee in den Händen. „...genügen. Dankeschön."

„Sind Sie verletzt?"

„Drinnen."

Wartete er darauf, dass sie voran ging? Plötzlich wurde ihr bewusst, wie unsinnig es war, eine Unterhaltung zu führen, wenn man jedes Wort brüllen musste und so stapfte sie zur Tür zurück. Ihre zitternden Hände kämpften eine Weile mit dem Riegel, bevor er sich öffnete.

Sie musste sich gegen die Tür stemmen, um sie hinter Mr. Darcy schließen zu können. Obwohl der Wind über den Kamin streifte, war es drinnen herrlich still. Mehr als drei Minuten konnte sie nicht draußen verbracht haben und trotzdem kam es ihr wie eine Ewigkeit vor. Sie schüttelte den Schnee von ihrem Kleid ab und schlotterte.

Mr. Darcy kniete vor dem Kamin und begutachtete seinen seltsamen Fund. „Wären Sie so freundlich und würden noch ein Scheit aufs Feuer legen, Miss Elizabeth?"

Seine Förmlichkeit erinnerte sie daran, wie wütend er gewesen war, als er sich vorhin auf die Suche gemacht hatte, weshalb sie sich auf die andere Seite des Kamins zurückzog, nachdem sie getan hatte, was er ihr aufgetragen hatte. Das Feuer schlug mit dem neuen Scheit nun höher, sodass mehr von dem Klumpen zu sehen war, den Mr. Darcy nun tüchtig rubbelte. Elizabeth blinzelte. *Bewegte* er sich?

Ihr Vorhaben, sich zu distanzieren, ganz vergessen, beugte sie sich zu ihm hinüber und spähte hinab. Ja, es lebte! „Was ist das?"

„Ein Kater. Er hatte sich im Holzstoß versteckt." Er hob das Tier an, hielt es sich gegen die Brust und raunte ihm etwas Unverständliches zu.

Jetzt erkannte sie den Schwanz und die Ohren. „Er hat wohl versucht, ein warmes Plätzchen zu finden, wie ich annehme. Es grenzt an ein Wunder, dass er die Nacht überlebt hat."

„Es könnte schon zu spät sein, wenn er Erfrierungen an den Pfoten hat."

„Das hoffe ich nicht. Mir wäre ein Wunder lieber." Elizabeth stellte fest, dass das Tier gar nicht so sehr mit Schnee bedeckt war, sondern tatsächlich weitestgehend weißes Fell hatte. Ein paar gelblich-braune Flecken sprenkelten sich über seinen Kopf hinweg. „Zwei Wunder, genau genommen. Nur Sie, Mr. Darcy, könnten eine weiße Katze in einem Schneesturm finden. Ich dachte, dass es sich um einen Schneeball handelt."

Er hob den Kopf. „Schneebälle miauen selten und beißen auch nicht."

Elizabeth konnte nicht anders als in Gelächter auszubrechen. „Hat er Sie tatsächlich gebissen?"

„Nicht arg. Schließlich habe ich ihn in seinem Versteck gestört."

Noch eine neue Seite an Mr. Darcy! Dass er sich die Mühe machen würde, eine streunende Katze im Sturm zu retten, war ungewöhnlich genug für einen Gentleman, aber das auch noch zu tun, nachdem sie ihn bereits gebissen hatte und sie dann selbst zu wärmen? „Sie sind ganz mit Schnee bedeckt. Sollte nicht ich das Tier halten, damit Sie ihn abschütteln können, ehe er schmilzt?"

Er sah überrascht auf seine Arme herab. „Vermutlich, ja." Er löste die Katze von sich, die sich offensichtlich in seinem Hemd verkrallt hatte und hielt sie ihr vorsichtig entgegen.

Die Katze machte keine Anstalten, zu entkommen, sondern kuschelte sich sofort in Elizabeths Arme. „Oh je, die ist ja kaum ausgewachsen! Und ich kann deine Rippen fühlen." Sie stellte sich näher ans Feuer heran und drehte sich um, sodass so viel Wärme wie irgend möglich bei dem zitternden Tier ankam. Wäre sein Fell wohl weich, wenn es nicht so kalt und nass wäre?

Sie struwwelte durch den Pelz, damit er schneller trocknete und betastet danach den Körper der Katze, um zu spüren, ob sie verletzt war. Nein, es war nur die Kälte und höchstwahrscheinlich der Hunger. In diesem Sturm konnte sie nicht auf die Jagd gehen. „Du armes Ding", sagte sie sanft, „bald wird dir warm sein." Gegen den Hunger des Tieres würden sie wenig ausrichten können, es sei denn es hätte eine Schwäche für rohe Zwiebeln. Der letzte Rest Wild war heute Morgen verspeist worden.

Mr. Darcy kniete sich neben sie. „Wie geht es ihm?"

„Ihr"

„Oh. Also dann: Wie geht es *ihr*?" Er streckte seine Hand aus, um den Kopf der Katze zu streicheln.

ALLEIN MIT MR DARCY: EINE VARIATION VON STOLZ UND VORURTEIL

Es fühlte sich seltsam vertraut an, ihn so nah bei sich zu haben, während sie beide die Katze streichelten. „Sie lebt noch."

Die Katze hob ihren Kopf, schnüffelte an Mr. Darcys Fingern und richtete sich dann in Elizabeths Schoß auf, um sich zu räkeln. Vorsichtig suchte sie sich ihren Weg über seine Beine hinweg, kuschelte sich an seinen Körper und fing zu schnurren an.

Als er überrascht reagierte, musste Elizabeth lächeln und ihr wurde so warm wie schon lange nicht mehr. „Sie scheinen eine Freundin gefunden zu haben. Sie weiß genau, wer sie gerettet hat."

Unbeholfen reichte er zu der Katze hinunter um sie zu streicheln. „Sind Sie sich sicher, dass sie weiblich ist?"

„Ich denke schon. Wie ich annehme, haben Sie nicht viel Erfahrung mit Katzen?"

Plötzlich schien er sich in sein Schneckenhaus zurückzuziehen. „Sehr wenig."

Seine Verschlossenheit erinnerte sie daran, was er zuvor gesagt hatte. Die Sorgen, die sie sich zunächst um sein und dann um das Wohlergehen der Katze gemacht hatte, hatten sie davon abgelenkt, aber es machte sie immer noch nervös. Sie war sich nicht sicher, welche der beiden Erklärungen sie bevorzugte – dass er sich über sie lustig machte oder dass er sie tatsächlich verehrte. Beide waren unvorstellbar beschämend, besonders nachdem sie in seinen Armen aufgewacht war. Ihre Haut kribbelte, wenn sie daran dachte, wie sich sein Körper gegen ihren gedrückt hatte.

Wie konnte sie sich zu ihm hingezogen fühlen, wenn sie ihm gegenüber doch bisher solch eine Abneigung verspürt hatte? Sie senkte ihre Augen und bemerkte, dass die Ärmel seines Mantels mit Holzsplittern übersät waren. Ohne weiter darüber nachzudenken, zog sie einen der größeren heraus. „Ich hoffe, dass ihr Kammerdiener keiner von der Sorte ist, der Sie zurechtweisen wird. Ihre Garderobe wird nie wieder so sein, wie zuvor."

Auch er sah an sich hinunter und begann damit, die Splitter herauszuzupfen. „Seinem Missfallen Ausdruck zu verleihen, wäre unter Crewes Würde. Er wird es mit keinem Wort erwähnen, sondern ihn diskret verschwinden lassen. Ich werde den Mantel nie wieder zu Gesicht bekommen."

„Warum überrascht es mich nicht, dass Sie einen gediegenen und stillen Kammerdiener haben?"

Darcy warf eine Handvoll Splitter ins Feuer, wo sie knisternd zerbarsten. „Gediegen schon, ja. Aber manchmal ist er alles andere als still."

„Oh?" Sicherlich war sein Kammerdiener ein harmloseres Gesprächsthema als seine Vergangenheit.

„Crewe spricht nur dann mehr als ein paar Worte am Stück, wenn er der Meinung ist, dass ich im Begriff bin, einen schwerwiegenden Fehler zu begehen. Dann erklärt er mir durchaus unmissverständlich, was ich falsch mache und wie ich es besser machen könnte." Seine Augenbrauen zogen sich zusammen. „Was ist los?"

„Nein, nichts. Es erstaunt mich nur, dass Sie sich von einem Angestellten kritisieren lassen."

„Ich weiß, dass ich nicht perfekt bin. Aber Crewe ist dennoch ein Sonderfall. Vor mir hat er schon meinem Vater gedient und auf seinem Totenbett hat mir mein Vater eingeschärft, dass ich Crewe behalten und immer auf ihn hören soll. Er darf sich also Freiheiten herausnehmen, für die andere Mitglieder der Dienerschaft entlassen würden."

„Und *hören* Sie immer auf ihn?"

Seine Augen verschleierten sich. „Ja", entgegnete er kurz angebunden, „ich habe keine andere Wahl."

„Um den Wunsch Ihres Vaters zu respektieren?"

„Nein. Weil er immer Recht hat." Seine Unterlippe schob sich vor, sodass er beinahe einen Schmollmund machte.

Elizabeth lachte. „Was für ein lästiger Wesenszug! Mir wäre es gar nicht lieb, wenn es jemand gäbe, der mich auf meine Fehler stoßen würde und dabei immer Recht behielte."

„Und immer genau dann, wenn ich am wenigsten damit rechne." Irgendwie stand ihm sein beleidigter Gesichtsausdruck seltsam gut.

„Und jetzt werden Sie auch noch erklären müssen, weshalb sie dazu noch weiße Katzenhaare auf ihrer Hose haben."

„Erinnern Sie mich nicht daran!"

Wie auf Kommando sprang die Katze von seinem Schoß auf, machte es sich beim Feuer gemütlich und putzte sich sorgfältig. Darcy nutzte seine neu gewonnene Freiheit, um das Feuer zu schüren, sodass die Flammen höher schlugen. Als er aber ein neues Holzscheit auflegte, knackte und knisterte es und ließ die Flammen ersticken, bis er dem Feuer wieder ein wenig Luft mit seinem Hut zufächelte.

Wie seltsam, dass er so viel übers Feuermachen wusste! Wäre es nicht unter seiner Würde gewesen, die Arbeit eines Bediensteten zu erlernen? Vielleicht wäre das ja ein sicheres

Gesprächsthema. „Sir, ich bin voll des Staunens ob ihrer Fähigkeit, ein Feuer zu entfachen."

Er warf ihr den kürzest möglichen Blick zu. „Das habe ich als Kind gelernt. Mein Cousin und ich spielten gerne in einer Höhle auf dem Anwesen seines Vaters und dort errichteten wir uns ein Feuer, um nicht zu frieren. Das Feuer ging ziemlich oft wieder aus, bis wir den Bogen raus hatten, wie wir es am Brennen halten konnten. Es dauerte Monate, bis wir das herausgefunden hatten. Wenn die Hausmädchen das taten, sah es viel leichter aus."

„Monate? Sie müssen häufig dort zu Besuch gewesen sein."

„Ich habe über zwei Jahre bei seiner Familie gelebt."

Er war also in Pflege gegeben worden? Sicherlich, manche Adelsfamilien taten das, aber von ihm hätte sie es nicht erwartet. „Sie müssen froh gewesen sein, einen Cousin in ihrem Alter gehabt zu haben." Sicherlich war das Thema neutral genug.

„Unter diesem Vorwand war ich dort. Mein Onkel gab vor, dass Richard einen Gefährten bräuchte, da er zu dieser Zeit nicht zur Schule geschickt werden konnte und er meinte, er würde davon profitieren, wenn er einen Mitstreiter hätte, mit dem er zusammen lernen könnte."

Wenn das der Vorwand gewesen war, was war dann der wirkliche Grund gewesen? Und warum hatte er ihr das erzählt? Es wäre unhöflich, ihn direkt danach zu fragen. „Das scheint ein guter Grund gewesen zu sein. Ich hoffe, dass er nicht aus gesundheitlichen Gründen der Schule fern bleiben musste?"

„Richard?" Darcy schnaubte. „Er hat eine Rossnatur. Das war alles ein Vorwand. Mein Onkel traute meiner Stiefmutter nicht über den Weg. Er dachte, dass sie sich nicht richtig um mich kümmern würde und hatte das Gefühl, dass ich bei ihm sicherer wäre. Er wollte sicherstellen, dass der nächste Herr von Pemberley Fitzwilliam-Blut in sich trug. Das habe ich natürlich erst sehr viel später erfahren."

„Sicherlich hatten Sie auf Pemberley Dienstboten, die Sorge für Sie tragen konnten, selbst wenn Ihre Stiefmutter kein Interesse daran hatte."

„Natürlich gab es die. Dennoch hätte es in ihrem Interesse gelegen, wenn eines ihrer eigenen Kinder der Erbe gewesen wäre und dem stand ich im Weg."

Er klang gleichgültig, doch Elizabeth war entsetzt. „Das klingt wie etwas, das nur in Sagen und Legenden geschieht."

Daraufhin drehte er sich zu ihr um und sah sie mit unlesbarem Blick an. „Im Kern beruht jede Geschichte auf Fakten und der menschlichen Natur. Natürlich könnte es auch nur eine Hypothese meines Onkels gewesen sein."

Etwas an seinem Gesicht verriet Elizabeth, dass er dem Ganzen nicht so gleichgültig gegenüber stand, wie er es klingen lassen wollte. Wie schrecklich für ein Kind – zu wissen, dass die Stiefmutter es sich tot wünschte! Nun war sein zurückgezogenes, stolzes Verhalten ein wenig verständlicher. „Aber was war mit Ihrem Vater? Sicherlich hätte er es nicht zugelassen, dass Sie in Gefahr gerieten." Die Frage war deutlich persönlicher, als sie sich unter normalen Umständen zu stellen getraut hätte, aber irgendwie fühlte es sich im Moment ganz natürlich an.

„Das hätte er nicht, aber er war zu der Zeit viel unterwegs. Diese Meinung war jedenfalls die meines Onkels und er ist kein Mensch, dem man leicht widerspricht. Er war von Anfang an gegen diese Ehe, weil er meinte, dass sie zu jung und kaum respektabel war. Und mein Vater muss ihm irgendwann zugestimmt haben, denn nachdem meine Schwester geboren wurde, hat er sie zu ihrer Familie zurück geschickt."

Sie bemühte sich, etwas Angemessenes zu entgegnen. „Es klingt so, als sei Ihre Stiefmutter hasserfüllt."

„Überhaupt nicht. Ich habe sie sehr gemocht."

Er *mochte* sie? Das machte keinen Sinn. Er musste noch die Verwirrung durch seinen Sturz sein. Wahrscheinlich wusste er nicht mal, wovon er sprach. „Sie mochten sie?"

„Sie war mit mir befreundet, bevor mein Vater sie auch nur beachtete. Wir waren auf Besuch bei ihren Eltern und als ich mit ihren Brüdern spielte, stieß sie oft zu uns, da sie noch nicht in die Gesellschaft eingeführt war."

„Also war sie noch sehr jung?"

Er dachte darüber nach. „Das nehme ich an, doch im fortgeschrittenen Alter von sieben Jahren kam sie mir sehr erwachsen vor. Sie muss sechzehn gewesen sein, als sie geheiratet haben."

„Haben Sie sie immer noch gemocht, nachdem Ihr Vater sie geheiratet hatte?"

Er schloss die Augen und lehnte den Kopf gegen die Mauer der Feuerstelle. „Ja. Sie war immer nett zu mir und sie hat mich dazu ermutigt, Dinge zu tun, die meine Mutter mir verboten hätte, wie zum Beispiel einen noch nicht fertig zugerittenen Hengst zu reiten oder an eine Felsmauer hinaufzuklettern. Damals habe ich das Motiv dahinter noch nicht verstanden, sondern nur gedacht, dass sie außergewöhnliches Vertrauen in meine Fähigkeiten zu haben schien."

„Sind Sie wirklich Felswände hochgeklettert? Ich hätte Sie nicht für ein solch abenteuerlustiges Kind gehalten."

Ein kleines Lächeln huschte über seine Lippen, als er sich umdrehte, um sie anzusehen. „Ich nehme an, dass man mir das jetzt nicht mehr ansieht, aber das war bevor mir bewusst war, welche Verantwortung ich zu tragen habe. Damals ging es mir wie allen anderen Kindern auch – ich dachte, mir könne nichts Ernsthaftes zustoßen. Ich kann mir vorstellen, dass Sie ganz genauso waren."

„Möchten Sie damit etwa andeuten, dass ich als Kind keine Lady war?", neckte sie ihn.

„Ich wollte nicht unhöflich sein", entgegnete er steif.

„Wie auch immer, Sie würden mit Ihrer Vermutung vollkommen richtig liegen. Als Kind war ich wahrhaft ein Wildfang. Für jemanden wie Ihre Stiefmutter wäre es ein Leichtes gewesen, mich zu unbedachten Handlungen zu überreden. Wie Sie schon sagten, sehen Kinder die Dinge ein wenig anders."

„Und dann werden sie erwachsen und alles ändert sich." Eine Spur Melancholie lag in seiner Stimme.

Das wurde ihr nun deutlich zu privat, um sich noch wohl damit zu fühlen und so entgegnete sie forsch: „Sie hatten Glück, dass Ihr Onkel mitbekommen hat, was vor sich ging."

„Er war es nicht, dem es aufgefallen ist, sondern mein Hauslehrer. Ich mochte ihn nicht, weil er so streng war und darauf bestand, dass ich meine Tage mit lernen zubringe, anstatt mich in Abenteuer zu stürzen. Und dann habe ich die Grippe bekommen, eine ziemlich heftiger Fall. Meine Stiefmutter befahl den Dienstboten offensichtlich, dass sie sich von mir fern halten sollten, sodass die Infektion nicht auf sie übergehen könnte und gab vor, mich selbst zu pflegen. Ich muss wohl kaum erwähnen, dass sie nichts dergleichen getan hat. Mehrere Tage wurde ich mir selbst überlassen, ohne Essen oder Trinken, bis mein Hauslehrer herausfand, was vor sich ging. Er ist an meinem Krankenbett geblieben, bis die Gefahr gebannt war. Sobald es mir dann gut genug ging, um zu reiten, hat er mich zu meinem Onkel gebracht und ihm die ganze Geschichte erzählt." Seine Stimme war ausdruckslos.

Elizabeth drehte sich bei dem Gedanken an ihn als hilfloses, krankes Kind, das ganz alleine gelassen wurde, der Magen um. Sie riss sich und die letzten Reste ihrer Selbstbeherrschung zusammen und sagte: „Es war sehr mutig von Ihrem Lehrer, sich bei Ihrer Stiefmutter in Ungnade zu bringen. Er muss Sie sehr gemocht haben."

„Dazu kann ich nichts sagen, aber mutig war es. Wenn mein Onkel ihn nicht angehört hätte, wäre er ohne Zeugnis entlassen worden, was seine Karriere und seine Zukunftsaussichten ruiniert hätte. Glücklicherweise hat mein Onkel ihm Gehör geschenkt und ihm eine neue Stellung als Hauslehrer für Richard und mich angeboten. Oder, wie Richard es ausdrücken würde: Den Auftrag, uns so oft als möglich das Leben so schwer wie möglich zu machen."

„Ihr Cousin war wohl nicht der geborene Student?"

„Überhaupt nicht. Er hatte Freude am Entdecken und Abenteuern." Die flackernden Flammen erhellten seine hohen Wangenknochen. Sogar in seiner derzeit unordentlichen Aufmachung konnte man nicht leugnen, dass der Mann attraktiv war.

Irgendwie musste sie einen Weg finden, um die Atmosphäre ein wenig aufzulockern. „Ich nehme an, es stellt sich gerade heraus, dass *ich* jedenfalls davon profitiere, denn mir wäre sonst tatsächlich ziemlich kalt, wenn Sie nie gelernt hätten, Feuer zu machen."

Ein Mundwinkel hob sich. „Ja, manchmal führen Ereignisse, die zunächst beunruhigend wirken, zu einem sehr wünschenswerten Ergebnis. Ich, zum Beispiel, bin sehr dankbar darüber, dass Sie sich entschlossen hatten, einen langen Spaziergang an einem kalten Wintertag zu machen, obwohl das bedeutete, dass Sie in einem Schneesturm vom Weg abgekommen sind. Ansonsten würde ich höchstwahrscheinlich noch am Wegesrand liegen. Wo mir ein Feuer jetzt auch nichts mehr nützen würde."

Ihr Mund fühlte sich plötzlich trocken an. „Das würde ich mir ganz bestimmt nicht wünschen."

„Da bin ich froh." Sein auf sie gerichteter Blick hatte beinahe hypnotische Kräfte. Langsam lehnte er sich zu ihr hinüber.

Das Herz schlug ihr bis zum Hals. Sie wusste, was jetzt kommen würde. Warum sprang sie nicht auf und lief davon? Wenn sie ihn auffordern würde, damit aufzuhören, dann würde er das tun, das sagte ihr der Instinkt. Die Worte blieben ihr im Hals stecken, als er sich ihr näherte. Dann schlugen sich ihre Augenlider nieder, als seine Lippen sachte

71

ihre berührten - ein kleines Fleckchen Wärme in einer eisigen Welt.

Tausend Schmetterlingsflügel kitzelten bei der Berührung in ihrem Bauch. Was stimmte nicht mit ihr?

Kalte Luft ersetzte die Wärme seiner Lippen und sie öffnete die Augen, um zu sehen, wie er sich mit einem leichten Lächeln zurücklehnte. „Sehen Sie – es wäre gar nicht so schlecht, mit mir verheiratet zu sein."

All die Gefühle, die in ihr aufgestiegen waren, während er sie küsste, lösten sich bei seinen Worten in Luft auf und sie vergrub das Gesicht in ihren Händen. Ein paar Augenblicke später brachte sie schließlich ein paar Worte heraus. „Mr. Darcy, das Thema ist beendet."

„Warum?" Seine Stimme war leise und verleitend. „Im Gegensatz zu Ihrem letzten Verehrer hat mich niemand jemals bezichtigt, ein Dummkopf zu sein oder zu viel zu reden."

„Nein, von diesen beiden Sünden kann ich Sie freisprechen."

„Es gibt keinen Grund, sich zu fürchten."

„Ich fürchte mich nicht und ich bin *nicht* Miss Bingley!"

Er lachte laut auf. „Das weiß ich. Denn wenn es so wäre, dann hätte ich mich entschlossen, am Wegesrand liegen zu bleiben."

Sie konnte ein leises Kichern nicht unterdrücken. „Sicherlich würden Sie nicht so sehr ins Extrem gehen."

„Sie wären überrascht."

„Für heute haben Sie mich schon genug überrascht, Sir!"

ALLEIN MIT MR DARCY: EINE VARIATION VON STOLZ UND VORURTEIL

Nach einem endlos wirkenden Moment der Pause sagte er, „Dann werde ich mich bemühen, berechenbarer zu werden."

„Warum versuchen Sie so sehr, annehmbar zu sein? Das ist doch sonst nicht Ihre Art."

Er schien sich wieder in sein Schneckenhaus zurückzuziehen. „Ich lege es nicht darauf an, unfreundlich zu sein – zumindest normalerweise nicht."

„Ich wollte damit nicht sagen... oh, vergessen Sie es. Diese Unterhaltung ist absurd."

Nach kurzem Zögern sagte er: „Ich nehme an, dass sie das ist. Aber eines muss ich noch hinzufügen, auch wenn es absurd ist."

„Oh, also gut."

„Sie zu küssen war in der Tat sehr annehmbar."

Sie sog scharf die Luft zwischen den Zähnen ein. „Sei es, wie es wolle, es wird nicht wiederholt werden." Oh, dieses Spielchen, das er mit ihr spielte, war so unfair. Warum hatte sie zugelassen, dass er sie küsste? Sicherlich konnte sie mit dem Jungen, der er mal gewesen war, Mitleid haben, ohne ihm im Hier und Jetzt diese Freiheiten zu gewähren. Wenn sie nur vor ihm davon laufen könnte! Aber sie konnte ja nirgends hingehen. Ein paar Schritte weit weg auf die andere Seite des Raums könnte sie gehen, und sich dabei der Kälte aussetzen, aber das würde auch keinen Unterschied machen. Sie wäre immer noch in seiner Gegenwart, also konnte sie auch gleich bei der Feuerstelle bleiben. Erschöpft lehnte sie den Kopf zurück gegen die rauen Steine und schloss die Augen. Wenn sie Glück hatte, würde er den Wink mit dem Zaunpfahl verstehen und sie in Ruhe lassen.

„Wenn es das ist, was Sie wünschen. Auf lange Sicht wird es wenig ausmachen, denn ich teile Ihre Ansicht nicht, dass eine Ehe zwischen uns nicht vonnöten ist."

Warum bestand er darauf, ihr weiter zuzusetzen? „Nötig oder nicht, ich weiß es zu schätzen, dass Sie sich wie ein Ehrenmann verhalten möchten und nehme an, dass Sie es auch so meinen."

„Sie nehmen an, dass ich es so meine?" Seine Stimme war nun wieder angespannt.

„Mr. Darcy, sicherlich ist es Ihnen nicht neu, dass es Gentlemen gibt, die einer Lady die Ehe versprechen, mit dem Hintergedanken, ihre Gunst zu gewinnen und zu genießen und hinterher bestreiten, so etwas jemals gesagt zu haben. Ich denke *nicht*, dass Sie so etwas tun würden, aber ich wäre dumm, wenn ich nicht einmal die Möglichkeit in Betracht ziehen würde - sofern ich darüber nachdächte, ihren Antrag anzunehmen, was ich nicht tue. Das war alles, was ich damit meinte."

„Aber Sie zweifeln an meiner Aufrichtigkeit. Habe ich mich jemals entsprechend verhalten, dass Sie den Eindruck hatten, ich stünde nicht zu meinem Wort?"

„Mir gegenüber? Nein."

„Wem gegenüber dann?"

Warum mussten Sie immer noch darüber diskutieren? Warum konnte er das Thema nicht einfach ruhen lassen? „Das ist nicht von Bedeutung, wirklich. Wie ich schon sagte, ist jede junge Lady besser dran, solche Risiken zu bedenken, statt jeden Gentleman beim Wort zu nehmen."

„Natürlich ist es von *Bedeutung*, Madam, wenn Sie meine Ehre in Frage stellen. Wir befinden uns hier nicht in gewöhnlichen Umständen."

„Dem kann ich nicht widersprechen. Aber ich bitte Sie, zu vergessen, dass ich überhaupt etwas gesagt habe. Ich bin müde, mir ist kalt und mir ist ein nicht ganz ausgegorener Gedanke über die Lippen gekommen. Das hat nichts zu bedeuten."

Er antwortete ihr nicht, sondern stand auf und schritt im Zimmer auf und ab. Nicht dass er viel Platz zum Schreiten gehabt hätte, mit nur vier Schritten erreichte er die gegenüberliegende Wand. Vier Schritte hin, vier Schritte her, wieder und wieder. Wenn er nicht so offensichtlich verärgert gewesen wäre, hätte es beinahe lustig sein können.

Plötzlich erstarrte er mit grimmiger Miene. „Lassen Sie mich raten. Was wirft mir George Wickham dieses Mal vor?"

Aus irgendeinem Grund schien sein sarkastischer Ton sie zu treffen. „Es macht keinen Unterscheid was irgendjemand gesagt hat."

„Für mich ist es von Bedeutung, besonders wenn Sie deshalb schlecht von mir denken."

Sie zog den Quilt enger um sich. „Offensichtlich muss ich schrecklich schlecht von Ihnen denken, da ich Ihnen erlaubt habe, mich zu küssen."

„Es nützt nichts, mich abzulenken. Was auch immer er gesagt haben mag, ich verdiene es, mich und meinen guten Namen verteidigen zu dürfen."

„Vielleicht sollte ich langsamer und deutlicher sprechen, damit Sie mich dieses Mal verstehen! Ich denke nicht schlecht von Ihnen." Seltsamerweise stimmte es sogar. Den letzten Tag über war er zu einem Mensch aus Fleisch und Blut für sie geworden, mit all den Facetten, die damit verbunden waren.

Er lehnte sich über sie, bis sein Gesicht nur wenige Zentimeter von ihrem entfernt war, seine Hände links und rechts ihres Kopfes an die Wand gestützt. „Sags mir, Elizabeth. Soviel Gerechtigkeit bist du mir schuldig."

Sie schnaubte und brach den Blickkontakt mit seinen dunklen, entschlossenen Augen. „Also gut, da Sie mir keine andere Wahl lassen. Er hat gesagt, dass Ihr Vater ihm ein Auskommen versprochen hatte, das Sie ihm verwehrt haben. So – sind Sie jetzt glücklich?"

Zu ihrer großen Erleichterung richtete er sich wieder auf. „Wie typisch für ihn – nur den Teil der Geschichte zu erzählen, der ein gutes Licht auf ihn wirft. Mein Vater hatte ihm ein Auskommen versprochen und ich habe es ihm durchaus verwehrt, aber ich nehme an, er hat dabei nicht erwähnt, dass er drei Jahre zuvor verlangt hatte, ausbezahlt zu werden, weil er die Stelle nicht antreten wollte und dass ich ihm die Summe von dreitausend Pfund gab. Als er nach dem Tode des Amtsinhabers wieder zurückkehrte und die Stellung einforderte, habe ich abgelehnt."

Elizabeth wusste nicht mehr, woran sie glauben sollte. Sie hatte keinen Grund, an Mr. Wickham zu zweifeln, und doch hatte Mr. Darcy seine Version ohne zu zögern hervorgebracht. Es schien nicht so, als sei das etwas, das er sich so schnell ausdenken könnte.

ALLEIN MIT MR DARCY: EINE VARIATION VON STOLZ UND VORURTEIL

Darcy schritt wieder auf und ab. „Er sollte kein Geistlicher sein. Er ist ein Schurke, ein Betrüger und ein Verführer."

„Ein Schurke? Ich bitte Sie. Das ist ziemlich extrem."

„Ist es das? Und wie sollte ich einen Mann nennen, der geplant hat, meine Schwester allein zu treffen, sie davon zu überzeugen, dass sie in ihn verliebt ist und mit ihm durchbrennen wird – und das alles, als sie erst fünfzehn Jahre alt war? Es war pures Glück, dass ich unangekündigt gekommen bin und seine Pläne durchkreuzt habe, bevor es zu spät war. Das war letzten Sommer. Er hatte es auf ihre Mitgift von dreißigtausend Pfund abgesehen."

Seine ärgerlichen Worte fühlten sich beinahe wie Schläge an. Sie bedeckte ihr Gesicht mit den Händen und versteckte sich vor seinem bohrenden Blick. Das konnte doch nicht wahr sein, oder? Mr. Wickham hätte so etwas Abscheuliches nicht getan... oder doch? Er war jedenfalls ziemlich schnell darin gewesen, sie aufzugeben und ein Interesse an Mary King zu entwickeln, sobald er einmal herausgefunden hatte, dass sie zehntausend Pfund besaß. Charlotte würde es praktisches Denken seinerseits nennen, doch es war erschreckend gewesen, wie schnell seine Loyalität bei einer Anderen lag. Sie konnte immer noch nicht glauben, dass er vorgehabt hätte, mit Mr. Darcys Schwester durchzubrennen - und doch, warum würde Mr. Darcy solch eine Behauptung aufstellen, wenn es nicht wahr wäre? Die Zukunft seiner Schwester wäre ruiniert, wenn es allgemein bekannt würde. Er hatte keinen Grund, dahingehend zu lügen.

77

Irgendetwas musste sie antworten. „Es tut mir leid. Ich weiß kaum, was ich sagen oder denken soll."

„Sie sind nicht die Erste, die er mit seiner angenehmen Art blendet. Es gibt eine lange Liste an Ladys, die seinem Charme erlegen sind..." Abrupt hielt er inne.

Sie ließ ihre Hände sinken, um zu sehen, warum er aufgehört hatte zu sprechen und sah, dass er ins Leere starrte und seine Augen aufleuchteten. „Was ist los?"

„*Deshalb* bin ich gestern nach Meryton gereist. Ich hatte Gerüchte gehört, dass Sie Wickhams neueste Favoritin seien. Ich wollte nicht zusehen, wie Sie ein weiteres seiner Opfer würden und so beschloss ich, nach Longbourn zu reiten und Ihrem Vater zu erzählen, was ich über ihn wusste."

Es war also möglich, sich noch schlechter zu fühlen. Dass Mr. Darcy die Demütigung hinnehmen würde, ihren Vater aufzusuchen, um sie zu schützen war mehr, als sie ertragen konnte. Mit kleinlauter Stimme entgegnete sie: „Sehen Sie, es ist wie ich es gesagt habe. Ihr Gedächtnis ist zurückgekehrt. Aber ich muss Sie bitten, mich zu entschuldigen, ich möchte mich im Moment nicht weiter unterhalten." Für den Fall, dass er das womöglich missverstand, zog sie die Knie an und vergrub ihr Gesicht zwischen den Armen. Es kümmerte sie nicht einmal, dass er Zeuge ihres schwachen Moments sein würde.

Zu ihrer Erleichterung sagte er nichts. Aber nach einer Minute legte sich etwas Schweres über sie und ihre Augen flogen auf um zu sehen, dass er seinen Gehrock über sie gebreitet und an den Seiten festgesteckt hatte - wie eine Umarmung.

Kapitel 5

WENN DAS SCHICKSAL noch etwas Schlimmeres für ihn vorgesehen hatte, als Elizabeths Schultern von stillen Schluchzern zucken zu sehen, ohne sie trösten zu dürfen, dann wollte Darcy gar nicht wissen, was es war. Es war unerträglich. Er hasste es, ihr Schmerz bereitet zu haben. Schlimmer noch, die Tatsache, dass sie die Entblößung von Wickhams Missetaten als so schmerzhaft empfand, ließ ihn annehmen, dass sie Gefühle für den Schuft hatte und bei *dem* Gedanken wollte Darcy seinen Kopf am liebsten gegen die Wand schlagen.

Warum, um Himmels willen, hatte er sich dazu entschlossen, Hertfordshire zu verlassen, wenn das bedeutete, dass er Elizabeth damit Wickham auslieferte? Er musste nicht bei klarem Verstand gewesen sein. Er hätte sie gründlicher warnen, und nicht nur kryptische Kommentare während ihres einzigen gemeinsamen Tanzes machen sollen. Oder all die lächerlichen Gründe vergessen, derentwegen er ihr zu dieser Zeit keinen Antrag machen konnte. Wenn er das getan hätte, dann wäre sie jetzt seine Frau und auf Pemberley in seinen Armen geborgen, statt in einer kleinbäuerlichen Hütte zu frieren.

Nach einiger Zeit, die ihm wie eine Ewigkeit vorkam, wurde Elizabeths Atem endlich gleichmäßiger. Ein Atemzug ein, ein Atemzug aus, und ein klitzekleiner Seufzer, kaum hörbar bei dem Wind, der um das Cottage toste. Die gleichen Geräusche hatte er heute Morgen schon beim Aufwachen gehört. Sie musste dort, wo sie saß, eingeschlafen sein. Ganz sicher war sie erschöpft nach einer Nacht, in der sie versucht hatte, auf dem harten Lager in der kalten Hütte zu schlafen. Gott-sei-Dank! Darcys Schultern sanken, als die Spannung endlich nachließ.

Das Feuer wurde kleiner. Obwohl er auf den warmen Steinen an der Feuerstelle saß, zitterte Darcy. Elizabeth war sowohl in den Quilt, als auch in seinen Gehrock gewickelt, sodass ihm nur sein Hemd blieb. Das Feuer nochmals zu schüren, könnte Elizabeth aufwecken, und so beschloss Darcy, noch ein weiteres Scheit aufzulegen. Es fing nur langsam Feuer, offensichtlich war es noch feucht vom geschmolzenen Schnee, doch als es einmal Feuer gefangen hatte, brannte es lichterloh und knackte und knisterte.

Sein Mantel war auch fast trocken – endlich. Das würde den Rest ihres Aufenthaltes ein bisschen angenehmer machen, was immer bedeutender wurde, je länger sich der Tag hinzog, während der Sturm weiter anhielt. Ihre Chancen, heute noch dem Cottage zu entkommen, sanken von Minute zu Minute. Nicht dass es ihn persönlich störte - denn das bedeutete mehr Zeit mit Elizabeth allein - doch er vermutete, dass sie es nicht gut aufnehmen würde. Er breitete den Mantel vor der Feuerstelle aus, sodass er schneller trocknen konnte. Nachdem er vom Schnee durchnässt worden und der Kragen blutverschmiert war und dazu noch Katzenhaare daran hafteten, würde ein wenig Ruß auch nicht mehr ins Gewicht fallen. Crewe würde nicht glücklich darüber sein, doch das war seine geringste Sorge. Seine Größte schlummerte gerade auf der gegenüberliegenden Seite der Nische.

ELIZABETH BEÄUGTE DARCY, als er ihr die Tasse mit warmem Wasser reichte. Hatte er tatsächlich den Kessel befüllt und ihn selbst übers Feuer gehängt? Jedenfalls war die Wärme höchst willkommen, ganz besonders, da sie nicht wusste, was sie von Darcys verändertem Auftreten halten sollte.

Seit sie mit vom Weinen verschwollenen Augen aufgewacht war, hatte er sich benommen, als seien sie bei einer öffentlichen Veranstaltung und sich nach Neuigkeiten aus Meryton und ihrer Familie erkundigt, ihr von der Vorliebe seiner Schwester für Musik erzählt und wie der Winter sich in Derbyshire von dem in London unterschied. Das machte sie langsam nervös. Was ging wohl in seinem Kopf vor, das ihn so, nun, distanziert machte? Nach der persönlichen Art ihrer Gespräche und mancher ihrer Diskussionen, fühlte es sich falsch an, wieder Lady und Gentleman zu spielen. Aber gleichzeitig war es angenehm, einmal nicht zu streiten. Mit ihm gemeinsam hier festzusitzen war hart genug.

Der Wind pfiff über das Cottage hinweg und zog durch den Kamin, sodass die Flammen zu tanzen begannen. Wie lange hatte sie geschlafen? „Wie spät ist es?"

Darcy blickte auf seine Taschenuhr, ließ sie zuschnappen und schüttelte den Kopf. „Halb drei. Selbst wenn der Sturm jetzt nachließe, bliebe uns nicht mehr genug Tageslicht, um nach Meryton zu gelangen." Seine Stimme klang seltsam gedämpft.

Elizabeth blieb stumm. Was gab es da schon zu sagen? Sie war nie besonders erpicht darauf gewesen, lange Zeit drinnen verbringen zu müssen, doch nachdem sie nun schon so lange auf engem Raum festsaßen, ohne auch nur nach draußen sehen zu können, schienen die Wände des Cottages sie zu erdrücken. Sie hatten die letzten Äpfel und den Rest des Wilds gefrühstückt und ihr Magen knurrte vor Hunger. Der Wind war wieder stärker geworden und sie konnte sich kaum selbst über das anhaltende Heulen hinweg denken hören. Sie hatte das Gefühl, dass der Geruch aus Rauch und nasser Wolle wohl für immer an ihr haften bleiben würde. Und dann war da Mr. Darcy, immer nur ein paar Schritte von ihr entfernt. Wenn sie sich nur unter einem Federbett verkriechen und sich darunter verstecken könnte, bis der Sturm zu Ende war! Aber alles, was sie hatten, war der Quilt und verstecken konnte man sich darunter auch nicht.

Widerstrebend stand sie auf. Wenn sie sich heute Abend nicht nur darauf beschränken wollten, rohe Steckrüben und Zwiebeln zu essen, würde sie sich überlegen müssen, was sie damit anstellen konnte. Wie schwer konnte es schon sein, eine Suppe zu machen? Sie kramte sich durch den Speiseschrank und holte die Zwiebeln, Karotten und Steckrüben heraus.

Es war nicht schwer, herauszufinden, wie sie die Karotten und Steckrüben mit dem kleinen Messer, das sie gefunden hatte, zerteilen konnte, auch wenn ihre Stücke sehr ungleichmäßig wurden und sie sich mehr als nur einmal beinahe geschnitten hätte. Die Zwiebeln stellten ein größeres Rätsel dar. Die braunen Kugeln mit der papierähnlichen Schale sahen so gar nicht wie gekochte Zwiebeln aus. Schließlich schnitt sie sie in Viertel und warf all ihre Stückchen in den Kessel. Sie fuhr sich mit dem Arm über die brennenden Augen, füllte den Kessel mit Wasser und warf eine Handvoll Gerste mit hinein, um ihn schließlich übers Feuer zu hängen. Mit etwas Glück würde sogar etwas Essbares dabei heraus kommen – oder vielleicht auch nicht. Mit einem tiefen Seufzer setzte sie sich wieder an die Feuerstelle.

Darcy gesellte sich zu ihr, sein Arm nur wenige Zentimeter von ihrem entfernt. „Ich weiß, dass es nicht das ist, was Sie hören möchten. Aber da wir noch einmal eine Nacht hier verbringen müssen, scheint es mir unmöglich, dass Ihr Ruf das unbeschadet übersteht. Ich verstehe nicht, warum Sie der Gedanke, mich zu heiraten, so sehr abstößt. Die meisten Frauen wären außer sich vor Freude über so eine Verbindung."

Nicht das schon wieder! Offensichtlich war ihre Schonzeit vorbei. „Ich bin nicht die meisten Frauen!"

„Nein, das sind Sie nicht. Gibt es dann einen anderen Mann, den Sie zu ehelichen wünschen?"

Sie sprang auf die Füße, weil sie Abstand von ihm brauchte. „Ist das der einzige Grund, der Ihnen dafür einfällt, warum ich Sie nicht heiraten möchte?"

Er nahm sich Zeit, um zu antworten. „Ich bemühe mich, Ihr Zögern zu verstehen."

Einfach wegzurennen und sich im Sturm zu verlaufen erschien ihr langsam eine gute Alternative zu sein. „*Sie* möchten *mich* nicht heiraten, und der einzige Grund, warum Sie es in Erwägung ziehen, ist doch, dass Sie das Gefühl haben, keine andere Wahl zu haben. Sie haben selbst gesagt, dass Sie von nachtragender Natur sind und ich möchte nicht, dass mein Ehemann mir etwas nachträgt. Das sollte Grund genug sein."

„Es stimmt, würden wir uns nicht in diesem Umständen befinden, hätte ich Ihnen keinen Antrag gemacht. Aber denken Sie nicht, dass ich den Gedanken daran nicht angenehm finde – ganz im Gegenteil."

„Selbst wenn ich Ihnen Glauben schenken würde, dass Sie persönlich nichts gegen unsere Verbindung hätten, können Sie mir dann glaubhaft versichern, dass Sie niemals beschämt über meine Familie wären? Dass es nicht Momente gäbe, in denen Sie es bereuen würden, sich an eine Frau mit solch niederen Verbindungen gebunden zu haben? Sie müssen darauf nicht antworten, ich kenne die Antwort schon selbst."

Er zögerte, die Augenbrauen zueinander gezogen. „Das kann ich nicht verleugnen, aber ich würde nicht *Sie* dafür verantwortlich machen."

„Das sagen Sie jetzt und meinen es zweifelsohne auch so, da Sie das Gefühl haben, mir Ihr Leben zu verdanken. Aber wenn in einigen Jahren mein Charme so abgewetzt ist wie dieser Quilt und meine Unzulänglichkeiten darunter zum Vorschein treten, wird alles anders sein. Dass ich keine vernünftige Ausbildung genossen habe, wird Sie irritieren, und Sie werden erkennen, dass Sie höchstwahrscheinlich ein anderer an der Straße gefunden hätte, wenn ich nicht des Weges gekommen wäre."

Er runzelte die Stirn. „Halten Sie mich für so unbeständig und ungerecht?"

„Ich halte Sie für einen Menschen. Ich habe gesehen, was in einer ungleichen Ehe passiert, wenn ein Mann den Respekt vor der Frau verliert, die er einmal unbedingt heiraten wollte. Ich werde *niemals* meine Zustimmung zu etwas geben, das mich in die Lage versetzt, mit Geringschätzung behandelt zu werden. Nicht für alle Reichtümer Pemberleys."

Er schüttelte den Kopf. „Das wäre nicht meine Art."

„Vielleicht nicht vorsätzlich, aber ich habe miterlebt, wie geringschätzig Sie jene behandeln, die Sie als unterlegen ansehen. Früher oder später hätten Sie dieses Gefühl auch mir gegenüber." Zu ihrem Entsetzten brach ihre Stimme bei ihren letzten Worten. Sie wandte das Gesicht von ihm ab und hoffte vergeblich, die Tränen in ihren Augen verbergen zu können.

Mr. Darcy mochte hilflos sein, wie er mit ihrer Ablehnung umgehen sollte, doch er zögerte nicht, wenn es darum ging, ihrem Kummer zu begegnen. Seine Arme schlossen sich um sie und er hielt sie an seiner Brust. Sie hätte ihn wegstoßen sollen, doch die Geborgenheit, die sie verspürte, war zu verlockend und in seinen Armen fühlte sie sich wärmer, als sie es den ganzen Tag getan hatte. Sie schluckte einen Schluchzer herunter.

„Schhh, Elizabeth. Alles ist gut. Ich will dich wirklich nicht beunruhigen.", sagte er sanft.

„Ich weiß.", wisperte sie seinem Oberkörper zu, der sich mit jedem Atemzug hob und senkte. „Es ist einfach zu viel, der Sturm, der nicht enden will, und die Kälte und das wenige Essen ... wir können hier nicht raus und können nichts tun."

„Ich kann nichts gegen den Sturm machen oder dass wir hier festsitzen, aber vielleicht kann ich dir helfen, dich wenigstens für eine Weile warm zu fühlen. Komm." Er nahm ihre Hand und führte sie zur Feuerstelle zurück, wo er noch zwei Scheite ins Feuer legte und es noch einmal schürte, um es höher schlagen zu lassen.

„Wird genug Holz für die Nacht bleiben?" Elizabeth setzte sich wieder auf ihr Nachtlager und reckte ihre kalten Finger den Flammen entgegen. Wenigstens wäre sie von einer Seite her warm.

„Ich kann jederzeit mehr holen, jetzt da ich weiß, wo sich der Holzvorrat befindet." Darcy setzte sich neben sie und legte ihr etwas Schweres um die Schultern. Es war sein Mantel mit den vielen Schultercapes, und er hatte ihn um sie beide geschlungen. Auch sein Arm lag um ihre Schultern und er zog sie näher an sich heran, bis sie eng aneinander gepresst Seite an Seite saßen. Sie spürte die Kälte noch immer tief in ihren Knochen, doch es bestand kein Zweifel daran, dass ihr nun wärmer als zuvor war.

Dennoch sollte sie nicht so viel Nähe zulassen. Nur ungern sagte sie: „Aber wenn uns jemand entdeckt?"

„Wenn uns jetzt jemand sieht, dann spielt es keine Rolle, ob du am anderen Ende des Raums stehst oder in meinen Armen bist. So oder so wärst du heillos kompromittiert.

Die Frage ist, ob es dir kalt oder warm sein soll, wenn du kompromittiert wirst."

Sie kicherte. „Warm. Eindeutig warm. Ich liebe deinen Mantel. Warum macht man Frauenmäntel nie aus so herrlich dickem Wollstoff? Ich nehme an, dass es nicht modisch genug aussehen würde." Sie kuschelte sich tiefer in den Mantel und Mr. Darcys Arm.

„Im Sommer beneide ich die Ladys um ihre leichten Musselinstoffe und die kurzen Ärmel, während die Männer mit Hemd, Weste und Frack leiden müssen, ganz gleich, wie heiß es ist. Aber im Winter bin ich dankbar für all die Lagen, die Männer tragen müssen und frage mich, wie es die Frauen fertig bringen, nicht zu erfrieren."

„Momentan fällt es mir schwer, mir die Wärme eines Sommertags auch nur vorzustellen." Und ein paar Minuten zuvor hätte sie es sich zudem nicht vorstellen können, dass es so behaglich oder angenehm sein könnte, in Mr. Darcys Arme geschlossen zu sein. „Oder mir auch nur vorzustellen, dass der Schnee aufhört. Ich glaube, ich werde den Wind noch wochenlang in meinen Träumen heulen hören!"

Sein Brustkorb vibrierte, als er herzhaft lachte. „Das Heulen war durchaus beständig."

Etwas stupste an den Mantel und schon war ein pelziges Gesichtchen zu sehen. Wie hatte sie nur die Katze vergessen können? „Hallo Schneeball", sagte sie, als sich die Katze über Darcys und ihre Beine räkelte.

„Schneeball?"

„Es scheint angemessen, oder?"

Er kraulte den Kopf der Katze. „In der Tat."

Schneeball begann zu schnurren und Elizabeth war versucht, es ihr gleichzutun. Die Situation war schlichtweg zu angenehm, aber was musste Darcy von ihr halten? „Ich hoffe, du weißt, dass ich mich normalerweise nicht so benehme."

„Da du so lange gebraucht hast, um herauszufinden, wie man sich am besten warm hält, blieb mir diese Tatsache kaum verborgen", neckte er sie, „ich weiß, dass das nicht deine Art ist, und meine auch nicht. Aber das ist eine außergewöhnliche Situation und da gelten die üblichen Regeln nicht."

„Bei den meisten Regeln wäre es unmöglich gewesen, sie zu befolgen." Irgendwie gab ihr das die Freiheit, ihren Kopf an seine Schulter zu legen. Was würde sie in ein paar Tagen denken, wenn sie auf diesen Moment zurückblicken würde? Würde sie über sich selbst entsetzt sein oder sich wundern, warum sie es nicht mehr genossen hatte, solange sie noch konnte?

„Unter normalen Umständen würden wir uns keine Gedanken darum machen müssen, ob wir zu Tode frieren oder hungern. Der Grund, warum wir so viele Anstandsregeln befolgen können, ist, dass wir Dienstboten haben, die sich für uns um diese essentiellen Probleme kümmern. So gut sogar, dass wir vergessen, wie wichtig sie sind. Wichtiger als Regeln auf jeden Fall."

„Eindeutig wichtiger", stimmte Elizabeth zu.

Sie saßen eine Weile in einvernehmlichem Schweigen beisammen, bis ihnen der Geruch von Zwiebeln um die Nase wehte.

ALLEIN MIT MR DARCY: EINE VARIATION VON STOLZ UND VORURTEIL

„Denkst du, dein köstliches Gebräu ist schon fertig?", fragte Darcy.

Sie sah ihn an und zog die Nase kraus. „Wie du ganz genau weißt, habe ich keine Ahnung. Wir werden abenteuerlustig sein müssen und die Antwort darauf wagemutig herausfinden müssen. Oder vielmehr, werde *ich* abenteuerlustig sein."

„Ich bestehe darauf, dass das Privileg mir gebührt." Er schob Schneeball auf ihren Schoß und schlang seinen Mantel um sie, bevor er einen Stock benutzte, um den Kessel vom Feuer zu nehmen. „Nun ja, sobald es ein wenig abgekühlt ist."

Ihr stockte der Atem. Sein Lächeln war wirklich umwerfend attraktiv! „Dann bist du also ein sehr mutiger Mann."

„Entweder mutig oder einfach nur hungrig. Es riecht jedenfalls gut."

„Es riecht nach gekochten Zwiebeln, Karotten und Steckrüben, was nicht überraschend ist, denn genau das ist es auch."

„Es riecht wie eine warme Mahlzeit, etwas, an das ich mich schon kaum mehr erinnern kann." Er kehrte zu ihr unter den Mantel zurück, nahm ihre Hand wieder in die Seine und drückte sie sachte. „Nicht dass ich mich beschweren will, wohlgemerkt. Ich hatte ausgezeichnete Gesellschaft."

„Du meinst wohl, dass die Gesellschaft, wie auch das Essen, wunderbar warm sind", neckte sie ihn.

„Diese ausgezeichnete Gesellschaft, die mich warm hält, ist selbst dem wärmsten Essen weit überlegen. Also, wo ist nun der Löffel?"

„Der, der direkt vor dir liegt?"

„Oh, ja, den meine ich. Ich muss von der Schönheit meiner ausgezeichneten Gesellschaft geblendet gewesen sein."

„Oder dir ist der Geruch des Essens zu Kopf gestiegen!" Wer hätte gedacht, dass Mr. Darcy in der Lage war, zu scherzen und ein wenig zu flirten?

Er rührte im Topf um, schöpfte dann einen Löffel voll heraus und pustete darauf. Dann erhob er ihn in ihre Richtung und sagte ernst: „Auf Schneestürme – mögen sie uns immer solche Begleitung bescheren."

Elizabeth verkniff sich das Lachen, als er vom Löffel kostete. „Du solltest dein Gesicht sehen! Du kannst auch gleich geradeheraus sagen, dass es grauenhaft ist."

Er beäugte den Löffel und nahm einen weiteren Schluck. „Ich würde es nicht als grauenhaft bezeichnen. Es schmeckt nach Zwiebeln, Karotten und Steckrüben – aber vor allem nach Zwiebeln."

„Ich kann mir gar nicht vorstellen, warum. Ich habe genauso viele Karotten wie Zwiebeln hinein gegeben. Außerdem – hast du schon einmal etwas von Zwiebelsuppe gehört?"

„In die Geheimnisse des Kochens bin ich keinster Weise eingeweiht, Miss Elizabeth." Er tauchte den Löffel wieder in die Suppe und hielt ihn ihr vor den Mund. „Komm, jetzt möchte ich deine Meinung hören."

ALLEIN MIT MR DARCY: EINE VARIATION VON STOLZ UND VORURTEIL

Sie warf ihm einen schelmischen Blick durch ihre Wimpern hindurch zu und kostete brav von dem Löffel, den er ihn hinhielt, nur um dann die Lippen zu schürzen, als müsse sie angestrengt nachdenken. „Ich schmecke einen Hauch Zwiebelaroma, das muss ich zugeben, aber für meinen ersten Versuch finde ich es ganz passabel. Wer weiß, in ein oder zwei Tagen werde ich genauso virtuos wie ein französischer Küchenchef sein!"

„Ein *Hauch* Zwiebelaroma?", fragte Darcy in gespielter Empörung. „Nur einen *Hauch*?"

„Zugegeben ist es vielleicht ein ganz schön *gewaltiger* Hauch. Aber ich habe nur vier Zwiebeln hinein geschnitten und es waren viel mehr da, die ich hätte hineintun können. Mein anderes kulinarisches Ziel habe ich jedoch erreicht."

„Und was wäre das?"

„Es ist heiß, genau so wie ich es haben wollte – obwohl ich das auch deinem Feuer zuschreiben muss."

„Ich gebe mir die größte Mühe, meine Fähigkeiten weiter auszubauen, was das Warmhalten von Dingen – und Menschen – angeht", scherzte er.

„Ausdauerndes Üben ist der Schlüssel zum Erfolg, also bitte, fahren Sie fort, mich warm zu halten. Und wenn du etwas gegen meine feine Zwiebelsuppe einzuwenden hast, nun, dann wird mir umso mehr davon bleiben." Sie versuchte, ihm den Löffel abzunehmen.

Er entriss ihn ihr. „Oh nein, Miss Elizabeth! Ich muss meinen Anteil von Ihrer sehr warmen Mahlzeit bekommen. Einen Löffel voll werde ich dir noch geben, und dann ist der nächste wieder für mich."

„Mr. Darcy, ich wurde nicht mehr von jemand anders gefüttert, seit ich den Windeln entwachsen bin!"

„Dann wird das eine weitere neue Erfahrung für dich sein. Wir haben nur einen Löffel und wie es scheint, kann ich dir damit nicht vertrauen."

Beim nächsten Löffel verschluckte sie sich beinahe, als seine gespielt strenge Miene sie zum Lachen brachte. „Und ich habe dich für zu ernst gehalten!"

„Ich bin tatsächlich sehr ernst, insbesondere wenn es um warmes Essen geht.", verkündete er, und ließ den Worten Taten folgen.

Sie stieß ihm mit ihrem Ellenbogen in die Rippen und forderte mehr aus Spaß, denn Notwendigkeit: „Ich bin dran."

Wieder hielt er ihr den Löffel hin. „Dein Wunsch ist mir Befehl."

Sie versuchte, einen Schluck zu nehmen. „Das ist schwieriger als es aussieht. Ich habe keine Ahnung, wie Kleinkinder das fertigbringen." Schließlich schluckte sie hinunter und leckte sich dann ein paar Tropfen, die danebengegangen waren, von der Lippe.

Darcys Hand blieb in der Luft stehen als er ihren Mund anstarrte. Hatte sie etwas von der Suppe übersehen und es ihr Kinn hinunter laufen lassen? Wie peinlich das wäre. Wieder fuhr sie sich mit der Zunge über die Lippen.

„Du kannst den Löffel haben." Darcys Stimme klang heiser, als er den Löffel auf die Stufe vor dem Feuer ablegte.

Elizabeths Schultern senkten sich. Und schon wieder hatte sie es fertig gebracht, ihn zu verletzen, ohne auch nur zu wissen, wie sie das angestellt hatte. Gerade dann, als sie seine Gesellschaft genossen hatte! War es ihm zu anstrengend, ihr den Löffel zu reichen? „Also gut", sagte sie betont gelassen. Sie war nicht bereit, Mr. Darcys Launen wegen zu hungern und so aß sie noch ein paar Schöpfer voll weiter, um den Löffel dann exakt dort abzulegen, wo er ihn zuvor platziert hatte.

Sogar die Suppe war nun weniger verlockend, nicht dass sie zuvor besonders schmackhaft gewesen wäre. Vielleicht hätte sie die Zwiebeln in feinere Stücke schneiden oder die papierartige Schale entfernen sollen, die nun in der Suppe herumschwamm. Sie mochte zwar heiß sein, doch ihr Magen fühlte sich immer noch leer an. Es musste noch etwas anderes geben, das sie tun konnte. Waren Männer nicht generell besserer Stimmung, wenn sie gesättigt waren?

Ihr kam eine Idee und so verließ sie Darcys Seite, um sich der Kälte auszusetzen und nach dem vertrockneten Brot zu suchen, das sie tags zuvor gesehen hatte. Es war steinhart, aber sie brachte es dennoch mit sich zur Feuerstelle zurück. Unglücklicherweise war es weit schwerer, ein Stück abzubrechen, als sie es sich vorgestellt hatte. Ihr war mehr als bewusst, dass Darcy sie bei ihren vergeblichen Versuchen beobachtete.

Schließlich nahm er ihr das Brot ohne ein weiteres Wort aus der Hand. Er hob es über seinen Kopf und schmetterte es dann auf die Steinkante der kleinen Stufe, die die Feuerstelle vom Rest des Raumes abgrenzte. Der Leib zerbrach – oder genauer gesagt zersplitterte - in einige Stücke. Konnte Brot splittern?

„Dankeschön." Sie sah ihn nicht an, als sie ein Brotstück in die Suppe tauchte. Sie ließ es kurz einweichen, holte es dann wieder heraus und hielt das tropfende Ende über den Kessel.

In keinster Weise ließ sich so etwas würdevoll essen, aber was kümmerte es sie, ob Mr. Darcy eine gute Meinung von ihr hatte? Offensichtlich konnte sie sie nicht lange halten. Vorsichtig lehnte sie sich vor und biss in das aufgeweichte Brot. Sie setzte sich zurück, kaute bedächtig und schluckte schließlich.

„Ich kann nicht sagen, dass ich das Gericht besonders empfehlen würde, aber es ist besser, als zu hungern", sagte sie.

„Eine kluge Idee." Er tat es ihr gleich und nahm sich auch ein Stück Brot.

Immerhin klang er nicht mehr gekränkt. Sie würde den Frieden wahren, in der Hoffnung, dass er Bestand hatte.

Das Brot und die Suppe waren schnell verschwunden, sodass ihnen nichts anderes übrig blieb, als aneinander gedrängt sitzenzubleiben, um sich gegenseitig warmzuhalten. Ursprünglich hatte Elizabeth vorgehabt, nichts weiter zu sagen, aber schließlich erschien ihr die körperliche Nähe in starkem Kontrast zu ihrer emotionalen Distanz zu stehen und so schmolz ihr Widerstand dahin.

„Du siehst sehr ernst aus. Ist irgendetwas – abgesehen von den üblichen Problemchen, hier mit einem vorlauten Fräulein anstatt einer Köchin festzusitzen?"

„Nein, überhaupt nicht. Ich könnte mir nicht vorstellen, meinen Mantel mit meiner Köchin zu teilen, es ist also gut, dass sie nicht hier ist. Ich gebe mir nur Mühe, meine Gedanken über das vorlaute Fräulein auf einer brüderlichen Ebene zu halten."

ALLEIN MIT MR DARCY: EINE VARIATION VON STOLZ UND VORURTEIL

Darauf war sie nicht gefasst gewesen. „So wie ich das beurteilen kann, gelingt es dir ganz gut."

„Tatsächlich?", fragte er in seltsamem Tonfall.

Sie hob den Kopf an, um zu ihm hinauf zu sehen. „Ich verstehe nicht."

Er blies einen langen Atemzug durch die Zähne. „Eigentlich versage ich gerade abgrundtief, schon seit ich dir den Löffel voll Suppe gegeben habe."

„Oh." Deshalb hatte er sich so abrupt zurückgezogen? Was sollte sie darauf sagen? Ihre Lippen begannen zu kribbeln.

„Es gefällt mir ganz und gar nicht, aber ich muss dich um einen Gefallen bitten."

Ihr Puls begann zu rasen. Wollte er sie um einen weiteren Kuss bitten? Der letzte war ihr den ganzen Tag im Gedächtnis gewesen, und trotz ihrer unerschrockenen Worte zuvor, wusste sie nicht, ob sie einen weiteren ablehnen würde. „Worum geht's?"

„Gewähre mir heute Nacht keinerlei Freiheiten."

Verblüfft erwiderte sie. „Das hatte ich nicht vor!"

Er seufzte. „Das weiß ich, aber manchmal entwickeln sich die Dinge nicht, wie man es geplant hatte. Aus guten Gründen erlaubt man jungen Ladys nicht, allein mit Männern zu sein. Also warne ich dich jetzt, - egal wie viele Anstandsregeln wir auch brechen mögen - es wäre sehr unklug, wenn du zuließest, dass ich dich küsse. Und wenn ich Glück habe, reicht es schon aus, dass ich dir das gesagt habe, um mich davor zu bewahren, einen Idioten aus mir zu machen, indem ich es versuche."

Sie richtete sich auf und rutschte zur Seite, sodass kein Teil ihres Körpers mehr seinen berührte. „Meinetwegen brauchst du dir keine Sorgen zu machen."

Er legte den Kopf in seine Hand. „Elizabeth, ich bitte dich um Nachsicht. Ich möchte mich wirklich nicht mit dir streiten oder andeuten, dass du in irgendeiner Weise unzulänglich bist. Das bist du nicht. Ich jedoch leide unglücklicherweise an mangelnder Selbstkontrolle und ich habe gesagt, dass du bei mir sicher sein würdest. Vor allen Dingen möchte ich dein Vertrauen nicht missbrauchen. Aber ich bin auch nur ein Mensch."

Schon wieder hatte sie ihn falsch eingeschätzt und gedacht, dass er wütend war, als er mit sich selbst gekämpft hatte – und mit ihrer Anziehungskraft. Und er hatte sich nicht darüber beschwert, bis sie ihn direkt gefragt hatte, was ihn beschäftigte. Sie suchte nach den richtigen Worten, um es wieder gut zu machen. „Es tut mir leid, dass diese Situation so schwierig ist. Obwohl es mir vor ein paar Minuten nicht Recht war, hoffe ich dennoch, dass du mir sagst, wenn ich etwas tun kann, um es dir leichter zu machen. Wäre es besser, wenn wir nicht zusammensitzen würden?"

Er schüttelte entschlossen den Kopf. „Nein, wenn überhaupt..."

„Ja?"

Seine Stimme klang gedämpft. „Wenn überhaupt, fiele es mir leichter, wenn ich dich näher bei mir halten dürfte."

„Ich sollte mich nicht von dir küssen lassen, aber mich von dir *halten* lassen? Sag mal, macht ihr Männer immer so wenig Sinn, wenn es um diese Dinge geht?"

Zu ihrer Erleichterung lachte er. „Ja. Wir machen überhaupt keinen Sinn, wenn es um Frauen geht."

„Nun, dann bin ich ja beruhigt", entgegnete sie in gespielt hochmütiger Art, „es würde mir nicht gefallen, wenn ich davon ausgehen müsste, dass du in irgendeiner Weise Sinn ergibst." Sie zögerte und fügte dann leise hinzu: „Ich hätte nichts dagegen, wenn du den Wunsch hättest, mich zu umarmen."

Wider sah er sie an. „Das würde dir nichts ausmachen?" Er klang unsicher.

Nun raste ihr Puls wirklich. „Es wäre... angenehm." Das war nicht das richtige Wort, aber könnte sie ihm sagen, dass sie sich wünschte, ihm näher zu sein, ihre Streitigkeiten beizulegen und ihr gemeinsames Glück zu finden?

Er machte ein Geräusch der Zustimmung und dann, bevor Elizabeth recht wusste, wie ihr geschah, hatte er sie mit einem Schwung hochgehoben und auf seinem Schoß platziert. Er wickelte seinen Mantel um sie, sodass er sie beide bedeckte, von ihrer Körpermitte abgesehen. Elizabeth griff nach dem Quilt und schloss den Kreis, indem sie ihn über die freie Stelle hinweg nach oben zog, sodass sie von Wärme umhüllt wurden, während Darcy sie in seine Arme geschlossen hatte. Mit einem Seufzer legte sie ihren Kopf an seine Schulter und atmete den Duft von Gewürzen, Moschus und Rauch ein. Oh, das war viel zu schön! Sie fühlte sich sicher, behütet und doch so seltsam lebendig, als ob sie jeden Zentimeter an sich zum allerersten Mal wirklich wahrnehmen würde. Und warm – oh, so warm! Sie zog ihre Zehen an und streckte sie in ihren Socken wieder aus, einfach nur, weil sie *irgendetwas* tun musste. „Besser?", fragte sie.

Er legte seine Wange auf ihrem Oberkopf ab. „Ja."

Wie konnte er nur denken, dass es so leichter würde? Jetzt war sie diejenige, die mit Gedanken zu kämpfen hatten, die unangemessen für eine junge Lady waren, wenn sie dem Gentleman gegenüber sie keine ernsthaften Absichten hegte. Unglücklicherweise war sie sich nicht mehr so sicher darüber, ob sie sich von ihm trennen wollte, nachdem der Sturm nachgelassen hatte. Oh, wie unfair es von ihm war, Wünsche in ihr zu erwecken, die sie nicht haben sollte! All ihre Gründe, ihn abzulehnen, galten immer noch – abgesehen davon, dass sie sich sehnlich wünschte, ihn zu küssen, ihn zum Lachen zu bringen und dass er sie mit Leidenschaft in den Augen ansah. Warum musste ausgerechnet *er* ihre Achillesferse sein? Hätte sie sich nicht damit begnügen können, mit den Offizieren zu flirten, wie es Kitty und Lydia taten? Aber nein, von allen Männern musste es ja unbedingt Mr. Darcy sein, den sie wollte.

Wenn es nur etwas gäbe, was sie trennen würde, etwas, das sie von der Versuchung abhalten würde, ihre Lippen auf seine pressen zu wollen. Mit einer ruckartigen Bewegung zog sie sich den Quilt über den Kopf.

Darcys Körper erstarrte. Er hob eine Ecke des Quilts an und lugte zu ihr hinunter. „Startest du den Versuch, warm zu bleiben oder ist irgendetwas?"

Sie zog den Kopf ein. Es war bemerkenswert schwer zu lügen, wenn man bei jemandem auf dem Schoß saß. „Ich verstecke mich", informierte sie ihn würdevoll.

„Vor mir?"

„Vor allem."

„Abgesehen von mir kann dich hier niemand sehen."

„Du und das Feuer und die Wände und das Dach, die Schränke und der Schnee." Sie zügelte sich, bevor sie auch noch die Stadt Meryton und ganz England und Westindien hinzufügte. Alles, was die Gesellschaft mit ihren Erwartungen und Beschränkungen repräsentierte.

„Vielleicht sollte ich mich dann zu dir gesellen." Sie konnte sein Lächeln mehr hören denn sehen, als er sich zu ihr unter den Quilt duckte.

Hatte es sich zuvor schon zu intim angefühlt, war es jetzt doppelt so schlimm. Sein warmer Atem streifte ihre Wangen. „Damit wäre der Zweck verfehlt."

„Wie das denn? Du bist immer noch vor dem Feuer, den Wänden, dem Dach und dem Schnee sicher." Er klang amüsiert und entspannt.

Resigniert legte sie den Kopf in den Nacken um zu ihm aufzusehen, oder zumindest die vagen Umrisse erkennen zu können, die sich durch das schwache Licht des Feuers, das es durch den dünnen Quilt schaffte, abzeichneten. Warum musste er nur eine solche Anziehungskraft auf sie ausüben? Sogar beim Fest in Meryton war sie sich seiner bewusst gewesen.

„Was ist los, Elizabeth?" In seiner Stimme schwang nun Besorgnis mit.

„Glaubst du, ..." Für einen Augenblick verlor sie die Courage, und befeuchtete sich schließlich die trockenen Lippen mit der Zunge. „Glaubst du vielleicht, dass du der Einzige bist, für den diese Situation schwierig ist?"

Zunächst schien er nicht zu verstehen, doch dann schloss er die Augen für einige lange Momente, die sich wie eine Ewigkeit anfühlten. Seine Stimme war tief, als er endlich sprach. „Vermutlich wäre es klüger gewesen, wenn du das nicht gesagt hättest, aber ich bin erstaunlich froh, dass du es getan hast."

Hinterher war sie sich nicht sicher, wer von beiden sich zuerst bewegt hatte, oder ob sie vielleicht beide aufeinander zu gerückt waren, sodass sich ihre Lippen treffen konnten. Es war nicht der unschuldige leichte Druck ihres vorherigen Kusses, dieses Mal konnte sie die unkontrollierte Leidenschaft fühlen, als seine Zunge ihre Lippen umspielte, bis sie sich öffneten. Das Gefühl entfachte ein Feuer in ihr, das gleichzeitig schockierend, berauschend und so aufregend war, dass es sie verstörte, während sie instinktiv auf sein Eindringen reagierte. Wie waren ihre Arme um seinen Hals gelangt?

Als er sich von ihr löste, kam sein Atem in harten Stößen. „Ich hoffe, das bedeutet, dass du deine Meinung über eine Ehe mit mir geändert hast, denn sehr bald schon wird es zu spät dafür sein."

Wenn er sie in den Sturm hinaus geworfen hätte, hätte er sie auch nicht schmerzhafter in die Realität zurück holen können. Was hatte sie getan? Sie schlug sich die Hände über die Ohren und drückte die Augen fest zusammen. „Ich bitte dich, hör auf, mich das zu fragen. Das kann ich nicht tun. Du weißt nicht, was du von mir verlangst."

Sie fühlte, wie sich seine Brust unter jedem tiefen Atemzug, den er nahm, bewegte, während sein Körper sich wieder versteifte. „Also gut, Madam, wenn es das ist, was du wünschst", sagte er eisig. Er richtete sich auf und beließ seinen Mantel um Elizabeths Schultern. „Ich werde dich in Ruhe lassen."

Sie öffnete die Augen. „Wo gehst du hin?"

„Mehr Feuerholz holen." Sogar in seinen eigenen Ohren klang seine Stimme schroff.

„Dann wirst du deinen Mantel brauchen." Sie begann, ihn von sich herunterzuziehen.

„Nein, den brauche ich nicht." Was er jetzt brauchte, war sich halb zu Tode zu frieren. Das war seine einzige Hoffnung, wie er dem Verlangen nach Elizabeth Bennet, das ihn zu beherrschen schien, einen Dämpfer würde geben können.

Er zog am Riegel der Türe und schritt in die zu Eis erstarrte Welt hinaus. Die Kälte schlug über ihn herein, wie eine außer Kontrolle geratene Kutsche, das dünne Leinen seines Hemdes konnte dem eisigen Wind nichts entgegen setzen. Er stand auf der Stufe vor der Tür und ließ die Kälte in sich eindringen, bis seine Zähne klapperten. Es reichte nicht - alles was er wollte, war Liebe mit Elizabeth zu machen.

Ihr war nicht bewusst, in welch gefährlicher Situation sie sich befanden. Sie waren alleine miteinander, hatten all die Regeln, die sie auf sicherer Distanz halten sollten, über Bord geworfen, hatten eine lange Nacht vor sich und aufgrund der gegenseitigen Anziehungskraft flirrte zwischen ihnen die Luft. Sie nahm vermutlich an, dass sie sich ein bisschen küssen könnten und danach wieder aufhören würden, aber er wusste es besser. Für ihn war es immer offensichtlich gewesen, welch leidenschaftliche Natur sie hatte und jetzt hatte er entdeckt, wie sehr sie es genoss, ihren Gefühlen körperlichen Ausdruck zu verleihen. Ein kleiner Funke und alles wäre dahin.

Vielleicht wäre es das Beste so. Wenn er sie zu der Seinen machte, gäbe es diesen Unsinn nicht mehr, dass sie ihn nicht heiraten wollte. Selbst wenn sie weiter zögerlich bliebe, würde er darauf bestehen müssen. Teufel nochmal, warum hatte er diesen Gedanken in seinen Kopf gelassen? Das Verlangen durchströmte ihn wieder, der Kälte zum Trotz.

Warum machte ihr der Gedanke an die Ehe überhaupt so sehr Angst? Von Natur aus hatte sie keinen zaghaften Charakter, aber in diesem Punkt kam eine Seite von ihr zum Vorschein, die er zuvor nie kennen gelernt hatte. Hatte ihr ein Mann weh getan oder Angst gemacht? Nach der Art zu urteilen, wie sie ihn geküsst hatte, ging er nicht davon aus. Er stöhnte bei dem Gedanken, wie ihre Zunge seine berührt hatte und schlug sich mit den Handballen gegen die Schläfen. Warum musste sie so verlockend sein?

Nun, wenn sie nichts über die Ehe hören wollte, würde er von nun an seine Gedanken für sich behalten. Aber wie sollte er es kontrollieren, dass er sich so zu ihr hingezogen fühlte?

Ein Windstoß peitschte ihm entgegen und winzige eisige Kügelchen trafen auf sein Gesicht. Wenn der Wind nur sein Verlangen mit wegblasen würde, sodass er sich wieder wie ein Gentleman verhalten könnte!

Oder vielleicht war das ein Teil des Problems. Elizabeth wusste, dass er sie wollte, es hatte so oder so keinen Sinn mehr, Energie auf den zum Scheitern verurteilten Versuch zu verwenden, unbeteiligt wirken zu wollen. Vielleicht war es an der Zeit, sich und ihr nichts mehr vorzuspielen. Wenn er sich natürlich verhalten würde, ihr seine Bewunderung zeigen und nicht versuchen würde, jedes Wort, das aus seinem Mund kam, zu zügeln, dann wäre er womöglich in der Lage, sich auf das eigentliche Ziel zu konzentrieren - seine Hände von ihrer Kleidung fernzuhalten.

Das war die Lösung. Er würde damit aufhören, seine Miene und jedes seiner Worte zu kontrollieren und würde alles sagen und tun, wie ihm der Sinn stand – solange er ihre Kleidung nicht berührte. Es sei denn natürlich, sie kam zur Vernunft und stimmte zu, ihn zu heiraten, in dem Fall wäre es dann nicht mehr von Bedeutung.

Seine Zähne begannen, unkontrolliert aufeinander zu klappern. Ein bisschen länger noch und er würde Erfrierungen bekommen.

Vielleicht würde ihn das von Elizabeth ablenken! Doch für immer konnte er nicht hier draußen stehen bleiben. Er hatte ihr gesagt, dass er Feuerholz holen würde, also sollte er am besten damit zurückkehren. Seine Beine waren steif vor Kälte, aber er zwang sie dazu, die paar Schritte zum Holzstoß zu gehen.

Kapitel 6

SOBALD DIE TÜR HINTER ihm ins Schloss fiel, schüttelte Elizabeth seinen Mantel ab, zog sich in ihre Ecke am Feuer zurück, in der sie zuvor schon gesessen hatte und winkelte die Beine mit dem Quilt über den Knien bis zur Brust an. Das Zusammenkuscheln war wärmer gewesen, aber es war besser zu frieren, als das zu wiederholen, was eben geschehen war. Was war über sie gekommen? Einem gutaussehenden Gentleman nah zu sein, war keine Entschuldigung dafür, ihn zu küssen. Es war ja nicht so, als ob sie besonders gut miteinander auskämen. Auf jedes gute Gespräch, das sie geführt hatten und jeden Spaß, den sie gehabt hatten, kam ebenso ein Missverständnis oder ein Streit.

Mittlerweile hatte sie eine bessere Meinung von ihm als noch vor dem Sturm, und doch war er so schwer zu verstehen. Zugegeben, ihre Situation war ungewöhnlich und sie hatten bemerkenswert offen miteinander gesprochen, aber sie hatte noch nie einen Mann getroffen, der so viele Stimmungsschwankungen wie Mr. Darcy hatte, und nur selten machten seine Launen für sie Sinn. Ebenso wenig ihre eigenen Reaktionen darauf. Was war aus ihrer berühmten

Fähigkeit geworden, über Torheiten lachen zu können? Seine üble Laune brachte sie nicht zum Lachen, stattdessen machte sie *sie* unglücklich. Und überhaupt nichts, *nichts* davon, war eine Entschuldigung dafür, ihn zu küssen!

Wie konnte sie ihm einen Vorwurf daraus machen, dass er annahm, sie würde ihn heiraten, wenn sie sich so unangemessen verhielt? Der Sturm musste ihren Verstand irgendwie umnebelt haben, sodass sie ihr sonst so gesunder Menschenverstand derart im Stich ließ. Sie würde dafür sorgen müssen, dass sie Abstand von ihm hielt, da sie sich offensichtlich selbst nicht mehr trauen konnte.

Sie legte ihren Kopf auf den Knien ab. Es war nur ein Schneesturm. Er war nur ein Mann. Der Schneesturm wäre sicherlich schnell vorüber und morgen würden sie wieder aus diesem kleinen Raum heraus kommen. Es gab keinen Grund zur Panik – abgesehen davon, dass sie nie zuvor solch heftige Gefühle für einen Mann gehabt hatte und ihn nicht im Geringsten verstand.

Die Türe öffnete sich und ließ einen eisigen Windstoß herein, doch Elizabeth hob ihren Kopf nicht an. Für immer würde sie ihn nicht ignorieren können, aber es war so viel leichter, ihn nicht anzusehen, seinen Gesichtsausdruck nicht zu sehen und keinen Versuch zu machen, seine Stimmung davon ablesen zu müssen, als er die Tür wieder zuschlug. Das Stroh unter seinen Füßen raschelte, dann wurde das Geräusch vom herabfallenden Holz abgelöst, das er anschließend wieder aufstapelte. Der Schürhaken scharrte über die Steine, gefolgt von einem leisen Krachen, als ein Scheit brach und daraufhin das Feuer stärker zu knacken und zu knistern begann. Was brachte es schon, dass sie ihn nicht ansah, wenn sie jede seiner Bewegungen mit den Ohren verfolgte?

Sie hob ihren Kopf nur wenige Zentimeter und lugte über ihre Knie zu ihm herüber. Er kauerte vor der Feuerstelle, näher an den Flammen als noch angenehm sein konnte. Sogar im schwachen Schein der Feuers konnte sie erkennen, wie blass sein Gesicht war und dass seine Hand, mit der er den Schürhaken hielt, blau war. War er ohne seine Handschuhe hinaus gegangen? Ja, so musste es gewesen sein. Er hatte sie ausgezogen, als sie die Suppe gegessen hatten.

Er musste halb erfroren sein, und doch hatte er seinen Mantel nicht angerührt, er hing immer noch überm Stuhl. Stattdessen saß er unbeweglich wie eine Statue da, den Blick fest aufs Feuer gerichtet. Vielleicht vermied er, sie anzusehen, so wie sie es mit ihm getan hatte.

Die Situation war beschämend – demütigend, um ehrlich zu sein – aber das war kein Grund, ihn leiden zu lassen. Spontan nahm sie sich den Quilt von den Beinen und legte ihn über seine Schultern, um sich dann wieder in die Position zurücksinken zu lassen, die sie zuvor eingenommen hatte. Ihre Beine fühlten die Kälte nun deutlicher, doch ihr Herz hatte mehr Frieden.

„Vielen Dank." Er zog den Quilt fester um sich.

Offensichtlich hatte er nicht vor, über das, was zwischen ihnen geschehen war, zu sprechen. Das würde ihr die Sache sehr viel einfacher machen. „Hat der Schnee schon nachgelassen?"

„Ein bisschen, vielleicht. Er ist jetzt mit Schneeregen gemischt."

„Wie tief ist er?"

Er legte den Kopf schief, als ob er darüber nachdachte, betrachtete aber weiter das Feuer. „Schwer zu sagen. Manche Schneewehen sehen ganz schön tief aus. Jenseits der Schwelle reicht er mir bis zu den Knien. Das wird morgen ein hartes Stück Arbeit, sich einen Weg durchzubahnen."

Wenigstens schien er zu denken, dass sie dann gehen könnten. Ganz bestimmt würden sie am Morgen aufbrechen können. Sie hatte noch nie von einem Sturm gehört, der so lange anhielt wie dieser. „Früher hatten wir einmal Schnee gehabt, der so tief war, dass ich nicht mehr durchgehen konnte, aber damals war ich vielleicht fünf Jahre alt, was nicht zwingend bedeutet, dass er tief war. Ich erinnere mich, dass er nach nur zwei Tagen weggeschmolzen war und mir brach das Herz, weil ich ihn so schön fand."

„Ich kann mir vorstellen, dass es länger dauern wird, bis er vollkommen verschwunden ist, es sei denn, es wird ungewöhnlich warmes Wetter geben. Das würde die Londoner aber schwer enttäuschen. Es war schon kalt genug, dass sie auf den Frostjahrmarkt, den Jahrmarkt auf der zugefrorenen Themse, gehofft hatten. Die Themse ist seit beinahe zwanzig Jahren nicht mehr zugefroren, aber man vermutet, dass es dieses Jahr soweit sein könnte."

Sie brachte ein Lächeln hervor. „Ich habe Bilder von Frostjahrmärkten gesehen, und hatte immer gehofft, dass ich einmal auf einen gehen könnte. Und doch muss ich gestehen, dass ein Tag auf einem zugefrorenen Fluss momentan wenig anziehend auf mich wirkt."

„Vielleicht in ein paar Jahren dann, wenn das hier nur eine blasse Erinnerung ist."

„Vielleicht." Sie konnte sich nicht vorstellen, dass es irgendwann einmal eine Zeit geben würde, in der diese Tage nur noch eine schemenhafte Erinnerung aus der Vergangenheit sein würden.

Er sagte nichts weiter, aber zumindest schien die Atmosphäre nun friedlicher zu sein, was eine deutliche Verbesserung darstellte. Vielleicht war das Ausbleiben von Schwierigkeiten das Beste, worauf sie derzeit hoffen konnten. Offensichtlich konnten sie nicht wieder zu dem Verhältnis zurückkehren, das sie zuvor miteinander gehabt hatten, egal wie angenehm es gewesen war, an ihn geschmiegt unter seinem Mantel zu sitzen und mit ihm zu lachen. Sie legte die Wange auf ihren Knien ab und vermied es, ihn direkt anzusehen, aus den Augenwinkeln konnte sie ihn jedoch immer noch erspähen. Es lag etwas Tröstliches darin, ihn im Blick zu behalten.

Wenig später richtete er sich auf und fragte sie, ob sie gerne den Quilt zurück hätte oder lieber seinen Mantel tragen wolle. Seine Frage machte unmissverständlich klar, dass er nicht vorhatte, ihn mit ihr zu teilen.

„Der Quilt ist gut." Die Intimität, von seinem Mantel umgeben zu sein, würde sie nicht aushalten können. Sie wollte die Erinnerung an den Kuss nicht wieder wach rufen, nicht jetzt, wenn alles so friedlich war.

Aber ein Problem stand noch an. Als sie zu gähnen begann, konnte Elizabeth die Frage, wo sie schlafen würden, nicht länger beiseite schieben. „Wegen heute Nacht..."

„Wie wir das mit dem Schlafen regeln werden?" Seine Antwort kam so schnell, dass er über das Selbe nachgedacht haben musste. „Letzte Nacht schien das gut geklappt zu haben."

Sie spürte Schmetterlinge im Bauch, als sie sich daran erinnerte, wie sie in seinen Armen aufgewacht war. „Wenn es dir nichts ausmacht, dass es unschicklich ist."

Seine Stimme klang tiefer. „Genau genommen hat es mich nicht weiter berührt, wie unschicklich das war – ganz im Gegenteil."

„Das ist nicht hilfreich, Sir!"

Er setzte sich auf und berührte ihre Wange mit der Rückseite seiner Finger. „Nein, ich nehme an, dass ich das nicht bin. Aber mittlerweile musst du wissen, dass ich nicht vorhabe, die Situation auszunutzen. Zumindest nicht allzu sehr. Da wir morgen früh unsere Kräfte brauchen werden, können wir es uns auch genauso gut so angenehm wie möglich machen."

„Das nehme ich an." Sie versuchte, es zweifelnd klingen zu lassen, doch das war bei einem so verlockenden Vorschlag ganz schön schwer. Es war falsch, wieder in seinen Armen liegen zu wollen, aber sie konnte einfach nicht anders, insbesondere dann nicht, wenn sie ihm am nächsten Morgen endgültig würde Lebewohl sagen müssen.

Um sich von dem schmerzlichen Gedanken abzulenken, begann sie, sich die Haarnadeln heraus zu zerren und zog ihr Haar dabei schonungslos aus dem einfachen Knoten, den sie sich am Morgen gemacht hatte. Letzte Nacht hatte das noch genügt, aber jetzt war ihr Haar sogar für einen einfachen geflochtenen Zopf zu sehr verknotet. Gestern Morgen, vor einer halben Ewigkeit, hatte Nell für Charlottes Hochzeit dünne violette Bänder in Elizabeths Haar geflochten.

Gestern Abend hatte sie die kleinen Bänderzöpfe einfach im Haar gelassen, als sie es geflochten hatte, um es dann am Morgen wieder hochzustecken. Jetzt hatten sich die Bänder in ihren Locken verfangen. Wenn sie heute Nacht wieder mit den Bändern im Haar schliefe, würde sie sie wohl herausschneiden müssen.

Vorhin hatte sie einen groben Holzkamm auf dem Regal gesehen. Sie brachte ihn zum Feuer und begann mit der langen Prozedur des Entwirrens. Es war, als ob sie die Zweige eines Vogelnestes sortieren sollte. Jeder einzelne Zopf musste vom Rest ihres Haares getrennt, und dann vorsichtig gelöst werden. Oh, warum hatte Nell nur so viele gemacht? Jedes Mal, wenn der Kamm auf eines der Nester traf, zuckte sie wieder zusammen. Auf Longbourn hätte ihre Bürste die Sache wesentlich einfacher gemacht, aber sie könnte sich genauso gut auf dem Mond befinden, so viel nützte sie ihr jetzt gerade.

Und sie hatte Publikum. Am vorigen Abend hatte sich Mr. Darcy umgedreht, als sie ihr Haar herunter gelassen hatte, aber heute tat er nicht einmal mehr so, als ob er wegsehen würde. Er saß auf der Rollmatratze und stützte sich mit glühenden Augen nach hinten auf seinen Händen ab. Der Ausdruck in seinen Augen hatte eine solche Macht über sie, dass sie mehr wollte.

Schlechte Idee. Ruckartig wandte sie die Augen von ihm ab und konzentrierte sich auf den großen Knoten direkt an ihrer Kopfhaut. Endlich löste er sich und sie wandte sich leicht zur anderen Seite als sie sich ans Werk machte. Sie konnte von Glück sprechen, dass sie keine anderen Aufgaben hatte, denn das würde eine gute Weile in

Anspruch nehmen. Mr. Darcy schien sich darauf eingestellt zu haben, jeden Moment ihrer Mühen auszukosten.

„Männer können sich glücklich schätzen, dass sie sich mit diesen Problemen nicht zu befassen brauchen", warf sie ein, „ in *ihr* Haar will niemand jemals Federn kleben."

„Ich bin froh, dass sich mir die Frage nie gestellt hat. Nehmt ihr tatsächlich Leim?"

„Ich nicht, weil ich mich aus eben diesem Grund weigere, Federn im Haar zu tragen. Die meisten Ladys aber schon. Ihre Zofen verbringen hinterher Stunden damit, ihn wieder herauszuwaschen. Manchmal müssen sie ihn auch herauszuschneiden." Sie zerrte gnadenlos an einem ganz besonders widerspenstigen Knoten.

„Dann bin ich froh, dass du keine Federn trägst. Es wäre eine Schande, auch nur eine Strähne deines Haares abzuschneiden." Seine Stimme schien in dem kleinen Raum widerzuhallen.

Sie verbarg ihr Unbehagen, indem sie einen weiteren Zopf löste. Als das Band endlich befreit war, war es schon dabei, sich aufzulösen. Kein Wunder, dass es sich so sehr verknotet hatte! Sie ließ es zu den anderen neben sich fallen.

An ihrem Hinterkopf war es schwieriger. Ihre Frisur war nicht so gestaltet worden, dass sie selbst die Flechtwerke lösen sollte, und sie musste mit den Fingern danach suchen, um überhaupt zu finden, wo sich die Bänder befanden. Der erste ließ sich noch leicht genug lösen, obwohl es nicht einfach war, ihn an einer Stelle zu entwirren, wo sie ihn nicht sehen konnte, ganz besonders dann, wenn Mr. Darcy ihre ungelenken Versuche beobachtete.

Der letzte Zopf war hoffnungslos verfilzt. Sie ließ vom Kamm ab und versuchte, ihr Haar Strähne für Strähne herauszuziehen, doch es war unmöglich, zu bestimmen, ob sie nun voran kam, oder alles nur noch schlimmer machte. Wenn sie nur sehen könnte, was sie tat!

Aus den Schatten heraus hörte sie Mr. Darcy sprechen: „Mir scheint, dass die Augen in deinem Hinterkopf nicht besser funktionieren als meine, als es darum ging, meine Verletzung zu untersuchen. Darf ich dir meine Hilfe anbieten?"

Sich ganz nah neben sie zu setzen und ihr Haar berühren? Ihr Hals zog sich augenblicklich zusammen. Sie sollte ablehnen, aber sie bezweifelte, dass sie in der Lage sein würde, es alleine zu entwirren. „Ich bin mir sicher, dass es nichts ausmacht, wenn ich warte, bis sich mein Mädchen morgen darum kümmern kann."

„*So* wenig vertrauenswürdig bin ich auch wieder nicht", sagte er lachend.

Die Frage war eher, ob sie *sich selbst* trauen konnte, doch wenn sie jetzt ablehnte, würde er es so verstehen, als wolle sie sein Versprechen anzweifeln. „Also gut."

Als er sich zu ihr ans Feuer setzte, drehte sie sich um, sodass das schwache Licht der Flammen ihren Hinterkopf erhellte. Sie konnte seine Nähe spüren, doch ihr Haar berührte er nicht. „Ist es ein solch hoffnungsloser Fall?", fragte sie schelmisch.

„Ich untersuche das Problem und plane meine Strategie und das taktische Vorgehen."

„Mein Haar ist also eine Schlacht, die es zu schlagen gilt?"

ALLEIN MIT MR DARCY: EINE VARIATION VON STOLZ UND VORURTEIL

„Wenn du wüsstest." Er wisperte es so leise, dass sie sich nicht sicher war, ob sie ihn richtig verstanden hatte. Jetzt fühlte sie, wie es zog, als er sich ans Werk machte, ohne Zweifel, um die einzelnen Strähnen des Zopfes zu lösen. Ihre Kopfhaut kribbelte, als sie seine Berührungen spürte, fast so, als ob er sie liebkoste. Es war *keine* Liebkosung, rief sie sich ins Gedächtnis. Bei Nell hatte sie nie das Gefühl gehabt, als streichle sie ihr Haar. Vielleicht sollte sie sich vorstellen, dass Mr. Darcy ihre Zofe war. Dabei brach ein Kichern aus ihr heraus.

„Ist etwas?", fragte er.

„Überhaupt nicht. Ich habe nur darüber nachgedacht, ob du eine Zukunft als Kammerzofe hättest."

Er lachte leise vor sich hin. „Nur wenn die betreffende Lady dunkles, lockiges Haar hat, das sich wie Seide zwischen meinen Fingern anfühlt."

Oh je. Das Feuer in ihr stellte das in der Feuerstelle langsam in den Schatten. Es war wenig hilfreich, als sie fühlte, wie seine Hände durch ihr Haar glitten, das sie bereits entwirrt hatte. Es war nicht nötig, dass er das tat. Er musste es gewollt haben.

Zum Glück für ihren Gemütszustand wandte er sich wieder dem Entwirren zu. Jedes Ziepen sendete Wellen von seltsamen Empfindungen durch ihren Körper. Wie konnte sie es so deutlich spüren, wenn er doch nur ihr Haar berührte? Sie vergrub ihre Fingernägel in den Handflächen, um sich von dem seltsam angenehmen Gefühl abzulenken.

„Fast fertig." Seine Stimme klang heiser.

Sie biss sich auf die Lippe. „Gut." Sie wollte beides - dass er aufhörte und für immer weiter machte.

„Ich werde den Kamm brauchen."

Stumm reichte sie ihn ihm und rüstete sich gegen den Schmerz, da es nicht leicht war, ihre verfilzten Locken zu durchkämmen. Das ziehende Gefühl veränderte sich, blieb aber erstaunlich sachte. „Du machst das gut für jemanden, der keine Erfahrung damit hat."

„Als sie noch klein war, mochte es meine Schwester, wenn ich ihr Haar kämmte. Sie spielte, dass sie eine Prinzessin sei und ich ihr Ritter. Ihr Haar ist aber glatt."

„Wann immer mein Haar verfilzt, wünsche ich mir, dass es glatt wäre."

Der Kamm hielt für einen Moment inne. „Wünsch dir das niemals."

Sie schluckte hart, ihr Mund war trocken. Was sollte sie darauf nur antworten? Es war gut, dass er ihr Gesicht nicht sehen konnte. Es wäre nur zu offensichtlich, wie bewegt sie davon war.

„Na also. Jetzt ist alles wieder entwirrt. Abgesehen von dem Zopf. Wenn du noch eine Minute Geduld hast, werde ich das Band gleich draußen haben."

Eine weitere Minute könnte zu viel sein. Bis dahin könnte sie in Flammen aufgegangen sein.

Sein Arm reichte um sie herum und ließ einen Bändel in ihren Schoß fallen. Bevor sie etwas sagen konnte, machte er sich wieder daran, ihr Haar zu kämmen. Kämmte er tatsächlich? Sie fühlte, wie ihr Haar angehoben wurde. Langsam ließ er seine Finger von unten hindurch gleiten.

Ein Schauer lief ihr über den Rücken, vielleicht waren es aber auch Funken. „Was tust du da?", fragte sie mit trockenem Mund.

„Ich stelle sicher, dass alle Knoten draußen sind",
entgegnete er heiser.

Er nahm sich eindeutig mehr Zeit, als nötig gewesen
wäre. Sie wusste, dass sie protestieren sollte, ihm sagen sollte,
dass er aufhören solle, aber irgendwie blieben ihr die Worte
im Halse stecken. Als ob sie ein Eigenleben führte, kribbelte
ihre Kopfhaut bei jeder Bewegung ihres Haars. Dann fühlte
sie, wie etwas weiches und warmes ihren Nacken liebkoste
und sie von dort aus herrliche Gefühle durchströmten.
Unwillkürlich schlossen sich ihre Augen. Immerhin war ihr
Gesicht im Schatten, er würde ihren Gesichtsausdruck also
nicht sehen können.

Dann schrie sie auf, als ein scharfer, stechender Schmerz
sie inmitten der wundervollen Empfindungen durchfuhr.
Sie schlug sich mit der Hand auf ihren verletzten
Oberschenkel und griff nach der felligen Pfote.

Darcy ließ ihr Haar sofort sinken. „Ich bedaure zutiefst.
Ich hatte nicht vor, dir Schmerzen zu bereiten."

Die Katze jagte nach dem Band, das von Elizabeths
Schoß herunter hing und brachte es dabei erneut fertig, ihre
Krallen durch ihren Rock zu schlagen. „*Du* hast mir nicht
weh getan. Diese Ehre gebührt deinem Schützling, Miss
Schneeball. Sie scheint zu denken, dass meine Haarbänder
ihr Spielzeug sind und mein Schoß ein Nadelkissen." Sie
sollte dankbar sein. Wer weiß, was geschehen wäre, wenn
die Katze sie nicht unterbrochen hätte? Hätte sie die Kraft
aufgebracht, Mr. Darcy Einhalt zu gebieten?

Sie nahm einen tiefen Atemzug und wandte sich Darcy
zu, aber die Worte lösten sich in ihrem Mund in Luft auf,
als sie sah, wie er ihr mit unverhohlenem Verlangen in die

115

Augen starrte. Sie musste heftig schlucken, bevor sie etwas herausbrachte: „Ihre Klauen sind bemerkenswert scharf – sicher vom Mäusejagen im Holzstoß. Ich ... ich danke dir für deine Hilfe."

„Es war mir ein Vergnügen – voll und ganz mein Vergnügen. Du weißt ja gar nicht, wie sehr ich mich danach gesehnt habe, dein Haar zu berühren."

Sie zwang sich dazu, den Augenkontakt abzubrechen und sagte scheinbar unbekümmert: „Wahrscheinlich bist du aber nicht davon ausgegangen, dich mit den Knoten darin beschäftigen zu müssen!" Langsam hob sie das Band an, zog es über ihren Schoß und hoffte, dass Schneeball ihre Klauen wieder hinein schlagen würde, um sie wieder zu Vernunft zu bringen.

Stattdessen fing die Katze den Bändel mit ihren Zähnen und zog ihn fort, um sich dann auf Darcys Schoß niederzulassen und zu schnurren. Elizabeth musste selbst sehen, wie sie seinem Charme widerstehen konnte – aber sie wünschte sich dennoch, dass er sie streicheln würde und nicht Schneeball.

ETWA DIE NÄCHSTE HALBE Stunde war Elizabeth damit beschäftigt, sich so viele von Marys Lieblingszitaten aus Fordyces Moralpredigten ins Gedächtnis zu rufen, wie sie nur konnte. Nicht dass es ihr in irgendeiner Weise dabei half, ihre unangebrachten Wünsche zu unterdrücken, aber zumindest war ihr Kopf beschäftigt und wurde daran erinnert, welche gesellschaftlichen Erwartungen auf ihr ruhten. Wer hätte gedacht, dass sie, Elizabeth Bennet, jemals

solch eine Erinnerung nötig haben würde? Bis sie hier mit
Mr. Darcy gestrandet war, hatte sie ihre Schwächen selbst
nicht gekannt.

Schließlich konnte sie es nicht länger hinauszögern, ins
Bett zu gehen. Sie hatte das Gefühl, sich außergewöhnlich
unbeholfen zu verhalten, als sie sich auf der Rollmatratze
niederließ, sorgsam darauf bedacht, so weit zur Seite zu
rutschen, wie es nur möglich war, um möglichst viel Platz
freizulassen, und wandte sich vom Rest des Lagers ab. Darcy
legte noch ein frisches Scheit aufs Feuer und ging dann an
ihr vorbei. Die Strohmatratze raschelte, als er seinen Platz
neben ihr einnahm. Obwohl sie ihn nicht sehen konnte, war
sie sich seiner Anwesenheit deutlich bewusst, ebenso wie
seines Geruchs nach Gewürzen und Moschus, der in der
Luft lag.

Er musste ihr auf die Schulter klopfen, damit sie ihn
ansah. Auf einen Ellenbogen aufgestützt lag er da und das
Feuer ließ rote Schatten über seine markanten Gesichtszüge
tanzen. Mit ernster Miene sah er sie an. „Warm oder kalt?"

Sie biss sich auf die Lippe. „Warm."

Seine Mundwinkel erhoben sich zu einem Lächeln, als er
sich zurücklegte und seinen Arm ausstreckte. Sie kuschelte
sich an seine Seite und legte ihren Kopf an seine Schulter, an
jene Stelle, die genau dafür geschaffen zu sein schien. Als sie
sich an die Stirn fasste, um sich eine Locke aus den Augen zu
streifen, berührte ihre Hand seine und löste ein Beben in ihr
aus, das bis in ihre Zehen vordrang.

Darcy umfasste ihre Hand mit seiner und legte beide auf
seiner Brust ab. Es fühlte sich so natürlich und viel zu gut an.

Irgendwie schaffte sie es, dass ihre Stimme nicht bebte, als sie ihm eine gute Nacht wünschte.

Seine Lippen legten sich leicht an ihre Stirn. „Schlaf gut, süße Lizzy."

Obwohl sie sich still verhielt und vorgab, zu schlafen, dauerte es mindestens eine halbe Stunde, bis der Schlaf sie übermannt hatte, während sie dem steten Klopfen seines Herzens lauschte und die Berührung seiner Lippen auf ihrer Stirn noch nachhallte. Sehr viel länger dauerte es, bis Darcy ihr in diesen Zustand folgte.

Kapitel 7

DAS ERSTE, WAS IN DARCYS Bewusstsein vordrang, war das durch die Sonne veränderte Licht. Sogar mit geschlossenen Augen konnte er es erkennen und wusste, dass sich etwas dabei seltsam anfühlte. Sonst erwachte er immer schon vor Sonnenaufgang. Die Wärme in seinen Armen war das Nächste, das er registrierte. Er musste seine Augen nicht öffnen, um Elizabeth Bennet zu erkennen. Ihr Arm lag quer über seiner Brust und während der Nacht hatte er offensichtlich ihr Bein zwischen seinen gefangen. Nun, das war ein Gefühl, das er auskosten wollte! Was für eine exzellente Art und Weise, zu erwachen und einem neuen Tag ins Auge zu blicken!

Abgesehen von einer Kleinigkeit. Wenn die Sonne schien, dann musste der Sturm vorüber sein und wenn der Sturm vorüber war, dann würde er Elizabeth gehen lassen müssen. Das war inakzeptabel. Als sich seine Arme fester um sie schlossen, erkannte er an ihrer Atmung, dass sie nicht schlief.

Sie war also zuerst aufgewacht und dennoch in seinen Armen geblieben? Dieser erschütternde Gedanke genügte, dass er seine Augen öffnete. Der Raum war heller erleuchtet, als er ihn jemals gesehen hatte, und es war still. Kein Heulen des Windes, kein knisterndes Feuer. Nur Elizabeth in seinen Armen.

Sie bewegte ihren Kopf, sodass er auf seiner Schulter ruhte. „Die Stille ist fast schon unheimlich, nicht wahr?"

„Wer hätte gedacht, dass du das Geräusch des Windes vermissen würdest?", neckte er sie.

„Hmm. Doch, das tue ich. Es ist zu still." Noch immer machte sie keine Anstalten, sich aus seinen Armen zu befreien.

Nein. Er würde nicht versuchen, den Sinn hinter ihrem Verhalten zu verstehen und er würde ihr ganz bestimmt nicht wieder vorschlagen, zu heiraten. Das war es, was ihn gestern schon in Schwierigkeiten gebracht hatte. Er sollte den Moment einfach als das Geschenk annehmen, der er war, und nicht an die Trennung denken, die zwangsläufig darauf folgen würde.

Er hob den Kopf gerade genug an, um ihr Gesicht sehen zu können. Aus ihrer Miene konnte er nichts ablesen, doch ihr entspannter Körper ließ darauf schließen, dass sie zufrieden war, vielleicht war es aber auch mehr. Sein eigener Körper verlangte ganz klar mehr als nur Zufriedenheit und wurde dabei von Minute zu Minute drängender, doch er wollte diese kostbare Zeit nicht aufs Spiel setzen.

Von einem abgesehen. Wenn er sich von Elizabeth Bennet schon sehr bald für immer verabschieden müsste, dann wollte er sie zuerst noch einmal küssen, ein Kuss, der nicht mit dem Bild in seiner Erinnerung endete, dass sie sich die Hände auf die Ohren und ihre Augen zupresste, um ihn von sich fernzuhalten. Nein, er wollte einen Kuss, an den er sich ohne Reue und Schmerz erinnern konnte und den er während der langen, einsamen Nächte ohne sie in seiner Erinnerung immer wieder wachrufen konnte.

Er bewegte seinen Arm, bis er ihr Kinn erreichen konnte, um es mit seinem Zeigefinger sanft nach oben zu schieben. Sie bot ihm keinen Widerstand und ihre dunklen Augen sahen fest in seine, die Lippen leicht geöffnet. Es gab keinen Zweifel mehr, sie erwartete seinen Kuss, forderte ihn weder dazu auf, noch vermied sie ihn, sondern wartete nur ab.

Das reichte ihm schon. Langsam senkte er seinen Kopf zu ihrem, kostete die Vorfreude aus und gab ihr gleichzeitig die Chance, sich zurückzuziehen, doch sie rührte sich nicht, bis seine Lippen schließlich die Ihren berührten. Dann krallte sich ihre Hand stärker in sein Hemd, als sie seine Leidenschaft entgegnete und sich ihm entgegen beugte, als ob auch sie sich nach diesem Moment gesehnt hätte.

Es spielte keine Rolle, dass er versuchte, sich zurückzuhalten und alles daran legte, die Intensität des Kusses zu verringern, um eine Explosion der Leidenschaft wie am vorherigen Abend zu vermeiden. Den Kuss konnte er auch weiter oberflächlich belassen, doch das änderte nichts daran, dass ihn ihr Geruch brennen ließ. Wie leicht wäre es, in ihren Küssen zu versinken? Er biss ihr sanft auf die Lippe und jauchzte innerlich vor Freude, als sie dabei erschauerte.

Aber er musste es beenden, solange er noch in der Lage dazu war. Widerstrebend zog er sich zurück. „Wir sollten uns auf den Weg machen", sagte er barsch. „Wer weiß, wann jemand des Weges kommt."

Sie versteifte sich und sah dann weg. „Selbstverständlich." Sie setzte sich auf und schwang sich den Zopf über die Schulter.

„Zumindest werden alle unsere Kleider trocken sein, wenn wir losgehen."

„Das wird hilfreich sein." Er nahm einen letzten tiefen Atemzug von der Luft, die sie sich geteilt hatten und richtete sich dann auf. Wenn er sie jetzt ansehen würde, dann würde er sich nicht zurückhalten können und sie wieder küssen, also begann er stattdessen ihren Aufbruch vorzubereiten. Zuerst den Gehrock, dann seinen schweren Mantel. Anders als gestern, als er ihn mit Elizabeth geteilt hatte, schloss er heute alle Knöpfe. Als Nächstes kamen sein Zylinder und die Handschuhe.

Wie konnte nur so wenig vonnöten sein, um sich zum Gehen bereit zu machen und all die Stunden, die sie hier verbracht hatten, hinter sich zu lassen? Sie trugen immer noch die Kleider, in denen sie gekommen waren. Er warf Elizabeth einen Blick zu, die schon in Mantel und Hut den Quilt faltete. Er brauchte einen Moment, um zu realisieren, was an dem Bild nicht stimmte. Sie hatte ihr Haar nicht aufgesteckt, sondern es lose gelassen und in den Kragen ihres Mantels gesteckt.

Sie musste seinen überraschten Blick bemerkt haben. „Ich weiß, es ist vollkommen unangemessen, aber ich habe keinen Schal und es wird mir helfen, meinen Nacken warm zu halten."

„Sehr vernünftig", sagte er ernst. Es wäre *nicht* vernünftig, zu ihr zu gehen, ihr Haar herauszuziehen, seine

Finger durch die seidene Pracht gleiten zu lassen und sie zu küssen, bis ihr hören und sehen verging.

Er fasste in seine Tasche, zog eine Handvoll Silbermünzen heraus, und legte sie in einem sauberen Stapel auf den Tisch. Das Essen und das Feuerholz, das sie verbraucht hatten, hätte den sparsamen Pächtern wohl für eine Woche oder mehr gereicht, und sie sollten gut dafür entlohnt werden. Er warf einen letzten Blick durch den Raum und versuchte, ihn sich ins Gedächtnis einzubrennen. Etwas Kleines hing aus dem aufgerollten Bettzeug heraus. Er bückte sich und sah, dass es ein lila Haarbändel war. Schnell griff er danach und steckte ihn in seine Tasche.

„Ich hoffe, dass du es weiter warm hast, Schneeball." Elizabeth beugte sich zu der Katze hinunter, um ihren Kopf zu kraulen, richtete sich dann auf und sagte kurz angebunden: „Bist du bereit?"

„Ja." So bereit, wie er nur sein konnte.

Als er den Riegel anhob, schob sich die Tür von selbst nach innen und pudriger Schnee verteilte sich über die Schwelle. Er musste sich während der Nacht an der Tür angehäuft haben. Er kickte ihn davon und trat nach draußen in eine blendend weiße Welt. Hinter den Feldern waren schneebedeckte Bäume und er sah Furchen, die Grenzgraben zwischen den Feldern sein könnten.

Etwas Weißes, Felliges schoss an ihm vorbei und stürzte sich in den Schnee. „Schneeball!", rief er. Würde sie doch noch in der Kälte erfrieren?

„Sie wird sich schon zu helfen wissen. Katzen sind gut darin, warme Plätzchen zu finden, wie etwa Holzstöße. Und es war deutlich, dass sie nichts davon hielt, drinnen zu bleiben." Dennoch sah Elizabeth ihr wehmütig nach.

„Zumindest scheint es ihr nicht schwerzufallen, mit dem Schnee zurechtzukommen." Er stampfte eine kleine Fläche an der Schwelle nieder und trat nach draußen, um Elizabeth durchzulassen.

Sie spähte an ihm vorbei und schnappte hörbar nach Luft. „So stelle ich mir das Meer vor, nur blau und in Bewegung."

„Das ist in der Tat ein beachtliches Meer aus Schnee." Er bahnte sich einen Weg durch die Schneewehe. Sogar dahinter reichte ihm der Schnee noch bis zum oberen Rand seiner Stiefel.

„Ich wollte schon immer das Meer sehen, da ich aber nie die Gelegenheit hatte, an die Küste zu fahren, werde ich mich hiermit begnügen müssen." Elizabeth hob ihre Röcke an und folgte ihm, sorgsam darauf bedacht, in seine Fußstapfen zu treten.

Was sollten sie jetzt tun? Als sie angekommen waren, hatte es heftig geschneit und sämtliche Orientierungspunkte waren seitdem lang im Schnee versunken. „Wo geht's zur Straße?"

„Es..." Elizabeth zeigte nach rechts, ließ ihre Hand dann wieder sinken und sah sich zu beiden Seiten um. „Ich denke... wenn diese Bäume das Wäldchen sind, durch das ich gekommen bin, und dieser Hügel dort Oakham Mount ist – nein, das kann nicht sein." Sie bewegte sich langsam im Kreis. „Natürlich! Da ist die Kirchturmspitze, also liegt Meryton in dieser Richtung und die Straße muss da drüben sein." Sie schirmte die Augen mit ihrer Hand ab. „Ja, ich glaube, dass ich da drüben eine Linie erkenne, die die Hecke sein könnte."

Für ihn sah unter dieser Decke aus Schnee verborgen alles gleich aus. „Dann werden wir es versuchen. Wir werden vermutlich nur langsam vorankommen. Sag mir, wenn du irgendetwas siehst, das du wiedererkennst."

Der Schnee war zu tief, um durchzulaufen, also musste er mit dem Fuß dagegen treten, um sich vorwärts bewegen zu können. Alleine wäre er ein wenig schneller voran gekommen, doch für Elizabeth musste er einen etwas breiteren Weg bahnen, die durch ihre Röcke und kürzeren Beine gleich in zweifacher Hinsicht benachteiligt war. Der Schnee musste ihr gut bis über die Knie reichen.

Ein Tritt und gehen, ein Tritt und gehen. Wer hätte gedacht, dass Schnee so schwer sein konnte? Hoffentlich hatte Elizabeth einen guten Orientierungssinn.

Glücklicherweise stellte sich heraus, dass sie richtig lag, als sie endlich die Straße erreichten. Darcy war mehr als erleichtert, Spuren im Schnee zu sehen, wo jemand bereits zu Pferde durchgeritten war.

Als Elizabeth ihn mit hoch erhobenen Röcken eingeholt hatte, sagte sie: „Ich glaube, dass ich nicht allzu bald wieder den Drang verspüren werde, einen langen Spaziergang an einem Wintertag zu machen!"

Darcy deutete auf die Straße. „Von hier aus wird es leichter werden, da wir den Weg nehmen können, den das Pferd uns schon gebahnt hat."

Ihr Atem bildete eine frostige Wolke. „Ich glaube, es wäre das Beste, wenn wir von nun an getrennt weiter gingen."

Die Worte schienen ihn zu treffen. „Wenn du das wünschst. Ich wäre beruhigter, wenn du voran gingst, dann müsstest du nur auf mich warten, wenn du irgendwie in Schwierigkeiten geraten würdest. Wäre eine Viertelstunde genug?"

Sie blickte zu seinen Beinen hinab. „Wenn du nicht zu schnell läufst."

„Ich glaube nicht, dass überhaupt jemand schnell durch diesen Schnee gehen könnte."

„Also gut, dann." Sie zögerte. „Ich weiß alles, was du diese letzten zwei Tage für mich getan hast, zu schätzen, auch dein Angebot, mich zu schützen, selbst wenn es unnötig ist."

„Du wirst mit mir in Verbindung treten, wenn deine Abwesenheit irgendwelche Auswirkungen auf deinen Ruf haben sollte? Ich bin in Darcy Haus in der Brook Street in London zu erreichen."

„Wenn es mir notwendig erscheint." Immer noch wartete sie, als wollte sie ihn irgendwie nicht verlassen. „Ich wünsche dir eine gute Reise."

Er rief sich noch einmal vor Augen, wie er in ihren Armen erwacht war und streichelte ihr dann kurz mit dem behandschuhten Finger über die Wange. „Gute Reise, Miss Elizabeth." Der Kloß in seinem Hals ließ mehr nicht zu.

Sie blickte ihm lange in die Augen, drehte sich um und stapfte die Straße hinunter. Weg von ihm, weg von diesem Kapitel seines Lebens, einer Zukunft entgegen, in der er keine Rolle spielte. Nachdem er so lange in ihrer Gesellschaft gewesen war, war die Leere, die sie hinterließ, greifbar. Aber es nützte alles nichts. All die Gründe, die in London dagegen sprachen, ihr einen Antrag zu machen, galten immer noch. Er war in der Lage gewesen, sie beiseite zu schieben, als es schien, als müsse er seine Pflicht erfüllen, aber sie hatte ihn zurückgewiesen. Weitere Schritte würde er nicht rechtfertigen können. Pemberley und Georgiana hatten Vorrang vor seiner Begierde nach Elizabeth Bennet. Abgesehen davon hatte sie ihre Meinung zu diesem Thema durchaus deutlich gemacht.

Die stille, schneebedeckte Landschaft schien die Trostlosigkeit in seinem Herzen widerzuspiegeln. Dreimal sah er auf die Uhr, bevor die versprochene Viertelstunde vorüber war. Wenn schon nichts anderes, dann würde er ihr diesen letzten Dienst erweisen um ihren Ruf zu schützen. Sie hatte gesagt, dass vor der Stadt ein Gasthaus sei, dort würde er für eine oder zwei Stunden bleiben, bis ihr Auftauchen in Meryton nicht mit seinem in Verbindung gebracht werden könnte.

Seine Füße machten sich zu dem schweren Gang auf. An den Stellen, an denen sie durchnässt und wieder getrocknet waren, drückten seine Stiefel schmerzlich. Wenn er London erreichte, würde er diese Schuhe aus- und nie wieder anziehen. Und was seine Kleidungsstücke betraf – sein Kammerdiener würde sie wohl für jenseits von Gut und Böse halten. Es würde nichts geben, was ihn an diese Zeit erinnern würde – nichts, außer einem dünnen, violetten Haarband.

Obwohl der Schnee bereits niedergetreten war, war die Strecke an manchen Stellen immer noch tückisch, sodass er Acht geben musste, wohin er mit seinen Füßen trat. Aber dann fiel ihm ein Schimmer von vertrautem rot in der sonst weißen Umgebung ins Auge. Elizabeth! Hatte er sie eingeholt, trotz all seiner Mühen, Distanz zu wahren? Er wusste, dass er anhalten sollte, um ihr mehr Zeit zu geben, doch er wünschte sich so sehr, bei ihr zu sein, dass seine Schritte immer schneller wurden. Dann wurde ihm klar, dass sie ihm entgegen kam und nicht voraus lief.

Hatte sie sich verletzt? Die kalte Angst griff nach ihm, als er ihr entgegen eilte. Er hätte sie niemals allein in diesem Schnee laufen lassen sollen, egal was sie gesagt hatte. Als er sich ihr näherte, konnte er ihren gequälten Gesichtsausdruck sehen und ihm blieb beinahe das Herz stehen. „Gütiger Gott! Was ist passiert? Bist du verletzt?"

Sie stolperte ihm entgegen, warf sich in seine Arme und ihre Finger krallten sich in seine Schultern, als sie ihr Gesicht an seinen Brustkorb presste. Als sich seine Arme um sie schlossen – wie hätte er auch anders gekonnt – zitterte ihr Körper, und das nicht nur vor Kälte. „Elizabeth, was ist los? Liebe Güte, sag mir, was passiert ist!"

Ihr Atem kam stoßartig. „Ich bin unversehrt, aber … bei dem Wirtshaus, als ich es erreichte..." Sie sog scharf die Luft ein. „Ich habe die Tür geöffnet, um hineinzugehen, und ich sah... da waren Männer, Offiziere, und... ein Mädchen. Sie haben mich nicht gesehen, und ich bin zurück gerannt. Ich will nicht... alleine weiter gehen."

Zunächst machte das alles für ihn keinen Sinn. Es war ein Gasthaus. Natürlich waren da Offiziere und ein Mädchen. Selbst wenn Elizabeth dort auf eine Situation gestoßen wäre, die für die Augen einer Jungfrau ungeeignet war, konnte er sich nicht vorstellen, dass sie darauf mit Panik reagieren würde. Dafür hatte sie einen viel zu kühlen Kopf.

Dann dämmerte es ihm. „Das Mädchen – war sie nicht Willens?"

„Ich *kenne* sie." Als ob das alles sagen würde.

Wenn das Mädchen eine Bekannte von Elizabeth war, musste sie die Tochter eines Gentleman sein. Er fluchte leise. „Komm. Ich werde dafür sorgen, dass es aufhört."

„Nein. Das kannst du nicht! Es sind zu viele!"

Er nahm sie fester in den Arm. „Das mag sein. Und doch werden sie auf mich hören."

Sie schüttelte den Kopf, ohne aufzusehen. „Einer von ihnen ist Mr. Wickham", sagte sie betrübt.

Wickham! Natürlich, er musste ja da drin stecken. Unter normalen Umständen wäre Darcys gesellschaftliche Stellung der einzige Schutz, den er brauchte, aber wenn Wickham darin verwickelt war, insbesondere, wenn er betrunken war, konnte sich Darcy nicht darauf verlassen. Wickham könnte die Situation und seine Hilflosigkeit ausnutzen. Was auch immer sonst geschehen mochte, Darcys zuvorderste Verantwortung galt Elizabeths Sicherheit. Er hätte für sie da sein sollen und sie vor dem, was sie gesehen hatte, abschirmen sollen, statt dessen hatte er sie allein gehen lassen. „Dann gibt es nichts, was ich im Augenblick unternehmen könnte. Wer ist sie?"

Dieses Mal schüttelte Elizabeth energischer den Kopf. „Das kann ich dir nicht sagen. Ihr wird es schlimm genug ergehen."

„Elizabeth, hör mich an. Ich habe George Wickhams Übeltaten so oft ausgemerzt, dass ich aufgegeben habe, mitzuzählen. Aber ich kann nichts für das Mädchen machen, wenn ich nicht weiß, wer sie ist. Du kannst mir vertrauen, ich werde nichts sagen, was ihr schaden könnte."

Für einen langen Augenblick sagte sie nichts. „Ihr Name ist Maria Lucas." Ihre Stimme war leise und klang hoffnungslos.

„Mit deiner Freundin Charlotte verwandt?"

„Ihre Schwester. Du hast sie nie getroffen, sie war noch nicht in die Gesellschaft eingeführt, bis Charlotte sich verlobt hat."

Das arme Ding. Wickham und seine Kumpanen würde es nicht einmal kümmern, dass sie das Leben eines jungen Mädchens zerstörten. Und wenn Elizabeth nicht unterwegs aufgehalten worden wäre, als sie ihn am Straßenrand gefunden hatte, hätte sie es sein können, die heute in dem Gasthaus gewesen wäre. Er schüttelte den Kopf, um ihn von dem schmerzvollen Gedanken zu befreien. „Ich werde mein Bestes tun, um eine Möglichkeit zu finden, Miss Lucas vor Schlimmerem zu bewahren."

Elizabeths Augen waren zu Boden gerichtet. „Du bist sehr gütig."

„Ich hätte jeden hier vor Wickham warnen und sagen sollen, was für eine Art Mensch er ist. Das lag in meiner Verantwortung."

„Mach dir keine Vorwürfe. Du hast nichts falsch gemacht, und du kannst nicht die ganze Welt beschützen."

„Ich wünschte, du würdest mir erlauben, dich zu beschützen. Ich weiß, dass du das nicht hören willst, aber es ist wahr."

Sie hob ihre Augen und sah ihm ins Gesicht. „Ich verspreche dir, dich zu kontaktieren, wenn es irgendwelche

Schwierigkeiten geben sollte, und ich wäre mehr als geneigt, deinen Schutz zu akzeptieren, wenn eine entsprechende Situation auftreten sollte. Genügt das?"

Nein, es genügte nicht, aber das konnte er nicht sagen. „Danke."

„Nun, wir können nicht ewig hier bleiben. Wir haben noch einen langen Fußmarsch vor uns."

Wieder machten sie sich auf den Weg. Mehr als nur einmal griff er nach Elizabeth, als sie im Schnee auszurutschen drohte. Ihre Stiefeletten waren für diese eisigen Straßenverhältnisse nicht geeignet. Als sie am Wirtshaus ankamen, konnte er ihr die wachsende Anspannung ansehen. Er lief nun an ihrer Seite, auch wenn das bedeutete, dass er sich durch den tiefen Schnee kämpfen musste.

Glücklicherweise war der einzige Mensch außerhalb der Schenke ein Stalljunge, der den Weg zu den Ställen freischaufelte. Darcy bat Elizabeth, außer Sichtweite zu warten, ging auf den Jungen zu und gab ihm ein Geldstück. Der Junge rannte hinein und kam mit zwei dicken Scheiben Brot wieder zurück. Er fand Elizabeth direkt hinter der Wegbiegung.

Ihre Augen weiteten sich, als sie das Essen sah. Sie nahm die Scheibe, die er ihr anbot, biss mit Eifer hinein und schloss dann ihre Augen, als sie kaute. „Es ist sogar noch warm! Und mit Butter bestrichen. Ich glaube, ich bin im Himmel."

„Ich dachte mir schon, dass du hungrig sein wirst, nach all den Anstrengungen mit leerem Magen. Ich wünschte, ich hätte dir ein richtiges Frühstück bringen können, und nicht nur eine Scheibe Brot." Er biss in die andere Scheibe. Sie hatte Recht, es war himmlisch. Nie zuvor hatte er es zu schätzen gewusst, wie gut frisch gebackenes Brot mit Butter schmecken konnte.

„Das ist perfekt. Es könnte nicht köstlicher sein. Glaub mir, wenn du für mich gegen einen Drachen gekämpft hättest, wäre das wesentlich weniger wert, als mir das hier zu bringen."

Es rührte ihn seltsam an, zu sehen, wie ihr Gemüt sich wieder erholte, und zu wissen, dass er Anteil daran hatte. „Um ehrlich zu sein, muss ich dir da voll und ganz zustimmen."

Elizabeth hatte gerade ihr Brot aufgegessen, als sie hörbar einatmete und nach unten sah, wo eine weiße Katze ihre Krallen in ihren Rock schlug. „Schneeball! Kaum zu glauben, dass du uns den ganzen Weg bis hierher gefolgt bist. Du musst halb erfroren sein!" Sie hob das Kätzchen hoch und kuschelte es eng an sich.

„Sie muss unseren Spuren gefolgt sein." Es erleichterte ihn ein wenig, zu wissen, dass die kleine Katze sich nicht im Schnee verlaufen hatte.

„Oh, deine kleinen Pfoten sind ja wie Eiszapfen! Nun, wenn du es dir in den Kopf gesetzt hast, uns zu folgen, dann kannst du auch gleich mit nach Longbourn kommen, wo ein schöner, warmer Stall auf dich wartet, in dem du bleiben kannst."

Er hielt ihr seine Hände entgegen. „Ich kann sie tragen."

„Sicherlich wird sie froh sein, wenn sie ihre Pfoten aus dem Schnee fernhalten kann!" Elizabeth übergab ihm die Katze vorsichtig in seine Arme.

ALLEIN MIT MR DARCY: EINE VARIATION VON STOLZ UND VORURTEIL

Nun war er noch viel froher darum, dass sie ihren Hunger stillen konnten, als er sah, dass der Reiter, der ihnen voraus gereist war, offensichtlich an der Schenke eine Pause eingelegt hatte, sodass ein langes Stück unberührte Straße noch vor ihnen lag. Bei diesem Tempo würden sie für eine Meile eine ganze Stunde brauchen.

Sie legten ein zügiges Tempo vor und er wurde schon allmählich müde, als Elizabeth ihm sanft die Hand auf den Arm legte, um ihn aufzuhalten. Sein Atem ging schnell, als er sich ihr zuwandte.

„Auch wenn du es jetzt nicht erkennen kannst, ist hier rechts eine Abzweigung nach Longbourn. Ich denke, ich würde es lieber hier versuchen, da ich damit vermeiden könnte, nach Meryton hineinzugehen, wo man uns sehen könnte. Es ist nicht mehr weit, ich bin mir sicher, dass ich es alleine schaffe."

Ihr erlauben, alleine durch den Schnee zu gehen, insbesondere nach all dem, was am Wirtshaus passiert war? Ganz bestimmt nicht! „Eine hervorragende Idee, aber mir wäre es lieber, wenn ich dich begleiten würde, zumindest so lange, bis wir in der Nähe von Longbourn sind."

„Das ist sehr nett von dir, aber das würde dich von deinem Weg abbringen."

„Das macht nichts, das ist mir wesentlich lieber, als mir Sorgen um dein Wohlergehen machen zu müssen."

Ihr Gesicht begann zu strahlen. „Wenn du es so darstellst, dann kann ich dir nur zustimmen, denke ich. Zumindest kann ich zu deiner Erheiterung beitragen, wenn du mir dabei zusiehst, wie ich ohne jede Anmut durch den Schnee stapfe."

Er lachte. „Wie du weißt, liebe ich es, dich anzusehen, was auch immer du tust."

„Wenn ich nicht so sehr die Nase voll hätte vom Schnee und der Kälte, würde ich Ihnen sagen, dass Sie mir dabei zusehen können, wie ich einen Schneeball nach Ihnen werfe, Sir!"

„Das wäre eine schlechte Idee!" Jedoch nicht aus dem Grund, an den sie dachte. Mit Elizabeth im Schnee zu spielen wäre viel zu gefährlich. Es würde zwangsläufig in Küssen enden. „Übrigens habe ich den Schneeball mit den Klauen."

Zum Glück hatte Elizabeth Recht, was die Kürze der Strecke anbelangte. Trotz seiner immer schneller taub werdenden Finger, verlangsamte Darcy seine Schritte, als ihm bewusst wurde, dass sie immer weiter zurück fiel. Als sie endlich die Abzweigung mit dem Weg nach Longbourn erreichten, drehte er sich zu ihr um und sah, dass sie zitterte. Er fluchte innerlich, dass er nicht aufmerksamer gewesen war. Er hätte sie dazu bringen sollen, seinen Mantel zu tragen, selbst wenn sie dagegen protestierte. Die Müdigkeitszeichen auf ihrem Gesicht fühlten sich wie ein Schandmal seines Versagens an. „Ich denke, ich begleite dich am besten nach Longbourn", sagte er.

Trotzig schüttelte sie den Kopf. „Du siehst doch, dass wir sehr nahe sind. Ich werde schon klar kommen und es wäre schwierig, deine Anwesenheit plausibel zu erklären."

Er wollte diskutieren, sie irgendwie bei sich halten, aber noch mehr wollte er, dass sie nicht länger leiden musste. „Dann werde ich dir Lebewohl sagen."

ALLEIN MIT MR DARCY: EINE VARIATION VON STOLZ UND VORURTEIL

Sie streckte ihm die Arme entgegen und für einen kurzen, glücklichen Moment dachte er, sie hätte vor, ihn zu umarmen, doch dann dämmerte ihm, dass sie die Katze meinte. Er musste Schneeballs Klauen aus seinem Mantel befreien, bevor er sie in Elizabeths Hände übergeben konnte. Er reckte seine Arme, die vom Tragen der Katze ganz steif geworden waren und sich doch seltsam leer ohne sie anfühlten. Sie in Elizabeths Armen zu sehen, verdeutlichte ihm, dass er höchstwahrscheinlich keine der beiden jemals wieder sehen würde und sein Magen verkrampfte sich.

„Danke, dass du mich so weit begleitet hast. Ich weiß das mehr zu schätzen, als ich sagen kann. Vielleicht werden wir uns eines Tages wieder sehen, Mr. Darcy." Sie lächelte matt.

„Ich hoffe, dass das der Fall sein wird. Jetzt geh und wärm dich auf Longbourn auf."

Sie nickte mit klappernden Zähnen und begann, durch den Schnee zu marschieren. Er sah, wie sie sich abmühte, und ballte die Fäuste, als ob er ihr damit in irgendeiner Weise seine Kraft übertragen könnte. Gott, wie er es hasste, ansehen zu müssen, wie beschwerlich es für sie war! Seine Strafe war es, dort stehenzubleiben und ihr nachzusehen, bis sie die Haustür von Longbourn erreicht hatte, für den Fall, dass sie ausrutschte und seine Hilfe bräuchte. Aber das tat sie nicht. Er redete sich ein, dass er nicht enttäuscht sei.

Im letzten Augenblick drehte sie sich noch einmal um und blieb für einen Moment wie angewurzelt stehen, als sie sah, dass er dort auf sie wartete. Dann winkte sie und ging hinein.

Als er sich zum Gehen umwandte, warf er noch einen letzten Blick auf Longbourn. Ihn beschlich die seltsame Vorahnung, dass er einen furchtbaren Fehler beging.

Kapitel 8

TRÄNEN STANDEN ELIZABETH in den Augen, als sie ins Haus eilte. Nicht nur, weil sie Mr. Darcy Adieu gesagt hatte, sondern auch, weil er ihr nachgesehen hatte, um sicher zu gehen, dass es ihr gut ging. Nach der langen, kalten Wanderung wollte sie sich einfach nur noch vor dem Feuer zusammenrollten und unter jedem Schal und Umhängetuch verkriechen, das im Hause zu finden war. Sie blieb abrupt an der Tür zum leeren Wohnzimmer stehen. Im Kamin brannte kein Feuer. Ihre Schritte hallten, als sie im Speisezimmer und der Bibliothek nachsah. Auch dort brannten keine Feuer. War das Haus so verlassen wie das kleine Cottage? Hatte sie nicht Rauch aus dem Kamin aufsteigen gesehen, oder hatte sie sich das nur eingebildet?

Wenn irgendwo Feuer gemacht worden war, dann wohl in der Küche. Nachdem sie, so schnell es ihre tauben Füße zuließen, in den hinteren Teil des Hauses gehumpelt war, stieß sie die Küchentür auf und brach beinahe in Tränen aus, so froh war sie um die ihr entgegen strömende Wärme und den Anblick der Köchin, die in ihrem Hochlehnerstuhl mit offenem Mund schnarchend eingeschlafen war. Der Ofen war voller roter, glühender Kohlen. Elizabeth kauerte sich so nah wie möglich dran und ließ Schneeball gehen. Die wohltuende Wärme tat fast schon weh auf ihrer kalten Haut.

Stuhlbeine kratzen über den Steinfliesenboden hinter ihr. „Ist die Familie also endlich zurück, Miss Lizzy?", fragte die Köchin mit einem Gähnen.

„Bisher bin ich die Einzige, wie es scheint. Wo sind alle?"

Die Köchin hievte sich auf ihre Füße. „Alle vor dem Sturm los gegangen, wegen dem freien Essen und dem Freibier, und keiner zurück gekommen. Ein paar von uns sind noch da – Nell wollte nicht gehen, und eines der Küchenmädchen war erkältet. Zwei der Stalljungen mussten hier bleiben und auf die Pferde aufpassen, während die Knechte loszogen."

Elizabeth schälte sich die nassen Handschuhe von den Fingern und hielt ihre Hände gegen das Feuer. „Bisher ist keiner aus Meryton zurück gekommen?" Seltsam, die Strecke war kürzer, als das Stück, das sie gegangen war. Vermutlich hatten es die andern auch nicht so eilig, da sie nicht befürchten mussten, erwischt zu werden und würden es deshalb vorziehen zu warten, bis die Straßen wieder passierbarer waren.

„Aber, sind Sie nicht aus Meryton gekommen? Und woher kommt diese Katze?"

Soviel zu ihren Fähigkeiten, ihren Aufenthaltsort geheim zu halten! Doch, wenn alle aus der Umgebung in Meryton gestrandet waren, würden sie schon wissen, dass sie nicht dort gewesen war. „Ich habe sie am Straßenrand gefunden, halb erfroren. Ich bin vor dem Sturm draußen spazieren gegangen und habe dann Zuflucht in einem Cottage gesucht. Wie Sie sich vorstellen können, habe ich dieses Kleid jetzt Tag und Nacht an, seit ich Charlottes Hochzeit vor drei Tagen verlassen habe! Ich wage zu behaupten, dass es von alleine steht, nachdem ich es ausgezogen habe." Vielleicht würde das die Köchin ablenken.

Die gute Frau schnalzte mit der Zunge. „Am besten ziehen Sie sich um, bevor Ihre Mutter zurück kommt!"

„Darf ich die Katze hier lassen? Sie muss sich aufwärmen." Schneeball beschnüffelte schon den Küchenboden und fühlte sich in ihrer neuen Umgebung allem Anschein nach schon ganz wie zu Hause.

„Also, Ihre Mutter wird wenig erfreut sein, eine Katze im Haus zu haben, aber vielleicht kann sie ein paar von diesen lästigen Mäusen fangen, bevor die Herrin Notiz von ihr nimmt. Nell kann Ihnen helfen, sich anzuziehen. Und ich sollte mich am besten daran machen, das Abendessen zu kochen, falls der Rest der Familie heute noch eintrifft. Ich kann Ihnen sagen, Miss Lizzy, wir fünf hatten ein wahres Festmahl, als keiner aus Meryton zurück kam, um all das gute Essen zu verspeisen, das ich gemacht hatte."

„Und ich bin mir sicher, dass Sie jeden Bissen davon verdient haben!" Das letzte, was sie wollte, war den Ofen zu verlassen, aber ihre normale Erscheinung wieder herzustellen, hätte auch noch einen weiteren Vorteil. Ihre Eltern würden glauben, dass sie die ganze Zeit schon auf Longbourn gewesen war.

DARCYS FÜSSE TATEN WEH, als er endlich nach Meryton hinein schlurfte. Doch noch mehr schmerzte sein Herz. Jeden Schritt seines Weges hatte er mit sich gerungen, um nicht doch wieder umzukehren, zurück nach Longbourn und zu Elizabeth. Es ergab keinen Sinn. Er war sich immer selbst genug gewesen. Er sollte sich nach ein wenig Zeit allein sehnen, nachdem er so lange mit einer anderen Person in einem kleinen Raum eingesperrt gewesen war, aber stattdessen fühlte sich ihre Abwesenheit an, als wäre ihm ein Teil seines Körpers amputiert worden. Und doch sehnte er sich danach, sich an sie zu wenden und seine Gedanken mit ihr zu teilen.

Was er aber *nicht* wollte, war sich mit der Stadtbevölkerung zu unterhalten, die gerade dabei war, den Schnee von den Stufen vor ihren Häusern weg zu kehren. Er wollte nur Elizabeth. Abgesehen davon, war seine Erscheinung wohl bestenfalls als ungepflegt zu bezeichnen und das würde Fragen aufwerfen, denen er möglichst aus dem Weg gehen wollte. Wenn er nur den Mietstall erreichen konnte, ohne dass ihn jemand aufhielt, dann wäre schon viel gewonnen.

Aber kein Dutzend Schritte vom Stall entfernt, lief ihm eine vertraute Person über den Weg, fast so, als hätte Darcy sie durch seine Gedanken heraufbeschworen. Mr. Bennet war in einen Mantel gewickelt, der dick genug war, um seine Statur zu verschleiern, doch sein Gesicht war unverkennbar.

Irgendwie schaffte es Darcy, sich formvollendet zu verbeugen.

Mr. Bennet blieb wie angewurzelt stehen. „Gütiger Himmel, wenn das nicht Mr. Darcy ist! Ich wusste nicht, dass Sie in der Gegend sind."

„Nur auf der Durchreise", sagte Darcy so fest es ihm nur möglich war.

ALLEIN MIT MR DARCY: EINE VARIATION VON STOLZ UND VORURTEIL

„Ich fürchte, dass Sie sich dafür ein denkbar schlechtes Wetter ausgesucht haben." Mr. Bennet deutete auf den Schnee um sie herum.

Der Mann hatte keine Ahnung, wie sehr ihm das Wetter zu schaffen gemacht hatte. „In der Tat", entgegnete er brüsk und versuchte sich zurückzuhalten, um Mr. Bennet nicht bei den Armen zu greifen und ihm zu sagen, dass seine Tochter die letzten zwei Nächte in seinen Armen verbracht hatte. Dann hätte er keine andere Wahl, als nach Longbourn zurückzukehren und Elizabeth offiziell einen Antrag zu machen, die ihn dann dieses Mal würde akzeptieren müssen. Aber Elizabeth wollte das nicht und er konnte Georgianas Zukunft nicht aufs Spiel setzen. Der Schaden, der seinem eigenen Namen dabei zugefügt würde, kümmerte ihn nicht mehr. „Bitte grüßen Sie Ihre Familie von mir. Guten Tag, Sir."

Irgendwie schaffte er es, um Mr. Bennet herum und in den Mietstall hineinzugehen, wo er vor ihm sicher war. Es brauchte einen Augenblick, bis sich seine Augen an das schwache Licht drinnen gewöhnt hatten, nachdem sie zuvor dem vom Schnee reflektierten Sonnenlicht ausgesetzt waren, doch noch länger brauchte sein Herz, bis es aufhörte, zu rasen.

Ein älterer Mann kam aus dem Hinterzimmer heran geeilt und wischte sich seine knorrigen Finger an seiner Lederschürze ab. „Womit kann ich Ihn'n heute dien'n, Sir?"

Er reichte dem Mann seine Karte. „Ich brauche ein Pferd, um nach London zu reisen." Wenn man den alten Gaul, den sie ihm andrehen würden, tatsächlich ein Pferd nennen könnte.

Der Kerl schielte auf seine Karte. „Sin' Sie der Bursche, der Mr. Bingley auf Netherfield besucht hatte?"

Als ob es ihn etwas anginge! „Ja."

Er rieb sein Kinn und sagte: „Se könn'n Pferd haben, es wird aber nich' sein, was Se gewöhnt sin'. Die guten Ställe sin' drüb'n im Nachbarort, Ware."

„Und ich bin hier. Alles, was mich nach London bringt, wird es schon tun. Mein eigenes Pferd hat im Sturm gescheut und ist davon gelaufen. Falls Ihnen zu Ohren kommen sollte, dass ein Vollblutpferd, Stockmaß einssechzig, gefunden wurde, mit verzierten Satteltaschen, dann schicken Sie es zu dieser Adresse, und ich werde mich erkenntlich zeigen."

„Oh, dann is' das also *Ihr* Pferd! Er is' schon hier. Is' vor zwei Tag'n in die Stadt gestürmt gekommen, hat fast 'nen klein' Jung'n umgerannt und das Rad am Wag'n vom Krämer kaputt gemacht."

Alles zerstört, was ihm in den Weg kam. „Das ist Mercury." Er hatte das nur halb zugerittene Pferd in London gewählt, weil er gehofft hatte, dass die Herausforderung seine Gedanken von Elizabeth Bennet fern halten würde. Stattdessen hatte ihn die Ausgeburt der Hölle direkt vor ihre Füße geworfen.

„War nich' einfach gewes'n zu fangen. Der mochte 'n Schnee nich'"

„Das ist mir auch aufgefallen. Daher auch das Scheuen." Darcy kramte seine verbleibenden Silbermünzen hervor, sparte sich noch eine für ein vernünftiges Mahl auf und legte den Rest auf den Tresen. „Für Ihre Mühen und den Wagen des Kramers."

ALLEIN MIT MR DARCY: EINE VARIATION VON STOLZ UND VORURTEIL

Die Augen des Mannes weiteten sich. „Dank' Ihn'n, Sir. Ich bring' Ihn'n Ihr Pferd sofort nach vorn, sobald ich ihn gesattelt hab'."

„Sehr gut." Je schneller er Meryton verließ, desto besser. Ansonsten könnte er der Versuchung vielleicht nicht widerstehen, zu Elizabeth zurückzukehren.

MR. BENNET WAR DER Nächste, der auf Longbourn eintraf, doch zu Elizabeths Verwunderung war er allein. „Wo sind Mutter und meine Schwestern?", fragte sie besorgt. Es war ihr nie in den Sinn gekommen, dass irgendjemand aus ihrer Familie wegen des Sturmes vermisst sein könnte.

Ihr Vater schnaubte. „Im Haus deiner Tante Phillips, das ich mir mit ihnen allen teilen musste. Das konstante Geplapper war die reinste Tortur! Ich bin bei der erstbesten Gelegenheit geflüchtet, auch wenn das bedeutete, dass ich mich durch die Schneewehen kämpfen musste. Der Schnee hat mich weniger beunruhigt, aber wenn ich mir noch eine weitere Unterhaltung über Spitze und Kleider hätte anhören müssen..."

„Aber es geht ihnen gut?"

„Die sind in Topform! Da keiner die Stadt verlassen konnte, war es ein einziges großes Fest, seit der Sturm begann. Tanzen und schwatzen und Karten und Spiele – ich habe gedacht, dass ich den Verstand verliere. Nein, allen geht es hervorragend, und sie wollen zurückkehren, sobald der Schnee auf den Straßen niedergetrampelt wurde. Ich für meinen Teil hoffe, dass das nicht allzu bald der Fall sein wird.

Ich freue mich schon darauf, mich für unbestimmte Zeit in meiner Bibliothek einzusperren."

„Ich werde dich nicht stören!", sagte sie lachend, war aber in Wahrheit selbst froh um die Gelegenheit, allein sein zu können. Ihr war zu schwer ums Herz, um lange vorzugeben, dass alles in Ordnung sei.

Ihre Schonfrist dauerte allerdings nicht lange an, schon ein paar Stunden später kam Nell, um ihr zu sagen, dass Mr. Bennet in der Bibliothek auf sie warte.

Beklommen machte sie sich auf den Weg in die Bibliothek. Konnte er die Wahrheit herausgefunden haben?

„Du wolltest mich sprechen?" Elizabeth stand vor dem Schreibtisch ihres Vaters.

„Ja, Lizzy. Ich wollte dich fragen, wo du während des Sturms warst. Die Dienstboten klatschen, dass du nicht hier gewesen bist."

Elizabeth atmete tief ein. „Das ist korrekt. Ich bin nach der Trauung spazieren gegangen und vom Sturm überrascht worden, also habe ich Unterschlupf in einem Cottage gesucht, bis er vorüber war."

Er nahm die Brille ab und legte sie auf die Schreibunterlage. „Und welches Cottage wäre das?"

„Die Pächter waren nicht da, ich kenne ihren Namen also nicht. Es ist ein kleines Cottage nördlich der Straße nach Hatfield, vielleicht zwei Meilen von der Schänke entfernt."

„Ich glaube, das kenne ich – das kleine Lehm-Flechtwerk-Haus, das ein bisschen von der Straße zurückgesetzt steht?"

„Genau das."

ALLEIN MIT MR DARCY: EINE VARIATION VON STOLZ UND VORURTEIL

„Und du bist allein in das Haus eines Fremden gegangen?"

„Ich hatte nicht wirklich eine Wahl, Sir, es sei denn, ich hätte es vorgezogen, mich zu Tode zu frieren. Es war keine komfortable Unterkunft, aber sie bot mir den Schutz, den ich brauchte." Mit ein bisschen Glück würde er nicht bemerken, dass sie nicht darauf eingegangen war, ob sie dort allein gewesen war.

„Ich verstehe. Und dann bist du hierher zurückgekehrt, als der Sturm vorüber war."

„Ja."

Mr. Bennet lehnte sich in seinem Stuhl zurück. „Als ich aus Meryton zurückkehrte, war ich offensichtlich nicht der erste, der den Weg nach Longbourn eingeschlagen hat, seit es geschneit hatte. Da waren zwei Paar Stiefelabdrücke Richtung Stadt unterwegs."

„Das ist kaum verwunderlich." Ihr Herz hämmerte.

„Da gibt es aber doch noch etwas Verwunderliches: Als ich den Fußweg genommen habe, der zur Straße nach Hatfield führt, schien es so, als seien zwei Leute dort lang gegangen. Die eine Spur führte nach Longbourn House, die andere gen Meryton – seltsam, dass jemand diese Strecke im tiefen Schnee wählen würde, da sie alles andere als eine direkte Verbindung darstellt. Ich nehme an, dass die Fußstapfen, die zu unserem Haus führten, deine waren - aber ich frage mich, wer dich auf dem Trampelpfad begleitet haben mag."

Sie hatte nicht einmal daran gedacht, dass sie ihre Spuren im Schnee verraten könnten. Wie konnte sie das vernachlässigt haben? Das Beste, was sie nun tun konnte, war wohl, so viel von der Wahrheit preis zu geben wie möglich, denn nur so war es weniger wahrscheinlich, dass ihr Vater alles aufdecken würde. „Ich habe Mr. Darcy auf der Straße nach Hatfield getroffen und er war so freundlich, mich das größte Stück des Weges zu begleiten. Er hat etwas davon erzählt, dass er zum Mietstall nach Meryton unterwegs war, da ihm sein Pferd im Sturm durchgegangen ist."

„Du hast mir nichts davon erzählt, dass du ihn getroffen hattest."

Elizabeth bemühte sich, ein Lachen hervor zu bringen. „Ich hätte kundtun sollen, dass ich mit einem reichen Gentleman alleine gewesen bin? Er hat mir einen Gefallen getan und ich möchte mich nicht bei ihm revanchieren, indem meine Mutter vorgibt, er habe mich kompromittiert, während wir uns durch die Schneewehen schlugen, was nebenbei bemerkt ein ganz schönes Kunststück gewesen wäre. Wenn du mir nicht glaubst..."

„Oh, ich glaube dir, mein liebes Kind, schon allein aus dem Grund, weil sich meine Wege mit Mr. Darcy in Meryton kreuzten."

Elizabeth hatte sich noch nie so sehr gewünscht, dass sie ein Erröten ihrer Wangen hätte unterdrücken können. Sie bemühte sich, gleichgültig zu wirken, als sie sprach. „Oh? Hast du mit ihm gesprochen?"

„Nichts weiter als Höflichkeitsfloskeln. Er hatte nicht erwähnt, dich getroffen zu haben."

Jetzt war sie wieder auf sichererem Terrain zurück. „Du wärest der Letzte, dem er erzählen wollen würde, dass er mit mir allein unterwegs gewesen ist. Kannst du dir vorstellen, wie entwürdigend es für ihn wäre, wenn er mir einen Antrag machen müsste?" Ihr stieg die Galle auf.

Ihr Vater lachte leise in sich hinein. „Ich bezweifle schwer, dass er dich den Aufwand wert halten würde. Wenn du durch ihn kompromittiert wärst, dann wäre das dein Problem, nicht seines. Was für ein unangenehmer Zeitgenosse er ist! Es tut mir leid, dass du mit ihm gehen musstest. Ich hoffe, dass sich sein Stolz von diesem Erlebnis wieder erholt."

Wenn sie ihrem Vater nur sagen könnte, dass er überhaupt nicht so war – und er sie in der Tat für den Aufwand wert hielt. Aber das waren Dinge, die sie für immer tief in sich verschlossen halten musste, zusammen mit ihren Erinnerungen an die letzten Tage und der schmerzenden Leere in ihrem Herzen.

DER SCHNEE BEGANN SCHON zu schmelzen, als der Rest der Familie Bennet am folgenden Tag zurückkehrte. Mary sah erschöpft aus und Kittys rote Augen standen im starken Kontrast zu Lydias aufgedrehtem Verhalten.

„Die Straße nach Meryton schien niemals länger zu sein, lasst euch das sagen!", tönte Mrs. Bennets schrille Stimme durchs Haus, sobald sie die Schwelle überschritten hatte. „Ich dachte, dass wir jeden Moment erfrieren würden und dass man unsere leblosen Körper nach der Schneeschmelze in den Hecken wiederfinden würde. Was wird nur aus dieser Welt? Solch einen Winter habe ich noch nie erlebt!"

„Zumindest nicht seit letztem Jahr", raunte Elizabeth Mary zu und sprach dann lauter: „Ich bin froh, euch alle wohlbehalten zu Hause zu sehen."

Lydia schrie: „Wir hatten solchen Spaß, Lizzy! Ich muss sagen, dass du mir leid tust, so ganz allein wie du hier warst, während wir in der Stadt getanzt und Karten gespielt haben. Es war ein herrliches Abenteuer! Und du wirst niemals glauben, was passiert ist! Was für eine Aufregung! Gestern..."

Mary sprach gebieterisch: „Das ist genug, Lydia. Lass uns nicht mehr darüber reden."

„Warum sollte ich nicht davon sprechen? Es kann sowieso nicht geheim gehalten werden. Die halbe Stadt weiß es schon und warum sollte Lizzy die Letzte sein, die es erfährt?"

Kitty machte ein ersticktes Geräusch, schlug sich die Hand vor den Mund und rannte aus dem Zimmer, ohne den Mantel abgelegt zu haben. Ihr Abgang wurde von dem Geräusch von Stiefeln, die die Treppe hinauf eilten, begleitet.

„*Deswegen* solltest du nichts sagen", sagte Mary streng. „Kitty ist schon verstört genug."

Besorgt fragte Elizabeth: „Ist Kitty etwas geschehen?"

Lydia hüpfte auf und ab. „Nein, ihr nicht. Sie ist einfach nur dämlich. Es ist Maria Lucas. Ich wette, dass du nicht erwartet hattest, *ihren* Namen zu hören! Sie ist beim Hochzeitsfrühstück einfach verschwunden und keiner hat sie mehr gesehen, bis gestern, als sie gefunden wurde, als sie heulend die Hauptstraße entlang lief und sich das zerrissene Kleid an den Körper presste. Natürlich ist sie voll und ganz ruiniert."

148

ALLEIN MIT MR DARCY: EINE VARIATION VON
STOLZ UND VORURTEIL

Elizabeth schloss die Augen. Sie hatte gehofft, dass Maria es irgendwie schaffen konnte, ohne entdeckt zu werden. „Armes Mädchen."

„Sie ist eine dumme Gans. Wenn sie so klug gewesen wäre, gleich wieder nach Lucas Lodge zurückzukehren und es damit vermieden hätte, gesehen zu werden, hätte niemand mitbekommen, was geschehen ist. Aber sie musste ja ein Theater darum machen. Jetzt wird ihre Mutter nicht mehr mit ihr reden und Sir William spricht mit überhaupt niemandem mehr. Ich denke, dass sie sie wegschicken werden."

„Wie kam es überhaupt dazu, dass sie das Hochzeitsfrühstück verlassen hat?", wandte sich Elizabeth an Mary. Das war etwas, das sie schon die ganze Zeit über beschäftigt hatte.

„Das weiß keiner. Sie, Kitty und Lydia haben mit den Offizieren geflirtet und seitdem hatte sie keiner mehr gesehen."

Lydia, der es offensichtlich gar nicht gefiel, in der Unterhaltung übergangen zu werden, meldete sich wieder zu Wort: „Sie hat zu viel Rumpunsch getrunken und ist ziemlich albern geworden. Sie wollte, dass Denny zumindest einmal Notiz von ihr nimmt, statt sich um mich zu kümmern. Nun, offensichtlich hat er das getan. *Ich* habe immer gewusst, wie ich mit den Offizieren umgehen muss, ich weiß nicht, warum *sie* nicht in der Lage war, sie im Zaum zu halten. Sie ist so ein Kind!"

Elizabeth hielt sich zurück und wies ihre Schwester nicht darauf hin, dass Maria beinahe ein ganzes Jahr älter war als Lydia, wenn auch wesentlich unschuldiger – bisher

149

zumindest. „Ich möchte nichts mehr davon hören, Lydia. Mir tut die arme Maria leid. Ihr ist großes Leid zugefügt worden."

Mrs. Bennet ersetzte ihren Hut durch ihre Haube. „Es besteht kein Grund, weiter zu predigen, Lizzy. Es betrifft dich nicht und wenigstens muss ich mir nicht Lady Lucas anhören, wie sie damit angibt, dass sie nun eine verheiratete Tochter hat oder dass Charlotte irgendwann Herrin in diesem Hause sein wird. Meine Töchter mögen es nicht zu Stande gebracht haben, zu heiraten, aber zumindest ist keine davon entehrt."

Elizabeth ignorierte ihre Mutter und zupfte Mary am Arm. „Komm, du musst dich danach sehnen, etwas Frisches anziehen zu können. Wie lange trägst du dieses Kleid schon?"

Mary folgte ihrer Schwester mit verzogenem Gesicht nach oben. „Darüber möchte ich nicht einmal nachdenken!"

Kapitel 9

DARCY ERREICHTE LONDON in abscheulicher Stimmung. Mercury hatte auf der gesamten Strecke bei jeder unerwarteten Gegebenheit gescheut und es hatte durchaus ein paar davon gegeben. Auch wenn sich nur wenige Reisende auf die verschneiten Straßen begeben hatten, waren Wägen im Graben gelegen, Räder von Kutschen in Schneewehen stecken geblieben und die Hufe von vorbei reitenden Pferden hatten Schnee aufgestöbert. Er hätte an einem Gasthaus anhalten sollen, um sich vor der Weiterreise aufzuwärmen, aber sein Wunsch, nach Hause zu kommen, hielt ihn viel länger im Sattel, als es angenehm oder vernünftig gewesen wäre. Zumindest ließ die Tiefe des Schnees nach, als er London erreichte. Offensichtlich war London bei diesem Sturm vom Schlimmsten verschont geblieben.

Sein Butler hatte ihn an der Türe mit einem Ausdruck von tiefer Erleichterung empfangen. „Willkommen zurück, Sir. Darf ich, im Namen der gesamten Belegschaft, sagen, wie froh wir sind, dass Sie wieder wohlbehalten zu uns zurückgekehrt sind?"

„Hat sich meine Schwester Sorgen gemacht?" Daran hatte er gar nicht gedacht, obwohl sich Georgiana ständig wegen allem sorgte.

Der Butler hüstelte. „Ich glaube, Mrs. Annesley hat sich die Freiheit genommen, Miss Darcy zu informieren, wir hätten Nachricht von Ihnen, dass sie nicht zurückkehren würden, bis das Wetter sich gebessert hätte."

„Sehr gut. Ich benötige Tee, Brandy und heißes Wasser für ein Bad. Und etwas zu essen. Informieren Sie bitte meine Schwester darüber, dass ich zurück bin und zu ihr kommen werde, sobald ich wieder präsentabel bin." Er verbarg Elizabeths Haarband in seiner Hand, bevor er seinen Mantel abgab.

„Ja, Sir."

Selbstverständlich legte Crewe bereits frische Kleidung für ihn zurecht. Sein Kammerdiener schien oft beinahe übernatürliche Fähigkeiten zu besitzen, wenn es darum ging, seine Pläne vorherzusehen.

Mit geschürzten Lippen beäugte Crewe Darcys Kleidung kritisch, sagte aber nichts. Das war ein schlechtes Zeichen.

Müde meinte Darcy: „Ja, ich habe zwei Nächte in diesen Sachen geschlafen, auf einer Strohmatratze vor einem rußenden Feuer. So war's."

Crewe nickte als Zeichen, dass er ihn gehört habe, und half ihm dann geschickt aus seinem engen Frack. Dann hielt der Kammerdiener ihn hoch, um ihn zu beäugen. „Und mit einem weißen Tier, wie ich sehe, noch dazu in Gesellschaft von jemandem mit langem, kastanienbraunem, gelocktem Haar", murmelte er in sich hinein.

„Was haben Sie gesagt?", forderte Darcy ihn auf und unterdrückte das Verlangen, ihm den Frack sofort wieder aus den Händen zu reißen.

„Nichts, Sir. Ich werde mich um die angemessene Entsorgung kümmern."

„Nein, geben Sie nichts davon weg."

Crewe zog die Nase kraus. „Es wird nicht möglich sein, die Sachen wieder in einen ordentlichen Zustand zu versetzen, sodass Sie sie wieder in der Öffentlichkeit tragen könnten, Sir."

„Nichtsdestotrotz wünsche ich alles zu behalten."

„Sogar das Hemd? Die Ascheflecken werden nie wieder zu entfernen sein."

„Auch das Hemd." Aus irgendeinem Grund schien es wichtig, die Sachen nicht wegzugeben, auch wenn er sie nie wieder tragen würde. Elizabeth hatte in seinen Armen geschlafen, während er sie getragen hatte.

„Wie Sie wünschen, Sir." Es war klar, dass Crewes Wünsche bedeutend davon abwichen.

DARCY WARF DEM TELLER vor sich einen finsteren Blick zu. Warum hatte ihn sein Appetit ausgerechnet jetzt verlassen, nachdem er sich seit Tagen eine warme Mahlzeit gewünscht hatte? Er war endlich rasiert und sauber, in ordentliche, bequeme Kleidung gehüllt, obwohl Crewe dachte, dass er seinen Verstand verloren hatte.

Er hatte es warm, sauber und Dienstboten, die ihm jeden Wunsch erfüllten – er sollte zufrieden sein. Aber wie konnte er das, wenn Elizabeths Abwesenheit so greifbar war? Wie lange würde diese Tortur dauern? Er musste Elizabeth Bennet vergessen, je früher, desto besser. Nicht dass ihm das in der Vergangenheit gelungen wäre.

Der Butler trat mit einer Verbeugung auf ihn zu. „Mr. Stanton ist in Ihrem Arbeitszimmer zu Ihren Diensten, Sir."

Da es nicht so schien, als würde er noch etwas essen, schob Darcy seinen Stuhl zurück. „Ich werde zu ihm gehen."

Der Mann, dem er seine delikaten Geschäfte anvertraute, erwartete ihn, wie immer in nüchternes Schwarz gekleidet, sodass er mit der Vertäfelung eins zu werden schien.

„Danke, dass Sie so rasch gekommen sind", begrüßte ihn Darcy und setzte sich hinter seinen Schreibtisch. „Ich habe eine Aufgabe, die ich erledigt sehen möchte, aber es muss schnell geschehen und wird einige Tage Ihrer Zeit in Anspruch nehmen. Wären Sie dafür frei?"

Stanton nickte mit dem Kopf. „Ich kann mir die Zeit für Sie nehmen, selbstverständlich."

„Gut. Sie müssen für mich wieder nach Meryton gehen. Ihr erster Auftrag ist es, sich umzuhören, ob Gerüchte über eine junge Lady namens Maria Lucas, die Tochter von Sir William Lucas, kursieren. Aller Wahrscheinlichkeit nach ist sie ‚beschädigte Ware'. Wenn das der Fall ist, müssen Sie ihr einen Offizier aus dem dort stationierten Regiment finden, der bereit ist, sie gegen eine gewisse Summe und für einen Posten in einem anderen Regiment, das weit von Meryton entfernt ist, zu heiraten. Einer, der sie nicht schlecht behandelt, natürlich." Er hielt ihm einen Bogen Papier entgegen. „Ich habe alle Details dazu hier für Sie aufgeschrieben."

Stanton nahm die Liste und überflog sie. „Ah. Schon wieder Mr. Wickham. Ich verstehe."

„Wie sonst."

„Ich sehe darin keine Schwierigkeiten, Sir. Ich nehme an, Sie wünschen, dass die Sache mit der größtmöglichen Diskretion behandelt wird?"

„Ja." Darcy räusperte sich. „Bei unserem letzten Treffen informierten Sie mich, dass Wickham die Gesellschaft von Miss Elizabeth Bennet genießt. Er stellt keine Gefahr mehr für sie dar und sie ist sich meines Interesses an Miss Lucas bewusst. Wenn Sie also weitere Informationen in diesem Fall benötigen sollten, ist sie diejenige, an die Sie sich wenden können. Ich habe ihr einen Brief geschrieben, der alles erklärt. Ich hoffe, dass Sie eine Gelegenheit finden werden, ihn ihr zu geben." Er schob den versiegelten Umschlag über den Schreibtisch, den Gesichtsausdruck seines Gegenübers dabei genau im Blick.

Falls Stanton seinen Auftrag für ungewöhnlich hielt, konnte er es gut verbergen. „Das sollte nicht weiter schwer werden."

„Des Weiteren möchte ich darüber informiert werden, ob es ungewöhnliches Gerede über Miss Bennet in der Stadt gibt."

„In Ordnung, Sir. Und wenn es Gerede gibt, welche Maßnahmen soll ich ergreifen? Dieselben wie für...", er hielt inne, um auf sein Papier zu schielen, „... Miss Lucas?"

Darcys Hals verengte sich. „Nein. Informieren Sie mich unverzüglich, aber unternehmen Sie nichts." Er musste wissen, was daraus geworden war, nur für den Fall, dass

Elizabeth es vorzog, ihm nicht Bescheid zu geben. Mit den Fingern rieb er über das Band in seiner Tasche.

IN MERYTON WURDE ELIZABETHS Weg von einem unscheinbaren Gentleman versperrt.

Er nahm den Hut ab. „Entschuldigen Sie, Miss, dass ich Sie behellige – könnten Sie mir sagen, wie ich zur Furnham Farm komme?"

Von der unvorhergesehenen Kontaktaufnahme durch einen vollkommen Fremden überrascht, zeigte sie nach links. „Gleich nach der nächsten Wegbiegung."

Seine nächsten Worte kamen hastig und in einer zu leisen Stimmlage, um überhört zu werden. „Bitte, deuten Sie weiter, während ich spreche. Mein Name ist Stanton und ich wurde von Mr. Darcy geschickt, um die unglückliche Situation einer gewissen jungen Lady zu bereinigen. Er sagte mir, wenn ich weitere Informationen vor Ort bräuchte, sollte ich Sie mit meinen Fragen konsultieren. Gibt es eine Zeit und einen Ort, wo wir uns treffen können? Bitte denken Sie daran, dass Sie deuten sollen, um mir den Weg zu beschreiben."

Ihr stockte der Atem. Darcy hatte sein Versprechen, Maria Lucas zu helfen, nicht vergessen – und dadurch auch *sie* nicht vergessen. „Ich... Ja, nach der nächsten Wegbiegung werden Sie an einer großen Eiche vorbeikommen, darauf folgen zwei Felder, die durch einen Fußweg mit einem kleinen Zaun voneinander getrennt werden. Ich würde Ihnen den Weg zeigen, doch ich muss meine Erledigungen hier noch zu Ende bringen, und das wird eine halbe Stunde oder mehr in Anspruch nehmen."

„Sehr gut", sagte er leise. „Am Zaun, in einer halben Stunde oder mehr." Er setzte sich den Hut wieder auf und sprach laut. „Zu freundlich, vielen Dank, Miss, dass Sie mir den Weg beschrieben haben und sich die Zeit genommen haben, einem Fremden zu helfen."

Als er fort ging, starrte ihm Elizabeth mit rasendem Puls hinterher. Was war nur mit ihr los, dass es genügte, Darcys Namen zu hören, um sie in eine derartige Aufregung zu versetzen, die man sonst nur von Lydia kannte? Sie rief sich selbst zur Ruhe und wandte sich wieder dem Hutgeschäft zu. Eine halbe Stunde. Egal, wie viel sie zu erledigen hätte, es würde schwer werden, so lange auszuhalten.

Sie beeilte sich mit ihren Einkäufen und bemühte sich, nonchalant zu wirken, als sie die Straße zur Furnham Farm einschlug.

Mr. Stanton lehnte am Zaun. „Vielen Dank, dass Sie gekommen sind, Miss Bennet."

„Wenn ich Ihnen irgendwie helfen kann, dann werde ich das gerne tun. Die junge Dame, um die es geht, leidet sehr."

„Das kann ich mir denken. Mein Ziel, wenn ich so direkt sein darf, ist es, ihr einen Ehemann zu finden und dann Vorkehrungen zu treffen, dass beide weit von hier weg ziehen. Jedoch erscheint mir Ersteres doch schwieriger, als ich es mir vorgestellt hatte."

Elizabeth hob eine Augenbraue. „Ihr unter diesen Umständen einen willigen Kandidaten für eine Ehe zu finden, kann nicht leicht sein."

157

Er lächelte. „Normalerweise stellt eine gut gefüllte Börse einen ausreichenden Anreiz dar, um einen Mann davon zu überzeugen beinahe jede Frau zu heiraten, aber die Gentlemen, die, ah, in ihre Entehrung involviert waren, sind zu sehr damit beschäftigt, sich damit zu brüsten, um an die Zukunft zu denken. Wenn sie nicht so beschäftigt damit wären, sich über den grünen Klee zu loben, welch tolle Hechte sie doch sind, weil sie die Zukunft eines jungen Mädchens ruiniert haben, dann hätte ich vielleicht eine Chance gehabt. In diesem Fall kann ich keinen von ihnen als einen geeigneten Kandidaten für die Rolle ihres Ehemanns sehen und Mr. Darcy hat unmissverständlich klar gemacht, dass er einen Mann wünscht, der sie gut behandelt. Und dabei benötige ich nun Ihre Hilfe."

„Ein Ehemann, der gut mit ihr umgehen würde?" Das Bild davon, was sie in der Schenke gesehen hatte, kam wieder in ihr hoch und hinterließ einen schalen Geschmack in ihrem Mund. „Keiner der Beteiligten würde auf diese Beschreibung passen."

„Ich bin froh, dass Sie mir zustimmen. Meine Frage ist: Gibt es andere Offiziere in der Miliz, die geeignet und vertrauenswürdig sind? Vorzugsweise welche, denen es nichts ausmachen würde, das Regiment zu verlassen."

Gar nicht auszudenken, dass sie Mr. Wickham noch vor zwei Wochen für einen solchen Mann gehalten hätte! Sie erschauerte, und wurde sich schlagartig bewusst, wie viele der Offiziere nicht die Art von Mann waren, die sie gerne heiraten würde. „Lassen Sie mich nachdenken... Captain Carter scheint ein aufrechter Mann zu sein, obwohl er auch gerne flirtet, aber er ist Colonel Foster sehr verbunden und wird nicht gehen wollen. Mr. Pratt – er hat sich neu eingeschrieben – könnte ein Kandidat sein. Er ist ziemlich jung, aber das ist Miss Lucas auch. Oder..." Sie hielt inne, um nachzudenken. Es musste doch zumindest ein paar Offiziere geben, die nicht flirteten und nicht hinter jedem Rock her waren. „Mr. Chamberlayne könnte passen. Manche der Offiziere ziehen ihn auf, weil er eine so jungenhaft-schlacksige Statur hat, ihm könnte es also gefallen, zu gehen. Er scheint die Gesellschaft von jungen Damen der seiner Offizierskollegen vorzuziehen."

„Chamberlayne, Pratt, Carter. Mit denen werde ich anfangen." Er schrieb etwas in einem kleinen Notizbuch auf. „Ihre Hilfe war unbezahlbar, Miss Bennet, aber ich möchte Sie nicht weiter aufhalten. Mr. Darcy wäre höchst unzufrieden, wenn ich unnötig Aufmerksamkeit auf Sie ziehen würde."

Sie musste lächeln, am ehesten wohl, weil sie sich mit jemandem unterhalten hatte, dem sie nicht die Unwissende bezüglich Mr. Darcy vorspielen musste. Wenn sie nur mehr tun könnte, als von ihm zu sprechen – aber sie sollte dankbar für das sein, was sie hatte. „Bitte richten Sie Mr. Darcy aus, wie dankbar ich dafür bin, dass er dieser Sache seine Aufmerksamkeit gewidmet hat. Ich hoffe, dass Sie Ihre Mission erfolgreich beenden können. Für die arme Miss Lucas wird es einen enormen Unterschied machen."

„Oh, ich werde Erfolg haben, so oder so. Ich habe nicht die Absicht, Mr. Darcy zu enttäuschen. Da kommt mir gerade..." Er kramte in seiner Tasche und brachte einen Brief zum Vorschein. „Er hat mich gebeten, Ihnen das hier zu geben. Ich werde in zwei Tagen wieder hierher zurück kommen, für den Fall, dass er eine Antwort erhalten soll." War er nur geschickt oder war er sich dessen nicht bewusst, dass er sie in eine unmögliche Lage brachte, wenn sie den Brief eines unverheirateten Gentleman annahm, sodass er ihn ihr so nonchalant übergeben konnte? Vielleicht war es einfach sein Taktgefühl.

Ihr Herz schlug wild, als sie ihn entgegen nahm und sie wünschte sich, dass sie den Brief gegen ihre Brust pressen könnte. Aber es war schon gefährlich genug, dass jemand davon wusste, dass sie Korrespondenz von Mr. Darcy entgegen nahm. Vermutlich musste er großes Vertrauen in Stantons Diskretion haben, wenn er ihn mit so einem Auftrag betraute, aber es wäre nicht hinnehmbar, wenn er ihm berichten würde, dass sie sich dabei wie ein liebeskranker Backfisch benommen hatte.

Sie nahm kaum wahr, dass Mr. Stanton sich von ihr verabschiedete. Was konnte Darcy zu sagen haben, das das Risiko ihr zu schreiben, rechtfertigte? Sie konnte einfach nicht warten, bis sie zu Hause war, um den Brief zu lesen. Sie strich mit den Fingern über das kostbare Pergament und schob dann einen unter das rote Wachssiegel.

Meine liebe Miss Elizabeth,

mittlerweile wird Stanton ohne Zweifel erklärt haben, warum er sich in Meryton befindet, aber ich möchte dir noch einmal versichern, dass er vollkommen vertrauenswürdig ist. Ich habe ihn über die Jahre hinweg mit vielen schwierigen Situationen betraut und habe vollstes Vertrauen in ihn. Ich hoffe, dass du dich nicht übermäßig erschrocken hast, weil dich ein vollkommen Fremder angesprochen hat. Mit dieser Art von Situation hat er über die Jahre hinweg oft zu tun gehabt.

ALLEIN MIT MR DARCY: EINE VARIATION VON STOLZ UND VORURTEIL

Ich hoffe, dass der Sturm keine unangenehmen Auswirkungen für dich hatte und ich möchte immer noch, dass du dich bei mir meldest, wenn es Schwierigkeiten geben sollte. Darüber habe ich mir die ganze Zeit Sorgen gemacht, seit ich Meryton verlassen hatte.

Ich hoffe, dass du die glatten Böden ebenso wie das warme Essen auf Longbourn genießen konntest. Ich ertappe mich immer wieder dabei, wie mir auffällt, dass das Feuer schon wieder herunterbrennt und muss konstant gegen den Wunsch ankämpfen, es wieder zu schüren. Meine Dienstboten wären sehr verblüfft, wenn ich das täte!

Dein

Fitzwilliam Darcy

Sie ließ einen Finger über seine Signatur gleiten. Er schrieb mit einer gleichmäßigen, dichten Handschrift und zeigte in seinem Schriftbild dieselbe Detailtreue, mit der er sich auch um das Feuer gekümmert hatte. Aus irgendeinem Grund musste sie bei dem Gedanken beinahe weinen.

Sollte sie ihm zurück schreiben? Es war ja nicht so, als hätte sie irgendetwas von Bedeutung zu berichten und ihm sagen, dass sie ihn vermisste, konnte sie ganz bestimmt nicht. Aber er hatte sich die Mühe gemacht, ein Arrangement zu treffen, das es ihr ermöglichen würde, ihm zu antworten - wäre es also unhöflich, nichts von sich hören zu lassen? Vielleicht konnte sie ihm über Schneeballs gesegneten Appetit schreiben und darüber, was die Köchin ihr über die richtige Art, Zwiebelsuppe zu machen, gesagt hatte.

Ihre Lippen formten ein kleines Lächeln. Ja, sie würde ihm schreiben, allein schon, weil es ihr Freude machte, an ihn zu denken.

Kapitel 10

GEORGIANAS FINGER BEWEGTEN sich federleicht, als ob sie auf einem unsichtbaren Klavier auf ihrem Schoß spielte. Ein deutliches Zeichen dafür, dass sie nervös war. Darcy spielte den letzten Tag noch einmal im Kopf durch und suchte nach dem, was sie so unruhig gemacht haben könnte, doch es war nichts Außergewöhnliches geschehen.

Er bedeutete dem Lakaien mit den Augen, dass er den Raum verlassen sollte. Manchmal war Georgiana sogar in Anwesenheit der Dienerschaft nervös. Als der Lakai die Flügeltüren hinter sich geschlossen hatte, fragte Darcy: „Beschäftigt dich irgendetwas?"

Sie erstarrte. „Nein, nein gar nicht." Ihre Finger bewegten sich wieder. „Naja, vielleicht. Darf ich dir eine Frage stellen?" Ihre Stimme zitterte ein ganz klein wenig.

„Natürlich, jederzeit." Er versuchte, warm und ermutigend zu klingen, wie Elizabeth es tat.

„Ich...", sie schluckte heftig, „jemand hat gesagt, dass meine Mutter nicht tot ist."

Verdammt! Er hatte gehofft, diese Unterhaltung bis kurz vor ihrer Einführung in die Gesellschaft hinausschieben zu können, wenn er die Wahrheit nicht mehr länger vor ihr würde verbergen können, und Richard an seiner Seite zu haben, wenn es so weit war. „Wer hat dir das gesagt?", fragte er und hoffte, damit ein wenig Zeit zu gewinnen.

Georgiana sah auf ihren Schoß hinunter. Einen Moment später antwortete sie mit leiser Stimme, die kaum mehr als ein Wispern war, „Mr. Wickham."

Darcy saß ruckartig kerzengerade. „Hast du ihn getroffen?", die Frage klang mehr wie eine Forderung.

Er hätte sich selbst ohrfeigen können, als er sah, wie sie sich unwillkürlich duckte. „Nein. Er hat es mir letzten Sommer in Ramsgate gesagt."

Und sie fragte ihn erst jetzt danach? Hatte sie sein Ärger über Wickham so verängstigt, dass sie sich eine Frage von solcher Wichtigkeit monatelang nicht hatte stellen trauen? Offensichtlich. Verdammter Wickham!

Er presste seine Handflächen aneinander und legte sie an sein Kinn. Was sollte er ihr sagen? Würde das ihr Vertrauen in ihn für immer erschüttern? Mit trockenem Mund und bis zum Halse klopfenden Herzen erklärte er: „Es war der Wunsch unseres Vaters, dass dir gesagt wird, sie sei tot und ich habe versucht, ihn zu respektieren." *Bumm, bumm, bumm.* „Aber es ist wahr, sie lebt noch."

Ihr stiegen die Tränen in die Augen. „Warum hat mir das keiner gesagt?"

„Er wollte nicht, dass du sie siehst, weil er fürchtete, sie könne einen schlechten Einfluss auf dich haben und es schien einfacher zu sein, wenn du glaubtest, dass sie tot sei. Er hat sie also weggeschickt und dann jedem, nach einer angemessenen Weile, erzählt, sie sei bei einem Reitunfall ums Leben gekommen. Nur sehr wenige von uns wussten die Wahrheit."

„Aber du hast es gewusst."

„Ja."

„Ich wünschte, *ich* hätte es gewusst. Es wäre einfacher gewesen, als ... mutterlos zu sein." Nun brachen die Tränen in Sturzbächen aus ihr heraus.

Er setzte sich neben sie und legte ihr den Arm um die Schultern. „Es tut mir leid, dass das so schmerzhaft für dich ist."

Nach ein paar stoßhaften Schluchzern, fragte sie: „Aber *warum* wurde sie fortgeschickt?"

Die Frage hatte ja kommen müssen. „Es war eine komplizierte Situation. Sie... Vielleicht wäre es besser, wenn Richard dir diesen Teil erklären würde. Ich bin... nicht unvoreingenommen." Seine Zunge hatte sich selbst zu einem Knoten geformt, wie immer, wenn er versuchte, über seine Stiefmutter zu sprechen – mit Ausnahme von dem Gespräch mit Elizabeth Bennet. Aus irgendeinem Grund war es tröstlich gewesen, mit ihr darüber zu sprechen.

Georgiana schluckte einen weiteren Schluchzer hinunter. „Kannst du mir von ihr erzählen?"

Er war versucht, es ihr zu verwehren, aber sie brauchte jetzt Zuwendung, statt abgewiesen zu werden. „Sie war sehr jung als sie unseren Vater heiratete, ein bisschen älter als du es jetzt bist, und kurz davor, ihre erste Ballsaison zu erleben. Sie war traurig, dass sie all die Aufregung verpasste, aber ihr Vater war froh, dass ihm die Kosten erspart blieben." Sie war wütend gewesen, nach Pemberley ins Exil geschickt zu werden, wie es aus ihrer Sicht aussah, während ihr neuer

Ehemann, der beinahe alt genug war, um ihr Vater sein zu können, in London blieb. Es war seltsam, sie sich in Georgianas Alter vorzustellen. Als er selbst ein Junge gewesen war, war sie ihm wie eine Erwachsene vorgekommen, doch in Wahrheit war sie nur ein Mädchen gewesen.

„Wo ist sie jetzt?"

„Sie hat einen Gutsbesitzer in Devon geheiratet, sobald unser Vater gestorben war, und seitdem weiß ich nichts mehr über ihr Leben. Sie bewegt sich nicht in denselben Kreisen wie wir." Wofür er Gott täglich dankte.

„Dürfte ich sie treffen?"

„Ich denke, dass das keine gute Idee wäre und ich bezweifle, dass Richard damit einverstanden wäre."

„Ich verstehe", flüsterte sie und floh aus dem Raum.

LADY MATLOCK SETZTE grazil ihre Teetasse ab. „Du wirst dich unter Umständen fragen, warum ich hier bin."

Darcy hatte fast eine halbe Stunde Smalltalk abgesessen und sich genau darüber Gedanken gemacht. „Es gehört nicht zu deinen Gewohnheiten, mir Besuche abzustatten, aber ich nehme an, dass du deine Gründe dafür hast."

Seine Tante faltete ihre Hände in ihrem Schoß. „Ich muss wissen, was Richard beunruhigt."

„Richard? Nach seiner Rückkehr aus Portugal schien er niedergeschlagen zu sein, doch das habe ich auf seine Verwundung zurückgeführt. Er klang glücklicher, als ich ihn vor ein paar Tagen gesehen habe und er mir erzählt hat, dass er zu Tattersalls gehen würde, um sich die Pferde anzusehen."

ABIGAIL REYNOLDS

Ihre schmalen Augenbrauen zogen sich zusammen. „Das war die Idee seines Vaters. Er hoffte, dass ein neues Pferd ihn aufmuntern würde, also hat er vorgeschlagen, Richard mitzunehmen und ihm ein neues Ross zu kaufen. Es schien alles gut zu laufen und Richard hatte sich für mehrere Pferde interessiert, als er plötzlich verkündete, dass er gehen würde. Er weigerte sich, mit seinem Vater nach Matlock House zurückzukehren und ist stattdessen für zwei Tage verschwunden. Ich hatte angenommen, dass er höchstwahrscheinlich bei dir ist, und war kurz davor, nach dir zu schicken, als er in unserer Tür stand, vollkommen verwahrlost und nach Gin stinkend. Seitdem ist er jeden Tag kurz nach dem Aufstehen verschwunden und nicht vor dem Morgengrauen zurückgekehrt, immer im selben Zustand."

Drei Tage und sie erzählte es ihm erst jetzt? „Wohin geht er?"

„Das sagt er mir nicht."

Seine Tante wusste immer genauestens über jedes Detail Bescheid, das mit dem Leben ihrer Familie zu tun hatte. Als er ein Junge war, hatte es ihm verdächtig nach Zauberei ausgesehen. „Ich habe dich nicht gefragt, ob er dir gesagt hat, wo er hingegangen ist", forschte er vorsichtig nach.

Ihre perfekt geschulten Gesichtszüge schienen plötzlich vor Abgespanntheit in sich zusammen zu fallen. „Spielhöllen und einmal beim Preisboxen."

Spielhöllen? *Richard*? „In der Vergangenheit hat er diese Orte immer gemieden."

„Das dachte ich auch."

„Hat er etwas Ungewöhnliches gesagt?"

166

„So wenig wie möglich. Seine einzige Erklärung dafür, warum er Tattersalls verlassen wollte, war, dass er mit den Pferden nicht zufrieden gewesen sei. Sein Kammerdiener macht den Mund auch nicht auf, selbst wenn man ihm mit Entlassung droht."

Es musste etwas Ernstes sein. „Ich werde sehen, was ich tun kann."

DARCY TRAF SEINEN COUSIN in einer der weniger angenehmen Spielhöllen von St. James an, umgeben von abgestandener Luft, die nach zu viel Hochprozentigem stank. Durch den blauen Dunst aus Zigarrenrauch konnte er Richard erkennen, wie er gebeugt über einem der Kartentische saß und bahnte sich seinen Weg zu ihm. Als Richard nicht aufsah, legte Darcy ihm die Hand auf die Schulter.

Richard sah ihn mit trüben Augen an. „Darcy, was machst du denn hier? Komm, komm, setz dich. Wir werden gleich ein neues Spiel anfangen. Ich bin gerade dabei, einen Haufen Schotter zu gewinnen."

„Ich bin deinetwegen gekommen und nicht um zu spielen. Wirst du mit mir mitkommen?"

Die Augen seines Cousins wanderten durch den Raum. „Warum reden wir nicht hier? Wir haben mehr als genug zu trinken und sind in bester Gesellschaft."

„Nicht die Art von Gesellschaft, nach der ich gesucht habe, und noch dazu ich würde ein wenig Privatsphäre bevorzugen."

Richard sah auf seine Karten hinab und leckte sich die Lippen. „Dann werde ich morgen bei dir vorbeischauen." Er schütte ein Glas mit – wie es schien – Portwein in sich hinein.

Das war nicht der Richard, den er kannte. Es war an der Zeit, sein Ass aus dem Ärmel zu holen. „Richard, ich brauche deine Hilfe."

Richard ließ seine Karten auf den Tisch fallen. „Oh Gott, was ist passiert?"

Darcy beäugte beunruhigt die Menschenansammlung um den Tisch herum, von denen sie nun einige unverhohlen anstarrten. „Nicht hier. Komm mit mir zurück nach Darcy House, da werde ich es dir erklären."

Sein Cousin hievte sich aus dem Stuhl, was mehr Kraft zu benötigen schien, als für diese einfache Bewegung eigentlich erforderlich war. Wie betrunken war er eigentlich? Er behielt Richard im Auge, als er sich durch die Ansammlung von Gentlemen seinen Weg zu Tür bahnte.

Endlich hatten sie die Straße erreicht. Richard blieb stehen, als Darcy einem zerlumpten Jungen mit einer Laterne einen Groschen zuwarf.

„Wohin, Sir?" fragte der Junge mit starkem Cockney-Akzent.

Darcy legte Richard die Hand auf den Arm und schob ihn weiter. „Obere Brook Street, Darcy House."

Richard blinzelte ihn im Schein der Laterne an. „Keine Kutsche?"

„Es ist nicht weit zu laufen und es wird dir dabei helfen, wieder nüchtern zu werden." Mit niemandem sonst auf der

Welt wäre Darcy so direkt, aber das war Richard, der ihn besser kannte als jeder andere. Richard konnte er alles sagen.

„Ich bin nicht betrunken", brummelte Richard, schlurfte aber mit, ohne sich zu beschweren.

Darcy verlangsamte seinen Schritt, als sie in die Albemarle Street einbogen. „Ich dachte, dass du die Spielhöllen verabscheust."

„Das tue ich. Aber sie...", Richard fuchtelte flüchtig mit den Händen durch die Luft, „... sorgen für Zerstreuung."

„Es gibt viele andere Dinge, die auch für Zerstreuung sorgen."

„*Dich* habe ich bei keinem davon angetroffen. Warum hast du mich gemieden? Ist es wegen dem, was ich getan habe?"

Langsam wurde es beängstigend. „Ich habe keine Ahnung, was du getan hast, und ich habe dich nicht gemieden."

„Ich komme aus Portugal zurück, du verbringst einen Abend mit mir und verschwindest dann. Ich nenne das mich meiden." Richard geriet aus dem Gleichgewicht, als er an eine Unebenheit im Pflaster stieß.

Darcy rechnete zurück. Richard hatte Recht. „Also gut. Ich *habe* dich gemieden, aber nur, weil ich *jeden* gemieden habe. Ich war beschäftigt und hatte keine Lust auf Gesellschaft." Beschäftigt hatte er sich mit Elizabeth Bennet und Gesellschaft hatte er keine andere als ihre gewollt.

„Warum?"

Offensichtlich gab es doch Dinge, die er nicht mit Richard besprechen konnte. „Es hatte keinen guten Grund."

ABIGAIL REYNOLDS

Das war zumindest nicht gelogen. „Habe über letzten Sommer und Ramsgate nachgedacht."

„Ah, wann wirst du endlich akzeptieren, dass du nicht alles kontrollieren kannst? Du hast dein Bestes getan und es heißt doch `Ende gut, alles gut'. Mal davon abgesehen natürlich, dass ein gewisser Schuft immer noch am Leben ist. Wenn ich nicht in Portugal gewesen wäre..." Er blieb abrupt stehen, schüttelte heftig den Kopf und lief dann mit hochgezogenen Schultern schnellen Schrittes weiter.

Dieses Verhalten hatte er an Richard noch nie gesehen. War ihm in Portugal etwas zugestoßen? Wenn nur die kalte Luft all die Drinks aus ihm herausholen könnte!

„Trödel nicht, das ist gefährlich." Richard blickte sich über die Schulter, seine Augen zuckten von einer Seite zur anderen.

„Gefährlich? Was meinst du?"

Richard nickte wissend. „Straßendiebe. In den Bäumen."

„Richard, das ist der Berkeley Square. Hier sind wir nicht in Gefahr."

„Das kannst du nie wissen. Haben sie dir gesagt, was ich getan habe?"

„Deine Mutter hat mir gesagt, dass du in Spielhöllen gehst, ja."

„Nicht das! Mein Pferd. Ramses."

Darcy beschloss, Richard von der Brandyflasche fernzuhalten, wenn sie in Darcy House angekommen waren.

„Was ist mit Ramses?"

„Ich habe ihn umgebracht. Ihn tot geschossen."

170

ALLEIN MIT MR DARCY: EINE VARIATION VON STOLZ UND VORURTEIL

Er hatte mit vielem gerechnet, doch das schockierte Darcy. Richard hatte Ramses aufgezogen, seit er ein Fohlen war, und ihn geliebt. „War er verletzt?"

Mit hängendem Kopf nickte Richard. „Die verdammten Froschfresser. Haben Löcher gegraben um die Kavallerie zum Stürzen zu bringen und sie dann zugedeckt. Hat sein Bein gebrochen. Ich musste es tun. Ich musste. Wirklich."

„Natürlich musstest du das tun", sagte Darcy beruhigend. „Wenn sein Bein gebrochen war, dann gab es nichts, was du sonst hättest tun können."

„Er hat mir vertraut. Er hat mir in die Augen gesehen, während ich ihn erschossen habe." Richard blieb stehen, krümmte sich und würgte.

Betrunkene Gentlemen, die ihren Magen leerten, waren in den vornehmeren Gegenden von London des Nächtens kein unübliches Bild, doch Darcy hätte nie erwartet, dass Richard einmal dazu gehören würde. Lady Matlock hatte, wie gewöhnlich, Recht gehabt. Irgendetwas stimmte ganz und gar nicht. Er wartete, bis sich sein Cousin wieder aufrichtete und sich den Mund mit seinem Taschentuch abwischte. „Komm, wir sind fast da", sagte er sanft.

„Ich sehe ihn immer noch. Jedes Mal, wenn ich die Augen schließe." Richards Stimme klang dumpf.

„Daher dein Bedürfnis nach Zerstreuung?"

„Das Schlimmste habe ich dir noch nicht erzählt. Um mich herum lagen Männer, tot oder im Sterben, sie schrien vor Schmerz und alles, was mich berührte, war mein Pferd. Wie kann ich mich danach noch als ehrbaren Mann bezeichnen?"

„Selbst wenn du es versuchen würdest, könntest du dein Ehrgefühl niemals ablegen, Richard, sonst würde dir das nicht so nahe gehen. Du hast von vorneherein nicht aufs Schlachtfeld gehört." Warum, warum nur hatte Lord Matlock ihn jedes Mal nicht anhören wollen, wenn Darcy ihm gesagt hatte, dass Richard für die Armee nicht geeignet war? Es musste ja früher oder später so kommen. Richard hatte es nie sehen können, wenn jemandem weh getan wurde.

Sein Cousin straffte die Schultern. „Es war meine Pflicht. Es *ist* meine Pflicht."

Und darin lag die Crux. Richard würde sich beim Militär immer miserabel fühlen, aber er würde die Armee nie verlassen, nicht solange sein Vater ihm einredete, dass er seine Pflicht zu erfüllen habe.

Richard rieb sich mit der Hand über die Augen. „Ich hätte nichts davon sagen sollen."

„Es bleibt unter uns. Erinnerst du dich – ʿgemeinsam gegen jeden Feind, gegen alle Widrigkeitenʾ?" Es war ein feierlicher Schwur unter Jungen gewesen, und obwohl sie in den letzten Jahren damit gewitzelt hatten, galt er doch noch immer. Deswegen konnte er auf Richard zählen, egal wie angesäuselt er auch sein mochte, er würde alles stehen und liegen lassen, wenn er ihm sagte, dass er Hilfe brauchte. Und deshalb wusste er auch, dass nichts anderes ihm mehr Lebensmut zurückgeben würde.

„Gegen jeden Feind." Richard lächelte schwach.

„Gegen alle Widrigkeiten." Darcy klopfte ihm auf die Schulter.

ALLEIN MIT MR DARCY: EINE VARIATION VON STOLZ UND VORURTEIL

Wenige Zeit später saßen sie in Darcys Arbeitszimmer und Richard nippte vorsichtig an seinem heißen Kaffee. „So, du brauchst also meine Hilfe. Ist es Georgiana?"

„Nein, nicht so ganz." Darcy nahm einen Brief aus einer Schublade seines Schreibtisches und hielt ihm seinem Cousin hin. „*Sie* ist zurück..."

Richards Augenbrauen schossen in die Höhe. „Nicht..."

„Doch. *Sie*. Sie will Georgiana sehen."

„Absolut nicht. Unter keinen Umständen." Richard öffnete den Brief und begann ihn zu lesen. An einer Stelle schnaubte er. „„Ich kann verstehen, wenn du mir die Vergangenheit vorhältst.' Sie ist gut darin, das Offensichtliche auszusprechen."

„Sie schreibt einen ausgezeichneten Brief, an dem es absolut nichts auszusetzten gibt – abgesehen davon, dass *sie* ihn geschrieben hat."

„Und dass sie nach London kommt und Georgiana sehen will, was *nicht* geschehen wird."

„Auch dann nicht, wenn Georgiana schon gefragt hat, ob sie sie sehen darf?"

„Was? Du hast es Georgiana erzählt?"

„Nein, aber sie hat kürzlich herausgefunden, dass ihre Mutter am Leben ist und mich gefragt, ob sie sich mit ihr treffen dürfte. Ich habe nein gesagt, aber da hatte ich ja auch noch keinen Grund zu glauben, dass *sie* Interesse an Georgiana zeigen würde. Jetzt stellt sich heraus, dass sie genau das tut, vielleicht sollten wir ihnen deshalb erlauben, sich zu treffen. Unter strenger Aufsicht, natürlich."

„Was könnte ein möglicher Vorteil davon sein?"

Darcy zuckte mit den Schultern. „Georgianas Neugier befriedigen, nehme ich an."

„Mit dem Nachteil, dass wir sie den Machenschaften dieser Frau aussetzen? Ich denke nicht. Ich weiß, dass du deine Schwester nicht gerne enttäuschst, aber das ist nicht die richtige Zeit, um ihr nachzugeben. Was würde dein Vater dazu sagen?"

Er ließ die Sohlen seiner Stiefel über den Teppich gleiten. „Ich denke, wir kennen beide die Antwort darauf."

„Nun, denn." Richard faltete den Brief und steckte ihn in seine Tasche.

„Was tust du da?", wollte Darcy wissen.

„Ich denke, dass ich derjenige sein sollte, der darauf antwortet. Mich kann sie nicht um den Finger wickeln und auch ich bin Georgianas Vormund. Ja, ich weiß, du bist immer derjenige, der die Führungsrolle übernimmt. Aber dieses eine Mal bist du nicht der Richtige, um das zu erledigen. Ich kann ihr gegenüber direkter sein."

„Ich kann auch sehr deutlich werden."

Richard verschränkte die Arme und starrte ihn unbeeindruckt an.

„Oh, also gut", sagte Darcy wenig freundlich. „Wenn du meinst." Er wollte nicht, dass Richard dahinter kam, wie erleichtert er war, dass er ihr nicht würde schreiben müssen. Seine Hand würde sich vermutlich weigern, den Federkiel zu halten.

„Ich werde ihr mitteilen, dass sie Georgiana nicht zu nahe kommen darf und wenn sie nach London kommen sollte, dann erwarte ich, dass sie sich von Darcy House und allen anderen Orten, an denen Georgiana höchstwahrscheinlich anzutreffen ist, fern hält."

„Warum denkst du, dass sie auf dich hören sollte?"

Richard lachte trocken. „Sie hat Angst vor meinem Vater."

„Wie alle anderen auch."

Sein Cousin lächelte. „Ja, wie alle anderen auch. Und das werde ich mir zu Nutze machen."

„Die Frage bleibt, *warum* sie so plötzlich Interesse an Georgiana zeigt. Ich denke, ich schicke Stanton mal vorbei, um sich umzuhören. Vielleicht findet er heraus, was sie wirklich von mir will."

Richard schnaubte wieder. „Geld. Was sonst? Höchstwahrscheinlich hat sie Schulden und hofft, dass du sie davon erlöst."

„Das könnte sein. Nach dem Tod meines Vaters habe ich herausgefunden, dass er ihr eine Apanage gezahlt hat, eine sehr großzügige sogar, und er hat mir Instruktionen hinterlassen, dass ich damit weitermachen solle, bis sie sich wieder verheiratet. Natürlich war das dann nur eine Sache von Wochen, gerade genug, um das Aufgebot zu lesen, also hat sich die Frage nie gestellt." Ihr Brief an den Anwalt der Familie, um ihn über ihre Wiederverheiratung zu informieren, war auf den Tag genau einen Monat nach dem Tod seines Vaters eingetroffen. Wie seltsam, dass sie sich die Mühe gemacht hatte, ihn zu informieren, da sie es sonst wohl nie herausgefunden hätten und ihr die Apanage weiter gezahlt hätten, aber die Gründe für ihr Handeln waren ihm schon immer ein Rätsel gewesen.

„Selbstverständlich. Sie wäre doch nie ohne Aufsehen zu erregen gegangen, wenn es sich für sie nicht gelohnt hätte. Frauen sind so käuflich."

Nicht alle Frauen. Nicht Elizabeth Bennet, die sich geweigert hatte, ihn zu heiraten, trotz all seiner Reichtümer.

ELIZABETH HIELT IHR den Teller mit den Hühnchen-Resten hin. „Es ist Fressen", lockte sie. „Du liebst es, zu fressen." Schneeballs pelzige weiße Gestalt trat hinter einem Heuballen hervor. Mit zweifelnder Mine nahm sie einen winzigen Happen, schien das Ganze zu überdenken, nur um dann den Rest hinunterzuschlingen.

„Besser als gekochte Steckrübe, nicht wahr?" Elizabeth streichelte ihr weiches Fell, das nun schön geputzt und nicht mehr verfilzt war. Schneeball rieb sich an ihrer Hand und schnurrte. „Nun, ich bin auch froh dich zu sehen, aber wir müssen uns überlegen, was wir mit dir machen sollen. Vielleicht fragen sich die Leute, die in dem Cottage wohnen, schon, wo ihr kleines Kätzchen abgeblieben ist." Während sie Schneeball immer mehr ins Herz schloss und froh wäre, wenn sie weiterhin in den Stallungen von Longbourn leben würde, hatte sie diese Frage jeden Tag mehr beschäftigt. Aber sie war seltsam zurückhaltend, wenn es darum ging, zu dem Cottage zurück zu kehren und die Gesichter der unbekannten Besitzer kennen zu lernen. „Ich denke, dass es das Beste sein wird, jemanden zu schicken, der sie fragt, vielleicht mit ein wenig getrocknetem Wildfleisch als Geschenk."

Die Katze putzte sich vorsichtig das Gesicht, stieß dann gegen Elizabeths Bein und umrundete sie. „Ja, ich weiß, nach wem du suchst!", sagte Elizabeth lachend. „Dein Lieblingsmensch ist nicht hier, fürchte ich."

Wie sehr sie es sich auch wünschte, dass es anders wäre.

„LIZZY! DAS MÄDCHEN wird mich noch ins Grab bringen, das kann ich dir sagen. Lizzy!" Mrs. Bennets schrille Stimme schallte durchs ganze Haus.

In der Speisekammer zog Elizabeth eine Grimasse gen Mary. „Ich frage mich, was es wohl dieses Mal sein wird", sagte sie lachend. Sie nahm sich die Schürze ab und hing sie über eine Stuhllehne. „Ja, Mama, ich komme." Wurde sie beobachtet, als sie den Brief von Stanton entgegen nahm? Sie sollte sich besser schnell eine plausible Erklärung einfallen lassen.

Im Wohnzimmer lag ihre Mutter auf der Chaiselongue und wedelte, der kühlen Luft zum Trotz, energisch mit einem Taschentuch in der Luft herum. Ihre Schwester, Mrs. Phillips, wich ihr nicht von der Seite.

„Da bist du ja", rief Mrs. Bennet, und schwenkte das Taschentuch durch die Luft. „Was sagst du *dazu*?"

Elizabeth sah sich im Raum um, konnte aber nichts Außergewöhnliches erkennen. „Wovon sprichst du?"

„Herr im Himmel, *hierzu*!" Mrs. Bennet wedelte noch einmal mit dem Taschentuch.

„Dein Taschentuch?" Verwirrt griff Elizabeth danach.

„Nicht *mein* Taschentuch, junge Lady!"

Tatsächlich war es weder das ihrer Mutter, noch ihres, wie es aussah. Es war ein Herren-Taschentuch, aus einem kostbareren Leinen als diejenigen, die ihr Vater benutzte, mit einem großen Fleck in der Mitte. Dann sah sie die Initialen, die in der Ecke aufgestickt waren, und erstarrte. Es war *seines*. Sie hatte es gegen seinen blutenden Kopf gepresst.

„Ich sehe, dass du es wiedererkennst! Was gedenkst du nun dazu zu sagen?"

Elizabeth wünschte sich, dass sie das Tuch an sich pressen könnte, als ob es die Essenz von Mr. Darcy enthielte. „Es... es ist das Taschentuch eines Mannes. Das ist alles, was ich weiß. Woher hast du es?"

„Man möchte meinen, dass *du* das erraten könntest. Oh, meine armen Nerven! Wie konntest du mir das antun?"

Ihre Tante Phillips sagte: „Hast du nicht Nell damit beauftragt, einen Korb mit Essen zu dem Cottage zu bringen, in dem du während des Sturms untergekommen bist? Sie waren überrascht, ihn zu erhalten und meinten, dass du schon einen Stapel Silbermünzen hinterlassen hättest, weit mehr, als nötig gewesen wäre."

„Einen Stapel *Silber*!", unterbrach sie Mrs. Bennet und tupfte sich über die Stirn.

„Und sie gaben Nell dieses Taschentuch und sagten, dass du es vergessen hättest.", flötete Mrs. Phillips triumphierend.

„Nun, offensichtlich haben sie sich geirrt, da es nicht meines ist." Elizabeths Herz begann zu rasen. Wenn Nell nur so geistesgegenwärtig gewesen wäre, es stattdessen direkt zu ihr zu bringen! Das war keine Unterhaltung, die sie vor ihrer Tante führen wollte, die noch lieber klatschte und tratschte als ihre Mutter und noch weniger Grund hatte, sie zu schützen.

„Dann muss nochmal jemand mit dir da gewesen sein, denn es wurde gefunden, *nachdem* du dort gewesen bist. Allein mit einem Mann, drei ganze Tage lang! Lizzy, wie konntest du uns das nur antun? Es wäre besser gewesen, wenn du allein im Schnee erfroren wärst!"

Ein charmanter Gedanke, in der Tat! „Jemand muss da etwas verwechselt haben. Aber warte, lass es mich noch einmal sehen." Sie musste das Taschentuch nicht noch einmal zu untersuchen, aber sie brauchte die Zeit, um sich zu sammeln. „Oh, jetzt erinnere ich mich! Ich habe das am Straßenrand gefunden und aufgehoben. Ich hatte vor, es später wieder seinem rechtmäßigen Besitzer zukommen zu lassen. Aber während des Sturms habe ich das wieder ganz vergessen, und muss es dort liegen gelassen haben. Alles was wir tun müssen, ist den Gentleman finden, dem es gehört."

Mrs. Bennet musterte sie argwöhnisch mit zusammengezogenen Augenbrauen und spähte dann hinüber, um das Taschentuch näher zu betrachten. „FD. Ich kenne niemanden mit diesen Initialen", sagte sie besorgt.

„Ich auch nicht." Mrs. Phillips verschränkte die Arme vor der Brust.

Just in diesem Moment lief Mr. Bennet an Elizabeth vorbei und zog das Taschentuch aus den Händen seiner Frau. „Es ist offensichtlich", sagte er wegwerfend, „Fitzwilliam Darcy. Er saß während des Sturms hier fest. Zurückgeben macht aber wenig Sinn, ich bezweifle, dass er seine Abwesenheit unter all seinen Besitztümern überhaupt bemerken würde. Nun, da das geklärt ist, brauche ich deine Hilfe in der Bibliothek, Lizzy."

Dieses barsche Verhalten passte so gar nicht zur üblichen Gleichgültigkeit ihres Vaters, dass Elizabeth ihm ohne ein weiteres Wort folgte und ihre Mutter, die mitten im Satz steckte, um erneut ihren Unmut auszudrücken, einfach stehen ließ.

Als die Tür der Bibliothek geschlossen war, ließ sich Mr. Bennet in seinen Lieblingsstuhl sinken. „Du hast ihn also auf der Straße getroffen, nicht wahr?", sagte er kühl.

Elizabeths Schultern spannten sich an. „Nein, er saß mit mir gemeinsam fest, aber es erschien mir besser, wenn niemand davon wusste."

„Dein eigener Vater eingeschlossen? Naja, was soll's. Was hat er dir angetan?" Seine Stimme klang erschöpft.

„Nichts. Er war verletzt und verwirrt nach seinem Sturz. Ich habe mich um seine Wunde gekümmert. Man kann immer noch den Blutfleck auf dem Taschentuch sehen."

„Oder war das eine andere Art von Blut?"

Ihre Wangen wurden heiß. „Vater! Ich gebe dir mein Wort, dass das einzige Blut von Mr. Darcys Kopf kam. Er war verwundet und ich war noch nie attraktiv genug, dass ich ihn gereizt hätte, wie du ja weißt. Warum denkst du also, dass irgendetwas passiert sein könnte?" Sie schob den Gedanken daran, was Darcy ihr gesagt hatte, beiseite.

Ihr Vater sah zu seinen Händen hinab. „Er ist ein Mann, der weder an fehlende Zerstreuung gewöhnt ist, noch daran, dass ihm etwas verweigert wird, was er haben möchte. Und unter solchen Umständen wie diesen geben sich Männer oft mit dem zufrieden, was verfügbar ist."

ALLEIN MIT MR DARCY: EINE VARIATION VON STOLZ UND VORURTEIL

Aus irgendeinem Grund machte sein Zweifel sie rasend. „Nun, manche Männer vielleicht, aber dieser hat das nicht getan. Alles was er gemacht hat, war das Feuer zu entfachen, sodass wir nicht frieren mussten."

Seine Augen verengten sich. „Und was hast *du* getan?"

„Versucht, warm zu bleiben, mich mit ihm unterhalten und versucht, Suppe zu machen. Es war kein überragender Erfolg, sodass wir von Glück sprechen konnten, dass wir beide sehr hungrig waren und wenig daran interessiert waren, unsere Nasen über irgendetwas Essbares zu rümpfen." Sie lächelte und hoffte, ihn mit Humor ablenken zu können.

„Drei Tage mit einem Mann allein und du erwartest, dass ich dir glaube, dass *nichts* geschehen ist?"

„Denkst du etwa, dass ich mich einem verletzten Mann an den Hals werfen würde?" Ihr stieg die Galle bis in den Hals auf.

„Er schien nicht verletzt zu sein, als ich ihn in Meryton gesehen habe, als er vermutlich schon mehrere Meilen durch den Schnee gelaufen war."

„Ich glaube fast, du *möchtest*, dass ich behaupte, er hätte mich kompromittiert!"

„Nur wenn es wahr ist."

Sie schnaubte und sah zur Zimmerdecke hinauf. „Zwischen uns ist nichts passiert, was über ganz normale Konversation hinaus gehen würde." Das letzte, was sie wollte, war, dass ihr Vater Mr. Darcy konfrontierte.

Er betrachtete sie eine Minute lang genau, nahm dann seine Brille ab und seufzte. „Also gut. Ich hoffe um deinetwillen, dass das niemand außerhalb dieses Hauses erfährt."

Zumindest dieses Mal konnte sie ehrlich antworten. „Das hoffe ich auch."

Kapitel 11

UNGLÜCKLICHERWEISE stellten sich ihre Hoffnungen als vergeblich heraus.

„Es tut mir so Leid, Miss Lizzy", flüsterte Nell, als sie Elizabeth an der Tür den Mantel abnahm.

Also hatten es sogar schon die Dienstboten gehört. Elizabeth hätte es wissen müssen, dass Lydia und Kitty jedem, der in der Stadt in Hörweite war, erzählen würden, was geschehen war. Aber sie war nicht im Stande gewesen, den Fußmarsch nach Hause mit ihnen zusammen zu bewältigen, nicht nachdem die Stadtbevölkerung sie auf so demütigende Art und Weise behandelt hatte. Also war sie alleine aufgebrochen und hatte den langen Weg nach Hause genommen und ihre Schwestern waren vor ihr auf Longbourn angekommen.

Das durchdringende Jammern ihrer Mutter war aus dem Wohnzimmer zu hören. „Man muss ihn dazu bringen, dass er sie heiratet!"

Elizabeth zuckte zusammen. „Ich bin auf meinem Zimmer", sagte sie Nell. „Es gibt keinen Grund, jemandem mitzuteilen, dass ich schon zurück bin."

„Ja, Miss, soll ich Ihnen eine Tasse Tee bringen?"

Zumindest war Nell nett zu ihr, was sie von ihren eigenen Schwestern nicht behaupten konnte. Lydia hatte sie in ihrer unangenehmen Situation ausgelacht und Kitty hatte nicht gewusst, wo sie hinsehen sollte. Und von Ihrer Mutter konnte sie ebenfalls kein Mitgefühl erwarten. Wenn Jane nur nicht so weit weg in London wäre! Es war traurig, wenn sich nur das Hausmädchen um ihr Wohl sorgte. „Das käme mir sehr gelegen."

Sie schlich sich die Treppe hinauf und achtete darauf, die drittletzte Stufe, die immer so laut knarzte, auszulassen. Ein paar mehr Stufen und sie wäre in Sicherheit. Als sie die Tür leise hinter sich zugezogen hatte, konnte sie die Maske endlich fallen lassen.

Sie setzte sich aufs Bett und ließ die Tränen fließen, die sie schon seit Stunden zurückgehalten hatten. Noch nie zuvor war sie der Gegenstand von böswilligen Flüstereien und Kommentaren gewesen und bisher hatte sie nicht gewusst, wie schmerzlich es war, wenn Leute, die man zuvor zu seinen Freunden gezählt hatte, einen mieden. Und alles basierte auf Hörensagen und der einzige Beweis war ein Taschentuch! Ihr Magen drehte sich erneut um.

Aber weinen war auch keine Lösung. Sie wusch sich das Gesicht am Waschbasin, setzte sich dann vor den Spiegel und starrte sich selbst in die rot umrandeten Augen.

Was sollte sie tun? Das Geschwätz der Leute zu ignorieren war keine Option, ihre Anwesenheit allein würde Öl ins Feuer gießen. Wenn sie ihre Geschichte darüber, dass sie das Taschentuch am Wegesrand gefunden hatte, immer und immer wieder erzählen würde, würde sie damit vielleicht ein paar Leute überzeugen können, aber es gäbe immer noch genug, die bereit wären, schlecht von ihr zu denken. Sie könnte Meryton verlassen, doch das würde von manchen nur als Beweis für ihre Schuld angesehen.

Und dann gab es die Möglichkeit, die ihr am meisten Angst bereitete – Mr. Darcy zu kontaktieren. Sie hatte nie vorgehabt, jene Karte zu ziehen, die er ihr in die Hand gelegt hatte, aber da hatte sie auch noch gedacht, dass sie darüber lachen konnte, wenn es jemand – wenn überhaupt – jemals heraus fand.

Sie hatte keine andere Wahl. Die Hälfte der Stadtbevölkerung von Meryton hatte ihr nicht in die Augen sehen können und sie hatte das Geflüster gehört, das sie verfolgt hatte. Nein, sie hatte keine andere Möglichkeit, als ihm wegen des Skandals zu schreiben. Es war nicht *fair*, dass sie sich so sehnlich wünschte, ihn zu sehen.

Was sollte sie schreiben? Sie klopfte sich mit dem Ende ihrer Feder gegen die Nase, als sie nachdachte und tauchte schließlich den Kiel ins Tintenfass.

Lieber Mr. Darcy,

wie Sie vielleicht bereits bemerkt haben, habe ich eine große Abneigung dagegen, falsch zu liegen, aber ich versuche diese Schwäche auszugleichen, indem ich meine Fehler offen zugebe, wenn ich welche mache. Sie hatten Recht, was die Konsequenzen anbelangt, denen ich mich stellen muss, und ich hatte Unrecht.

Das war einfach, aber wie sollte sie jetzt weiter machen? ‚Bitte komm und heirate mich so schnell wie möglich‘ war wohl kaum etwas, das man in einem Brief schreiben konnte.

Ein Klopfen an der Tür rettete sie aus ihrem Dilemma. Sie ließ den Brief unter ein unbeschriebenes Blatt Papier gleiten, bevor sie die Tür öffnete. Ihr einladender Gesichtsausdruck schwand, als ihr klar wurde, dass es nicht Nell mit dem Tee war, wie sie es erwartet hatte, sondern ihr Vater, dem die Sorgenfalten auf der Stirn standen. Wortlos hielt sie ihm die Tür auf.

Er seufzte tief, als er sich neben ihr Bett setzte. „Nun, Lizzy, wie es scheint, ist deine kleine Eskapade mit Mr. Darcy nun allgemein bekannt geworden. Deine Mutter verlangt, dass ich etwas unternehme."

Elizabeth biss sich auf die Lippe. „Das ist nicht nötig. Mr. Darcy hat mir gesagt, er würde mich heiraten, falls jemand herausfände, dass ich mit ihm zusammen gewesen bin."

Ihr Vater blinzelte. „Er hat gesagt, dass er dich *heiraten* würde? Du musst ihn missverstanden haben."

Das traf Elizabeth, und so entgegnete sie: „Ich habe nichts missverstanden. Er hat es mehrmals gesagt. Alles, was ich tun muss, ist ihm zu schreiben und er wird dann sicherlich das Richtige tun."

Er schüttelte seinen Kopf, nahm seine Brille ab und begann, die Gläser mit seinem Taschentuch zu polieren. Schließlich sagte er ermattet. „Lizzy, mein Liebes, *natürlich* hat er gesagt, dass er dich heiraten würde. Warum sollte er das nicht sagen? Wenn er dir gesagt hätte, dass er dich *nicht* heiraten würde, hättest du womöglich geweint oder ihn angefleht oder wärst wütend mit ihm geworden, und er konnte dir nicht entkommen, bis der Sturm vorüber war. Also hat er das gesagt, von dem er glaubte, dass es dich ruhig und milde stimmen würde, denn er wusste, dass es keine

Zeugen gab und dass im Zweifelsfall sein Wort gegen deines stehen würde."

Konnte das wahr sein? Ihr Magen rebellierte. „Nein, so war es nicht. Er hat sich mir angetragen, unabhängig davon, ob wir entdeckt worden wären oder nicht und hat es immer wieder zur Sprache gebracht, sogar nachdem ich ihn abgewiesen hatte."

„Du hast *Mr. Darcy* abgewiesen? Das ist meine tapfere Lizzy! Aber dennoch muss ich dir versichern, dass er es nicht ernst gemeint hat. Wenn er dich wieder und wieder gefragt hat, dann nur in der Hoffnung, dass du ihm Freiheiten einräumen würdest. Jeder Gentleman kennt diesen Trick. Männer unter sich lachen die ganze Zeit darüber, wie oft sie das schon getan haben und wie man am besten... nun ja, seinen Willen bekommt. Glaub mir, ich *weiß* das."

Sie sah ihn scharf an. Er *wusste* es. Er konnte vielleicht nicht für Mr. Darcy sprechen, aber er war dabei, ihr die Wahrheit über sich selbst zu sagen. *Er* hatte es getan, hatte Frauen gesagt, er würde sie heiraten, ohne dass ein Funken Wahrheit darin lag, in der Hoffnung, ihre Gunst zu gewinnen. Gewisse Dinge wurden ihr plötzlich wesentlich klarer. „Vielleicht würden viele Männer das tun, aber ich glaube, dass Mr. Darcy es auch so gemeint hat, wie er es gesagt hat. Ich werde ihm schreiben und dann werden wir weiter sehen."

Ihr Vater schnaubte. „Sei nicht albern! Wenn er sich dazu herablassen würde, solch einen Brief zu lesen, würde er dich auslachen. Warum sollte ein so stolzer, unangenehmer Geselle sich um deinen Ruf scheren?"

Sie konnte wohl kaum sagen, dass sie ihn für einen ehrbaren Mann hielt, nicht wenn das bedeutete, dass sie ihren Vater als unehrenhaft bezeichnen würde. „Ich denke, es wird ihm nicht gleichgültig sein." Trotz all ihrer Anstrengungen, zitterte ihre Stimme ein wenig.

„Manchmal kannst du genauso töricht wie deine Schwestern sein! Also gut, schreib deinen Brief, wenn du meinst, und ich werde ihn für dich abschicken, aber wir werden niemandem davon erzählen. Es ist eine Sache, Gesprächsstoff für die Nachbarn zu bieten, aber eine ganz andere, sich zum Gespött der Leute zu machen, weil man das Unmögliche will."

Ihr Hals verengte sich. „Und wie soll ich dann alle in Meryton davon überzeugen, dass ich unschuldig bin? Ich kann das Problem nicht einfach nur ignorieren!"

Er drückte seine Nasenwurzel mit Daumen und Zeigefinger. „Nein, natürlich nicht. Ich habe einen anderen Vorschlag, ich habe deinem Onkel Gardiner schon geschrieben und ihn darum gebeten, dass du zu Jane in London stoßen darfst. Wenn du nicht hier bist, wird das Gerede eher früher als später wieder aufhören."

„Wenn ich gehe, wird es so aussehen, als hätte ich etwas zu verbergen und wenn ich wiederkomme, wird es noch schlimmer werden!"

„Du unterschätzt, wie kurz das Gedächtnis von Dummköpfen sein kann. Der Skandal um dich wird vergessen sein, sobald der nächste Einzug hält." Er musste bemerkt haben, dass sie ihm nicht glaubte, da er noch hinzufügte: „Und was diejenigen angeht, die es immer noch kümmert – so zimperlichen Leuten, die kein bisschen Absurdität aushalten, weint man keine Träne nach."

Sie schüttelte ihren Kopf. „Ich bezweifle, dass es so simpel ist." Ihr Vater wollte nur den einfachsten Weg aus seinem Dilemma mit ihrer Mutter und keine Lösung des Problems, aber warum sollte sie sich die Mühe machen, sich zu streiten? Mr. Darcy würde ihren Brief beantworten und bei ihrem nächsten Besuch in Meryton wäre sie auch schon Mrs. Darcy.

Er schlug sich auf die Oberschenkel und stand auf. „Wie auch immer, sobald ich eine Antwort von deinem Onkel erhalte, wirst du dich auf den Weg nach London machen. Ich hoffe, dass du nicht lange dort bleiben musst, denn wenn ihr beide, Jane und du, weg seid, dann werde ich wochenlang kein vernünftiges Wort zu hören bekommen."

„Also gut. Ich werde nach London gehen." Das war vermutlich auch das Beste, da es für Mr. Darcy dort leichter wäre, sie zu erreichen.

Ihr Vater küsste sie auf die Wange. „Ich wusste, dass du nicht ganz so dumm wie deine Schwestern bist."

Es war ein Scherz, den er ihm in der Vergangenheit schon oft über die Lippen gekommen war, doch nun nagte er an ihr. „In der Tat", antwortete sie kühl und schloss die Tür hinter ihm.

Zumindest war das Problem, was sie Mr. Darcy schreiben sollte, gelöst. Sie setzte sich wieder an ihren Schreibtisch und sobald ihre Hand zu zittern aufhörte, schrieb sie:

Aufgrund der unangenehmen Natur des Geredes, werde ich Meryton in den nächsten paar Tagen verlassen, um meine

Tante und meinen Onkel, Mr. und Mrs. Gardiner, die in der Gracechurch Street in London leben, zu besuchen. Es wäre vermutlich am besten, dort mit mir in Verbindung zu treten, anstatt hier durch ein plötzliches Erscheinen noch mehr Aufsehen zu erregen.

    Mit besten Grüßen,

    E.B.

Sobald die Tinte getrocknet war, faltete und versiegelte sie den Brief und schrieb die Adresse auf die Außenseite. Als er ihr gesagt hatte, wo er lebte, hatte sie sich fest vorgenommen, sich nicht daran zu erinnern, aber die Worte waren ihr dennoch im Gedächtnis geblieben. Das erste Mal seit Wochen überkam Elizabeth ein Gefühl des Friedens. Es war vollbracht.

ELIZABETH ÜBERREICHTE ihrem Vater den Brief an Mr. Darcy und fragte: „Bist du immer noch Willens, ihn für mich zu verschicken?"

Er knurrte missbilligend und rückte sich die Brille zurecht. „Genau genommen habe ich mich dazu entschlossen, es sogar noch besser zu machen. Ich habe vor, ihn selbst zu überbringen und auf seine Antwort zu warten. Er wird wissen, dass ich keinen Gegner für ihn darstelle, aber vielleicht wird es ihn ja moralisch dazu verpflichten, das Richtige zu tun. Ich bezweifle es zwar, doch deine Mutter ist überzeugt, dass es einen Versuch wert ist."

„*Du* fährst nach London?" Es war schon schwer genug, ihren Vater zu überzeugen sich auch nur bis nach Meryton zu bewegen. Seine Bereitschaft, so weit zu reisen und sogar noch mit Mr. Darcy zu sprechen, war so uncharakteristisch für ihn und zeigte so viel Sorge um sie, dass Elizabeths Ärger schlagartig dahin schmolz.

Seine Lippen kräuselten sich zu einem Lächeln. „Ja, *ich* gehe nach London, ich alter Narr!"

Sie ging um seinen Schreibtisch herum und küsste ihn auf die Wange. „Danke, Papa. Ich denke, dass du mit seiner Antwort zufrieden sein wirst und bin froh, dass ihr die Gelegenheit haben werdet, euch besser kennen zu lernen."

Mr. Bennet wirkte nicht überzeugt. „Nun, wir werden sehen."

KURZ BEVOR SIE DIE Stufen zu Mr. und Mrs. Gardiners Haus erklommen, stoppte Mr. Bennet Elizabeth mit einer Hand auf ihrem Arm. „Denk dran, kein Wort zu niemandem über meine Angelegenheit mit Mr. Darcy."

Es war schon mindestens das vierte Mal, dass er sie auf ihrer Reise daran erinnert hatte. „Ich verstehe nicht, warum sie es nicht wissen dürfen, aber wenn du darauf bestehst, dann werde ich nichts sagen. Können wir *jetzt* rein gehen?"

Ihre Tante und ihr Onkel empfingen sie mit offenen Armen, was eine höchst willkommene Atempause für sie darstellte, nachdem ihr Wellen der Missbilligung in Meryton entgegen geschwappt waren, als sie auf die Postkutsche gewartet hatte. Obwohl die Gardiners schon von dem Skandal wussten, machte sich Elizabeth dennoch Sorgen, dass sie nicht mit ihr einverstanden sein könnten, bis sie am Lächeln auf deren Gesichtern erkannte, dass dem nicht der

Fall war. Bei Janes Umarmung brach sie beinahe in Tränen aus.

Der überwältigende und umwerfende Gruß ihrer kleinen Cousins und Cousinen sorgte darüber hinaus noch für Glücksmomente. Elizabeth war bei den Gardiner-Kindern besonders beliebt, da sie willens war, mit ihnen zu spielen.

„Das ist jetzt genug", wies Mrs. Gardiner sie zurecht. „Lizzy hat eine lange Reise hinter sich und deshalb wird sie heute Abend nicht mit euch spielen. Jetzt aber ab ins Kinderzimmer mit euch!"

Diesem Erlass wurde mit ein wenig Grummeln begegnet, doch nachdem das Kindermädchen ein wenig nachgeholfen hatte, gaben die Kinder den Forderungen ihrer Mutter nach.

„Kommt, ihr müsst ein wenig Stärkung nötig haben. Wir haben im Wohnzimmer eine kleine Mahlzeit für euch hergerichtet."

Elizabeth hielt sich zurück, um ihrem Vater den Vortritt zu gewähren und fragte ihre Tante leise: „Du bist also nicht böse auf mich?"

Mrs. Gardiner legte liebevoll den Arm um ihre Nichte. „Wenn ich herausgefunden hätte, dass du einen verletzten Mann am Wegesrand liegen und sterben gelassen hättest, *dann* wäre ich wütend auf dich gewesen. Ich weiß nicht, wie du dich hättest anders verhalten sollen, und wenn du sagst, dass nichts Ungebührliches geschehen ist, dann glaube ich dir das."

Auf irgendeine Weise machte dieser Vertrauensbeweis es ihr noch schwerer, etwas zu verbergen. „Ich kann nicht behaupten, dass nichts geschehen ist. Wir mussten uns eng aneinander kuscheln, um warm zu bleiben. Weißt du, es gab nur sehr wenig Holzscheite."

Mrs. Gardiners Mundwinkel zuckten. „Nun, das ist eine ganz andere Geschichte, da es natürlich wesentlich besser gewesen wäre, wenn ihr erfroren wärt und deine Familie eure beiden leblosen Körper gefunden hätte, als das Notwendige zu tun und euer Überleben zu sichern! Also wirklich, Lizzy, ich kann nicht verstehen, warum du nicht die strikteste Etikette hast walten lassen, auch wenn es dich dein Leben gekostet hätte."

Elizabeth entwich ein Kichern. „Ich nehme an, dass das ziemlich dumm gewesen wäre."

Janes Wangen waren hochrot. „Niemand gibt dir die Schuld, Lizzy."

Elizabeth bedankte sich bei ihr, auch wenn die Röte in ihren Wangen zeigte, wie unangenehm ihrer Schwester Elizabeths Handlungen waren. Aber darüber wollte sie sich nicht den Kopf zerbrechen. Schon bald würde Mr. Darcy wissen, was geschehen war und sie würden heiraten. Sogar Janes zart besaitetes Gemüt wäre damit zufriedengestellt.

ELIZABETH HATTE ANGENOMMEN, ihr Vater würde Mr. Darcy gleich am nächsten Tag in London aufsuchen, doch er schien sich nicht von der Gracechurch Street weg bewegen zu wollen. Drei Tage später wartete sie schließlich ab, bis sie ihn hinter seiner Zeitung vergraben fand. „Wann hast du vor, Mr. Darcy einen Besuch abzustatten?", fragte sie mit trockenem Mund.

„Was? Hast du es so eilig herauszufinden, dass er dich getäuscht hat?"

„Oder dass er mich nicht getäuscht hat. Ich habe ihm versprochen, Kontakt mit ihm aufzunehmen und wenn du nicht vorhast, zu ihm zu gehen, dann werde ich ihm einen Brief schicken, so wie ich es ursprünglich geplant hatte."

Er faltete die Zeitung und legte sie beiseite. „Lizzy, was ist aus deinem Sinn für Humor geworden? Dein Mr. Darcy scheint einen schlechten Einfluss darauf ausgeübt zu haben. Ich habe dir doch schon gesagt, was passieren wird, wenn ich mit ihm spreche, und obwohl ich es nicht eilig habe zu sehen, wie er mir unverhohlen ins Gesicht lacht, werde ich dennoch morgen zu ihm gehen. Bist du damit zufrieden?"

Aber die nächsten beiden Tage brachten Regen mit sich und so schob er es weiter auf, bis Elizabeth es kaum noch aushielt, im selben Raum mit ihm zu sein. Alles was sie wollte, war der Ungewissheit ein Ende zu setzen. Es spielte keine Rolle, wie oft sie sich ins Gedächtnis rief, dass Darcy nicht wie ihr Vater war, der Samen des Zweifels begann doch schon in ihr zu keimen.

Die Nacht brach herein, als Mr. Bennet schließlich zurück kam. Er sah ruhig aus und auf Elizabeths Gesicht breitete sich ein zittriges Lächeln aus. Sie hatte Recht gehabt, nicht ihr Vater. Es überraschte sie nicht, dass er nicht sofort Anstalten mache, mit ihr allein zu sprechen, da er es schon immer gehasst hatte, wenn er zugeben musste, dass er falsch lag.

Kurz vor dem Dinner bot sich ihr eine Chance, die sie sofort ergriff. „Hast du einen Moment für mich?"

Er erhob eine Augenbraue. „Wenn du wünschst."

ALLEIN MIT MR DARCY: EINE VARIATION VON STOLZ UND VORURTEIL

Sie begleitete ihn in das kleine Wohnzimmer und schloss die Türe. „Und?" Ihr Herz pochte.

Ihr Vater ließ sich in den gepolsterten Ohrensessel fallen. „Es war so, wie ich dir gesagt habe, wobei ich ihm zu Gute halten muss, dass er nicht gelacht hat, als er deinen Brief gelesen hat."

Wollte er sie aufziehen? „Das hatte ich auch nicht von ihm erwartet. Was hat er gesagt?"

„Dass es ihm leid tue, dass dir die Situation Schwierigkeiten bereitet habe, aber dass unglücklicherweise eine Ehe keine Option für ihn sei. Wie ich es dir voraus gesagt hatte."

Ihr stieg die Galle auf. Konnte es wahr sein? Sicherlich hätte er ihren Vater nicht unverrichteter Dinge wieder fort geschickt, nein, nicht nachdem er sich so für Maria Lucas eingesetzt hatte! „Ist das alles, was er gesagt hat?"

„Er hat mir angeboten, eine kleine Summe Geld für dich bereitzustellen oder alternativ nach einem Mann zu suchen, der bereit wäre, dich zu heiraten. Und ihn für dieses Privileg zu bezahlen, wie ich vermute. Also gestehe ich ein, ihn unterschätzt zu haben, indem ich dachte, dass es ihn überhaupt nicht berühren würde, aber trotzdem hat er noch lange nicht die Absicht, dich zu heiraten."

Also wollte Mr. Darcy sie an jemanden verheiraten, wie er das mit Maria Lucas und Chamberlaine arrangiert hatte. Wie dumm sie gewesen war! Elizabeth biss sich auf die Lippe, bis es weh tat und kämpfte mit den Tränen, Tränen der Erniedrigung und des Schmerzes. „Und plant er dann, mir einen Ehemann zu finden?", brachte sie noch heraus.

Ihr Vater winkte ab. „Ich habe ihm gesagt, dass wir alleine zurechtkommen würden und dass er einen anderen Weg finden müsse, um sein Gewissen zu beruhigen. Es ist also vollbracht und du bist ihn los. Ehrlich gesagt, möchte ich dich auch nicht mit diesem unangenehmen Kerl verheiratet und in seiner Schuld wissen."

„Das sehe ich. Nun, wenn du mich dann entschuldigst, ich muss nachsehen, ob Jane meine Hilfe braucht." Es war eine äußerst schlechte Ausrede, aber sie wäre sonst verrückt geworden, wenn sie sich noch länger das selbstzufriedene Lächeln ihres Vaters hätte anschauen müssen. Sie musste alleine sein, um nachzudenken. Oder vielleicht auch einfach, um zu weinen.

IN DIESER NACHT KROCH Elizabeth aus dem Bett, das sie sich mit Jane teilte und schlicht sich nach unten ins dunkle Wohnzimmer, wo sie ihren Tränen freien Lauf lassen konnte. Egal wie sehr sie sich unter tags auch zusammen nahm, jetzt war die Zeit gekommen, der Wahrheit ins Auge zu sehen.

Mr. Darcy würde nicht zu ihrer Rettung eilen. Warum auch? Eine Heirat mit ihr hätte ihm nichts zu bieten. *Sein* Ruf war unbefleckt, und warum sollte es ihn kümmern, was die Leute in einem kleinen Städtchen auf dem Lande in Hertfordshire von ihm dachten? Für ihn gab es keinen Grund, sich an eine Frau zu binden, deren gesellschaftliche Stellung so deutlich unter der Seinen war. Entweder hatte er seinen Antrag schon damals nicht ernst gemeint oder, was wahrscheinlicher war, der Abstand, der nun sowohl zeitlich als auch örtlich zwischen ihnen lag, hatte ihn noch einmal an den meilenweiten Unterschied zwischen ihnen erinnerte, ganz zu schweigen von all den Schattenseiten, die solch eine Verbindung für ihn hätte.

Oh, warum hatte sie ihm geglaubt? Warum hatte sie sich verführen lassen, ihn zu mögen und zu denken, dass er sie auch mochte? Höchstwahrscheinlich hatte er sich einfach nicht mit ihrer Ablehnung herumschlagen wollen, während sie da so unfreiwillig festsaßen und ein paar Küsse hatten ihm die eintönigen Tage versüßt. Welch ein Dummkopf sie doch gewesen war!

Sie presste ihre Handballen auf ihre Augen, als sie sich bemühte, die Schluchzer zu unterdrücken, die ihren Körper erschütterten. Wie hatte sie es nur zulassen können, solch einen schlimmen Fehler zu begehen? Sie hatte doch mitbekommen, was für eine Art Mann er war, während er auf Netherfield zu Besuch gewesen war, und Mr. Wickham hatte sie sogar noch vor ihm gewarnt. Aber alles was nötig gewesen war, waren ein paar schöne Worte und sie war ihm in die Arme gefallen und hatte all ihre Zweifel über Bord geworfen. Und all diese Wochen hatte sie ihn *vermisst* und sich nach ihm gesehnt!

War er erleichtert gewesen, als ihr Vater ohne weitere Forderungen von Dannen gegangen war oder hatte er einen Moment der Sehnsucht und Reue verspürt, als er an sie gedacht hatte? Sie würde es nie wissen. Nach allem, was zwischen ihnen geschehen war – was sie geglaubt hatte, dass geschehen war – war er nur bereit, so weit für sie zu gehen, wie er es für Maria Lucas getan hatte, die er nicht einmal kannte! Nicht einmal eine Nachricht hatte er ihr durch ihren

Vater zukommen lassen. Jetzt saß sie da und alles was sie noch tun konnte, war zu weinen und ihre Fäuste gegen die Oberschenkel zu schlagen, bis der Schmerz in ihrem Inneren davon übertüncht wurde.

TAGS DARAUF REISTE Mr. Bennet nach Longbourn ab und Elizabeth begann den Rest ihres Lebens ohne Mr. Darcy. Sie wirkte blasser als sonst und stocherte lustlos in ihrem Essen herum, doch versuchte sie es zwanghaft hinter Albernheiten und ihrem Lächeln zu verstecken. Sie hatte nicht die Absicht, sich noch weiter zu erniedrigen, indem sie Jane oder ihrer Tante gestand, welche irrsinnigen Erwartungen sie doch gehegt hatte.

Jane konnte sie wohl täuschen, immerhin war ihre Schwester noch immer mit ihren eigenen enttäuschten Hoffnungen, was Mr. Bingley anging, beschäftigt. Aber Mrs. Gardiner hatte scharfe Augen und warf ihr von Zeit zu Zeit Blicke zu, die Elizabeth dazu veranlassten, nur noch strahlender zu lächeln.

Ein paar Tage später brachte ihr Onkel einen seiner Mitarbeiter zum Dinner mit nach Hause. Mr. Hartshorne war bei einem ihrer vorherigen Besuche in London sehr von Elizabeth angetan gewesen, obwohl es klar gewesen war, dass nicht mehr als das möglich sein könnte. Immerhin war sie die Tochter eines Gentlemans und er selbst im Handel tätig.

Elizabeth freute sich so sehr, ihn jetzt zu sehen, wie sie sich über jeden anderen gefreut hätte, was nur wenig war, aber immerhin lenkte er sie ab. Zumindest, bis sie die Blicke bemerkte, die er mit ihrem Onkel austauschte und das seltsam triumphierende Lächeln, das er immer dann zeigte, wenn er sie ansah und da wurde ihr klar, dass sie über sie und ihre neuerdings limitierten Aussichten gesprochen haben mussten.

Genau wie Mr. Darcy Chamberlayne bezahlt hatte, damit er Maria Lucas heiratete, hatte Mr. Gardiner Mr. Hartshorne mit nach Hause gebracht. Elizabeth stieg die Galle auf und sie musste sich entschuldigen, um sich wieder zu fangen. In dem kleinen Raum, den sie sich mit Jane teilte, starrte sie ihr welliges Spiegelbild in dem alternden Spiegel an.

Sie musste der bitteren Wahrheit nun endlich ins Auge sehen. Sie würde nicht nach Longbourn zurückkehren können, ohne mit dem Skandal leben zu müssen und die Zukunftsaussichten ihrer Schwestern zu gefährden und sie konnte nicht für immer bei den Gardiners bleiben. Wenn Mr. Hartshorne willens war, sie in Betracht zu ziehen, dann sollte sie dankbar dafür sein. Immerhin wusste sie, dass er sie schon bewundert hatte, als er sich noch nichts davon versprechen konnte und sie hatte seine Gesellschaft genossen, und das war mehr, als die meisten Männer zu bieten hatten. Wenn Mr. Darcy praktisch denken konnte, wenn es um die Optionen seiner Ehe ging, dann musste sie das auch tun.

Auch dann, wenn allein der Gedanke daran, Mr. Hartshorne zu heiraten, ihr Magenschmerzen bereitete. Sie atmete hörbar aus und kniff sich in die Wangen, um wieder Farbe hinein zu bringen, bevor sie mit einem erzwungenen Lächeln auf den Lippen ins Esszimmer zurückkehrte.

DARCY GING LEICHTEN Schrittes auf sein Arbeitszimmer zu. Er hatte Stanton nicht so bald zurück erwartet, oder es besser gesagt nicht gewagt, so schnell auf eine Antwort von Elizabeth zu erhoffen. Es war nicht, als hätte er ihr etwas von Bedeutung mitzuteilen, sicherlich nichts, was das Risiko einer geheimen Korrespondenz rechtfertigte, aber die Freude, die ihn durch diese kleine Verbindung mit ihr erfüllte, war es wert.

Stanton wartete üblicherweise auf dem lederbezogenen Stuhl gegenüber seines Schreibtisches auf ihn, doch heute stand er mit undeutbarem Gesichtsausdruck direkt neben der Türe.

Darcy bedeutete ihm, sich zu setzen. „Nun? Haben Sie Ihren Auftrag erfolgreich ausführen können?"

„Miss Lucas wurde verheiratet, ist mit ihrem neuen Ehemann auf dem Weg nach Norfolk und Mr. Wickham ist im Marshalsea-Schuldengefängnis hinter Schloss und Riegel, da er seine Schulden nicht begleichen konnte." Stanton warf ein Bündel Papier auf Darcys Schreibtisch. „Die sind von seinen Gläubigern. Er wird so lange nicht entlassen werden, bis Sie ihn dafür auszahlen kann."

„Exzellent." Nach dem, was er der armen Miss Lucas angetan hatte, hatte Wickham es vierdient, im Gefängnis zu verrotten und es hätte den zusätzlichen Nutzen, ihn von Elizabeth fernzuhalten. „Konnten Sie Miss Elizabeth den Brief übergeben?"

„Nein, Sir, das war mir nicht möglich." Stanton reichte ihm einen wohlbekannten Umschlag, mit intaktem Siegel, sah ihm dabei aber nicht in die Augen. „Die junge Lady ist nicht in Meryton."

Nicht in Meryton? In ihrem letzten Brief hatte sie keinerlei Reisepläne erwähnt. „Konnten Sie herausfinden, wo sie sich aufhält?"

Stanton schüttelte mit immer noch gesenktem Blick den Kopf. „Nein, Sir. Die Einheimischen schienen nichts über ihren Aufenthaltsort zu wissen und haben nur gesagt, dass sie irgendwo hingeschickt wurde. Die Dienstboten auf Longbourn sind verschlossen und hören nicht gerne Fragen über Miss Elizabeth, obwohl sie dennoch gerne über ihre jüngeren Schwestern klatschen. Ihre Schwestern sind indiskret genug, dass ich ihnen höchstwahrscheinlich die Informationen hätte entlocken können, doch zunächst einmal wollte ich Sie über die Lage informieren."

Es war also ernster als nur eine einfache Urlaubsreise. Der Raum erschien ihm plötzlich kälter als noch ein paar Minuten zuvor. „Sie sagen, dass Sie fort geschickt wurde? Weshalb?"

Stanton erhob schlussendlich die Augen, um mit immer noch ausdrucksloser Miene in Darcys zu blicken. „Es ist allgemein bekannt, dass sie sich während des kürzlich schlechten Wetters mit einem Gentleman getroffen hatte."

Darcys Kehle hatte sich verengt, als er Stantons anklagendem Blick begegnete. „Verdammt! Wann wurde das allgemein bekannt?" Und warum hatte sie ihn nicht informiert?

„Vor mehr als zwei Wochen."

Also hatte sie mehr als genug Zeit gehabt, ihn zu kontaktieren, aber sie hatte es nicht getan, obwohl er ihr seine Wünsche mehr als deutlich gemacht hatte. Warum hatte sie die Schande einer ehrbaren Verbindung mit ihm vorgezogen? Das machte keinen Sinn. Sein Magen rebellierte. Das erste, was nun anstand, war sie zu finden, wobei er keine Ahnung hatte, wo er mit der Suche beginnen sollte.

Monoton fragte Stanton: „Soll ich nach Meryton zurückkehren, um weitere Informationen zu sammeln, Sir?"

„Ja. Sie... Nein. Ich werde das von hier an selbst übernehmen." Er griff in eine seiner Schreibtischschubladen und holte einen Scheck heraus. Stanton nahm ihn, jedoch so zögerlich, dass man fast schon von Widerwillen sprechen konnte. Richtete sich Stantons Unmut gegen *ihn*? Darcy konnte es ihm fast schon vom Gesicht ablesen. „Es gibt da noch eine andere Sache, bei der ich Ihre Dienste benötige. Die zweite Frau meines Vaters, mittlerweile wiederverheiratet, lebt in Devon. Ich möchte alles über sie erfahren, was Sie herausfinden können, wie ist ihr Leumund, ihr Verhalten, ihre Pläne und im Besonderen, ob sie irgendetwas über meine Schwester hat verlauten lassen. Hier ist ihre Adresse." Er überreichte sie Stanton.

Stantons Augen blieben nur kurz darauf liegen. „Ich kenne die Stadt. Ich habe die Dame im Auftrag Ihres Vaters schon öfter überprüft."

Darcy bemühte sich, seine Überraschung zu verbergen. „Wird sie Sie wiedererkennen?"

„Das bezweifle ich."

„Was haben Sie herausgefunden, als Sie dort waren?"

„Es gab wenig herauszufinden. Sie hatte ihr eigenes kleines Haus auf dem Grund ihrer Eltern und traf sich aktiv mit der Nachbarschaft. Ihr Vater beauftragte mich damit, insbesondere darauf zu achten, ob ihr ein Gentleman besondere Aufmerksamkeit schenkte, und sofern ich das beurteilen konnte, war sie sehr darauf bedacht, nie mit irgendeinem Gentleman allein zu sein, obwohl sie mit mehreren davon freundschaftliche Beziehungen pflegte." Er faltete das Blatt und steckte es in seine Manteltasche. „Haben Sie sonst noch Wünsche?"

„Nein, das wäre dann alles."

Stanton verbeugte sich und schloss die Türe des Arbeitszimmers, als er ging.

Darcy schritt zum Fenster und starrte unverwandt in den Garten hinaus. Zum Teufel nochmal, warum hatte Elizabeth sich nicht von vorneherein bereit erklärt, das einzig Richtige zu tun? Dann wäre keiner ihrer beiden guten Namen in den Dreck gezogen worden. Aber um fair zu bleiben, musste er sich eingestehen, dass es nicht besonders schwer gewesen war, ihn zu überzeugen. Wenn er damals schon begriffen hätte, wie sehr er sie vermissen würde, hätte er auf eine Heirat bestanden, dessen ungeachtet, ob sie nötig gewesen wäre, oder nicht.

Ja, das war's. Morgen früh würde er das tun, was er schon zuvor hätte tun sollen - nach Meryton reiten und mit Mr. Bennet sprechen. Elizabeth und er würden so bald als möglich heiraten.

Augenblicklich konnte er wieder frei atmen.

DARCY BESCHLOSS, LONGBOURN über Nebenstraßen zu erreichen, da er mit seinem Besuch kein unnötiges Aufsehen erregen wollte. Vermutlich gab es schon genug Gerede über ihn in Meryton, und er hatte kein Bedürfnis, sich noch mehr anklagenden Blicken auszusetzen, insbesondere da er alles getan hatte, was man von einem Gentleman erwarten konnte. Die Tatsache, dass seine Ankläger sich dessen nicht bewusst waren, machte es ihm nicht leichter.

Der männliche Bedienstete, der ihn auf Longbourn öffnete, hatte zusätzliche Lektionen bitter nötig, wenn man bedachte, wie geschockt er reagierte, als er Darcy erkannte. Nicht, dass er Besseres von den Dienstboten auf Longbourn erwartet hätte, welches man wohl kaum als gut geführten Haushalt bezeichnen konnte. Darcy überreichte seine Karte mit der brüsken Anweisung, sie Mr. Bennet zu übergeben.

Während er in dem kleinen Eingangsbereich wartete, zuckte er zusammen als er die schrille Stimme von Mrs. Bennet vom Salon herüber schallen hörte. Noch etwas, das er lieber meiden würde. Er hielt sich so nah wie möglich bei der Tür auf. Wo war nur der Diener? Er tappte mit dem Fuß auf den abgewetzten Fliesenboden.

Schließlich wurde er in Mr. Bennets Bibliothek geführt. Ein kleiner Raum, der ansprechend genug gewesen wäre, würden nicht überall Bücherstapel herumliegen. Auf Pemberley wurden nicht mehr genutzte Bücher wieder ins Regal zurück gestellt.

Mr. Bennet erhob sich langsam. „Mr. Darcy", sagte er milde, „Ihr Besuch kommt sehr überraschend."

„Ich kann mir nicht vorstellen, warum, es sei denn, Ihre Tochter dachte, dass die Nachricht über ihre Situation nicht bis nach London vordringen würde."

„Hat sie Sie also kontaktiert? Ich kann mir nicht vorstellen, dass die Kreise, in denen Sie sonst verkehren, auch nur das geringste Interesse an den Vorkommnissen in Meryton haben."

„Ich habe nichts von ihr gehört." Er würde ganz bestimmt nicht erklären, warum er Stanton nach Meryton geschickt hatte. „Wenn Sie ihr verboten haben, mit mir in Kontakt zu treten, hat sie sich Ihren Wünschen gebeugt."

Ein lautloses Lächeln umspielte Mr. Bennets Lippen. „Ich habe keinen Grund gesehen, ihr irgendetwas zu verbieten. Es hätte keinen Unterschied gemacht und es war sowieso schon zu spät, um damit zu beginnen."

„Wenn Sie damit auf etwas anspielen wollen, dann seien Sie bitte ein wenig direkter."

„Meine Lizzy kann eine höfliche Maske aufsetzen, aber sie hat kein Talent fürs Lügen. Ich kann nicht behaupten, dass ich wüsste, was zwischen Ihnen beiden während dieser drei Tage geschehen ist, aber ich weiß, dass sie mir *nicht* die Wahrheit sagt, wenn sie vorgibt, dass *nichts* passiert sei."

Darcy faltete seine Hände hinterm Rücken, wo er nicht in Versuchung kommen konnte, sie zu benutzen. „Ich habe ihr in dieser Zeit die Ehe angetragen, aber sie hat sich dagegen gesträubt, weil sie dachte, dass ein Skandal vermieden werden könnte. Ich habe sie gebeten, mit mir in Kontakt zu treten, falls sie in eine schwierige Lage kommen solle. Da sie das nicht getan hat, liegt es nun an mir, sie zu suchen und die notwendigen Schritte in die Wege zu leiten, um ihren Ruf zu bewahren. Dieses Unterfangen wäre wesentlich einfacher, wenn ich wüsste, wo sie sich aufhält, und ich hatte gehofft, dass Sie mir dabei behilflich sein könnten."

Mr. Bennet legte seine Hände vor sich auf den Schreibtisch und ließ sich dann langsam auf seinen Stuhl sinken. „Möchten Sie damit sagen, dass Sie Lizzy einen *Antrag* gemacht haben?"

Darcy starrte ihn an. „Natürlich habe ich das gemacht. Welcher Gentleman hätte nicht so gehandelt?" Plötzlich machte Mr. Bennets feindselige Art Sinn. Wenn er keine Kenntnis davon hatte, war es nur natürlich, dass er ihm gegenüber ablehnend reagierte. „Ich hatte angenommen, Sie wüssten darüber Bescheid. Vielleicht dachten Sie, dass ich heute gekommen bin, weil ich um Erlaubnis fragen möchte, Ihre Tochter heiraten zu dürfen, was ich auch tun werde, wenn Sie das wünschen, wobei ich das unter diesen Umständen für eine reine Formalität halte. Keiner von uns hat in dieser Situation eine andere Wahl."

Der ältere Mann schob seine Brille hoch. „Offensichtlich denkt Lizzy, dass *sie* eine Wahl hat."

„Wenn Sie wohl so freundlich wären, mir zu sagen, wo ich sie finden kann, dann kann ich die Sache aufklären."

Mr. Bennet betrachtete ihn einen Augenblick und lächelte dann unverständlicherweise. „Wenn Sie, wie Sie behaupten, ihr tatsächlich einen Antrag gemacht haben, und, wie Sie weiterhin behaupten, Sie sie angewiesen haben, Sie zu kontaktieren, wenn es Schwierigkeiten geben sollte, dann kann ich nur daraus schließen, dass Lizzy Sie nicht zu heiraten wünscht. Ich werde ihre Entscheidung respektieren, und unter diesen Umständen sehe ich mich außer Stande, Ihnen ihren Aufenthaltsort mitzuteilen."

„Ich glaube, es gibt da ein Missverständnis. Ich denke nicht, dass Miss Elizabeth etwas gegen den Gedanken einzuwenden hat."

„Sie mögen denken was Sie wollen, wenn Ihnen das ein gutes Gefühl vermittelt, aber das ändert nichts an den Tatsachen."

Guter Gott, was war nur mit dem Mann los? Darcy konnte kaum seine Stimme unter Kontrolle halten, als er sagte: „Wenn Sie es vorziehen, dass Ihre gesamte Familie unter den Folgen dieser ‚Entscheidung' leidet, dann kann ich Sie nicht davon abbringen. Sollten entweder Sie oder Ihre Tochter sich umentschieden, dann bin ich unter meiner Londoner Adresse zu erreichen. Guten Tag, Mr. Bennet." Er schritt mit langen Schritten aus Longbourn heraus und ritt davon, bevor er der Versuchung nachgeben konnte, noch sehr viel mehr zu sagen.

DARCY DREHTE UND WENDETE den ungeöffneten Brief zwischen seinen Händen hin und her, und wünschte sich, dass er ihn ungelesen den Flammen übergeben könnte. Zuerst die Beleidigungen von Mr. Bennet und jetzt musste er sich auch noch damit herumschlagen. Grimmig ließ er seinen Daumen unter das Siegel gleiten und brach es.

Sehr geehrter Mr. Darcy,

ich habe, wie angewiesen, Informationen über Mrs. Dawley, die frühere Mrs. Darcy, gesammelt. Sie scheint einen guten Stand in ihrer Nachbarschaft zu haben. Sie und ihr Ehemann genießen die Gesellschaft anderer und haben oft Gäste. Sie hat zwei Söhne unter vier Jahren. Ihr Ehemann hat eine stattliche Figur, wird als äußerst liebenswürdig beschrieben und ist gern gesehen. Die einzige Kritik, die ich über Mrs. Dawley zu hören bekam, war, dass sie bisweilen frivol ist und sich nicht so oft in grün kleiden sollte, da es ihrem Teint nicht zuträglich sei. Sie wird als gute Mutter für ihre Jungs dargestellt. Die Dienstboten äußern keine ungewöhnlichen Beschwerden über sie oder Mr. Dawley und denken im Generellen, dass sie eine vernünftige Herrschaft sind. Gelegentlich reisen die Dawleys nach Manchester oder London, besitzen aber kein Haus in der Stadt, sodass sie die meiste Zeit auf ihrem Anwesen verbringen.

Es gab keinerlei Hinweise auf unanständiges Verhalten seitens Mrs. Dawley. Es scheint allgemein bekannt zu sein, dass sie zuvor schon einmal verheiratet gewesen war, ebenso der Fakt, dass sie von ihrem Mann getrennt gelebt hatte. Unter denjenigen, die sie damals schon kannten, herrscht Konsens, dass sie mit dieser Situation zufrieden gewesen sei und es keine Anzeichen dafür gegeben hätte, dass sie ihren Ehemann vermisst hätte, nur die Tochter, die sie zurücklassen musste. Zunächst hatte man angenommen, ihr Ehemann habe sie wegen Untreue weggeschickt, aber da sie wenig Interesse an Techtelmechteln zeigte, denken die meisten Einheimischen mittlerweile, dass sie die Freuden ihres Ehemanns zu oft unterbunden haben musste. Obwohl Mr. Dawley schon mehrere Jahre Interesse an ihr gehabt habe, hatte sie ihm bis zum Tode ihres Ehemanns nicht erlaubt, sie zu besuchen. Sie hat keine Trauerzeit für ihn eingehalten.

Am Donnerstag werde ich wieder zurück in London sein und kann Ihnen dann vollständig Bericht erstatten.

Mit freundlichen Grüßen

ALLEIN MIT MR DARCY: EINE VARIATION VON STOLZ UND VORURTEIL

W. Stanton

Darcy wusste nicht, was er erwartet hatte, aber das bestimmt nicht. Die Frau eines Gutsbesitzers vom Lande, die sich gerne in der Gesellschaft bewegte, ein wenig frivol war, aber im Generellen respektiert und gemocht wurde? Das klang nicht im Geringsten nach der launischen Frau, an die er sich von seiner letzten Begegnung noch erinnern konnte. Konnte es sein, dass Stanton womöglich die falsche Frau observiert hatte? Nein, er hatte den Namen und die Adresse erhalten und die Geschichte über ihren ersten Ehemann stimmte auch überein. Vielleicht hatte er nicht tief genug gegraben.

Kapitel 12

IM ÜBER UND ÜBER VERGOLDETEN Salon von Rosings Park streckte Colonel Fitzwilliam seine Beine aus. „Was ist mit unserer Cousine Anne? Ich hoffe, dass ihre Abwesenheit kein Hinweis auf ihren schlechten Gesundheitszustand ist?"

Dem Himmel sei Dank für Richard! Darcy würde es keine zwei Tage mit Lady Catherine aushalten, ohne Richards Fähigkeit, beruhigend auf sie einzuwirken. Ganz besonders in ihrem Salon, wo die stechend türkise Tapete seine Augen schmerzte.

„Annes Gesundheit hat sich sehr verbessert. Darcy, du wirst durchaus zufrieden sein, wenn du sie siehst."

Er ignorierte die Anspielung darauf, dass Annes Gesundheit von besonderem Interesse für ihn war. Lady Catherine kannte seine Meinung zu diesem Thema. „Ich bin froh, dass sie guter Gesundheit ist."

„Ich bin sehr zufrieden mit ihrem Arzt, Mr. Graves. Er ist sehr eifrig und zielstrebig, was ihre Behandlungen angeht. Sogar wenn sie guter Gesundheit ist, kommt er jede Woche, um nach ihr zu sehen, da er meint, dass es ihm helfe, zu verstehen, wie er ihr zu den anderen Zeiten helfen könne.

ALLEIN MIT MR DARCY: EINE VARIATION VON STOLZ UND VORURTEIL

Er ist sogar so weit gegangen, uns auf unsere Reise nach Ramsgate zu begleiten und ist mit Anne auf der Promenade spazieren gegangen, weil er der Meinung war, es täte ihrem Geist wohl, wenn sie mit einem Gentleman unterwegs sei, wie jede andere Lady auch, und bei ihrer Rückkehr sah sie wesentlich besser aus. Er hat mir auch ein äußerst hilfreiches Tonikum für meine Gicht verabreicht."

Und zweifelsohne mochte Mr. Graves auch die Zahlungen, die er wöchentlich erhielt. Wenn sein Mittel gegen Gicht wirklich helfen würde, würde Lady Catherine vermutlich nicht die Hilfe von zwei Lakaien benötigen, um auch nur kurze Strecken laufen zu können.

Richard warf ein: „Der Glückliche - eine so großzügige Gönnerin wie dich findet man selten."

„Er ist sich der Gunst seines Schicksals durchaus bewusst, dessen kann ich dich versichern, ebenso wie der Kirchenmann, dem ich die Pfarrei in Hunsford gegeben habe. Ich bin mit meiner Wahl äußerst zufrieden. Mr. Collins ist einer der wenigen Männer, die sich ihres Standes bewusst sind und die Herablassung Höherstehender zu schätzen wissen. Er ist um jeden meiner Ratschläge dankbar."

„Das klingt, als hättest du keinen dankbareren Empfänger für deine Beachtung finden können." Richard zwinkerte Darcy zu.

„Er hat sehr von meinem Rat profitiert. Ja, vor wenigen Monaten nur hat sich Mr. Collins auf mein Anraten hin eine Frau gesucht, eine Gute, Vernünftige. ‚Alle Priester sollten verheiratet sein', habe ich ihm gesagt. Sie geben damit ein gutes Beispiel für ihre Herde ab. Darcy, seine Frau behauptet, deine Bekanntschaft gemacht zu haben."

ABIGAIL REYNOLDS

„Das halte ich für unwahrscheinlich. Vermutlich ein Missverständnis." Er hörte nur mit halbem Ohr zu. Als der unterwürfige Kirchenmann zur Sprache kam, drifteten seine Gedanken zu Elizabeth ab. Wo konnte sie sich versteckt halten?

„Nein, da bin ich mir sicher. Sie hat dich in Hertfordshire getroffen. Das ist mir genau im Gedächtnis geblieben, so wie sie es gesagt hatte."

Hertfordshire? Ihm blieb die Luft weg. Nein, natürlich konnte es nicht Elizabeth sein. Ihr Vater hätte ihm gesagt, wenn er sie verheiratet hätte. „Wie ist ihr Name?"

Lady Catherine lächele triumphierend. „Sie hieß Miss Lucas. Ich erinnere mich genau daran, denn sie hat mir den Namen ihres Vaters gesagt. Er wurde zum Ritter geschlagen, was ihr Glück war, denn Mr. Collins hatte meine ausdrücklichen Anweisungen, die Tochter eines Gentleman für mich zu ehelichen."

Konnte es sein? Elizabeth hatte erzählt, dass ihre Freundin einen Dummkopf geheiratet habe und weggezogen sei. Wenn Mrs. Collins tatsächlich die frühere Charlotte Lucas und Elizabeths beste Freundin war, dann würde sie sicher wissen, wo Elizabeth zu finden war. Sie dachte praktisch. Das musste sie, um diesen Idiot Collins seiner guten Aussichten wegen zu heiraten. Konnte er wirklich so viel Glück haben? Er räusperte sich. „Es muss schwer für sie sein, so weit von ihrer Familie und Freunden entfernt zu leben. Oder kommen sie zu Besuch?"

Lady Catherines Lippen kräuselten sich. „Es sollte Besuch kommen, doch der wurde im letzten Moment abgesagt, irgendetwas, dass die Schwester krank sei. Ich war durchaus aufgebracht, denn ich sehe keinen Grund, warum sie fern bleiben sollten. Dr. Graves hätte nach ihr sehen können, wenn sie krank gewesen wäre."

Sein Herz verlangsamte sich zu einem normalen Rhythmus. Vielleicht hatte Miss Lucas – Mrs. Collins – ja die Informationen, die er benötigte. Aber die flüchtige Hoffnung, Elizabeth so bald zu sehen, hinterließ einen bitteren Beigeschmack, als sie verflog. Warum, warum nur, hatte sie ihn nicht kontaktiert, so wie er es ihr gesagt hatte?

Darcy beschloss, Mrs. Collins bei der nächstbesten Gelegenheit seine Aufwartung zu machen.

„IST SIE EINE SO GUTE Freundin, dass du ihr gar nicht fern bleiben kannst?", fragte Colonel Fitzwilliam, „ich habe es noch nie gesehen, dass du so erpicht darauf warst, einen Besuch zu machen."

Darcy verlangsamte betont seine zügigen Schritte. „Ich bin erpicht darauf, unserer Tante zu entkommen, das ist alles."

Aber sein Cousin sah ihn - deutlich unbeeindruckt - schräg von der Seite an und verkündete, dass er die Absicht habe, Darcy bei seinem Besuch im Pfarrhaus Gesellschaft zu leisten.

Mrs. Collins begrüßte die beiden Cousins voller Höflichkeit, aber Darcy meinte, gesehen zu haben, wie sich ihre Augen leicht verengten, als sie in seine Richtung geschaut hatte. Sie wusste also, was mit Elizabeth geschehen war, oder zumindest manches davon. Hatte sie von den Gerüchten gehört? Oder hatte Elizabeth etwas über ihn in einem ihrer Briefe geschrieben? Wenn ihre Ablehnung ihm gegenüber von Elizabeths Kritik herrührte, dann hätte er keine andere Wahl, als Mr. Bennets Meinung, dass Elizabeth nichts mit ihm zu tun haben wollte, zu akzeptieren.

Der Gedanke war unerträglich.

Er musste es herausfinden. „Mrs. Collins, ich hoffe, Ihre Familie in Hertfordshire erfreut sich guter Gesundheit."

„Ihnen geht es gut, danke." Ihre Stimme klang kühl, fast schon abweisend.

„Geht ihr Vater immer noch gerne zur Jagt?"

„Es ist unwahrscheinlich, dass sich das ändern wird, es sei denn, alles Wild und jeder Vogel würde die Umgebung verlassen."

Er konnte sich nicht an ihre Mutter erinnern, aber er musste etwas finden, was er sagen konnte, um die Unterhaltung in Meryton zu halten. Ansonsten konnte er sie nicht nach Elizabeth fragen. „Ihrer Mutter geht es auch gut?"

Mrs. Collins Augenbrauen erhoben sich leicht. „Sie hatte viel zu tun. Vielleicht haben Sie die Neuigkeiten gehört. Kurz nach meiner eigenen Hochzeit hat sich meine jüngere Schwester verlobt und hat kurz darauf geheiratet. Gleich zwei Töchter in der kurzen Zeit zu verheiraten, hat meine Mutter vollauf beschäftigt."

Darcy fragte sich, wie sie wohl reagieren würde, wenn er ihr sagen würde, dass er vermutlich mehr über die Hochzeit ihrer Schwester wusste, als sie selbst. „Ich hoffe, dass Ihre Schwester sehr glücklich wird. Ist der Glückliche jemand, den ich während meines Aufenthaltes auf Netherfield kennen gelernt habe?"

„Ihre Wege könnten sich gekreuzt haben. Er war vormals Leutnant Chamberlayne in der Armee, inzwischen ist er Captain."

„Ich meine, mich an ihn zu erinnern. Er schien mir ein angenehmer Geselle zu sein."

„Ich selbst habe ihn kaum gekannt. Doch wie es scheint, ist er gut zu meiner Schwester."

Er sollte durchaus auch gut zu ihr sein, schließlich wurde er gut dafür bezahlt. „Haben Sie von einem Ihrer Freunde aus Meryton gehört?"

Jetzt verengten sich ihre Augen definitiv. Zweifelsohne hatte sie eine genaue Vorstellung davon, auf welche Freundin sich seine Neugierde bezog. Wie Elizabeth auch, war Mrs. Collins nicht dumm.

„Von wenigen, wobei ich auch noch nicht lange hier bin. Lizzy Bennet schreibt mir natürlich regelmäßig. Vielleicht erinnern Sie sich an sie." Ihre Worte schienen scharfe Ecken und Kanten zu haben.

„Ich erinnere mich sehr gut an sie." Tag und Nacht, wenn man es genau nahm. „Wie geht es Miss Elizabeth?"

Ihrem Lächeln fehlte jede Wärme. „Sie erfreut sich guter Gesundheit."

„Das freut mich zu hören." Eine schlechte Antwort, wenn er sie dazu bringen wollte, mehr zu sagen. Wenn nur Richard nicht hier wäre! Sein Cousin, dessen war er sich sicher, verpasste kein Wort ihres Schlagabtausches. „Bitte richten Sie Ihren Eltern meine Grüße aus, wenn Sie ihnen das nächste Mal schreiben, und Miss Elizabeth ebenso."

„Das werde ich gerne tun, Sir." Ihr Ton ließ auf das exakte Gegenteil schließen. „Bitten entschuldigen Sie, Colonel

Fitzwilliam. Es ist unentschuldbar unhöflich von uns, über Leute zu sprechen, die Ihnen nicht bekannt sind. Lizzy ist meine beste Freundin aus Hertfordshire, und auch die Cousine von Mr. Collins."

„Eine doppelte Verbindung also", bemerkte Richard.

„Ohne sie hätte ich meinen Ehemann niemals kennen gelernt. Jetzt ist sie dann an der Reihe, sie wird auch bald heiraten. Vielleicht ist sie's auch schon, ich habe schon über zwei Wochen nichts mehr von ihr gehört. Geht es Ihnen gut, Mr. Darcy? Sie sehen plötzlich so blass aus." Ihre Worte hätten genauso gut auch Messer sein können.

Ihm ging es überhaupt nicht gut. Wenn man ihn mit Eiswasser übergossen hätte, wäre das auch nicht schockierender gewesen. Sein Magen hatte zuvor schon rebelliert, doch das war nichts gegen das hier, wo sich nun jeder Muskel seines Körpers in Protest zusammen zog. „Verheiratet? Das kommt aber sehr plötzlich." Er musste die Worte aus sich heraus pressen.

„Das scheint in letzter Zeit in Mode gekommen zu sein. Oder hatten Sie gedacht, kein Mann würde sie wollen?"

Aus dem Augenwinkel sah Darcy, wie sich Richard nun nach vorne neigte. „Nichts dergleichen. Ich hatte einfach keine Ahnung, dass sie heiraten wollte."

Mrs. Collins zuckte mit den Achseln. „Es ist die übliche Geschichte. Sie hatte nicht vor, jetzt zu heiraten, aber jemand hat Gerüchte über sie verbreitet – vollkommen haltlos, wie ich Ihnen versichern kann – und es hat sich zu einem Skandal entwickelt. Sie wird bald heiraten und die Gerüchteküche wird wieder erkalten."

Richard schüttelte mitfühlend den Kopf. „Das ist sehr bedauerlich. Manchmal frage ich mich, wie junge Ladys das aushalten – dass es nicht mehr als eine gehässige Person braucht, um ihren Ruf zu ruinieren. Es tut mir für Ihre Freundin leid, ich hoffe, dass sie ihre Ehe als annehmbar erweisen wird."

Annehmbar! Sie hätte *ihn* heiraten können und Herrin von Pemberley sein können, und Richard hoffte, dass ihre Ehe *annehmbar* wäre! Es war verständlich gewesen, wenn er dachte, sie hätte vor, wieder in ihr altes Leben zurückzukehren, wenn sich die Wogen geglättet hätten, aber einen anderen Mann zu heiraten? Was stimmte mit ihr nicht? Während des Sturms war sie in seiner Gegenwart doch glücklich gewesen – von den Küssen ganz zu schweigen – aber jetzt war sie aus irgendeinem Grund wieder zu ihrer alten schlechten Meinung von ihm zurückgekehrt.

Hatte Wickham etwas gesagt, um sie gegen ihn aufzubringen? Er würde den Nichtsnutz mit seinen eigenen Händen erwürgen! Aber das machte keinen Sinn. Nachdem sie die Szene im Wirtshaus mitbekommen hatte, als Wickham sich an Miss Lucas vergriffen hatte, hätte Elizabeth sicherlich nichts auf seine Lügen gegeben.

Vielleicht war es ihr Vater, der etwas gegen ihn zu haben schien. Hatte er Elizabeth in irgendeiner Weise beeinflusst? Oder war es dieser Unsinn über eine ungleiche Ehe, den sie während des Sturms von sich gegeben hatte?

Er spannte seine Hände an. Wenn er nur etwas tun könnte! Ein heftiger Fechtkampf oder ein wilder Ritt über die Felder würden ihm jetzt helfen, doch alles, was ihm übrig blieb, war stumm dazusitzen und sich einen vernünftigen

Grund einfallen zu lassen, warum er dringend gehen musste. Das war wenig befriedigend, wenn er am liebsten die Fensterscheiben zerbrochen hätte, die Läden herausgerissen und sie zu Kleinholz verarbeitet hätte. Kleinholz. Feuer machen. Elizabeth. Verdammt nochmal – sie würde ihn noch in den Wahnsinn treiben!

WIE DURCH EIN WUNDER schaffte Darcy es am folgenden Tag, während Mr. Collins unerträglich langatmiger Predigt wach zu bleiben. Nicht dass er zuhörte, versteht sich. Sein Hirn war vollends damit beschäftigt, Strategien auszuhecken, wie er Mrs. Collins nach der Messe in die Enge treiben könnte.

Eine beinahe schlaflose Nacht, während der ihn Bilder von Elizabeth in den Armen eines anderen Mannes quälten, war genug. Seine Gefühle für sie würden sich nicht in Luft auflösen, das war ihm jetzt bewusst. Schon deshalb nicht, weil er auf elementarer Ebene immer zu ihr gehören würde. Als die Uhr drei schlug, hatte er sich die quälende Frage gestellt, warum er nicht versucht hatte, sie zu verführen, während sie festsaßen. Das hätte alle Probleme gelöst.

Sie hatte auf ihn reagiert, dessen war er sich sicher. Sie war ihm gegenüber nicht gleichgültig und hatte ihm via Stanton einen freundlichen Brief geschickt. Also warum hatte sie sich jetzt dazu entschlossen, ihm nicht zu schreiben? Noch mehr davon und die Frage würde sich für alle Zeit in seinen Schädel eingravieren, gemeinsam mit der anderen Frage, warum er ihr erlaubt hatte, ihn überhaupt zu verlassen. Wie dumm war er nur gewesen und hatte sich

Gedanken darüber gemacht, was seine Pflicht war und was die Gesellschaft von ihm erwartete! Er musste nur herausfinden, dass Elizabeth vielleicht schon mit jemand anderen verheiratet war und all die Plichten dieser Welt verwandelten sich in Schall und Rauch. Warum hatte er das nicht schon früher erkannt?

Aber Mrs. Collins hatte nur gesagt, sie *könnte* bereits verheiratet sein, also würde er beten, dass sie es nicht schon war.

Aber nun galt es, keine Zeit mehr zu verlieren, nicht, wenn jeder neue Tag das Risiko mit sich brachte, sie für immer an einen anderen Mann zu verlieren. Zunächst aber musste er sie finden.

Endlich fand die langatmige Predigt ein Ende. Den Rest des Gottesdienstes saß Darcy mechanisch ab. Mrs. Collins saß in der Bank hinter ihm, also musste er sich beim Hinausgehen beeilen, um sie daran zu hindern, dass sie ihn mied. Sobald er wusste, wo Elizabeth war, würde er Rosings heute noch verlassen, Erschöpfung hin oder her. Schlafen konnte er auch noch, nachdem er Elizabeth irgendwie davon überzeugt hatte, dass sie ihn heiraten musste. Wie er das fertig bringen sollte, wenn es ihm in drei Tagen mit ihr allein im Sturm nicht gelungen war, darüber wollte er jetzt jedoch noch nicht nachdenken. Irgendwie würde er es schaffen oder es bis zum Ende seiner Tage versuchen. Er stellte sich ihren amüsierten Blick vor und wie sie ihn fragen würde, wie sein Ende aussehen würde, wenn er dabei damit beschäftigt wäre, einer Frau einen Antrag zu machen. Aber alles, was er wusste, war, dass ein Leben ohne Elizabeth Bennet an sich schon eine Art von Tod wäre.

Die Gemeinde erhob sich nun. Darcy hatte dafür gesorgt, dass er am Ende der Familienbank saß, sodass er so schnell als möglich hinausgehen könnte. Wenn er darauf warten müsste, bis Lady Catherine ihre schmerzenden Gichtfüße bewegen konnte, hätte er seine Chance vertan. Er schritt auf sein Opfer zu, die schon auf dem Weg zur Kirchentür war, sicherlich bei dem Versuch, ihm zu entkommen.

Auf den Kirchenstufen holte er sie ein. „Mrs. Collins! Einen Moment, ich bitte Sie!"

Sie zögerte und wünschte sich sichtlich, ihn abweisen zu können, wollte dem Neffen ihrer Gönnerin gegenüber aber in der Öffentlichkeit nicht so unhöflich erscheinen. Darauf hatte er gebaut. „Mr. Darcy."

„Wo ist Miss Elizabeth Bennet?" Wunderbar – so ein eloquenter Auftakt! Was war mit ‚Guten Tag' und all den anderen höflichen Floskeln geschehen? Die pure Verzweiflung hatte sie ihm entrissen.

Ihre Augenbrauen erhoben sich kaum merklich. „Das kann ich Ihnen nicht sagen."

„Können Sie nicht oder werden Sie nicht?"

„Also gut, dann: Ich werde es Ihnen nicht sagen."

„Mrs. Collins, es ist von höchster Wichtigkeit."

„Das mag für Sie gelten, für mich ist es aber wichtiger, das Vertrauen, das meine Freundin in mich gesetzt hat, nicht zu verletzen. Ich hoffe, Sie werden mir das vergeben können." Der Blick, den sie ihm zuwarf, sprach davon, dass es sie nicht kümmern würde, wenn er ihr niemals vergäbe.

ALLEIN MIT MR DARCY: EINE VARIATION VON STOLZ UND VORURTEIL

„Ich will ihr nichts Böses. Mrs. Collins, ich bitte Sie, mir zu helfen." Wie es ihn aufregte, dass er gezwungen war, sie anzubetteln!

„Verzeihen Sie, aber mein Platz ist an der Seite meines Ehemanns." Sie wandte sich von ihm ab.

„Warten Sie!" Er konnte ihr einfach nicht erlauben, fortzugehen. „Würden Sie ihr zumindest schreiben und ihr mitteilen, dass ich mit ihr sprechen möchte – so bald als möglich?" Die Gemeindemitglieder strömten nun aus der Kirche heraus und bald würden sie von ihnen umgeben sein.

Da war es wieder – dieses Verengen ihrer Augen. „Ich werde es *in Erwägung ziehen*. Guten *Tag*, Mr. Darcy."

Als er mit langen Schritten davon ging, verfluchte er alle sturen Frauenzimmer. Richard würde Lady Catherine allein zu ihrer Kutsche begleiten müssen. Darcy konnte keine weitere halbe Stunde in Gesellschaft ertragen. Nicht jetzt.

Kapitel 13

DINNERS AUF ROSINGS waren kaum etwas, worauf man sich freuen konnte, doch Darcy legte am Montag großen Wert darauf, frühzeitig unten zu sein. Lady Catherine hatte beim Frühstück beiläufig erwähnt, dass Mr. und Mrs. Collins mit ihnen dinieren würden. „Ich versuche, sie jeden Montag einzuladen, da Mr. Graves mit uns diniert, nachdem er nach Anne gesehen hat. Auf diese Weise hat er Leute seines eigenen Standes, mit denen er sich unterhalten kann. Ich bin in diesen Angelegenheiten äußerst bedacht."

Darcy kümmerten die Gründe wenig, solange sie Mrs. Collins wieder in seine Reichweite brachten, aber Richard musste es verwirrt haben, da er anmerkte: „Annes Doktor bleibt zum Dinner? Hast du nicht gesagt, dass er in London lebt?"

„Natürlich tut er das. Niemals würde ich einem unwissenden Landarzt erlauben, meine Tochter zu behandeln! Doch die Behandlung meiner Gicht benötigt mehrere Stunden und er zieht es vor, selbst zu überwachen, wie sich Annes Zustand bessert, nachdem er ihr einen Tag lang Verbände angelegt hat, deshalb bleibt er über Nacht. Er hat hier sein eigenes Zimmer."

ALLEIN MIT MR DARCY: EINE VARIATION VON STOLZ UND VORURTEIL

Richards Seitenblick auf Darcy sprach Bände darüber, was er von einem Doktor hielt, der sich selbst ein solch lukratives Geschäft verschaffte. Zweifelsohne musste ihn Lady Catherine extrem gut bezahlen, dass er so viel Zeit auf Rosings verbrachte. Geld, das besser in die Sanierung der furchtbar zerklüfteten Straßen auf dem Anwesen gesteckt worden wäre. Aber selbstverständlich würde Lady Catherine niemals zustimmen, sie zu reparieren, bevor sie unpassierbar wären.

Als Darcy den Salon betrat, dessen pompöses, und überladen-kitschiges Dekor ihn beinahe blendete, war er überrascht, zu sehen, dass Anne bereits da war, in einem attraktiven, pinken Kleid und ihren bis über den Ellenbogen reichenden Handschuhen, die sie stets trug, selbst bei warmem Wetter. Sie wurde von einer Frau ihres Alters und Dr. Graves begleitet, dessen gutaussehende Erscheinung nun nicht mehr daran zweifeln ließ, weshalb Lady Catherines Interesse an seinen langwierigen Behandlungen hatte. Für gewöhnlich gesellte sich Anne erst kurz bevor das Dinner serviert wurde zu ihnen, sicherlich, um ihre Kräfte zu schonen. Vielleicht fühlte sie sich mutiger, wenn Dr. Graves anwesend war, um sich um sie zu kümmern.

Anne stellte ihre Freundin als Miss Holmes vor. „Ihr Bruder ist Pfarrer in einer der angrenzenden Gemeinden und Miss Holmes ist so freundlich, bei mir zu bleiben, wenn Mrs. Jenkinson auf Besuch bei ihrem Sohn in Maidstone ist." Das war mehr, als Anne sonst den gesamten Abend mit ihm sprach.

Vielleicht war das auf den Einfluss von Miss Holmes zurückzuführen, die ein lebhafteres Wesen als Mrs.

Jenkinson zu haben schien. Sie war dreist genug, ihm direkt ins Gesicht zu schauen und zu sagen: „Sie sind also der berühmte Mr. Darcy, von dem ich schon so viel gehört habe."

Er verbeugte sich stumm, da er nicht in der Stimmung war, sich auf einen Flirt einzulassen.

„Und ich sehe, dass sie genauso mundfaul sind, wie man mir gesagt hatte! Nun, dann überlasse ich Sie mal sich selbst." Sie drehte sich betont zu Dr. Graves um und stellte ihm eine Frage über London.

Wo war Mrs. Collins? Er mahlte frustriert mit den Zähnen, als weitere Gäste zu der Gesellschaft hinzustießen, die sich als Mr. und Mrs. King von einem benachbarten Gut herausstellten. Seltsam, nur wenige ihrer Nachbarn akzeptierten Einladungen von Lady Catherine. Doch dieses Paar hatte er zuvor noch nie getroffen, sodass er annahm, dass sie neu in der Gegend waren.

Er hatte sie sofort wieder aus seinem Gedächtnis verbannt, als Mrs. Collins schließlich am Arm ihres Ehemannes herein trat. Sogleich machte er sich auf den Weg zu ihr, aber die Anwesenheit von Mr. Collins hinderte ihn daran, sie wieder nach Elizabeth zu fragen. Stattdessen war er dazu gezwungen, sich eine Viertelstunde die Schmeicheleien dieses nervtötenden Mannes anzuhören, während es Mrs. Collins tunlichst vermied, auch nur ein Wort mit ihm zu sprechen.

Darcy war kurz davor, Mr. Collins zu erdrosseln, als zum Dinner gerufen wurde. Mrs. Collins Ausdruck der Erleichterung über die Aussicht darauf, durch eine gesamte Tischlänge von ihm getrennt zu werden, war seiner Laune ganz und gar nicht zuträglich.

ALLEIN MIT MR DARCY: EINE VARIATION VON STOLZ UND VORURTEIL

Zumindest war das Gespräch bei Tisch besser als gewöhnlich, da er neben Mrs. King saß, die sich als belesen und geistreich herausstellte, genau so, wie er sich Elizabeth in zwanzig Jahren vorstellte. Als sie ihre kürzliche Rückkehr nach Kent erwähnte, erwiderte er: „Womöglich sind wir uns deshalb noch nie zuvor begegnet, obwohl ich jedes Jahr zu Ostern hier bin."

„Oh, wir waren nun ein paar Jahre abwesend. Mein Gatte war als Botschafter im Vizekönigtum Peru, und selbstverständlich konnte ich der Versuchung nicht widerstehen, mit ihm um die halbe Welt zu reisen."

Er würde einen Ozean überqueren, um bei Elizabeth sein zu können, doch sie wollte nicht einmal mit ihm sprechen. „Hat es Ihnen gefallen?", fragte er wenig einfallsreich.

„Oh ja, es ist eine ganz andere Welt, so anders als England, dass es fast unmöglich ist, es zu beschreiben. Die ungeschliffene Schönheit des Dschungels allein schon ist die Reise wert. Und die Eingeborenen – sie sind so mysteriös. Niemand wird so recht aus ihnen schlau."

Zu ihrer anderen Seite sprach Richard: „Das klingt wie aus einem Roman."

Sie tappte ihm mit dem Fächer auf den Arm: „Ich werde Ihnen ein Geheimnis verraten, junger Mann. Ich habe einen geschrieben und habe gerade erst mein erstes Exemplar vom Verleger erhalten."

„Dann werde ich ihn ganz bestimmt lesen", versicherte Darcy. Er sah Elizabeth vor sich, wie sie denselben Entschluss fassen würde. Würde sie das Reisen anregend finden? Vielleicht nicht den ganzen Weg bis nach Peru, aber er könnte sie nach Italien oder Griechenland mitnehmen. Wenn er sie nur *finden* könnte! Er warf der nichtsahnenden Mrs. Collins einen finsteren Blick zu. Er *musste* einfach einen Weg finden, mit ihr zu sprechen.

Stattdessen musste er sich natürlich nach dem Dinner den anderen Gentleman anschließen, während sich die Ladys zurückzogen. Halbherzig hörte er zu, als Richard Mr. King über seine Reisen befragte.

„Die Überfahrt war das Schlimmste. Ich war den ganzen Weg über seekrank, aber meine tapfere Jocelyn stand an der Reling und ließ sich die Gischt ins Gesicht wehen."

Richard lachte. „Ich hatte bisher nur das Unglück, nach Portugal segeln zu müssen – keine zehn Pferde würden mich wieder auf ein Schiff bringen! So schlecht war es mir in meinem ganzen Leben noch nicht, noch dazu mit dutzenden anderen Soldaten zusammen gepfercht. Als ich an Land ging, war ich bereit, den Boden zu küssen."

Es tat gut, Richard über seine Zeit im Krieg sprechen zu hören, ohne dass er dabei betrübt wirkte. Zugegeben, die Reise dorthin zählte eigentlich nicht, aber er hatte gesehen, wie sein Cousin bei der bloßen Erwähnung des Krieges auf der iberischen Halbinsel weiß wie die Wand geworden war. Vielleicht heilte die Zeit seine Wunden.

Als sie sich zu den Ladys gesellten, sah Darcy, dass Mrs. Collins dicht bei ihrem Mann saß und offensichtlich nicht einmal vorhatte, in seine Richtung zu blicken. Er wartete ab, bis sie ihrem Mann von der Seite wich, um ihre Teetasse zurückzubringen, aber bevor er auch nur einen Schritt in ihre Richtung machen konnte, stellte sich ihm Dr. Graves direkt in den Weg.

ALLEIN MIT MR DARCY: EINE VARIATION VON STOLZ UND VORURTEIL

„Mr. Darcy, welch ein glücklicher Umstand", lenkte der Doktor seine Aufmerksamkeit auf sich, „ich hatte gehofft, heute Abend die Gelegenheit zu haben, mit Ihnen sprechen zu können."

Darcys Hände ballten sich zu Fäusten. Über Dr. Graves Schulter hinweg konnte er Mrs. Collins erspähen, wie sie ihre Teetasse mit ein paar freundlichen Worten an Anne abstellte, doch dann winkte Lady Catherine sie heran und verwickelte sie in ein Gespräch. Er hatte seine Chance verpasst.

Er funkelte Dr. Graves an. „Ja?" Er hatte nicht vor, dem Mann gegenüber zuvorkommend zu sein, der zweifellos nur darauf hoffte, von ihm profitieren zu können.

„Wie Sie vielleicht wissen, habe ich Miss de Burgh die letzten zwei Jahre lang behandelt. Ich habe ihre Mutter immer wieder darauf hingewiesen, dass Miss de Bourgh davon profitieren würde, wenn sie einer anderen Umgebung, einem erweiterten gesellschaftlichen Kreis ausgesetzt würde."

Darcy erhob die Hand. „Sie können meiner Tante mitteilen, dass Sie ihr Bestes getan haben, um mich davon zu überzeugen, Anne zu heiraten, weil ihre Gesundheit davon abhängt, und dass ich mich als starrsinnig herausgestellt habe. Sie wird darüber nicht überrascht sein, das verspreche ich Ihnen."

„Sie missverstehen mich. Lady Catherine hat mich keinesfalls angewiesen, mit Ihnen zu sprechen und ich habe nicht das geringste Interesse daran, wen Sie zu ehelichen gedenken. Dennoch, wenn man die Pläne ihrer Ladyschaft bedenkt, befinden Sie sich in der günstigen Position, sie davon zu überzeugen, dass ihre Tochter anderen Besuche abstatten sollte, beispielsweise Ihrer Schwester oder anderen Personen, die Sie für geeignet halten. Ich bin mir sicher, dass es jemanden gäbe, der davon sehr profitieren würde - und das ist ihre *Cousine*." Er betonte das letzte Wort, als ob er Darcy an seine Verpflichtungen ihr gegenüber erinnern wollte.

Darcy verzog den Mund. Was erhoffte sich der Kerl davon? „Wie freundlich von Ihnen, dass Sie ein solch großes Interesse an Ihrer Patientin zeigen. Wie dem auch sei, eine solche Einladung würde Lady Catherine jedoch nur noch in ihrer Kuppelei bestärken und Annes Hoffnungen wecken, nur um später dann enttäuscht zu werden. *Das* wäre ihrer Gesundheit wohl kaum zuträglich."

Dr. Graves lächelte. „Ich kann Ihnen versichern, Mr. Darcy, dass Miss de Bourgh mir deutlich zu verstehen gegeben hat, dass sie Ihnen gegenüber keinerlei, ähm, Hoffnungen hegt. Falls Lady Catherine auf eine Eheschließung zwischen Ihnen und Miss de Bourgh bestehen sollte, würde Ihre Cousine ablehnen. In dieser Hinsicht brauchen Sie sich keine Sorgen zu machen."

Darcys Augen bewegten sich zu Anne hinüber, die hinter vorgehaltener Hand über etwas kicherte, was Miss Holmes gesagt hatte. Konnte es wahr sein? Er hatte immer angenommen, Anne teile den Wunsch ihrer Mutter nach einer Verbindung zwischen ihnen, doch gesprochen hatte er mit ihr nie darüber. Oder über irgendetwas anderes, um ehrlich zu sein. Er hatte es stets tunlichst vermieden, Anne Aufmerksamkeit zu schenken, um ihre Mutter nicht wieder auf absurde Ideen zu bringen.

ALLEIN MIT MR DARCY: EINE VARIATION VON STOLZ UND VORURTEIL

Just in diesem Augenblick mischte sich Lady Catherine ein: „Was sagst du da, Darcy? Worüber sprecht ihr? Was erzählst du Dr. Graves? Lass es mich hören."

Er mahlte mit den Zähnen. „Wir sprechen davon, wie zuträglich Reisen der Gesundheit sind."

„Reisen! Dann sprecht bitte laut. Das ist mir das Liebste aller Themen. Ich muss meinen Anteil an eurer Unterhaltung haben, wenn ihr über das Reisen sprecht. Nur wenige Leute in ganz England haben ein aufrichtigeres Interesse, als ich selbst daran, nehme ich an. Wenn ich dieselben Möglichkeiten gehabt hätte wie es junge Männer haben, dann hätte ich ganz Europa gesehen."

Dr. Graves wandte sich seiner Gönnerin zu. Er bemerkte aalglatt: „Vielleicht wird Miss de Bourgh irgendwann einmal die Gelegenheit haben, zu reisen. Ich habe Mr. Darcy gerade darauf hingewiesen, welche bemerkenswerten Fortschritte sie dieses Jahr bereits gemacht hatte."

„In der Tat geht es ihr viel besser, da könnte ich Ihnen nicht mehr zustimmen. Dank ihrer derzeitigen Diät und des Tonikums, das ich ihr täglich gebe, verbessert sich ihr Gesundheitszustand kontinuierlich. Ich habe Mrs. Collins darauf hingewiesen, dass sie ebenfalls von dem Tonikum profitieren würde."

Das Lächeln des Doktors schien bei der Erwähnung des Tonikums ein wenig zu schwinden. „Ja, ich habe Euch mehrere neue Flaschen davon mitgebracht, die präzise nach Eurer Rezeptur von den feinsten Kräuterkundlern in ganz London hergestellt wurden."

Lady Catherine wischte das beiseite. „Darcy, ich bin mir sicher, dass du sehen kannst, wie viel kräftiger Anne schon geworden ist. Sie ist nun bereit, die Haushaltsführung auf Pemberley zu übernehmen."

Darcy ignorierte ihren letzten Kommentar, wandte sich aber pflichtschuldig Anne zu, um sie in Augenschein zu nehmen. Erstaunlicherweise machte sie *tatsächlich* den Eindruck, als sei sie gesünder als in den letzten Jahren. Ihre Wangen zeigten Farbe statt der geisterhaften Blässe, die sie jahrelang zur Schau gestellt hatte. Wann hatte er sie zuletzt in Ohnmacht fallen sehen? Nicht seit seiner Ankunft, es sei denn, sie hätte es gut zu vertuschen gewusst. Früher war es tagtäglich gewesen.

Ihr Lächeln, ebenso etwas, das in den letzten Jahren rar gewesen war, ließ sie beinahe hübsch aussehen. Aber das war tatsächlich ein Novum, noch gestern Abend hatte sie ihre übliche sauertöpfische Miene aufgelegt. Vielleicht hatte ja die Anwesenheit der lebhaften Miss Holmes statt der ebenso sauertöpfischen Mrs. Jenkinson ihre Lebensgeister geweckt.

„Ich bin froh zu wissen, dass es ihr gesundheitlich besser geht", sagte Darcy eisig. „Irgendwann wird sie immerhin *Rosings* Haushalt führen müssen." Das war besser, als ein direkter Widerspruch, der zu einer unschönen Szene für sie alle geführt hätte, jedoch war seine Tante durchaus in der Lage, nur das zu hören, was sie wollte.

„Das auch", stimmte sie mit einem bestimmten Nicken zu und wandte sich wieder Mrs. Collins zu.

Darcy sah Dr. Graves finster an. „Sehen Sie?"

Der Doktor beäugte ihn und antwortete dann langsam. „Ich sehe. Ich sehe eine ältere Lady, die sich nicht ohne Schmerzen bewegen kann und nur noch wenig Zeit in ihrem Leben zur Verfügung hat, mit absolut keiner Macht über zwei junge Leute, deren Verbindung sie damit krönen will, dass sie einander heiraten. Alles, was ihr bleibt, sind Worte."

„Vielleicht keine Macht über mich, aber sie könnte Anne enterben. Das Anwesen geht nicht ohne Weiteres auf sie über."

„Das ist wahr, sie würde es hassen, Rosings zu verlieren, aber enterbt zu werden ist nicht das Ende der Welt."

Der Mann verstand eindeutig nicht die Verbindung zwischen einer Familie und ihrem Geburtsrecht. Anne würde Rosings nicht eher aufgeben, als er Pemberley abtreten würde.

„SCHON WIEDER? DU GEHST schon *wieder* zum Pfarrhaus?" Richard starrte ihn ungläubig an.

„Es gibt keinen Grund, warum ich das nicht tun sollte." Darcy sah seinem Cousin nicht in die Augen.

Richard zählte an seinen Fingern auf: „Du hast ihnen gestern einen Besuch abgestattet, nachdem du sie am Tag zuvor beim Dinner gesehen hattest und den Tag *davor* in der Kirche. Der Pfaffe ist ein Idiot und seine Frau mag dich nicht einmal. Ich habe gesehen, welche Blicke sie dir zuwirft! Sie ist eine graue Maus, und ich hoffe, dass du nicht an ihr interessiert bist, oder ich muss deinen guten Geschmack doch noch in Frage stellen."

„Um Himmels willen, Richard! Sie ist eine nette Person und wo soll ich denn sonst hingehen, um unserer Tante zu entkommen?"

„Du", Richard erhob seinen Zeigefinger und schüttelte ihn, „du führst etwas im Schilde und versuchst, es vor mir geheim zu halten."

„Dir muss es ganz schön langweilig sein, dass du Phantome jagst."

„Und was *hast* du übrigens in Hertfordshire gemacht, um dir ihr Missfallen zu verdienen? Wenn sie die Gesellschaft ihres lächerlichen Ehemannes täglich aushalten kann, dann musst *du* sie wirklich beleidigt haben."

„Wenn mein Verhalten von so großem Interesse für dich ist, dann solltest du vielleicht Spione auf mich ansetzen." Darcy setzte sich unsanft den Hut auf den Kopf. „Guten Tag, Richard."

Das Gelächter seines Cousins begleitete ihn. „Keine Angst, ich habe nicht vor, dir dieses Mal zu deinem kleinen Stelldichein zu folgen. Es würde mir nicht gefallen, zu sehen, wie du das kleine Einmaleins der Konversation einsetzten musst, um mit ihr ins Gespräch zu kommen. Unter allen Frauen sucht er sich ausgerechnet die des Pfaffen aus!"

Darcy ignorierte ihn.

MRS. COLLINS BAT IHN mit einem resignierten Blick in ihr Wohnzimmer. „Sie sind sehr hartnäckig, Mr. Darcy." Zumindest klang sie nicht gereizt.

Er beschloss, ihrer Direktheit ebenso zu begegnen. „Sie sind meine einzige Verbindung zu Miss Elizabeth."

„Unsinn. Sie könnten einfach nach Longbourn reiten und ihren Vater fragen, wo sie sich aufhält. Aber das würde natürlich zu Fragen führen, die Sie nicht beantworten wollen und Erwartungen schüren, denen Sie nicht gerecht werden möchten." Die spitzen Bemerkungen waren wieder zurück.

„Das habe ich schon versucht und er hat sich geweigert, es mir zu sagen. Ich habe auch versucht, ihrer Schwester in London einen Besuch abzustatten, aber sie hatte die Stadt bereits verlassen."

Damit hatte er sie offensichtlich überrascht. „Interessant. Ich hatte nichts davon gehört, dass Jane vorhatte, die Stadt zu verlassen, aber was soll's." Sie sah ihn abschätzend an. „Aber wenn ihr Vater Ihnen ihren Aufenthaltsort nicht offenbaren will, warum sollte ich es tun?"

Er hätte nichts sagen sollen, aber die klare Anspielung auf unehrenhafte Motive seinerseits hatte ihn getroffen. „Er hegt einen eigenen Plan. Er meinte, wenn Elizabeth wollte, dass ich wüsste wo sie sei, dann hätte sie es mir selbst gesagt. Er ließ allerdings unerwähnt, wie sie das hätte bewerkstelligen sollen."

Mrs. Collins unterdrücke ein Kichern. „Das ist Mr. Bennet wie er leibt und lebt. Immer darauf bedacht das zu tun, was am wenigsten von ihm erwartet wird."

„Ich finde das nicht amüsant."

„Das kann ich mir denken. Vergeben Sie mir, ich habe nicht über Sie gelacht, sondern über Mr. Bennets Verschmitztheit."

Er akzeptierte ihre Entschuldigung mit einem Nicken. „Darf ich fragen, ob Sie Miss Elizabeth geschrieben haben?" Am vorigen Tag war es ihm nicht möglich gewesen, sie zu fragen, da sowohl Richard als auch Mr. Collins anwesend gewesen waren und das hatte an ihm genagt.

„Das habe ich getan, aber selbst wenn sie mir im selben Augenblick geantwortet hätte, als sie den Brief bekommen hatte, und ihre Antwort eiligst zur Post gebracht hätte, wäre es wohl kaum möglich, dass ich vor morgen etwas von ihr hören würde. Ich hatte immerhin keinen triftigen Grund, meinen Brief per Express zu schicken."

Darcy kalkulierte die Tage im Kopf. „Sie kann also nicht allzu weit weg sein, wenn ein Brief sie innerhalb eines Tages erreichen kann."

Sie lachte laut. „Also gut, jetzt können Sie sich sicher sein, dass sie irgendwo im Süden Englands ist. Mit dieser Information sollten Sie keinerlei Schwierigkeiten haben, sie aufzuspüren." Dieses eine Mal schien ihre Antwort keine Schärfe zu haben.

Nachdem er sie einen kurzen Moment betrachtet hatte, erlaubte Darcy sich ein kleines Lächeln. „Irgendwo muss ich anfangen."

„Ich habe jeden Grund, zu glauben, dass sie nicht sofort antworten wird. Sie hat viele andere Dinge zu tun, als mir zu schreiben und es könnten Wochen vergehen, bevor ich etwas von ihr höre."

Wie gut er das wusste! Das war einer der Gedanken, die ihn nicht mehr losgelassen hatten, zusammen mit der Versuchung, Mrs. Collins zu sagen, was er für ihre Schwester getan hatte, um sie davon zu überzeugen, Elizabeths Versteck zu offenbaren. „Unglücklicherweise kann ich dahingehend wenig unternehmen", zischte er durch seine zusammengebissenen Zähne.

„Nun, ich werde Sie nicht den Strapazen aussetzen, in der Hoffnung auf Neuigkeiten täglich hier aufschlagen zu müssen. Wir sollten ein Zeichen ausmachen – wenn ich von Lizzy höre, werde ich ein Taschentuch aus diesem Fenster hängen lassen. Sollten Sie kein Taschentuch sehen, habe ich keinen Brief erhalten. Ist das zu Ihrer Zufriedenheit?"

„Was, wenn Ihr Mädchen das Tuch entdeckt und es entfernt?"

„Dann werde ich es wieder zurück bringen und sie instruieren, es dort zu lassen." Dieses Mal lächelte sie ganz sicher.

IN DEN NÄCHSTEN TAGEN ließ sich Darcy allerlei Ausreden einfallen, um häufig am Pfarrhaus vorüber gehen zu können, selbst in strömendem Regen. Einmal besuchte er Mrs. Collins einfach nur, um sicher zu stellen, dass er das Taschentuch nicht übersehen hatte. Abgesehen davon, dass die Lady ihre Feindseligkeit ihm gegenüber zugunsten eines Amüsements über seine Verzweiflung aufgegeben hatte, lernte er nichts Neues.

Es war unerträglich. Jeder dieser Tage konnte Elizabeth für immer aus seinem Handlungsspielraum bringen. Sie könnte einen anderen heiraten und ihre erste Nacht als Mann und Frau mit ihm verbringen. Diese Gedanken quälten ihn, und doch war er ihnen hilflos ausgeliefert. Er war Mrs. Collins ausgeliefert.

Schließlich konnte er es nicht länger ertragen. Das Glück, in Gestalt seiner Tante, brachte die Collins zum Dinner nach Rosings, wo das die größere Gesellschaft ihm mehr Möglichkeiten für eine private Unterhaltung bieten würde. Er konnte nur hoffen, dass Mrs. Collins dieses Mal Erbarmen mit ihm haben würde und ihm Elizabeths Aufenthaltsort offenbaren würde. Wenn das nicht funktionieren würde, dann würde er seine Skrupel über Bord werfen und nach Stanton schicken lassen. Es war mehr als unanständig, jemanden damit zu beauftragen, den Haushalt der Bennets auszuspionieren, deren Dienstboten Geheimnisse zu entlocken und den Versuch zu unternehmen, Elizabeths ahnungslosen jüngeren Schwestern Informationen zu entlocken, aber er war nun mal verzweifelt.

Seine neue Entschlossenheit härtete ihn gegen Lady Catherines endlosen Strom an Ratschlägen ebenso wie gegen Richards Neckereien ab, als sie auf ihre Gäste warteten. Endlich wurden Mr. und Mrs. Collins angekündigt. Natürlich pünktlich, doch Darcy fühlte sich, als hätte er Stunden gewartet.

Und dann sah er sie.

Elizabeth Bennet glitt hinter Mrs. Collins in den Raum, mit dem verschmitzten Lächeln, das er so liebte. Mrs. Collins stellte sie Lady Catherine als eine liebe Freundin aus Hertfordshire vor, von der sie Ihrer Ladyschaft schon ein paar Tage zuvor erzählt hatte. Richard war schon zu ihr hinüber gegangen, um ebenfalls vorgestellt zu werden, als Darcys Füße sich langsam vom Boden lösten.

Er ging vorsichtig zu ihr hinüber, als ob sie sich in Luft auflösen könnte, wenn er sich zu schnell bewegte. Bisher hatte sie ihn noch nicht bemerkt.

Mrs. Collins verkündete: „Und natürlich hast du schon Bekanntschaft mit Mr. Darcy gemacht."

Alle Farbe wich aus Elizabeths Gesicht, als sie sich ihm zuwandte, um ihn anzusehen. Mit weit aufgerissenen Augen trat sie einen Schritt zurück. Dann fing sie sich wieder, machte den kleinsten aller Knickse und äußerte kühl: „Wir sind uns in der Tat bekannt." Damit wandte sie sich von ihm ab.

So musste es sich anfühlen, eine Kugel in die Brust geschossen zu bekommen, ein stechender Schmerz, der sich in Wellen ausbreitete und ihn zu verschlingen drohte. Es war die eine Möglichkeit, die er sich nicht hatte eingestehen wollen, dass es wirklich so war, wie Mr. Bennet gesagt hatte und sie nichts mit ihm zu tun haben wollte.

Steif stand sie da, das konnte er sogar von seiner Position aus sehen, obwohl er hinter ihr stand. Dieses Aufeinandertreffen musste für sie ebenso überraschend gewesen sein, wie für ihn. Warum hatte sich Mrs. Collins dazu entschieden, ihre Freundin nicht über seine Anwesenheit vorzuwarnen? Er fragte sich, unter welchem Vorwand sie Elizabeth hergelockt hatte.

Vielleicht war ihre Reaktion auch nichts weiter, als der Schock und das Entsetzen, ihn so öffentlich wiederzusehen. Sie würde keine Aufmerksamkeit auf ihre besondere Bekanntschaft ziehen wollen. Das musste es sein. Warum sollte sie ihn plötzlich hassen, wenn sie noch vor zwei Monaten so wundervoll in seinen Armen gelegen war und seine Küsse mit wachsender Leidenschaft erwidert hatte? Das machte keinen Sinn.

Entschlossen schritt er hinüber und setzte sich auf den freien Platz, der ihr am nächsten war. Sie ließ nicht erkennen, dass sie seine Anwesenheit bemerkt hatte, und hörte weiter Lady Catherine zu, wie diese ihre große Weisheit zum Besten gab. Er wartete, bis sich die Aufmerksamkeit seiner Tante auf Anne lenkte und sprach Elizabeth dann an: „Ich hoffe, Sie haben keine schwere Reise hinter sich."

Langsam bewegte sie ihr Gesicht mit ausdrucksloser Miene zu ihm hinüber. „Meine *Reise* verlief ereignislos." Sie musste nicht hinzufügen, dass ihre Ankunft nicht so glücklich ablief.

Er konnte sich nicht helfen. „Ich verstehe nicht", entgegnete er dringlich. „Warum sind Sie böse mit mir? Habe ich etwas getan? Ich versichere Ihnen, wenn ich Sie vor den Kopf gestoßen haben sollte, dann war das nicht beabsichtigt."

Sie biss sich auf die Lippe. „Es geht weniger darum, was Sie getan haben, als darum, was Sie *nicht* getan haben."

„Was meinen Sie damit?"

Sie verschränkte die Arme und fragte: „Haben Sie meinen Brief erhalten?"

Womit sollte das nun zusammenhängen? In dem Brief, den Stanton ihm gebracht hatte, schien sie nicht verärgert gewesen zu sein. „Ja."

„Und Sie haben mit meinem Vater gesprochen?"

Also wusste sie schon, dass er nach Longbourn gereist war. „Ja."

Sie saugte scharf die Luft ein und blinzelte mehrmals hintereinander. „Du versuchst nicht einmal, es zu leugnen", zischte sie, „dann gibt es nichts mehr zu sagen." Sie wandte sich wieder Lady Catherine zu und zeigte ihm die kalte Schulter.

Seine Hände zitterten. Was war mit seiner lieblichen Elizabeth passiert? Er konnte sich an nichts aus ihrem Brief erinnern, das in irgendeiner Weise auf ihr Unbehagen hingewiesen hätte, schon weniger auf etwas von diesen Ausmaßen. Er befürchtete, dass ihm seine Unruhe anzusehen war, und so stand er auf und ging zum Fenster hinüber, wo er den Rest der Gesellschaft ignorieren konnte, während er mit seinem unerwarteten Schmerz kämpfte.

Er hörte Schritte hinter sich, drehte sich aber nicht um. Es waren nicht ihre Schritte, die hätte er erkannt. „Geh weg", murmelte er.

Richard reichte ihm ein Glas Brandy. Er musste ins Speisezimmer gegangen sein, um es zu holen. „Du hast ausgesehen, als ob du's gebrauchen könntest", erklärte er leise, „jetzt werde ich dich in Frieden lassen."

Darcy starrte auf das Glas hinunter, nahm dann einen langen Schluck daraus und ließ sich die scharfe Flüssigkeit über die Zunge gleiten, bis sie im Hals brannte. Das würde der längste Abend seines Lebens werden.

„DARCY! DU FOLGST MEINEN Ausführungen nicht!", rügte ihn Lady Catherine.

„Ich bitte um Verzeihung. Meine Gedanken sind abgeschweift." Direkt ins Pfarrhaus abgeschweift, zusammen mit den gerade aufgebrochenen Gästen.

Richard bemerkte: „Er ist müde und das ist meine Schuld. Ich habe ihn heute Morgen bei seinem Ausritt in

239

die falsche Richtung geschickt und er brauchte Stunden, um wieder zurückzufinden."

Warum hatte sein Cousin sich diese kleine Geschichte ausgedacht? Nicht dass es von Bedeutung wäre. Das Einzige, was wichtig war, war herauszufinden, warum sich Elizabeths Verhalten ihm gegenüber so drastisch verändert hatte.

Es half nichts, dass sich ihm jedes Mal der Magen umdrehte, wenn er sich an ihre kühlen Blicke erinnerte. Zweimal noch hatte er nach dem Dinner versucht, sie anzusprechen, ihm war es aber jedes Mal nicht besser ergangen, es sei denn, man berücksichtigte die steife, höfliche Konversation, die stattgefunden hatte, während die anderen zusahen.

„Ich *sagte*, denkst du nicht, dass Anne heute Abend ganz besonders gut aussieht?"

Zu seinem Glück war für die Antwort darauf kein weiterer Gedankengang notwendig. Er hütete sich davor, Anne auch nur ein Kompliment zu machen, es sei denn er wollte die Diskussion über ihre erfundene Verlobung wieder heraufbeschwören. „Verzeihen Sie, Madam. Das war mir nicht aufgefallen, aber zweifellos haben Sie damit Recht." Eine Abwandlung davon hatte er schon hundert Mal gesagt.

Was konnte er nur getan haben, um Elizabeth so sehr gegen sich aufzubringen? Er hatte es nie mitbekommen, dass sie mit irgendjemand so kalt umgegangen war, selbst wenn sie der Person wenig zugetan war. Wenn sie versucht hätte, ihm einen Korb zu geben oder etwas Geistreiches gesagt hätte und sich dann abgewandt hätte, dann hätte er daran geglaubt, dass sie ihm gegenüber gleichgültig war oder ihn aus irgendeinem Grund nicht mochte. Das aber war etwas Anderes. Sie kochte vor Wut.

Richard ersetzte stumm sein leeres Brandyglas durch ein volles. Zum dritten Mal an diesem Abend hatte ihn sein Cousin mit Brandy versorgt. Offensichtlich hatte er mitbekommen, dass etwas nicht stimmte, selbst wenn es ihrer Tante nicht auffiel. Richard mochte ihn gnadenlos mit Kleinigkeiten aufziehen, aber wenn es ein richtiges Problem gab, dann war er sein Fels in der Brandung.

Wie bald konnte er sich verabschieden, ohne Aufsehen zu erregen? Er musste Elizabeths Brief näher untersuchen. Es hatte keinen vernünftigen Grund gegeben, ihn mir sich nach Kent zu bringen, aber ebenso wie mit Elizabeths Haarband, war es ihm unmöglich, ihn zurückzulassen. Nun war er froh um den Impuls, der ihn veranlasst hatte, ihn mitzunehmen.

Er musste herausfinden, was darin auf den Grund für Elizabeths veränderte Stimmung hindeutete. Offensichtlich musste er trotz dessen, dass er ihn immer und immer wieder studiert hatte, etwas überlesen haben. Er würde herausfinden, was geschehen war und es in Ordnung bringen. So einfach war das.

Kapitel 14

ALS ES LEISE AN ELIZABETHS Tür klopfte, wusste sie, wer es sein musste. „Komm herein, Charlotte", forderte sie sie resigniert auf.

Ihre Freundin – vielleicht sollte sie sie auch ehemalige Freundin nennen – schlüpfte zur Tür herein. In Nachthemd und Kappe gekleidet, sah sie jünger als ihre achtundzwanzig Lenze aus. „Ich dachte, dass es nur fair wäre, dir die Möglichkeit zu geben, mich ungestört zu beschimpfen. Ich habe die Blicke gesehen, die du mir den ganzen Abend zugeworfen hast."

„Und du hast sie verdient! Charlotte, ich *kann nicht* glauben, dass du mir das angetan hast! Hättest du mir nicht selbst die Entscheidung überlassen können, ob ich ihn sehen will oder nicht, oder mich zumindest *vorwarnen* können? Das war einer der schlimmsten Momente meines Lebens!"

„Wärst du gekommen, wenn ich dir gesagt hätte, dass er da ist? Oder hättest auch nur zugestimmt, ihn zu treffen?"

„Nein, das hätte ich nicht. Und es hätte *meine* Entscheidung sein sollen!"

„Wenn ich gedacht hätte, dass du in diesem Punkt Vernunft walten lässt, dann hätte ich es dir gesagt. Aber deine Briefe haben es klar und deutlich gemacht, dass du nicht einmal mehr seinen Namen hören willst. Ich war auch nicht glücklich, als er hier aufgekreuzt ist, aber mir wurde sehr schnell klar, dass es da ein Missverständnis zwischen euch gibt. Und mal ganz von deinen Wünschen, ganz zu schweigen denen deines Vaters, abgesehen, hat er eine Chance verdient, dir seine Sicht der Dinge darzulegen."

„Oder schlägst du dich vielleicht auf seine Seite, weil er Lady Catherine de Bourghs Neffe ist?"

„Lizzy Bennet, das geht nun aber zu weit! Wenn du Lady Catherine auch nur im Geringsten kennen würdest, wüsstest du, dass Darcy die Chance zu eröffnen, eine andere als ihre Tochter zu heiraten, das Letzte wäre, was sie wollte."

„Er hat nicht die Absicht, mich zu heiraten. Und wenn nicht Lady Catherine zu Liebe, warum dann? Und bitte sag mir jetzt nicht, wie glücklich ich mich doch schätzen muss, dass ein solch begehrenswerter Mann Interesse für mich zeigt."

„Also gut, obwohl es aber stimmt." Charlotte hielt inne und setzte sich aufs Bett. „Wenn du es wirklich wissen willst – der Grund, warum ich nach dir geschickt habe, ist, dass er heftig in dich verliebt ist und dass es ihm unmöglich war, dich zu finden, hat ihm großen Schmerz bereitet. Wenn du überhaupt nicht den Wunsch hegst, ihn zu heiraten, dann brauchst du es ihm einfach nur zu sagen. Es gibt keinen Grund, ihn leiden zu lassen, indem du ihm keine Antwort gibst."

„Hast du mir nicht zugehört? Er möchte mich nicht heiraten und ich habe ihm klar und deutlich mitgeteilt, wo er mich finden kann. Er hat sich *entschieden*, mich nicht zu finden."

Charlotte rieb ihr Gesicht in den Händen. „Das ist der Punkt, an dem ich dir nicht zustimmen kann. Ich habe ihn über eine Woche beobachtet, er hat mich angefleht, dir zu schreiben und dir mitzuteilen, dass er mit dir sprechen wolle. Ich kann nicht glauben, dass ein solch stolzer Mann das auf sich nehmen würde, wenn er die Antwort schon kennen würde. Warum sollte ihm der Skandal solche Sorgen bereiten, wenn er sich nichts aus dir machen würde? Wenn er dich nicht heiraten wollte, warum sollte er dann nach Longbourn reiten, um deinen Vater zu fragen, wo er dich finden könne? Eine wahrlich seltsame Handlungsweise eines Mannes, der keinerlei Interesse an einer Ehe hat!"

Elizabeth ballte die Hände zu Fäusten. „Das glaube ich nicht. Er ist nicht nach Longbourn gereist. Mein Vater hätte mir das gesagt. Aber das ist nicht das Schlimmste. Wie konnte er denn überhaupt von dem Skandal wissen, wenn er in London nicht mit meinem Vater gesprochen und meinen Brief nicht durch ihn erhalten hätte? Er hat keinerlei Kontakt zu Leuten aus unserer Sphäre. Sie wüssten nicht einmal, wie sie ihn erreichen könnten."

„Bist du dir da sicher?"

„Ja!" Tatsächlich war sie sich nicht vollkommen sicher, aber Charlotte schien das Wesentliche nicht begriffen zu haben, welches Spiel Darcy nun auch spielen mochte, er war nicht zu ihrer Rettung geeilt.

„Er behauptet, dass er auch zum Haus deines Onkels gegangen ist und nach deiner Schwester gefragt, nur um mitgeteilt zu bekommen, dass sie London verlassen hätte."

Kopfschüttelnd erwiderte Elizabeth: „Das ist lächerlich. Jane ist immer noch dort. *Ich* war dort. Er hat die ganze Geschichte frei erfunden. Ich weiß nicht, warum er dieses Spielchen spielt, oder was er will. Er muss doch wissen, dass ich nichts Geringerem als einer Ehe zustimmen würde."

„Wenn du nur mit ihm sprechen würdest, dann könntest *du selbst* vielleicht die Antworten darauf herausfinden! Lizzy, lass nicht zu, dass deine Sturheit deinem künftigen Glück im Wege steht. Du hast sein Gesicht nicht gesehen, als ich ihm gesagt habe, dass du erwägst, in naher Zukunft zu heiraten."

„Oh bitte - sag mir, dass du das nicht gesagt hast! Wie kann ich ihm jemals wieder in die Augen schauen? Ich kann es nicht ertragen, dass er weiß, dass sie mir einen Ehemann finden mussten. Das ist so demütigend!"

Charlotte sagte sanfter: „Hast du einer Ehe mit ihm zugestimmt?"

Elizabeth stieß einen langen Atemzug aus. „Ich habe ihm gesagt, dass ich ihm nach meiner Rückkehr eine Antwort geben würde, aber wir wissen beide, dass mir bei der Geschichte wenig anderes übrig bleibt."

„Du könntest eine Wahl haben. Wirst du dir anhören, was Mr. Darcy zu sagen hat?"

„Du weißt nicht, was du da von mir verlangst, Charlotte. Ich werde mich von ihm nicht wieder für dumm verkaufen lassen."

„Nun, ich kenne dich zu gut, um zu wissen, dass man dich zu nichts zwingen sollte, wenn dein Entschluss schon fest steht, aber ich denke, dass du im Begriff bist, einen

Fehler zu machen. Aber er war nicht der einzige Grund, warum ich mit dir sprechen wollte."

„Worüber noch?", fragte Elizabeth misstrauisch.

Die Worte purzelten nur so aus Charlotte heraus. „Wirklich, Lizzy, du kannst dir gar nicht vorstellen, wie froh ich bin, dass du gekommen bist, von der Sache mit Mr. Darcy ganz abgesehen. Ich habe mir nicht nur gewünscht, dich zu sehen, aber auch mehr darüber zu erfahren, was mit Maria geschehen ist. Alles was mir blieb, waren Informationsfetzen aus den Briefen meiner Mutter, die ohne Zweifel das Schlimmste ausgelassen hat, und es setzt mir so zu, nicht die ganze Geschichte zu kennen."

Elizabeth spreizte die Finger auf ihren Knien. Genau das, worüber sie nicht nachdenken wollte – Mr. Darcys Bemühungen um Maria. „Ich weiß nicht, wie viel ich dir da erzählen kann, da ich Longbourn nur vierzehn Tage später verlassen habe, als du."

„Aber du warst da - während der schlimmsten Zeit. Was ist passiert?"

„Ich habe sie nicht selbst gesehen, obwohl ich von mehreren Leuten gehört habe, wie sie auf der High Street nach dem Sturm erschienen ist, zerfleddert und vollkommen verstört. Deine Mutter hat sie danach auf Lucas Lodge abgeschirmt, sogar nachdem Mr. Chamberlayne ihr die Ehe angetragen hatte. Es hat nicht dabei geholfen, den Klatsch zum Verstummen zu bringen, da er mit allen anderen in der Stadt gefangen gewesen war, und so war es allgemein bekannt, dass er nicht bei denjenigen gewesen war, die sie kompromittiert hatten. Um Marias Willen war ich froh, als ich gehört hatte, dass er nach Norfolk versetzt worden war."

Charlottes Augenbrauen zogen sich zusammen. „Arme Maria! Die Geschichte ist so seltsam und ich kann sie mir nicht recht zusammenreimen. Meine Mutter hat geschrieben, dass Chamberlayne schon in sie verliebt gewesen sein musste, aber ich habe nie bemerkt, dass er ihr gegenüber auch nur das geringste Interesse gezeigt hätte. Er war immer freundlich, aber er hat nie mit ihr geflirtet. Er hat Maria gegenüber gestanden, dass ihm Geld und eine Beförderung dafür geboten wurde, ihr einen Antrag zu machen, und sie nimmt an, dass es unser Vater war, der das veranlasst hat, obwohl der wiederum es abstreitet. Wenn er es gewesen wäre, hätte er es uns gegenüber im Familienkreise zugegeben, aber das sieht ihm gar nicht ähnlich. Seine Idee war, Maria fortzuschicken. Aber wer könnte es sonst gewesen sein? Ich hatte sogar schon deinen Vater im Verdacht, aber ich bezweifle, dass er die Summe erübrigen könnte."

Elizabeth wollte die Antwort auf diese Frage nicht preisgeben, nicht wenn Charlotte sich bereits auf Mr. Darcys Seite geschlagen hatte. *Ich habe Georges Wickhams Übeltaten so oft ausgebügelt, dass ich aufgegeben habe, mitzuzählen. Aber ich kann nichts für das Mädchen machen, wenn ich nicht weiß, wer sie ist.* „Mein Vater kann es nicht gewesen sein. Wer auch immer er sein mag, ich bin ihm dankbar, dass er es getan hat, und ich hoffe, dass Maria in ihrer Ehe glücklich werden wird." Auch wenn sie ihre Dankbarkeit nur widerwillig gestand.

„Sie vermisst ihr Zuhause fürchterlich und findet Norfolk deprimierend. Ich versuche, ihr so oft es geht zu schreiben, um es ihr in ihrer Einsamkeit leichter zu machen.

Es scheint, als hätten alle ihre Freunde aus Meryton die Verbindung zu ihr abgebrochen."

„Sogar Kitty? Das tut mir leid." Elizabeth hatte Glück gehabt, da ihre engsten Vertrauten Jane und Charlotte waren und keine davon hatte sie ausgeschlossen, als die Gerüchte begannen. Sie würde mit Kitty darüber sprechen, dass sie Maria schreiben solle. „Behandelt ihr Mann sie denn gut?"

„Allem Anschein nach, schon. Und das wirft eine noch interessantere Frage auf. Ich denke, dass Chamberlayne sowieso nicht unfreundlich ihr gegenüber gewesen wäre, aber es scheint so, als ob derjenige, der die Verlobung arrangiert hatte, auch dafür gesorgt hat, dass er jährlich fünfzig Pfund erhalten soll, solange Maria glücklich ist und gut behandelt wird. Und *daran* hätte mein Vater ganz bestimmt nicht gedacht."

Mr. Darcy musste sein Amt, Wickhams Schlamassel zu beseitigen, tatsächlich sehr ernst nehmen – er hatte es sogar in Erwägung gezogen, dass ein Mann, der bestochen worden war, um Maria zu ehelichen, sie nur all zu leicht sitzen lassen oder schlecht behandeln könnte. Aber wenn er so viel für Maria tat, die er nicht einmal kannte, warum hatte er ihr gegenüber dann nicht Wort gehalten?

Der Schmerz in ihren Handflächen machte ihr bewusst, dass sie ihre Fingernägel darin vergraben hatte. Sie würde Mr. Darcy niemals verstehen. Und obwohl sie Charlottes Sorgen um Maria nachvollziehen konnte, würde sie ihr auch nicht so schnell vergeben, dass sie sie in diese Situation gebracht hatte.

ALLEIN MIT MR DARCY: EINE VARIATION VON STOLZ UND VORURTEIL

AM MORGEN ÖFFNETE ELIZABETH die Tür zu ihrer Garderobe und starrte auf den Koffer. Es würde nicht lange dauern, ihn zu packen, da sie ihn am Tag zuvor nicht vollkommen ausgepackt hatte, weil sie sich hatte beeilen müssen, um zum Dinner auf Rosings pünktlich zu sein. Wenn sie gewusst hätte, wem sie dort begegnen würde, hätte sie darum gebeten, stattdessen im Pfarrhaus bleiben zu dürfen.

Das Schlimmste aber daran war, wie ihr Körper und ihr Herz sie weiter hintergingen. Als sie begriffen hatte, dass Mr. Darcy im selben Raum war, war ihr erster Impuls gewesen, sich in seine Arme zu werfen. Sie hatte den ganzen Abend den Drang verspürt, ihm nahe zu sein, ihn zu berühren. Und ihr Herz wollte nichts mehr, als ihm zu vergeben, daran zu glauben, dass alles nur ein schreckliches Missverständnis war und er immer noch willens war, sie zu heiraten. Und wenn man Charlotte Glauben schenkte, denn war er das auch.

Aber selbst wenn es wahr wäre, dann bedeutete, dass er willens war noch lange nicht, dass er es auch wollte. Jetzt war die Beziehung zwischen ihnen noch stärker im Ungleichgewicht als noch während des Schneesturms, denn sie war dumm genug gewesen, sich in ihn zu verlieben. Wenn sie ihn heiraten würde, wäre alle Macht in seinen Händen und sie wäre am Boden zerstört, wenn sich sein Interesse von ihr abwenden würde, was irgendwann unweigerlich der Fall sein würde.

Ihr Vater war ihrer Mutter treu geblieben, aber das war eher seiner Lethargie als irgendetwas anderem zuzuschreiben. Eine Geliebte zu finden, war ihm ein zu großer Aufwand, als dass er dieses Unterfangen auf sich nehmen würde. Für Mr. Darcy läge darin keinerlei Schwierigkeit, denn er würde nur mit dem Finger schnipsen müssen, und schon kämen die Frauen in Scharen zu ihm.

Elizabeth beugte sich zu ihren Knien hinunter, als die Übelkeit sie überkam. Nein, die Bereitschaft, sie zu heiraten, war einfach nicht genug, so verlockend es auch sein mochte, die paar Brocken zu akzeptieren, die er ihr hinwarf.

Und *warum* war er nun plötzlich dazu bereit? Er hatte zugegeben, ihren Brief erhalten und mit ihrem Vater gesprochen zu haben, hatte dann aber nichts unternommen. Und dann, als er auf Rosings ankam, wollte er sie plötzlich dringend sehen, aber nicht dringend genug, um dafür nach Cheapside zu reisen. Hier war der Haken an Charlottes Argumentation.

Er hatte ihren Brief erhalten, also wusste er auch, wo sie war. Ging es nur um seine Bequemlichkeit, als er sie hierher hatte beordern lassen? Wenn dem so war, wenn es unter seiner Würde war, die Gracechurch Street aufzusuchen, warum hatte er dann nicht schon lange bevor er Charlotte getroffen hatte, nach ihr geschickt?

Charlotte. Das musste die Antwort sein. Solange er sich sicher fühlte vor den Gerüchten, die seinen Namen beschmutzen könnten, hatte er sich nicht um sie bemüht. Dann war er nach Rosings gekommen und hatte entdeckt, dass es dort jemanden gab, der sein Handeln offenlegen könnte, eine Frau, deren Ehemann selbst mit einem ledernen Knebel nicht einmal für eine Stunde vom Reden abgehalten werden könnte, geschweige denn, für den Rest seines Lebens und eine Frau, die aufgrund eines Skandals beinahe eine Schwester verloren hatte, und deshalb einer Freundin in derselben Situation gegenüber doppelt loyal wäre. Von seinem Standpunkt aus gesehen, hätte Charlotte jeden Grund, ihn öffentlich bloßzustellen. Und ganz abrupt hatte er eine Kehrtwende gemacht und wollte sie heiraten. Wobei man in diesem Fall wohl weniger von *wollen*, als eher von *kaum wollen* sprechen müsste.

Arme Charlotte! Sie wusste nichts vom Besuch ihres Vaters bei Mr. Darcy und hatte seine Unruhe als stürmische Liebe missinterpretiert, obwohl es doch nicht mehr war, als die Angst um seinen guten Namen. Und Charlotte behauptete, dass sie nicht romantisch veranlagt war!

Elizabeth nahm ihre Bürste zur Hand und begann, sie durch ihr Haar zu zerren und wünschte sich dabei, dass es so einfach wäre, eine Entscheidung zu treffen, wie die Bürste durch einen Knoten zu reißen. Für eine Minute tat es weh und dann war es vollbracht. Aber was sollte sie aus dem Knoten machen, der sich Mr. Darcy nannte? Und warum musste sie sich daran erinnern, wie er ihr Haar in dem Cottage gekämmt hatte und danach ihren Nacken geküsst hatte?

Ihr erster Gedanke, Kent zu verlassen, war auch keine Lösung. Solange er fürchtete, dass sein Geheimnis gelüftet werden konnte, würde er ihr nachkommen. Charlotte hatte aber in einem Recht gehabt, nämlich dass sie ihm ihre Entscheidung direkt mitteilen musste. Wenn er ihr einen Antrag machte und sie ihn zurückwies, konnte ihm keiner vorwerfen, dass er unehrenhaft gehandelt hätte. Dann konnte sie nach London zurückkehren, würde aber immer noch nicht frei sein. Sie würde Mr. Hartshorne heiraten müssen, um den Skandal abzuwenden. Er würde ihr Herz niemals brechen, aber er konnte ihr auch kein Heim auf dem Lande bieten, das sie so liebte. Sie wäre für immer in London gefangen, mit gelegentlichen Ausflügen, die sie daran erinnern würden, was sie verloren hatte.

Oder sie konnte Mr. Darcys Antrag annehmen und einem Leben an der Seite eines Mannes entgegen sehen, der sie nicht respektierte, aber zumindest wäre es ein leichtes Leben, das ihr die Freiheit böte, zu reisen. Ihn würde es vermutlich nicht kümmern, wenn sie auf Longbourn bleiben wollte, während er sich in London aufhielt. Wenn man es genau nahm, wäre er mit dieser Lösung sogar glücklicher, da es ihn der Verantwortung für eine Frau enthob, die ihn nur beschämte.

Wenn sie nur nichts für ihn übrig hätte! Oder war das etwas, das sie vielleicht ändern könnte? Sie hatte sich in den Mann verliebt, für den sie ihn während dieser drei Tage gehalten hatte und nun wusste sie mehr über seine Makel. Könnte sie ihr Herz davon überzeugen, sich nicht so sehr an ihn zu klammern? Wenn sie es als eine arrangierte Ehe betrachten könnte, wäre es vielleicht erträglich.

Aber sogar in einer arrangierten Ehe war gegenseitiger Respekt essentiell notwendig. Vielleicht wäre der erste Schritt dorthin, ihn davon zu überzeugen, ihr die Wahrheit zu sagen. Es von seinen eigenen Lippen zu hören, dass er vorgehabt hatte, sie im Stich zu lassen, könnte reichen, um ihrem Herz und ihrem Körper, den beiden Verrätern, klar zu machen, dass er nichts als ein ganz normaler Mann war, genauso selbstsüchtig wie alle anderen auch.

ALLEIN MIT MR DARCY: EINE VARIATION VON STOLZ UND VORURTEIL

DARCY HOFFTE, FRÜH am nächsten Morgen entkommen zu können, um zum Pfarrhaus zu gehen, und so frühstückte er auf seinem Zimmer, um seiner Tante zu entgehen. Offensichtlich war er aber trotzdem nicht schnell genug am Wohnzimmer vorbeigegangen, da Lady Catherine bellte: „Darcy, da bist du ja! Ich hatte heute Morgen ganz besonders den Wunsch, mit dir zu sprechen. Warum warst du beim Frühstück nicht anwesend?"

Resigniert machte er einen Schritt in das Wohnzimmer. Richard war schon da, seine Miene Zeugnis eines langen Leidensweges. „Ich bitte um Entschuldigung. Mir war nicht bewusst, dass du Pläne hattest." Und wenn ihre Pläne ihn einschlossen, dann hatte er keinerlei Absicht, zu kooperieren. Nicht heute.

„Nun, jetzt bist du ja da. Du weißt, was ich besprechen will."

„Genau genommen habe ich nicht die leiseste Ahnung."

Sie verengte die Augen. „Spiel nicht das Unschuldslamm. Es ist allerhöchste Zeit, dass du eure Verlobung bekannt gibst."

Darcy versteifte sich. Wie hatte sie von Elizabeth erfahren? Hatte sie jemanden darauf abgestellt, jeden seiner Schritte zu überwachen? Aber das machte keinen Sinn. Sie sollte entsetzt über seinen Wunsch sein, ein unbedeutendes Mädchen vom Lande zu heiraten. Es sei denn... „Spielst du unter Umständen auf deine Tochter an?"

„Natürlich spreche ich von Anne!"

Warum musste sie sich diesen Moment für ihren alljährlichen Streit aussuchen? „Wir haben schon zuvor darüber gesprochen und meine Ansichten haben sich nicht geändert. Ich habe keine Absicht, meine Cousine zu heiraten, weder jetzt noch in der Zukunft. Ich hoffe, dass ich mich klar und deutlich ausgedrückt habe."

„Unsinn. Du warst ihr versprochen, seit du in deiner Wiege lagst. Ich habe mich zurückgehalten, während du dir die Hörner abgestoßen und gelernt hast, wie Pemberley zu führen ist, aber jetzt ist es an der Zeit. Anne ist 27 Jahre alt. Du kannst es dir nicht leisten zu warten, bis sie aus dem gebärfähigen Alter heraus ist."

„Dann musst du einen anderen Mann finden, der sie ehelicht. Ich werde es nicht sein. Ich fühle mich an keine Übereinkunft gebunden, an der ich keinen Anteil hatte und ich werde nicht heiraten, um es dir oder sonst irgendjemandem Recht zu machen – was ich bereits unzählige Male ausgeführt habe."

„Wenn das deine Mutter hören könnte, würde sie dir die Leviten lesen, junger Mann! Sie würde sich deiner schämen."

„Vielleicht würde sie das, aber ich würde ihr dieselbe Antwort geben. Wie dem auch sei, ich habe mich bereits entschieden, welche Lady ich heiraten möchte und es ist nicht deine Tochter. Um diese Zeit nächstes Jahr werde ich verheiratet sein und wir werden uns diese Diskussion für alle Ewigkeit sparen können. Ich wünsche dir einen schönen Tag." Er wandte sich zum Gehen um.

„Bleib sofort stehen, junger Mann! Das bist du mir schuldig!" Sie zischte die Worte nur so.

Er sah sich skeptisch zu ihr um. „Ich bin dir nichts dergleichen schuldig."

ALLEIN MIT MR DARCY: EINE VARIATION VON STOLZ UND VORURTEIL

„Dein Vater hätte *mich* heiraten sollen. Alles war arrangiert. Pemberley hätte mir gehören sollen, aber in letzter Minute entschied er sich stattdessen für Anne."

„Diese Geschichte habe ich schon tausend Mal gehört. Ich bin nicht für Entscheidungen verantwortlich, die mein Vater getroffen hat – noch dazu, bevor ich gezeugt wurde."

Sie drückte sich aus ihrem Stuhl hoch, ihre Arme zitterten dabei, als sie ihr Gewicht stützten. „Sie haben es mir alle versprochen! Mein Vater, dein Vater und Anne – dass wenn ich eine Tochter hätte, würde sie ihren Sohn heiraten und meinen Enkelkindern würde Pemberley gehören."

„Darf ich darauf hinweisen, dass mein Vater sich nicht dazu gezwungen gefühlt hat, die Verlobung aufrecht zu erhalten, die *seine* Eltern für ihn arrangiert hatten? Warum sollte ich mich an etwas gebunden fühlen, an das er sich nicht gebunden fühlte?" Seine Hände ballten sich zu Fäusten.

„Das ist überhaupt nicht das Selbe! Er hat trotzdem innerhalb der Familie geheiratet. Wenn ich zwei Töchter hätte, und du die jüngere anstatt der Älteren wolltest, dann würde ich das akzeptieren. Aber Anne ist alles, was ich habe."

„Es tut mir leid, dich zu enttäuschen, und dass mein Vater und Großvater dir Versprechungen gemacht haben, die sie nicht halten konnten. Aber es macht keinen Unterschied. Ich respektiere dich als meine Tante, aber ich werde deine Tochter *nicht heiraten* und dabei bleibt es." Er stürmte davon und ignorierte sie, als sie aufgebracht seinen Namen rief.

Richard folgte ihm auf dem Fuß. „Das war eindeutig ungemütlich. Ich schlage vor, wir treten den Rückzug von diesem Schlachtfeld an, bis unsere Tante wieder zu ihrem üblichen Maß an Reizbarkeit zurückgekehrt ist."

Darcy verlangsamte seinen Gang zur Haustüre nicht. „Ich werde einen Besuch im Pfarrhaus abstatten. Du kannst Bucephalus bewegen, wenn du willst." Wenn er Glück hatte, würde Richard einen langen Ritt der Aussicht auf einen Besuch bei Mr. und Mrs. Collins vorziehen.

„Du versuchst, mich loszuwerden, hmm? Planst du ein weiteres Stelldichein mit Mrs. Collins?"

„Richard, zum letzten Mal, ich habe *keine* Stelldicheins mit Mrs. Collins."

„Es ist so herrlich einfach, dich aus der Fassung zu bringen, Cousin! Hast du dich wirklich einer anderen Frau versprochen oder war das nur ein Bluff, um der Diskussion über eine Heirat mit Anne ein endgültiges Ende zu setzen?"

Auf Richard konnte man sich verlassen, er würde sich an genau dieses eine Detail erinnern und wie ein Bluthund auf die Jagd gehen. Lange konnte es wohl kaum ein Geheimnis bleiben, insbesondere dann nicht, wenn Richard ihm konstant an den Rockschößen hing. „Im Moment bin ich nicht verlobt, aber ich habe mich für die Lady entschieden, die ich zu heiraten wünsche."

„Und wie es scheint, hast du nicht vor, mir zu sagen, wer sie ist! Weiß sie schon von ihrem Glück oder wirst du sie mit den guten Neuigkeiten überraschen? Wenn du jemanden den Hof gemacht hast, dann wäre es mir zumindest nicht aufgefallen. Kenne ich sie?"

„Hast du vor, mich so lange zu befragen, bis du deine Vermutungen auf eine einzige Frau in ganz England eingrenzen kannst?"

ALLEIN MIT MR DARCY: EINE VARIATION VON STOLZ UND VORURTEIL

„Du musst zugeben, dass es lustig wäre und es wäre ein wesentlich besserer Zeitvertreib als mit unserer Cousine Karten zu spielen, die du gerade sitzen gelassen hast."

„Nicht du auch noch! Du weißt ganz genau, dass ich niemals gesagt habe, ich würde Anne heiraten. Ganz im Gegenteil, ich habe es immer und immer wieder dementiert."

„Weiß Anne das?"

Darcy blieb wie angewurzelt stehen. „Ich weiß nicht. Ich war ihr gegenüber nie so unhöflich, es ihr ins Gesicht zu sagen, aber mittlerweile muss sie es mitbekommen haben."

„Um ihretwillen hoffe ich, dass das der Fall ist. Wenn sie aber die Märchen ihrer Mutter geglaubt hat, dann steht ihr ein ziemlicher Schock bevor."

Warum musste er sich ausgerechnet jetzt um Annes Gefühlswelt Gedanken machen, wenn ihn jeder seiner Instinkte zum Pfarrhaus und Elizabeth drängte? Seit gestern Abend hatte er vor Ungeduld mit den Hufen gescharrt, hatte versucht, sich an jedes Wort und jeden ihrer Blicke zu erinnern und herauszulesen, was sie wohl gedacht haben mochte. Aber es war hoffnungslos. Er hatte noch nie nachvollziehen können, wie Elizabeth ihre Entscheidungen traf.

„Um Anne werde ich mich kümmern, wenn es sich nicht mehr vermeiden lässt. Jetzt gehe ich und mache meinen Besuch. Vor dem Abendessen werde ich wieder zurück sein."

„Oh, nein, Cousin! Ich gehe mit dir. Du führst etwas im Schilde und ich werde herausfinden, was es ist."

„Nein, du hast vor, ein Plagegeist zu sein und mich zur Verzweiflung zu bringen. Das ist's doch, was du sagen wolltest", grummelte Darcy.

„Oh, das hast du aber schön gesagt", konterte sein Cousin.

Kapitel 15

DARCYS UNGEDULD, ELIZABETH zu sehen, wuchs an, als sie sich dem Pfarrhaus näherten. Er konnte immer noch nicht wirklich glauben, dass sie wirklich dort war. Allein beim Gedanken daran prickelte seine Haut.

Richards Stimme waberte an ihm vorüber und er wurde sich dessen bewusst, dass sein Cousin schon eine Weile gesprochen haben musste. „Es tut mir leid, ich war in Gedanken und habe nicht mitbekommen, was du gesagt hast."

Sein Cousin lachte. „Das war offensichtlich. Ich habe mich nur gefragt, was unsere Tante jetzt wohl macht und ob wir uns Sorgen machen müssen, dass sie sich auf uns stürzen wird, wie eine Walküre aus der Walhalla."

„Gott behüte", sagte Darcy trocken, „sie ist schon furchterregend genug, ohne zusätzliche übernatürliche Kräfte."

Sie nahmen den Pfad zum Pfarrhaus in großer Eile und Darcy konnte nicht anders, als die Sekunden zu zählen.

IM WOHNZIMMER DES PFARRHAUSES verwickelte Colonel Fitzwilliam Charlotte so rasch in ein Gespräch, dass Elizabeth stark vermutete, dass es von seinem Cousin so geplant worden war. Mr. Darcy kam sogleich auf sie zu, was ihre Vermutung nur zu bestätigen schien. Nun, sie hatte nicht vor, ihm die Genugtuung zu geben, dass er wusste, welche Macht er über sie hatte, wenn es darum ging, ihr weh zu tun. Sie sah ihn absichtlich nicht an, als er sich neben sie setzte.

Ohne Umschweife kam er mit leiser, gequälter Stimme zur Sache: „Denkst du, dass ich nicht genug für die Schwester deiner Freundin getan habe? War der gewählte Mann unpassend?"

Das kam so überraschend, dass sie ihre Vorbehalte vergaß und zu ihm hinüber sah. „Nein, er war passend." Das musste ziemlich undankbar klingen, nach allem, was er für Maria Lucas getan hatte und deshalb fügte sie noch hinzu: „Du warst sehr großzügig, und dafür danke ich dir." Das musste reichen, sie hatte es so unfreundlich wie möglich gesagt, aber immerhin hatte sie es gesagt und damit war diese Schuld beglichen.

„Warum dann? Ich weiß, dass ich die Motive hinter deinem Handeln schon oft missverstanden habe, aber ich habe deinen Brief ein Dutzend mal gelesen und bei meinem Leben – ich kann nichts darin finden, was darauf hindeutet, warum du nichts mit mir zu tun haben willst." Er entfaltete ein Blatt Papier und drückte es ihr in die Hand. „Zeig mir, was los ist. Soviel bist du mir schuldig."

Es handelte sich um den ersten Brief, den sie ihm geschrieben hatte, der, den sie via Stanton an ihn geschickt hatte, der voll von Witzeleien über Zwiebelsuppe und Dankbarkeitsbekundungen für seine Freundlichkeit gegenüber Maria war. Warum hatte er ihn mit nach Rosings genommen? Sie faltete ihn langsam und gab ihn ihm zurück. „Nicht dieser Brief", sagte sie tonlos. Ihre Wut hielt sie davon ab, in Tränen auszubrechen. „Der, den mein Vater dir gegeben hat."

„Aber, dein Vater gab mir keinen Brief." Die Verwirrung in seiner Stimme klang echt.

Für einen Augenblick keimte Hoffnung in ihr auf, aber dann erinnerte sie sich daran, was Charlotte ihr gesagt hatte. „Ich hätte vielleicht glauben können, dass du ihn nicht erhalten hast, aber ich habe genug Hinweise darauf, dass ich nicht glauben sollte, was du sagst. Wenn der Brief dich nicht erreicht hat, wie konntest du dann von dem Skandal wissen?"

Er zog seine Augenbrauen zusammen. „Stanton hat es mir mitgeteilt. Er hat es herausgefunden, als er nach Meryton gereist ist, um den fertiggestellten Ehevertrag für Miss Lucas zum Abschluss zu bringen. Worum ging es in dem Brief? Seit Wochen raubt es mir den Schlaf, dass ich nicht verstehen kann, warum du mich nicht kontaktiert hast, wie du es versprochen hattest."

Sie schüttelte den Kopf. „Das ist nicht alles. Charlotte hat mir erklärt, dass du vorgibst, meinem Onkel einen Besuch abgestattet zu haben und dass dir gesagt wurde, Jane sei wieder aufs Land zurück gereist. Schlecht für dich, dass ich weiß, dass das nicht stimmt. Jane ist immer noch da, just in diesem Moment."

Er hielt seine Hände hoch, sodass sie die Handflächen sehen konnte. „Das kann ich nicht erklären. Ich *war* am Haus deines Onkels und habe meine Karte nach drinnen geschickt, zu Miss Bennet. Kurz darauf kam dein Onkel nach draußen und hat mir gesagt, dass sie nach Longbourn zurückgekehrt sei. Ich weiß nicht, warum er das getan hat, aber ich sage die Wahrheit."

„Du bezichtigst meinen Onkel also der Lüge? Was hätte er davon? Nein, Mr. Darcy, es tut mir leid, aber ich kann Ihrer Geschichte keinen Glauben schenken." Aber bald würde sie die Fassung verlieren und so stand sie schnell mit raschelnden Röcken auf und ging zu einem Stuhl hinüber, sodass sie sich so nahe wie möglich zu Charlotte setzen konnte. Dort würde er es nicht wagen, ein persönliches Gespräch mit ihr zu beginnen.

Sie versuchte, sich auf das Gespräch zwischen Charlotte und dem Colonel zu konzentrieren, wenn auch aus keinem anderen Grund, als nicht über den Mann nachdenken zu müssen, der auf der anderen Seite des Raumes saß. Sie konnte seinen Blick auf sich spüren.

Der Colonel sagte: „Ihr Mann scheint außerordentlich stolz auf seinen Garten zu sein."

Charlotte lächelte vorsichtig. „Ich bestärke ihn darin. Die frische Luft ist gut für seine Gesundheit."

„In der Tat, sie tut uns allen gut. Miss Bennet, ihre Freundin hat mir erzählt, dass sie eine leidenschaftliche Läuferin sind. Hier in der Gegend gibt es viele schöne Strecken, auf denen sich viel entdecken lässt."

„Wie wunderbar. Sie müssen sich gut auskennen." Es war nicht wirklich eine Antwort, aber wenigstens war es etwas.

ALLEIN MIT MR DARCY: EINE VARIATION VON STOLZ UND VORURTEIL

„Ich sehe mich um, wenn ich kann. Mir liegt die Landschaft Kents sehr am Herzen, was mir zu Gute kommt, da ich vor Kurzem in Folkstone stationiert wurde. Es hat sich als ein sehr angenehmer Ort herausgestellt."

„Ich weiß wenig über Folkstone, abgesehen davon, dass es an der Küste liegt", warf Charlotte ein.

„Unser Lager ist sogar oben an den Klippen, von denen aus man den Kanal überblicken kann. Die Winterwinde sind bitterkalt, aber der Blick über das Wasser ist einzigartig. Ich laufe dort oft auch am Strand entlang."

„Ich habe gehört, dass Seeluft äußerst belebend ist." Charlotte warf Elizabeth einen Blick zu.

„Ich hoffe, Sie werden es selbst bald erleben können", sagte der Colonel, „wir sind hier nicht weit von der Küste entfernt."

Elizabeth zuckte zusammen, als Darcy sich zu Wort meldete: „Miss Elizabeth hat noch nie das Meer gesehen."

Sie schluckte heftig. „Das ist leider Gottes wahr, es sei denn, Sie sprechen von einem Meer aus Schnee."

Richard rieb die Hände aneinander. „Na dann müssen wir etwas dagegen unternehmen. Darcy, denkst du, dass es möglich wäre, einen Ausflug zu arrangieren? Folkstone ist nur zehn Meilen entfernt."

Elizabeth betete, dass er nein sagen würde. Ein Tag mit ihm in einer Kutsche wäre unerträglich.

„Meine Kutsche steht euch zur Verfügung." Seiner Stimme fehlte jegliche Lebendigkeit.

Charlotte warf Elizabeth einen Seitenblick zu. „Das ist ein großzügiges Angebot, Mr. Darcy."

263

Warum spielte er das Opfer? Erwartete er von ihr, dass sie Mitleid mit ihm hatte und ihm sagte, dass sie verstehen konnte, warum er es abgelehnt hatte, sie zu heiraten? Wenn er sich das erhoffte, würde er enttäuscht werden. Warum stellte er ihr überhaupt nach? Wenn er sie nur einfach in Frieden lassen könnte!

„Miss Elizabeth", Darcy räusperte sich, „es hatte mich überrascht, zu sehen, dass Sie mehr Ähnlichkeit mit Ihrem Onkel, als mit Ihren beiden Elternteilen haben. Das hat mich sprachlos gemacht, als ich ihn getroffen habe. Er hat dasselbe dunkle Haar, wenngleich seines glatt ist und an den Schläfen schon ergraut. Er ist groß, aber nicht so groß wie Richard. Aber die eigentliche Ähnlichkeit habe ich in seinem Gesicht gesehen. Es hat eine ähnliche Form, insbesondere um das Kinn herum, aber das Auffallendste waren seine Augen. Ich habe es nicht verstanden, bis er seine Brille abnahm, aber seine Augen haben dieselbe Mandelform wie Ihre, auch wenn sie nicht ganz so dunkel sind. Wie Ihres auch, zeigt sein Gesicht eine Tendenz zur Fröhlichkeit, selbst dann, wenn er über ein ernstes Thema spricht. Er hat eine blaue Weste getragen, die mit sich verschränkenden Ranken verziert war. Deshalb hatte ich mich gefragt, ob er die Natur genauso sehr liebt, wie Sie." Seine Stimme war erschreckend ruhig.

Colonel Fitzwilliam lachte. „Darcy, du wirst ja ein Künstler auf deine alten Tage! Mir ist noch nie aufgefallen, dass dir die Details an jemandes Aufmachung so sehr auffallen."

Darcy sah ihn nicht an, seine Augen waren immer noch auf sie gerichtet. „Ich habe diese Dinge immer bemerkt. Nur langweile ich für gewöhnlich meine Mitmenschen nicht mit solchen Aufzählungen, es sei denn, sie dienen einem Zweck. Ich könnte auch die Blumentöpfe mit den Narzissen auf beiden Seiten der Tür erwähnen, während die Blumenkästen am Fenster mit einer Mischung aus blauen und gelben Blumen bepflanzt waren."

Elizabeth sog zitternd die Luft ein. Er war also *doch* in der Gracechurch Street gewesen und hatte ihren Onkel getroffen – und sie hatte ihm vorgeworfen, gelogen zu haben. Er hätte sich all diese Details nicht ausdenken können. Aber Sinn machte es immer noch nicht. Warum sollte ihr Onkel ihn wegschicken, wenn Jane da war – oder war es, weil er vermeiden wollte, dass Mr. Darcy herausfand, dass nicht nur Jane, sondern auch Elizabeth dort war? Ihr Onkel war ein ehrlicher Mensch, aber er wäre sich nicht zu schade, eine nette Geschichte zu erfinden, um jemanden aus seiner Familie zu schützen. Nur dass sie nicht vor Mr. Darcy geschützt werden wollte. Sie hatte sich nach ihm gesehnt. Konnte es also auch sein, dass er ihren Brief nicht erhalten hatte? Hatte ihr Vater sie belogen?

Über ihr Herzklopfen hinweg sagte sie: „Ich ziehe meine Anschuldigungen zurück. Ich muss zugeben, dass Sie meinen Onkel getroffen haben und sein Haus gesehen haben."

Darcy nickte langsam. „Und den Rest?"

Wie konnte sie ihm antworten, wenn Charlotte und der Colonel sie anstarrten, wie sie es auch kaum anders machen konnten, bei dieser außergewöhnlichen Diskussion? Ihr Magen schlug Purzelbäume, während Furcht und eine schwindelerregende Hoffnung in ihr kämpften. „Ich... ich weiß nicht."

Charlotte fuhr hastig dazwischen. „Ich war nie im Haus deines Onkels, aber ich weiß, dass du immer gerne dort zu Besuch warst, Lizzy."

Sie konnte es nicht ertragen, in Mr. Darcys ernstes Gesicht zu blicken und so senkte sie ihren Blick auf ihre gefalteten Hände. „Ja, das war ich. Sie waren mir stets wohlgesonnen", sagte sie sanft, „in den Blumenkästen sind Vergissmeinnicht und Stiefmütterchen."

Darcy machte ein Geräusch, das beinahe ein Husten war. Als Elizabeth zu ihm hinüber blinzelte, sah er Charlotte fragend an, die mit den Schultern zuckte.

Der plötzliche, gellende Schrei eines Tieres, das Schmerzen hatte, unterbrach die Unterhaltung. Charlotte, die um die Unterbrechung dankbar schien, sprang auf die Beine und lugte aus dem Fenster. „Was denken Sie, was das war? Ich kann nichts entdecken."

Colonel Fitzwilliams Gesicht wurde bleich. „Das war ein Pferd. Da bin ich mir sicher."

„Wir haben hier keine Stallungen", merkte Charlotte an.

Darcy ging hinüber, um sich zu ihr ans Fenster zu stellen. „Dann muss es ein Reisender sein. Haben Sie gehört, aus welcher Richtung es kam?"

Charlotte schüttelte den Kopf. „Ich bin mir nicht sicher. Aber warten Sie – es sieht aus, als käme jemand die Straße herunter. Wir werden es schon bald erfahren."

Darcy sah zu Colonel Fitzwilliam hinüber. „Vielleicht war es kein Pferd. Es hätte auch ein Kind sein können."

„Es war ein Pferd. Ich habe genug Pferde in der Schlacht schreien hören, um zu wissen, wovon ich spreche. Das ist kein Geräusch, das man vergisst."

„Er kommt her. Ich werde..."

Aber das Dienstmädchen kam Charlotte in ihren Planungen zuvor. Es klopfte nicht, also musste sie ihm zuvor die Türe geöffnet haben und den Besucher sofort zu ihrer Herrin gebracht haben.

Es war ein Kind, nicht älter als zehn, das heftig nach Luft japste. „Sie müssen schnell kommen. 'S is' 'n schlimmer Unfall!" Er lehnte sich mit seinen Händen auf den Oberschenkeln nach vorne und rang nach Atem.

„Wo?", wollte Darcy wissen.

„An'er Biegung in der Straße, beim Fluss. 'S is' ziemlich schlimm."

„Komm, Richard", wies ihn Darcy an, „Ladys, entschuldigen Sie uns bitte."

Sie waren zur Tür hinaus, bevor Elizabeth auch nur daran denken konnte, sich zu verabschieden. „Sollten wir ihnen nachgehen, was denkst du?", fragte sie Charlotte.

Ihre Freundin zog sich bereits die Handschuhe an. „Ich muss, aber du kannst hier bleiben, wenn du willst."

Sie konnte Mr. Darcy nicht ohne jegliche weitere Erklärung gehen lassen. „Nein, ich werde mit dir kommen. Vielleicht kann ich irgendwie helfen." Die Gentlemen waren ihnen auf der Straße vor dem Pfarrhaus schon weit voraus, da sie in einen Spurt übergegangen waren. Elizabeth wünschte sich, dass Sie dasselbe tun könnte, aber Charlotte musste als Pfarrersfrau mit gutem Beispiel vorangehen. Dennoch gingen sie zügigen Schrittes.

Charlotte meinte: „Das musste früher oder später ja passieren. Der Uferbereich des Flusses wurde schon eine Zeit lang unterspült und der Weg ist am Rand schon abgebröckelt. Mr. Darcy meinte, er habe Lady Catherine schon darauf hingewiesen, dass Reparaturen vonnöten seien, aber sie war nicht Willens, das Geld dafür auszugeben. Ich hoffe, dass das ausreichen wird, um sie umzustimmen."

„Warum gehen die Straßen hier Mr. Darcy etwas an?"

„Er berät sie, was die Verwaltung des Anwesens angeht, wobei ich davon ausgehe, dass sie seinen Rat selten annimmt. Sie hat selbst genaue Vorstellungen. Ich nehme einmal an, dass sie ihn nur darum bittet, weil sie hofft, dass er eines Tages ihre Tochter heiraten wird."

Die Worte reichten aus, um Elizabeth in Schock zu versetzten. „Oh ja, Mr. Collins hat mir gegenüber einmal etwas dergleichen erwähnt."

Mit einem wissenden Blick sagte Charlotte. „Da ist nichts dran, Lizzy. Ich habe die beiden zusammen gesehen und er hat keinerlei Interesse an ihr. Und du kannst ganz sicher keinen Zweifel daran haben, dass er starke Gefühle für dich hegt."

„Das sehe ich nicht..."

„Oh, gütiger Gott!", rief Charlotte. „Das ist Lady Catherines Kutsche!" Sie raffte ihre Röcke hoch und begann zu rennen.

Elizabeth eilte ihr nach. Eine große, reich verzierte Kutsche lag zur Seite gekippt halb im Fluss, die Seite eingedrückt. Zwei Pferde scharrten direkt darüber wild, mit vollkommen verknoteten Leinen, während Darcy und

ALLEIN MIT MR DARCY: EINE VARIATION VON STOLZ UND VORURTEIL

Colonel Fitzwilliam mit ihnen rangen, um sie zurückzuhalten.

Darcy entdeckte sie zuerst und rief laut: „Mrs. Collins, könnten Sie sich um Lady Catherine kümmern? Wir können die Pferde nicht loslassen."

„Selbstverständlich." Ohne auch nur an Schicklichkeit zu denken, schlitterte Charlotte die Böschung hinunter und ging von hinten an die Kutsche heran, wo sie vor den verstörten Pferden sicher war. Sie musste mit der Kutschentüre kämpfen, die sich in diesem unnatürlichen Winkel nur schwer öffnen ließ. „Lady Catherine? Ich bin es, Mrs. Collins. Darf ich Euch aufhelfen?"

Elizabeth konnte die Antwort nicht genau ausmachen, wohl aber den verdrießlichen Tonfall.

„Nun gut, ich werde hineinklettern." Irgendwie schaffte es Charlotte, auf die umgefallene Kutsche hinaufzuklettern und sich dann hinein gleiten zu lassen.

Dann sah Elizabeth, warum die Männer die Pferde im Zaum hielten. Direkt unter ihnen lag ein Mann in Livree, der sich am Boden zusammen gerollt hatte und stöhnte. Sie eilte zu ihm hinüber und kniete sich neben ihn. Ein deutlicher Hufabdruck war auf seinem Gesicht zu sehen. „Sind Sie in der Lage, sich zu bewegen?", fragte sie ihn.

„Ich kann nicht", flüsterte er. „Oh Gott, es tut so weh!"

Sie sah zu Darcy auf. „Er kann sich nicht bewegen."

„Frag ihn, ob er eine Pistole oder ein Gewehr hat."

Sie beugte sich wieder zu seinem Gesicht hinunter und wiederholte die Frage, so seltsam es ihr auch vorkam.

„Auf... auf der Bank."

Sie wiederholte die Worte für Darcy.

Er runzelte die Stirn und sagte dann: „Es tut mir leid, dass ich dich darum bitten muss, Elizabeth, aber ich kann das Pferd nicht loslassen. Kannst du versuchen, sie für mich zu finden?"

„Ja." Es war leichter gesagt als getan. Nachdem sie die wild ausschlagenden Pferde umrundet hatte, musste sie sich an einer Wurzel festhalten, um die Böschung hinunter klettern zu können, aber von da ab war es einfach. Die Pistole lag auf der Bank, genauso wie der Kutscher es gesagt hatte. Sie griff nach dem Riemen, der das Pistolenhalfter befestigte, hielt aber abrupt inne, als sie Darcys besorgte Stimme hörte.

„Sei vorsichtig, Elizabeth! Sie ist wahrscheinlich geladen und womöglich auch gespannt."

Mit ein wenig mehr Vorsicht schnallte sie den Riemen los und hob die Pistole vorsichtig an, mit Halfter und allem. Sie wollte ihre Finger nicht einmal in die Nähe des Abzugshebels bringen. Sie hielt sie in beiden Händen und trug sie so zu Darcy hinüber. Erst dann fiel ihr auf, dass sie nicht in Frage gestellt hatte, wozu er sie brauchen könnte.

Seine Augen glänzten. „Ich danke dir. Und jetzt muss ich dich bitten, zurückzugehen und wegzuschauen."

Diese Instruktionen befolgte sie ohne zu zögern und kniff die Augen fest zusammen.

Darcy sagte leise: „Es tut mir leid, Richard. Es hätte sowieso gemacht werden müssen. Sein Bein ist gebrochen."

„Tu es einfach", schnauzte sein Cousin.

Der Knall der Pistole hallte in der kalten Luft wieder und der Geruch von verbranntem Schießpulver erinnerte Elizabeth völlig unpassend daran, wie sie als Kind ihrem

Vater entgegen gelaufen war, wenn er von der Jagd nach Hause kam. Aber die unbeschwerten Tage ihrer Kindheit lagen hinter ihr.

Plötzlich wurde ihr klar, dass sie nichts von Charlotte gehört hatte, seit diese in die Kutsche gestiegen war. Sie wandte ihre Augen von dem umgefallenen Pferd ab und eilte am Colonel vorbei, der immer noch den Kopf des lebenden Pferdes hielt, während Darcy die verknoteten Leinen mit einem Messer durchtrennte. „Charlotte, brauchst du Hilfe?"

„Nicht mehr." Die Stimme ihrer Freundin war seltsam belegt. Dann erschien Charlottes angespanntes Gesicht in der offenen Türe der Kutsche. „Lady Catherine ist tot."

Kapitel 16

WÄHREND DER SCHOCKSTARREN Stille, die Charlottes Ankündigung nach sich zog, kehrte Elizabeth wie benommen wieder zu dem verletzten Kutscher zurück. Seine Verletzungen schienen vor allem innerlich zu sein, von den Kratzern und Blutergüssen abgesehen, sodass sie nur wenig für ihn tun konnte, abgesehen davon, sanft mit ihm zu sprechen und ihm zu sagen, dass bald Hilfe kommen würde, aber das schien besser zu sein, als gar nichts.

Mr. Darcy war zu der umgekippten Kutsche gegangen und sprach dringlich aber leise mit Charlotte, während Colonel Fitzwilliam versuchte, das verbliebene Pferd zu beruhigen. Es fühlte sich wie eine Ewigkeit an, bis zwei stämmige Bauern auf die Kutsche zueilten.

Darcy übernahm die Führung: „Nein, lasst das. Kümmert euch zuerst um den Kutscher. Für Lady Catherine könnt ihr nichts mehr tun."

Elizabeth trat zurück, um den Männern Platz zu machen, sodass sie den Kutscher aufheben konnten und ihn zu einem nahegelegenen Bauernhaus tragen konnten. Die Erschütterungen ließen ihn vor Schmerz aufheulen.

ALLEIN MIT MR DARCY: EINE VARIATION VON STOLZ UND VORURTEIL

Dann war Darcy an ihrer Seite. Er nahm ihre Hand in seine und sie wehrte sich nicht dagegen. Nach diesem Albtraum war sie froh um die tröstliche Geste und er musste sie noch nötiger haben, als sie selbst. Er hatte seine Tante verloren, während Lady Catherine für sie selbst nichts weiter war, als das Objekt von Mr. Collins' Schmeicheleien. Wenn sie ihn nur in den Arm nehmen könnte! Aber es sahen zu viele Leute zu und er war schon tollkühn genug, ihre Hand zu halten und sich so nahe zu ihr zu stellen.

„Würdest du mir bei etwas behilflich sein?", flüsterte er in ihr Ohr.

„Natürlich. Bei allem." Nachdem die Worte schon ihren Mund verlassen hatte, wurde ihr bewusst, wie unklug sie gewesen waren.

Er lachte. „Und genau dann, wenn ich es mir nicht zu Nutze machen kann. Mach dir keine Sorgen. Ich bitte dich nur, ein wenig Zeit mit Richard zu verbringen und mit ihm zu reden."

„Colonel Fitzwilliam?" Sie legte ihren Kopf schief. Warum bat er sie um diesen Gefallen?

„Ja. Er braucht jemanden, der ihn ablenkt. Rede mit ihm über was immer du auch willst – Longbourn, deine Lieblingsvögel, einen Ort, den du in London besucht hast – solange es nichts mit Krieg, Waffen, Tod oder Pferden zu tun hat. Rede weiter, auch wenn er dir nicht zuzuhören scheint. Ich werde es dir später erklären."

Sie erinnerte sich an die erstarrte Miene des Colonels, nachdem Darcy das Pferd erschossen hatte. „Du musst nichts erklären. Ich habe schon zuvor Soldaten getroffen, die immer noch alte Kämpfe zu kämpfen hatten."

Er verstärkte seinen Griff um ihre Hand. „Danke dir. Ich muss hier bleiben, bis alles erledigt ist, aber er sollte nicht. Bring ihn von hier weg – vielleicht ins Pfarrhaus? Er sollte Anne nicht über den Tod ihrer Mutter informieren müssen."

„Das tue ich."

„Und Elizabeth?" Seine Stimme wurde tiefer.

„Ja?"

„Wirst du mir erlauben, dich zu besuchen, wenn ich Zeit habe?"

Sie ließ die angestaute Luft entweichen, von der sie noch nicht bemerkt hatte, dass sie sie zurückgehalten hatte. „Ja. Ja, das werde ich."

Für einen kurzen Moment schloss er die Augen und öffnete sie dann wieder. „Dankeschön." Mit sichtbarer Zurückhaltung ließ er ihre Hand los. Das war auch gut so, sie wollte nicht, dass ihr Ruf in Kent genauso ruiniert war, wie in Hertfordshire.

Wie hatte sich alles so schnell verändern können?

Colonel Fitzwilliam stand neben dem festgebundenen Pferd und scharrte mit einem Stiefel im Boden. Er sah auf, als Elizabeth auf ihn zukam, aber das Lächeln erreichte seine Augen nicht.

„Colonel, darf ich mich Ihnen aufdrängen und Sie bitten, dass Sie mich zum Pfarrhaus zurück begleiten? Ich fühle mich ein wenig schwindelig und würde es vorziehen, meinen Weg dorthin nicht alleine zurücklegen zu müssen." So auszusehen, als wäre sie kurz davor in Ohnmacht zu fallen, gehörte nicht zu Elizabeths Talenten, aber sie tat ihr Bestes.

ALLEIN MIT MR DARCY: EINE VARIATION VON STOLZ UND VORURTEIL

Seine Schultern strafften sich und er bot ihr seinen Arm an. „Es wäre mir eine Freude, Miss Bennet."

Auf dem kurzen Stück Weg brachte sie es fertig, einige Fragen über die Gegend und seine bisherigen Besuche in Kent zu stellen. Als sie das Pfarrhaus erreicht hatten, wurde ihr klar, dass eine mögliche Ohnmacht als Ausrede ein Problem darstellte, als er vorschlug, dass sie sich eine Weile ausruhen solle.

Sie reagierte prompt und entgegnete: „Lieber nicht. Ich würde dann nur ständig darüber nachdenken, was geschehen ist. Wenn es Ihnen nichts ausmacht, würde ich lieber über andere Dinge sprechen, das würde mich besser als alles andere ablenken. Mr. Darcy hat mir von seinen Cousins erzählt, bei denen er eine Weile als Kind gelebt hatte. Gehörten Sie auch zu dieser Familie?"

„Ja, das war meine Familie. Er hat zuerst bei uns gelebt und dann habe ich eine Weile bei ihm und seinem Vater gelebt."

„Dann müssen Sie der Cousin sein, der ihm beigebracht hat, Feuer in einer Höhle zu machen."

Er nickte zustimmend mit dem Kopf. „In der Tat, der war ich. Ich hoffe, dass Darcy Ihnen nicht erzählt hat, wie lange wir gebraucht haben, bis wir herausgefunden hatten, was hätte offensichtlich sein sollen."

„Ich glaube, diesen Teil hat er ausgelassen und hat sich mehr auf Ihre Erfolge als das Scheitern konzentriert."

„Wie überaus großzügig von ihm! Sagen Sie, wie haben Sie Darcy kennen gelernt?"

„Wir haben uns getroffen, als er in Hertfordshire war und unweit meines Hauses logiert hat."

„Und Sie haben sich ausgiebig genug unterhalten, um auf unsere alte Räuberhöhle zu sprechen zu kommen, nicht wahr? Dann müssen Sie ihn ziemlich gut kennen."

Elizabeths Hals verengte sich. „Nicht gut, aber wir haben uns bei mehreren Gelegenheiten unterhalten. Einmal hat er mir über seine Familie erzählt – seine Stiefmutter, seine Abenteuer, als er bei Ihnen lebte und seine Schwester. So etwas."

Das Lächeln des Colonels schien zu gefrieren. „Darcy hat Ihnen von seiner Stiefmutter erzählt?"

„Tut mir leid, hätte ich sie lieber nicht erwähnen sollen?"

„Nichts dergleichen. Es ist einfach nur so, dass Darcy niemals über sie spricht, wenn er es vermeiden kann, deshalb hat es mich überrascht."

Sie musste sich in Acht nehmen, bevor sie ihm offenbarte, wie viel Darcy und sie miteinander geteilt hatten. „Nur nebenbei, als Erklärung dafür, warum ihr Vater ihn zu sich genommen hatte, um für seine Sicherheit zu sorgen. Über sie selbst hat er sehr wenig gesagt."

Colonel Fitzwilliam zog an seinem Halstuch. „Er hat Ihnen davon erzählt, was sie getan hat?", fragte er ungläubig.

„Er hat es nur erwähnt. Völlig irrelevant."

„Wenn Darcy auch nur darauf angespielt hat, dann war es alles andere als irrelevant. Bisher hat er meines Wissens nach noch nie darüber gesprochen, nicht einmal mit mir."

Konnte das wahr sein? „Dann muss ich ihn in einem ungewöhnlich redseligen Moment angetroffen haben. Ich bin mir sicher, dass das nichts weiter zu bedeuten hat. Ich erinnere mich nur daran, weil ich überrascht darüber war, dass er gesagt hatte, dass er seine Stiefmutter gemocht hatte. Für mich klang sie nicht besonders liebenswert."

Der Colonel sah sie seltsam an. „Ich habe sie kaum gekannt, aber Darcy hat sie geliebt. Zumindest bis er zu uns kam, um bei uns zu leben. Sie sagten, dass Sie Darcy in Hertfordshire kennen gelernt haben?"

Nun waren sie wieder auf sichererem Terrain zurück. „Sein Freund, Mr. Bingley, hatte gerade ein Haus gemietet, das nur ein paar Meilen von meinem eigenen entfernt liegt und Mr. Darcy war dort sein Gast."

„Um dieselbe Zeit hätte er dann also auch Mrs. Collins kennen gelernt."

„Ja, sie war auch eine Nachbarin. Mr. Darcy und ich waren beide Gäste auf Gesellschaften im Haus ihres Vaters, Lucas Lodge." Das war gut – Charlotte in den Mittelpunkt der Geschichte zu stellen lenkte von ihrer eigenen Rolle darin ab. „Sie hat etwa um dieselbe Zeit meinen Cousin, Mr. Collins, kennen gelernt. Ich war sehr traurig, sie aus der Nachbarschaft gehen zu sehen."

„Wie gut für Sie, dass Sie sie hier besuchen kommen können." Er sah sie abschätzend an.

Das Geräusch der sich schließenden Haustüre ersparte ihr die Antwort. Mr. Collins kräftige Gestalt erschien im Türrahmen, seinen Hut in den Händen.

„Was soll all dieser Unfug hier? Leute rennen hin und her, keine Magd an der Tür. Und wo ist meine Frau?" Und dann schlug sein Tonfall plötzlich von Verärgerung in Unterwürfigkeit um. "Ich bitte um Verzeihung, Colonel Fitzwilliam; ich habe Sie nicht gesehen. Bitte erlauben Sie mir, Sie in meiner bescheidenen Hütte willkommen zu heißen. Ich hoffe, dass meine Cousine Elizabeth sich um Ihr Wohlergehen gekümmert hat. Cousine, sicherlich warst du nicht die ganze Zeit mit dem Colonel alleine?"

Also hatte ihn die Neuigkeit noch nicht erreicht. Colonel Fitzwilliam war wieder blass geworden. Um ihm den Schmerz zu ersparen, die schlechten Nachrichten überbringen zu müssen, antwortete Elizabeth: „Ich fürchte, dass wir tragische und schockierende Nachrichten zu überbringen haben. Es gab einen schrecklichen Unfall. Lady Catherines Kutsche hat sich unweit von hier überschlagen. Der Kutscher war schwer verletzt und es tut mir sehr leid, Ihnen mitteilen zu müssen, dass Lady Catherine nicht überlebt hat."

Mr. Collins, der sich offensichtlich schwer damit tat, ihre Worte zu begreifen, fragte: „Lady Catherine? Oh nein, Cousine Elizabeth. Das müssen Sie falsch verstanden haben. Nichts dergleichen könnte ihr jemals geschehen."

„In der Tat wünschte ich, es wäre so, aber das ist es nicht. Colonel Fitzwilliam kann die Richtigkeit meines Berichts bezeugen. Charlotte war bei Lady Catherine, als sie den letzten Atemzug nahm und sie ist immer noch dort, um zu helfen und Trost zu spenden, wo immer sie kann, wie es sich für die Frau eines Pfarrers gehört."

Der Mund stand ihm offen. „Das kann nicht sein! Nicht Lady Catherine!" Es wirkte beinahe komödiantisch, wie seine Augen hervortraten. Zudem sah er erschütterter aus, als beide Neffen von Lady Catherine es getan hatten.

„Ihr Verlust tut mir sehr leid", sagte sie.

ALLEIN MIT MR DARCY: EINE VARIATION VON STOLZ UND VORURTEIL

„Wo ist sie? Ich muss sofort zu ihr gehen! Lady Catherine wäre höchst unerfreut, wenn ich nicht an ihrer Seite wäre."

Elizabeth verzichtete, ihn darauf hinzuweisen, dass Lady Catherine weit davon entfernt war, unerfreut zu sein. „Die Kutsche ist gleich hinter der nächsten Wegbiegung. Ich nehme an, sie befindet sich immer noch dort."

„Man darf nicht zulassen, dass sie im Freien gelassen wird! Das ist ein Affront gegen ihre Würde. Ich..."

Er wurde von Charlottes müder Stimme, die von hinten kam, unterbrochen. „In diesem Moment wird sie nach Rosings gebracht."

Mr. Collins wirbelte herum. „Meine liebe Charlotte! Sag, bist du verletzt? Du musst besser auf dich Acht geben!"

Charlotte sah auf ihre Röcke hinunter. „Das Blut ist nicht meines, sondern das von Lady Catherine - die arme Frau."

„Es ist höchst unangebracht für eine Pfarrersfrau, sich so in der Öffentlichkeit zu zeigen!"

„Das ist es in der Tat", antwortete Charlotte beschwichtigend. „Deshalb bin ich so bald als möglich hierher zurück gekehrt, als ihre Ladyschaft mich entbehren konnte. Aber solltest du nicht auf Rosings sein? Ich bin mir sicher, dass Miss de Bourgh deinen Beistand benötigen wird."

Er hielt sich die Hände. „Oh, das siehst du vollkommen richtig, meine Liebe! Ich muss mich sofort auf den Weg machen. Bitte entschuldigen Sie mich, Colonel Fitzwilliam, Cousine Elizabeth, aber die Pflicht ruft!" Er setzte sich den Hut auf den Kopf und eilte davon.

Der Colonel erhob sich langsam. „Ich sollte auch gehen, da nun Mrs. Collins hier ist. Im Namen meiner Familie, als auch meinem eigenen, danke ich Ihnen beiden für Ihre rasche Hilfe heute." Zumindest hatte er wieder ein wenig Farbe im Gesicht.

Elizabeth knickste. „Ich stehe in Ihrer Schuld, weil Sie mich zurück begleitet haben."

„Stets zu Ihren Diensten." Damit verbeugte er sich und machte sich auf den Weg.

Charlotte wischte sich die Stirn mit ihrem Ärmel ab. „Was für ein schrecklicher Tag!"

Elizabeth nahm sie beim Arm. „Komm, du musst ein frisches Kleid anziehen. Ich helfe dir dabei."

„Danke. Wer weiß, wann das Dienstmädchen wieder zurückkehren wird?"

Elizabeth folgte ihrer Freundin, als diese sich nach oben schleppte. Als sie im Schlafzimmer angekommen waren, konnte sie fühlen, wie Charlotte zitterte, als sie ihr die kleinen Knöpfe im Rücken ihres Kleides öffnete. „Du musst erschöpft sein. Es fällt mir schwer, mir vorzustellen, wie es für dich gewesen sein muss, bis zum Schluss bei Lady Catherine gewesen zu sein."

Charlotte stieg vorsichtig aus dem Kleid. „Es hätte schlimmer sein können. Zunächst hat sie einfach den Kutscher und Mr. Darcy beschimpft. Ich habe bis zuletzt gar nicht bemerkt, dass ihre Verletzungen wirklich gravierend waren."

„Sie hat es nicht erwähnt?" Das überraschte sie, von Lady Catherine hätte sie erwartet, dass sie in einem solchen Fall nicht still leiden würde.

ALLEIN MIT MR DARCY: EINE VARIATION VON STOLZ UND VORURTEIL

„Nur dass ihr das Bein weh täte, aber da sie ihre Beine immer schmerzten, dachte ich, dass es nur auf ihre unkomfortable Haltung zurückzuführen sei. Ich habe ihr geholfen, die Füße aus dem Wasser zu heben und dabei habe ich gesehen, dass sie blutete. Eine der Streben hatte ihr Bein direkt unterhalb der Hüfte durchbohrt. Es muss eine Schlagader getroffen haben, denn sobald sie sich bewegte, schoss auch schon das Blut heraus. Das war ein schrecklicher Anblick! Sie presste ihre Hand darauf, wollte mir aber nicht gestatten, die Blutung zu stoppen, aber ich hätte sowieso nichts mehr für sie tun können, bei einer so großen und tiefen Wunde. Es ging so schnell! Das Wasser unter ihr färbte sich rot, als ob es sich in Blut verwandelt hätte." Charlotte lief ein Schauder über den Rücken.

„Es tut mir leid, dass du so etwas durchleben musstest."

Charlotte schüttete Wasser in eine Schüssel und begann erbittert, sich die Hände zu schrubben. „Ich habe nie zu Albträumen geneigt, aber ich nehme einmal an, dass heute Nacht eine Ausnahme darstellen wird!"

Würden sich ihre eigenen Albträume um den schrecklichen Unfall drehen oder um den Moment, als sie realisiert hatte, dass sie Mr. Darcy zu Unrecht beschuldigt hatte? Wortlos reichte sie Charlotte ein Leinenhandtuch, damit sie sich die Hände trocknen konnte.

Ihre Freundin wühlte sich mit zittrigen Fingern durch ihren Kleiderschrank und zog einen einfachen Morgenmantel heraus. „Alles was ich jetzt will, ist mich mit einer Tasse Tee vors Feuer zu setzten und ich wage zu behaupten, dass es dir auch gut täte."

„Tee und ein Feuer klingen herrlich." Aber eine Gelegenheit, mit Mr. Darcy zu sprechen, wäre noch besser. Unglücklicherweise konnte es unter diesen Umständen eine Weile dauern, bis sich ihr die Gelegenheit dazu böte.

RICHARD BEDEUTETE DARCY, ihm den Gang hinunter zu seinem Zimmer zu folgen. Als sie beide drinnen angekommen waren, schloss Darcy die Tür und lehnte sich dagegen. „Das war ausgesprochen seltsam."

Sein Cousin griff bereits nach der Brandykaraffe. „Und das ist noch milde ausgedrückt." Seine Hand zitterte leicht, als er zwei Gläser einschenkte.

Darcy nahm eines entgegen, leerte es aber nicht sofort, im Gegensatz zu Richard. „Ich hatte immer den Eindruck, dass Anne ihre Mutter durchaus lieb gehabt hatte."

„So erschien es mir auch, obwohl ich es selbst nicht ganz verstehen konnte. Und dennoch hätte ich niemals gedacht, dass sie *lächeln* würde, wenn wir ihr von Lady Catherines Ableben erzählen."

Mit einem Stirnrunzeln fügte Darcy hinzu: „Diese seltsame Frage, die sie gestellt hat – ob wir uns einen Spaß mit ihr erlaubt hätten. Wie könnte sie annehmen, dass wir sie mit so etwas aufziehen würden?"

„Ich habe nicht die leiseste Ahnung. Vermutlich, sollten wir froh darüber sein, dass sie keinen Nervenzusammenbruch erlitten hat, aber es schien sie ja nicht im Geringsten zu berühren. Ich kann nicht behaupten, Anne gut zu kennen. Sie hat es immer vorgezogen, mit ihrer Gesellschafterin anstatt mit mir zu sprechen, aber offensichtlich kenne ich sie noch schlechter, als ich es gedacht hatte."

Darcy nippte an dem Brandy und ließ ihn sich die Kehle hinunter gleiten. „Ich habe es immer vermieden, mit ihr zu sprechen. Wenn ich auch nur in ihre Richtung gesehen habe, war das Grund genug für Lady Catherine, eine Tirade über die Vorteile einer Verbindung zwischen uns loszulassen. Aber ich muss zugeben, dass mich Annes Verhalten heute geschockt hat."

Richard leerte sein Glas schneller, als es einem guten Brandy gebührte, um es anschließend sofort wieder aufzufüllen. „Wenn wir es schon vom geschockt sein haben, ich nehme einmal an, dass die liebreizende Miss Bennet die junge Lady ist, der gegenüber du Hoffnungen hegst?"

Darcy sah ihn finster an. „Hat sie dir das gesagt?"

„Nicht im Geringsten. Ich könnte jetzt sagen, dass ich es wegen dieser komischen Unterhaltung über ihren Onkel weiß oder weil du sie beim Vornamen genannt hast oder ihre Hand neben dem Wrack der Kutsche gehalten hast. Aber ich war mir noch unsicher, bis ich erfahren habe, dass du ihr die Geschichte mit deiner Stiefmutter erzählt hast. *Das* war in meinen Augen ein genauso sicheres Zeichen wie eine Anzeige in der Times."

Natürlich. Elizabeth hatte nicht wissen können, dass das etwas war, worüber er nicht sprach. „Ich leugne nicht, dass sie die Frau ist, von der ich gesprochen habe, aber die Sache ist noch nicht entschieden. Wie du ja zuvor feststellen konntest, haben wir noch gewisse Dinge zu klären."

„Du bist dir nicht sicher, ob du sie heiraten möchtest?", fragte Richard scharf.

„*Ich* bin mir sicher, aber ich weiß nicht, wo ihre Wünsche liegen. Wir hätten heute vielleicht die Gelegenheit gehabt, alles zu klären. Aber weiß der Himmel, wann das wieder der Fall sein wird."

Richard nickte behäbig, aber aus seinen Augen war die Leere gewichen und durch einen nachdenklichen Blick ersetzt worden.

IM PFARRHAUS WAR ES still. Mr. Collins war noch nicht wieder aus Rosings Park zurück gekehrt. Charlotte war damit beschäftigt, ihre Kleidung mit Trauerflor zu besticken und schwarze Armbinden für die Bediensteten zu nähen. Elizabeth hatte ihr helfen wollen, doch Charlotte hatte ihr ruhig zu verstehen gegeben, dass sie ihr Buch lesen solle, als es deutlich wurde, dass sie zu rastlos war, um sich auf irgendeine Tätigkeit zu konzentrieren.

Doch es war ihr ebenso unmöglich, sich auf das Buch zu konzentrieren. Elizabeth konnte an nichts anderes als ihre unterbrochene Unterhaltung mit Mr. Darcy denken.

Wenn er die Wahrheit darüber gesagt hatte, dass er beim Haus der Gardiners gewesen war, dann musste sie ihm auch glauben, wenn er behauptete, dass ihr Vater ihm den Brief nicht gegeben hatte. Wenn nur genug Zeit gewesen wäre, um ihn zu fragen, was ihr Vater ihm gesagt hatte!

Vielleicht sollte sie Papa schreiben und die Wahrheit von ihm verlangen. Nein, das wäre auch keine Lösung. Selbst wenn ihr Vater es zugeben würde, könnte es Wochen dauern, bevor er sich dazu bequemen würde, ihr auf einen Brief zu antworten. Aber es gab jemanden, den sie zumindest teilweise zu Mr. Darcys Version der Geschichte befragen konnte.

„Charlotte, könnte ich irgendwo einen Brief schreiben?"

„Natürlich, im hinteren Wohnzimmer steht ein kleiner Schreibtisch."

„Danke." Sie war froh, eine Ausrede zu haben, um Charlottes scharfen Augen zu entkommen und eilte hinaus.

Auf dem Schreibtisch fand sie ausreichend Papier und Tinte, wenn auch der Federkiel wieder neu zugespitzt werden musste. In ihrer Ungeduld spaltete sie den Kiel, als sie versuchte, ihn anzuspitzen, aber zu ihrem Glück gab es noch einen zweiten. Dieses Mal war sie vorsichtiger und konnte schon bald mit dem Schreiben beginnen.

Kapitel 17

DARCY RIEB SICH MIT tintenverschmierten Fingern die Augen. Drei Briefe hatte er schon geschafft, sodass er nur noch ein Dutzend mehr schreiben musste. Gott-sei-Dank übernahm Richard die Hälfte davon. Anne hatte sich in ihr Bett begeben, da sie aber keinerlei Anzeichen von Leid zeigte, nahm Darcy an, dass es sich lediglich um einen Vorwand handelte, um sich um ihren Teil der Arbeit zu drücken.

Zu wissen, dass sich Elizabeth nicht weit weg im Pfarrhaus befand, lenkte ihn beständig ab. Er griff in seine Tasche, um das verschlissene Haarband zu berühren. So viel war noch ungeklärt geblieben. Wie konnte sie gedacht haben, dass er sie anlügen würde? Sie hatten viel zu besprechen und doch saß er hier, für die nächste Zukunft an einen Schreibtisch gefesselt. Aber selbst wenn er das nicht wäre, wäre es unanständig von ihm, ein Haus in Trauer zu verlassen, um einen Freundschaftsbesuch abzustatten. Lady Catherine wäre entzückt, wenn sie wüsste, wie viele Umstände sie sogar noch nach ihrem Ableben verursachte.

Er sah sich noch einmal die Liste an, die ihm die Hausdame verfasst hatte, und schrieb dann den nächsten

Namen auf ein frisches Blatt Papier. *Ich bedaure, Ihnen mitteilen zu müssen …*

Higgins klopfte an der Tür. „Mrs. Collins und Miss Bennet sind hier. Soll ich ihnen mitteilen, dass sie nicht im Hause sind?"

Das war es, was er tun *sollte*. Er hatte keine Zeit für Besucher, nicht mit dem Stapel an Korrespondenz, der vor ihm lag. Aber zum Teufel mit der Pflicht! Warum sollte er für Lady Catherines Fehler bezahlen müssen? Sein Atem ging schneller. „Führen Sie sie bitte herein."

Der Butler schürzte die Lippen auf eine Art und Weise wie er es immer getan hatte, wenn er vorhatte, Lady Catherine über Darcys unerwünschtes Verhalten zu informieren. Nun, er konnte ja Anne Bericht erstatten, wenn er meinte. Wäre Higgins auf Pemberley angestellt gewesen, wäre er schon lange gekündigt worden, weil er es wagte, sich ein Urteil über Personen von höherem Stand zu bilden. „Wenn es das ist, was Sie wünschen, Sir."

„Warum wohl hätte ich es gesagt, wenn es nicht das wäre, was ich wünschte?", schnauzte Darcy.

Higgins machte sich steifen Schrittes gekränkt davon. Zweifelsfrei entlassen – ohne Zeugnis! Darcy wünschte Anne Glück mit dem Personal, das sie geerbt hatte. Aber selbstverständlich hatte sie es niemals anders gekannt.

Mrs. Collins war natürlich vollkommen schwarz gekleidet, während Elizabeth leicht gedämpft in einem blassen Lavendelton erschien. Halb-Trauer, obwohl sie seine Tante nur einmal getroffen hatte? Sicherlich, es war respektvoll, aber Darcy hätte einiges darum gegeben, zu sehen, wie sie den Raum mit Farbe und ihrem Lachen erhellt hätte. Nur ein Tag und schon war er die Begräbnis-Stimmung satt. „Willkommen, Mrs. Collins, Miss Bennet."

Mrs. Collins lächelte kurz. „Mir ist bewusst, dass Sie sehr beschäftigt sein müssen, deshalb werden wir Sie nicht mit den üblichen Höflichkeitsfloskeln aufhalten. Wir sind gekommen, um zu kondolieren und aber auch, um zu sehen, ob wir uns in irgendeiner Weise nützlich machen können."

Wenn er nur um das bitten könnte, was ihm am meisten behilflich wäre – dass sie Elizabeth bei ihm ließ. „Das ist sehr freundlich von Ihnen, besonders, da wir Sie gestern ja schon behelligt haben. Ich muss mich noch einmal bei Ihnen für Ihr beherztes und besonnenes Eingreifen am Ort des Geschehens bedanken."

Elizabeths schöne Augen ruhten auf ihm. „Das war das Mindeste, was wir unter den Umständen tun konnten, und wir wären trotzdem froh, wenn wir von Nutzen sein könnten."

Allein der Klang ihrer Stimme beruhigte seine Nerven. Zu dumm nur, dass es unanständig wäre, wenn er sie um mehr als das bitten würde.

Mrs. Collins Stimme holte ihn aus seinen Gedanken. „Mir kam, dass Miss de Bourgh kein anwesendes weibliches Familienmitglied hat, das ihr bei der Vorbereitung des Körpers zur Hand gehen könnte, selbst wenn ihre Gesundheit es zuließe, dass sie diese Pflicht übernimmt. Ich wäre froh, meine Hilfe anbieten zu dürfen."

„Mrs. Collins, ich muss gestehen, dass es mir einen Erleichterung wäre. Meine Cousine hat sich in ihr Bett zurückgezogen und diese Pflichten Mrs. Jenkinson überlassen. Da sie sie nicht alleine erledigen kann, geht ihr die Hausdame zur Hand, aber ich weiß, dass meine Tante es vorgezogen hätte, wenn die Dienstboten nicht direkt in die Vorbereitungen involviert gewesen wären."

„Es wäre mir eine Ehre, zu helfen. Gibt es sonst irgendetwas? Lizzy hat natürlich auch angeboten, den Körper vorzubereiten, aber da sie Lady Catherine nur das eine Mal gesehen hat, dachte ich, dass das nicht angemessen wäre."

Elizabeth schaltete sich ein: „Natürlich habe ich darauf bestanden, sie in jedem Fall zu begleiten, falls ich mich in irgendeiner anderen Art und Weise nützlich machen kann." Doch ihre Augen schienen ihm eine andere Botschaft zu übermitteln. Oder lag es nur daran, dass er sich so sehr wünschte, sie wäre *seinetwegen* gekommen?

Er fing ihren Blick mit seinen Augen ein. „Ich bin sehr froh, dass Sie das getan haben. Sehr froh, obwohl ich denke, dass all die anderen Vorbereitungen gut voran schreiten. Richard und ich haben nichts zu beklagen, abgesehen von exzessiver Korrespondenz, die uns den größten Teil des Tages beschäftigen wird."

Richard kam mit langen Schritten in den Raum. „Und wie ich mich beschweren werde! Ich fühle mich, als ob ich wieder die Schulbank drücken muss. Guten Morgen, Ladys."

Mrs. Collins Brauen zogen sich zusammen. „Ist Mr. Lymon nicht verfügbar?"

Darcy sah sie mit finsterer Miene an. „Lady Catherines sogenannter Sekretär? Ich habe heute Morgen festgestellt, welch großes Talent er in der Kunst der Schmeichelei besitzt, dabei aber nicht einmal den einfachsten Brief aufsetzen kann, ohne konstant angewiesen zu werden und das auch nur in kaum adäquater Handschrift, die sicherlich nicht für formelle Korrespondenz geeignet ist."

Elizabeths Lippen kräuselten sich zu einem leichten Lächeln. „Ich bin kein Sekretär, aber ich habe eine schöne Handschrift. Wenn die Briefe nicht zu persönlich sind, könnte ich Ihnen vielleicht assistieren."

Er sollte ihr Angebot nicht annehmen. Sie war noch kein Teil der Familie und er sollte einer Dame nicht die Arbeit eines Schreibers auferlegen. Aber es würde ihm eine Ausrede liefern, sie an seiner Seite zu behalten, und das war ihm wertvoller als Diamanten.

Dankenswerterweise hatte Richard keine derartigen Skrupel. „Miss Bennet, Sie müssen ein Engel sein, den uns der Himmel geschickt hat! Ich stünde für immer in Ihrer Schuld. Nun ja, Darcy kann ein strenger Arbeitgeber sein, aber ich nehme an, dass Sie Mittel und Wege besitzen, das Tier in ihm zu zähmen." Er zwinkerte Elizabeth zu.

Darcy antwortete würdevoll: „Wenn es nicht zu viele Umstände macht, dann wäre ich äußerst dankbar für Ihre Hilfe." Sie konnte keine Vorstellung davon haben, wie dankbar er tatsächlich war.

AM FOLGENDEN TAG KEHRTE Mr. Collins bis zur Dämmerung nicht zum Pfarrhaus zurück. „Was für eine feine Sache es doch ist, nach einem langen Tage in meine bescheidene Hütte zurückzukehren! Und was für ein Tag es gewesen ist! Ich wage zu behaupten, dass Lady Catherine äußerst zufrieden damit gewesen wäre."

ALLEIN MIT MR DARCY: EINE VARIATION VON STOLZ UND VORURTEIL

Charlotte legte ihre Arbeit beiseite. „Ich bin mir sicher, dass du das Begräbnis ganz vorbildlich durchgeführt hast. Hast du auf Rosings diniert oder sollen wir dir hier noch etwas zusammenstellen?"

Mr. Collins Brust plusterte sich auf. „Ich habe in der Tat auf Rosings diniert, und wurde dazu von keinem Geringeren als Lord Matlock eingeladen! Seine Herablassung kann beinahe an der von Lady Catherine gemessen werden. Ich habe keinen Zweifel daran, dass er allgemein als einer der größten Männer Englands bekannt ist."

Elizabeth verkniff sich ein Lächeln. Sie fragte sich, wie Mr. Collins darauf reagieren würde, wenn er herausfand, dass sie die Nichte von Lord Matlock werden würde. Sie konnte es selbst kaum glauben. Am vorigen Tag hatten sie keine Gelegenheit gehabt, alleine miteinander zu sprechen, aber Darcys Lächeln und seine zarten Berührungen an ihrem Arm, als sie ihm mit den Briefen zur Hand gegangen war, hatten sie davon überzeugt, dass er tatsächlich vorhatte, sein lange gehegtes Versprechen zu halten und sie zu heiraten. Wenn sie nur an ihn dachte, wollte sie sich am liebsten umarmen!

Charlotte meinte: „Das ist in der Tat eine Ehre! Wir haben dich und die anderen Gentlemen gesehen, als ihr in der Beerdigungsprozession vorbeigegangen seid."

Elizabeth hatte nur Augen für Mr. Darcy gehabt. Mehr als nur einmal hatte sie gesehen, wie er zum Pfarrhaus hinüber blinzelte. Hatte er an sie gedacht?

Mr. Collins ging in einen langen Monolog über den Trauergottesdienst über und versäumte es dabei nicht, zu erwähnen, wo jeder der Gentlemen am Grab gestanden hatte und welches Mienenspiel sie an den entscheidenden Stellen seiner Predigt gezeigt hatten. „Ich muss das so sagen, ich denke, dass das eines meiner besten Begräbnisse war! Lord Matlock schien höchst beeindruckt zu sein. Er sagte sogar, dass Lady Catherine Glück gehabt habe, mich als Pfarrer zu haben. Gott hab' sie selig!"

Charlotte sagte beschwichtigend: „Es ist uns allen ein großer Verlust, aber ganz besonders dir, da du sie so gut kanntest."

„Das ist wahr, er geht mir über alle Maßen zu Herzen. Aber ich weiß, dass sie heute Abend überglücklich wäre, denn all ihre Pläne werden doch noch Wirklichkeit! Aber ich greife meiner Erzählung vor. Nachdem wir nach Rosings gegangen waren, verlas der Anwalt Lady Catherines Testament, das, wie ich annehme, den anwesenden Gentlemen durchaus eine Überraschung war. Lord Matlock hatte es eindeutig nicht erwartet." Mr. Collins rieb sich die Hände.

„Warum? Was war so überraschend? Hat sie nicht alles Miss de Bourgh hinterlassen?"

„Das war es, was jeder erwartete. Aber hier kommt Lady Catherines wahre Brillianz zum Vorschein! Miss de Bourgh wird ihre Erbschaft nur erhalten, wenn sie noch dieses Jahr mit Mr. Darcy verheiratet ist. Wenn sie nicht heiraten werden, wird sie keinen Penny bekommen und Rosings wird an einen entfernten Cousin gehen. Aber natürlich könnte Mr. Darcy es niemals zulassen, dass seine Cousine ihre Erbschaft verliert, und so wird Lady Catherines sehnlichster Wunsch schon bald in Erfüllung gehen! Ist das nicht der

klügste Einfall, von dem du jemals gehört hast, meine
Liebe?"

Elizabeth starrte ihn mit trockenem Mund an. Konnte
es wahr sein? Mr. Darcys nahm seine Verantwortung der
Familie gegenüber sehr ernst. Hatte es Lady Catherine doch
noch geschafft, ihre Pläne noch aus dem Grab heraus zu
durchkreuzen?

Charlotte warf ihr einen besorgten Blick zu. „Äußerst
klug, in der Tat. Was hat Mr. Darcy gesagt, als das ans Licht
kam?"

„Zunächst gar nichts, wobei er keinen allzu erfreuten
Eindruck machte. Lord Matlock meinte, er sei sich sicher,
dass Darcy wisse, wo seine Pflicht liege und Darcy
antwortete ihm, dass das weder der richtige Ort noch die
richtige Zeit sei, um diese Diskussion zu führen. Als der
Anwalt fertig war, ging er und dinierte nicht mit dem Rest
von uns. Ohne Zweifel war er schon bei Miss de Bourgh, die
ihr Dinner in ihren Räumlichkeiten einnahm."

Trotz des hohlen Schmerzes in ihrer Brust, konnte
Elizabeth es sich vorstellen – Darcy, wie er in stillem Zorn
davon schritt, um sich seine Wunden ungestört zu lecken. Er
musste rasend vor Wut sein, dass man ihn in eine solche Lage
gebracht hatte. Er hätte diese unerwartete Wendung nicht
eher vorhersehen können, als sie selbst. Das Schicksal hatte
ihnen beiden einen bösen Streich gespielt.

„Lizzy, haben sich deine Kopfschmerzen
verschlimmert?", fragte Charlotte. „Vielleicht solltest du
dich für eine Weile hinlegen und ausruhen."

„Meine Kopfschmerzen? Oh, ja", antwortete Elizabeth stumpfsinnig. „Du hast vollkommen recht. Ich werde gleich nach oben gehen und mich ausruhen."

Wenn man lautloses Schluchzen in ihr Kissen hinein Ruhe nennen konnte, dann ruhte sie für eine ganze Weile.

AM NÄCHSTEN TAG ERREICHTE ein Brief aus der Gracechurch Street Hunsford, während Charlotte mit ihrem Ehemann auf Rosings war. Elizabeth sah ihn teilnahmslos an. Warum sollte sie sich aufraffen, ihn zu lesen, wenn die Antwort doch keinen Unterschied mehr machte? Ihre letzte Hoffnung war gewesen, dass Mr. Darcy sie heute Morgen kontaktieren würde. Er musste wissen, dass Mr. Collins den Inhalt des Testaments zum Besten gegeben hatte. Aber sie hörte nichts von ihm.

Mit einem Seufzer brach sie das Siegel auf dem Brief ihrer Tante.

Meine liebste Lizzy,

wie es sich so fügt, muss ich mich gar nicht an deinen Onkel wenden, da ich über die Sache schon Bescheid weiß. Du warst etwa vierzehn Tage hier gewesen, als Mr. Darcy vorbeikam und unsere liebe Jane zu sehen wünschte. Du und ich waren mit den Kindern unterwegs, als sie seine Karte bekam. Da sie sich nicht sicher war, wie sie sich nun am besten verhalten sollte, insbesondere da ihre Bekanntschaft mit ihm zu flüchtig war, um einen Besuch zu rechtfertigen, fragte sie deinen Onkel um Rat.

Mit deiner Situation im Hinterkopf, konnte dein Onkel nur annehmen, dass Mr. Darcy Jane zu sehen wünschte, um deinen Aufenthaltsort herauszufinden. Dass er einen solchen Schritt unternahm, anstatt sich an deinen Vater zu wenden, zeigte ihm, dass seine Absichten nicht ehrbar waren. Zunächst machte dein Onkel den Vorschlag, dass Jane ihn empfangen und ihm sagen solle, sie sei nicht sicher, wo du dich befändest, und ihn an euren Vater weiter verweisen solle, doch Jane bezweifelte, dass sie dazu fähig wäre, ihn so zu täuschen. Dein Onkel, der besorgt war, dass du wiederkehren könntest, bevor Mr. Darcy gegangen war, beschloss, ihn selbst nach Longbourn zu schicken und sagte Mr. Darcy, dass Jane uns schon verlassen habe und wieder zu Hause sei. Mr. Darcy missfiel diese Antwort sichtlich, aber er suchte deshalb keinen Streit.

Hinterher beschlossen dein Onkel und ich, dass es besser für dich wäre, wenn du von dem Zwischenfall nichts wüsstest, da es dich nur noch mehr aus der Bahn werfen würde, wenn du herausfändest, dass Mr. Darcy vorhatte, seine Vorteile aus deinem verlorenen guten Ruf zu ziehen. Wenn das unerfreuliche Konsequenzen hatte, dann tut es mir wirklich leid. Wir haben in deinem besten Interesse gehandelt.

Also *war* es wahr. Nicht dass sie es wirklich bezweifelt hatte, zumindest nicht mehr seit dem Tag, an dem Lady Catherine zu Tode gekommen war, aber es war noch einmal anders, es mit Sicherheit zu wissen – und just dann, als es zu spät war.

Wenn ihr Vater ihm nur den Brief gegeben hätte oder die Gardiners ihr von seinem Besuch erzählt hätten, nach dem sie sich so sehr gesehnt hatte, dann wäre sie nun schon lange verlobt, wenn nicht sogar schon mit ihm verheiratet. Wut breitete sich in ihrer Brust aus. Die Menschen, die sie liebten, hatten sie ihre Chance auf ein glückliches Leben gekostet und nun würde sie für den Rest ihres Lebens bereuen, was sie verloren hatte. Was sie und Darcy *beide* verloren hatten, denn sie bezweifelte nicht, dass er dieselben Gefühle der Reue über die ihnen versagte Zukunft hegte. Wie hatte ihre Familie ihr das antun können?

Aber das dünne Stimmchen ihres Gewissens schlich sich in ihre Gedanken und wollte sich nicht unterdrücken lassen. Es war auch *ihr* Fehler. Wenn sie Mr. Darcys Antrag während des Sturmes angenommen hätte, oder wenn sie mit ihrem Vater zu Mr. Darcy gegangen wäre, oder wenn sie auch nur die Gardiners über ihre Hoffnungen und Erwartungen aufgeklärt hätte, dann wäre nichts davon geschehen. Ihr Stolz hatte sich durchgesetzt und sie hatte es geheim gehalten, sodass niemand bemerkte, wie enttäuscht sie war. Oder wenn sie nur an ihrem ersten Abend hier in Kent auf Mr. Darcy gehört hätte, dann hätten sie damals schon zu einer Einigung kommen können und Lady Catherine hätte sich nicht entschlossen, die Straße hinunter in ihren Tod zu rasen. Nein, ihr Verlust war genauso sehr ihr eigener Fehler und sie konnte niemanden außer sich selbst Vorwürfe machen.

Nun musste sie ihre Strafe annehmen und wieder den Tatsachen ins Auge sehen. Wenn sie weiterhin in Kent blieb, erreichte sie damit nicht mehr, als ihr Herz noch weiter zu brechen. Es war schwer genug, zu wissen, dass Mr. Darcy Miss de Bourgh heiraten musste, ohne es sich von ihm anhören zu müssen. Nein, es wäre besser, wenn sie abreiste und sich die paar guten Erinnerungen bewahrte – und auch bevor sie schwach wurde und auf einen eingeschränkten Kontakt zu ihm zu hoffen begann.

ALLEIN MIT MR DARCY: EINE VARIATION VON STOLZ UND VORURTEIL

Aber sang- und klanglos konnte sie ihn nicht verlassen. Sie legte den Brief ab, ging zu dem kleinen Schreibtisch hinüber und holte ein Blatt Papier hervor. Dieses Mal musste der Kiel nicht gespitzt werden und das Tintenfass war so voll, dass sie auch deswegen keine Ausrede zur Verzögerung hatte. Sie nahm einen tiefen Atemzug und begann zu schreiben.

LIEBER MR. DARCY,

inzwischen müssen Sie mitbekommen haben, dass ich nach London aufgebrochen bin. Mr. Collins hat mich über die Bedingungen im Testament Ihrer Tante aufgeklärt und ich verstehe voll und ganz, dass Ihre Verantwortung Ihrer Cousine gegenüber der wesentlich nebulöseren gegenüber einer Frau in meiner Position, vorrangig ist. Vor allem, wenn sie Ihnen gegenüber so unhöflich war, wie ich es während meines Aufenthaltes in Kent war. Ich erwarte nicht von Ihnen, dass sie eine andere Entscheidung treffen, also bitte glauben Sie mir, wenn ich Ihnen sage, dass ich es verstehe.

Bezüglich meiner Unhöflichkeit – ich habe aus London die Bestätigung erhalten, dass Sie meinem Onkel tatsächlich einen Besuch abgestattet hatten, so wie Sie es beteuert hatten. Bitte akzeptieren Sie meine Entschuldigung dafür, dass ich Ihnen nicht geglaubt hatte.

Sie hielt inne und tippte sich mit dem Federkiel gegen die Lippen. Sollte sie es dabei belassen? Es gab noch so viel mehr, was sie ihm sagen wollte, obwohl es keinem vernünftigen Zweck diente. Aber es würde niemals irgendjemand anderen geben, dem sie ihr Herz würde ausschütten können und sie wollte, dass er es wusste. Er hatte es verdient.

Ich hätte auf ein Wiedersehen nicht so ungünstig reagiert, wenn die letzten Monate nicht so schmerzhaft gewesen wären. Als der Skandal ausbrach, fühlte ich mehr Erleichterung als irgendetwas anderes, weil es mir eine Entschuldigung geben würde, Ihnen zu schreiben und Ihren Antrag anzunehmen. Ich hatte nicht geahnt, wie sehr ich Ihre Gesellschaft nach dem Sturm vermissen würde, noch hatte ich verstanden, wie sich meine eigenen Gefühle Ihnen gegenüber verändert hatten. Als ich den Brief schrieb, den mein Vater Ihnen übergeben sollte, habe ich mit Freuden darauf gewartet, wieder mit Ihnen zusammen zu sein.

Ich weiß immer noch nicht, was zwischen Ihnen und meinem Vater geschehen ist, aber als er mir sagte, dass er Sie getroffen hätte und Sie keinerlei Absichten hätten, mich zu heiraten, gab es keinen Grund, ihm nicht zu glauben. Ich war am Boden zerstört, obwohl ich Sie kaum dafür verantwortlich machen konnte, aber es hat mich tief verletzt. Der Gedanke, Sie nie wieder zu sehen, war noch schmerzhafter, als der Realität meiner Schande ins Auge zu sehen. Ich schreibe Ihnen das nicht, um Ihnen Schmerzen zu bereiten, sondern in der Hoffnung, Ihnen damit zu verstehen zu geben, warum ich nichts mit Ihnen zu tun haben wollte, als ich Sie wieder sah.

Irgendwann verwandelte sich meine Trauer in Wut darüber, sitzen gelassen zu werden und auch herausfinden zu müssen, dass Sie nicht der Mann waren, für den ich Sie hielt. Ich weiß, dass das auf falschen Vermutungen beruhte. Als ich Sie das erste Mal auf Rosings erblickte – Charlotte hatte mich über Ihre Anwesenheit nicht vorgewarnt – konnte ich nur *annehmen, dass unser Aufeinandertreffen reiner Zufall war und aller Wahrscheinlichkeit nach eine Erinnerung an eine Episode, die Sie am liebsten vergessen wollten. Ich konnte es nicht ertragen, dem ins Gesicht zu sehen und so habe ich Sie gemieden. Als Sie bestätigten, dass Sie meinen Brief erhalten hatten, war mein letzter Hoffnungsschimmer dahin, dass Sie vielleicht nicht dafür verantwortlich zu machen seien, mich verlassen zu haben. Danach habe ich nicht zu hoffen gewagt, doch ich kann Ihnen nicht beschreiben, wie unglaublich erleichternd es war, als Sie mir bewiesen, dass Sie die Wahrheit gesagt hatten. Es war eine vollkommen unerwartete Atempause von einer <u>Qual</u>, die ich nie wieder zu erleben hoffe.*

Ich wünschte, ich hätte die Möglichkeit, Ihnen diese Dinge persönlich mitzuteilen, aber ich glaube, wir beide verstehen, dass es besser ist, wenn wir uns nicht mehr wiedertreffen. Ich habe vor, zunächst einmal wieder in das Haus meines Onkels zurückzukehren. Sollten Sie mich jemals wieder kontaktieren müssen, werde ich sowohl Charlotte, als auch meinen Onkel darüber informieren, dass sie Ihnen meine Adresse mitteilen dürfen. Da ich die Rolle meines Vaters in dem Ganzen nicht verstehe, habe ich vor, ihm nichts davon mitzuteilen, aber ich sehe in keinem Fall eine Zukunft für mich auf Longbourn.

Ich möchte nur noch hinzufügen, dass Gott Sie segnen möge und dass ich hoffe, dass Ihre Ehe mit Miss de Bourgh Ihnen auf irgendeine Weise mehr Glück bescheren möge, als Sie es im Augenblick erwarten.

In tiefer und beständiger Zuneigung und Respekt,

E. Bennet

Sie blinzelte, um die Tränen zurückzuhalten, schob den Brief von sich und schloss das Tintenfass, bevor sie der

Versuchung nachgab, ihre Seele noch mehr zu offenbaren. Entschlossen tupfte sie sich die Augen mit einem Taschentuch. Das war nicht die richtige Zeit, um zu weinen. In London hätte sie mehr als genug Gelegenheit für Tränen. Nein, nun war es Zeit, zur Tat zu schreiten.

Der erste Schritt bestand darin, ihre Siebensachen zu packen. Sie zog ihren schweren Koffer aus der Garderobe und schrie auf, als er auf ihren Zehen landete. Wie konnte ein leerer Koffer so viel wiegen? Sie hoppste auf ihrem heilen Fuß zu einem Stuhl und zog sich ihren Slipper und den Strumpf aus. Ihr großer Zeh war gerötet und begann auch schon, anzuschwellen. Da sie ihn aber noch bewegen konnte, bezweifelte sie, dass sie sich ernsthaften Schaden zugefügt hatte. Seinem Unbehagen nach zu urteilen, als sie den Strumpf wieder anzog, schien ihr Zeh das anders zu sehen.

Sie humpelte zur Garderobe zurück, sah den Koffer finster an, als sie ihn öffnete und ihr ein muffiger Geruch entgegen schlug. Offensichtlich musste er gelüftet werden, bevor sie ihn packen konnte.

Wie auch immer, Charlotte war nun vermutlich schon wieder aus Rosings zurück, sodass sie ihr auch genauso ihre Pläne mitteilen konnte. Der Weg nach unten war einigermaßen gut zu machen, wenn sie auf der Ferse des verletzten Fußes lief, auch wenn der Zeh immer noch pochte.

Charlotte kramte sich in ihrem Wohnzimmer gerade durch Stickgarne und summte dabei vor sich hin. Ihre Augenbrauen zogen sich zusammen, als sie Elizabeth erblickte. „Was ist los, Lizzy?"

ALLEIN MIT MR DARCY: EINE VARIATION VON STOLZ UND VORURTEIL

Elizabeth hob ihren Fuß einige Zentimeter an. „Ich habe mich am Zeh verletzt, aber es ist nichts Schlimmes. In einer oder zwei Stunden wird es schon viel besser sein."

„Das habe ich nicht gemeint." Charlotte spielte zweifellos auf ihre roten Augen an.

Verflixt und zugenäht! Sie hätte ihr Gesicht waschen und warten sollen, bis alle Anzeichen für ihre Tränen vergangen waren, bevor sie herunter kam. „Nur das Übliche", winkte sie ab. „Ich habe mich entschieden, dass ich morgen nach London zurück kehren werde. Mr. Darcy habe ich einen erklärenden Brief geschrieben, von dem ich mir erhoffte, dass du so lieb sein würdest, ihn ihm zu überbringen."

„Aber du kannst noch nicht gehen!" Charlotte klang wirklich getroffen.

Elizabeth schloss für einen Augenblick die Augen, um ihre Fassung wieder zu erlangen. „Das weiß ich zu schätzen, aber du musst verstehen, dass ich nicht hier sein möchte, wenn seine Verlobung bekannt gegeben wird."

„Das habe ich nicht gemeint. Es ist nur, dass ... ach du meine Güte, es sollte eine Überraschung sein, aber ich nehme an, dass ich es dir jetzt sagen muss. Ich habe mich lange mit Colonel Fitzwilliam unterhalten und er plant, uns beide morgen zur Küste mitzunehmen. Er hat sich um eine Kutsche und Räumlichkeiten in einem Gasthaus gekümmert und Miss de Bourgh hat angeboten, Mrs. Jenkinson als unsere Anstandsdame mitfahren zu lassen. Sie meinte, dass Miss Holmes genauso gut bei ihr bleiben könne und Mrs. Jenkinson die Seeluft gut tun würde. Der Colonel war deswegen so aufgeregt und ich würde mich schrecklich fühlen, wenn wir nicht fahren würden, nach all der Mühe, die er sich mit den Planungen gemacht hat."

Elizabeth schwankte. Es war eine nette Geste des Colonels und sie fragte sich, ob er geahnt hatte, dass ihr Ablenkung gut tun würde. Sicherlich hegte er einen Verdacht, was ihre Vergangenheit mit Mr. Darcy anging. „Ich nehme an, dass ich solange abwarten könnte. Immerhin würde ich so gerne das Meer sehen." Und vielleicht würde es ihr die Zeit geben, die sie benötigte, dass sich ihr Gemüt wieder ein wenig erholte, ehe sie nach London zurückkehrte.

Charlotte klatschte in die Hände. „Wunderbar! Das sind großartige Neuigkeiten. Da du jetzt von unseren Plänen weißt, kannst du mir dabei helfen, auszusuchen, was ich mitnehmen soll. Der Colonel sagt, dass es an der Küste kälter ist und der Wind sehr stark sein kann, also sollten wir uns dagegen wappnen."

DER EARL OF MATLOCK schritt in die Bibliothek. „Ah, Darcy. Hier bist du. Ich wollte mit dir über Anne sprechen."

„Ich habe nicht vor, Anne zu heiraten."

„Schon gut, es eilt ja nicht. Da Anne in Trauer ist, vergeht in jedem Fall ein halbes Jahr, bevor sie dich heiraten kann. Es wäre das Beste, wenn du dich so bald als möglich darum kümmern würdest, aber du hättest immer noch sechs Monate, um deine Freiheit zu genießen."

„Ich heirate Anne überhaupt nicht. Nicht in sechs Monaten, nicht in alle Ewigkeit." Darcy nahm sich demonstrativ ein Buch und öffnete es.

ALLEIN MIT MR DARCY: EINE VARIATION VON STOLZ UND VORURTEIL

Es entstand eine unangenehme Stille, aber Darcy weigerte sich, Lord Matlock die Genugtuung zu geben, zu ihm aufzublicken. Stattdessen blätterte er langsam um und gab vor, zu lesen.

„Darcy, keiner möchte dich zu einer Heirat zwingen, die du nicht willst, aber das ist kein gewöhnlicher Fall. Hier besteht überhaupt kein Zweifel an deinen Pflichten."

„Lady Catherine wusste, dass sie sich auf dich verlassen konnte, genau das zu sagen. Es war *ihre* Pflicht, für Anne vorzusorgen."

„Das ist Unsinn! Catherine war immer halsstarrig und lästig, aber sie wollte nur das Beste für Anne und dich. Für beide Seiten ist es eine vorteilhafte Verbindung und Anne gehört zur Familie, sodass wir wissen, dass sie vertrauenswürdig ist. Und trotzdem hätte ich dich unterstützt, wenn du sie nicht hättest heiraten wollen. Aber nicht auf Kosten von Rosings. Es ist ein wichtiger Bestandteil unseres Vermögens."

„Weder brauche, noch will ich Rosings. Pemberley erfüllt all meine Bedürfnisse."

„Es ist deine Pflicht deiner Familie gegenüber! Wir profitieren alle von den stärkeren Verbindungen. Und du weißt genauso gut wie ich, dass Pemberley einen Erben braucht."

„Mein Cousin John Darcy ist Pemberleys Erbe."

„Du würdest Pemberley einem entfernten Cousin überlassen? Darcy, wir haben so viel geopfert, um Pemberley in die Fitzwilliamfamilie zu bringen, und all das wäre dahin, wenn du ohne einen Erben stirbst. Und denk an die arme Georgiana, die aus ihrem Heim verbannt werden würde!"

Darcy zischte durch seine zusammengebissenen Zähne: „Ich habe sichergestellt, dass Georgianas Mitgift unangreifbar ist und dass sie ihr Leben lang ein ausreichendes Einkommen haben wird. Richard hat mir bei den Arrangements geholfen, falls du mir nicht glaubst."

Lord Matlock riss ihm das Buch aus der Hand, knallte es zu und warf es auf den Tisch. „Darcy, hör mir zu. Vor zwanzig Jahren habe ich dich in mein Haus geholt und mir damit nicht nur deinen Vater, sondern auch die sehr reiche Familie *dieser Frau* nicht gerade zum Freund gemacht. Ich habe dich kaum gekannt, aber du warst ein Fitzwilliam und deswegen habe ich um das Recht gekämpft, für deine Sicherheit zu sorgen. Ich habe dich niemals um eine Gegenleistung gebeten. Heute Abend erbitte ich etwas von dir, ich bitte dich darum, deine Pflicht unserer Familie gegenüber zu übernehmen, auf dieselbe Art und Weise, wie ich es damals für dich getan habe. Heirate Anne."

Darcys Finger vergruben sich in den Stuhllehnen. Er hatte das einzige Argument gefunden, welches ihn zum Zweifeln bringen konnte. „Ich ehre und respektiere dich für alles, was du für mich getan hast und auch für dein Engagement für die Familie. Ich würde beinahe alles tun, worum du mich bittest, aber es tut mir leid, das kann ich nicht tun." Es stellte sich also doch noch als Glücksfall heraus, dass Elizabeth dadurch kompromittiert war, dass sie ihm das Leben gerettet hatte. Wenn es nur um seine Liebe ihr gegenüber gegangen wäre, dann hätte er schweren Herzens ablehnen müssen, die Pflicht seiner Familie gegenüber und dessen was er Lord Matlock schuldig war zu erfüllen, um sein eigenes Glück sicherzustellen. Aber

ALLEIN MIT MR DARCY: EINE VARIATION VON STOLZ UND VORURTEIL

Elizabeth *war* kompromittiert worden und so war er seiner Ehre ebenso verpflichtet und sein Herz war dankbar darum. Aber es würde nur noch mehr Probleme heraufbeschwören, wenn er seinem Onkel von Elizabeth erzählen würde. Für ihn war die Familie wichtiger als Ehre.

Das Gesicht seines Onkels wurde rot, und er schlug mit der Faust auf den Tisch. „Verdammt nochmal, was stimmt nicht mit dir? Wir werden alles verlieren, wofür wir in den letzten zwei Generationen gearbeitet haben! Wenn wir beides verlieren, Rosings und Pemberley, wird uns das um Jahrzehnte zurückversetzten. Hast du eine Ahnung davon, wie hart ich mein ganzes Leben lang gearbeitet habe, um unsere rechtmäßige Stellung in der Gesellschaft wieder herzustellen? Und du wirst es für etwas so Geringes riskieren?"

Wenn er nur einen Brandy hätte, um seinem trockenen Mund Erleichterung zu verschaffen. „Die Ehe ist nichts Geringes und du hast Pemberley nicht verloren. Und was Rosings angeht – für seinen Verlust ist Lady Catherine verantwortlich zu machen, nicht ich."

„Sprich nicht schlecht über die Toten!"

Richard steckte seinen Kopf zur Tür herein. „Da bist du, Darcy! Versteckst du dich vor mir?"

„Raus!", brüllte Lord Matlock und zeigte mit dem Finger auf ihn.

Mit erhobenen Augenbrauen und einem Blick voll tiefem Mitgefühl für Darcy machte sich Richard übertrieben auf Zehenspitzen davon. Sein Vater schnaubte seinem sich entfernenden Rücken hinterher und drehte sich wieder zu seiner Beute um.

CHARLOTTE ÖFFNETE DIE gefaltete Nachricht, las sie und drehte sich dann zu dem Jungen um, der sie gebracht hatte. „Bitte sag Colonel Fitzwilliam, dass wir ihn erwarten werden."

Der Junge nickte und machte sich davon. Charlotte las die Nachricht noch einmal durch und runzelte die Stirn.

„Ist etwas geschehen?", wollte Elizabeth wissen.

„Ich weiß nicht. Colonel Fitzwilliam möchte früher als geplant aufbrechen. Er schreibt: ‚Mein Vater ist fuchsteufelswild und unschöne Szenen beim Frühstück verträgt meine empfindliche Verdauung nicht besonders'" Sie lachte. „Nur er würde so etwas schreiben! Seine empfindliche Verdauung, in der Tat!"

Kapitel 18

ELIZABETH WAR AM NÄCHSTEN Tag sehr früh wach und zum Aufbruch bereit. Liebeskummer, hatte sie beschlossen, war ein probates Mittel, um Langschläfer zu kurieren. Es war wesentlich besser, aufzustehen und sich abzulenken. Abgesehen davon, hatte sie sich seit ihrer Kindheit danach gesehnt, zum Meer zu fahren und sie hatte nicht vor, die ganze Reise über Trübsal zu blasen.

Kurz nach dem Frühstück fuhr eine elegante, geschlossene vierspännige Kutsche vor dem Pfarrhaus vor. Offensichtlich würden sie stilsicher reisen. Elizabeth fragte sich, ob es eine von Lady Catherines Kutschen war oder ob Mr. Darcy seine zur Verfügung gestellt hatte. Bei der Erinnerung an ihn musste sie heftig schlucken.

Der Kutscher nahm ihre Taschen und verzurrte sie hinten sicher, während Colonel Fitzwilliam die Stufen hinunter klappte. Elizabeth meinte, gesehen zu haben, wie er Charlotte zuzwinkerte, als er ihr seine Hand zum Einsteigen anbot und fragte sich, ob sich ihre Freundin einen kurzen Flirt mit dem guten Colonel gönnte. Auf jeden Fall war sie außergewöhnlich guter Laune gewesen, als sie am vorigen Tag aus Rosings zurückgekehrt war.

Elizabeth nahm die ihr vom Colonel dargebotene Hand und stieg vorsichtig hinauf. Sie hatte sich den Zeh verbunden, bevor sie ihre Stiefeletten angezogen hatte, aber dennoch verspürte sie einen scharfen Schmerz, wenn sie ihr Gewicht auf diesen Fuß verlagerte, und so lehnte sie sich mit der anderen Hand gegen die Tür der Kutsche, als sie sich zum einsteigen duckte. Erst als Colonel Fitzwilliam die Türe schloss und sich an ihr vorbeiduckte, gewöhnten sich ihre Augen an die Dunkelheit und brachten eine weitere Person zum Vorschein, die ihr gegenüber im Schatten saß. Ihr Herz hämmerte, als sie sah, dass Mr. Darcys Augen auf ihr ruhten und ein leichtes Lächeln über sein Gesicht huschte.

Charlotte rief: „Was für eine wundervolle Überraschung! Ich hatte nicht gewusst, dass Sie sich uns anschließen, Mr. Darcy."

Elizabeth übersah den überraschten Blick nicht, den der Colonel ihrer Freundin zuwarf. Charlotte musste von Anfang an gewusst haben, dass er mitfahren würde. Wie konnte sie das schon *wieder* getan haben? Nun hatte sie sie schon zum zweiten Mal in denselben Hinterhalt gelockt. Elizabeth würde später ganz sicher noch ein paar Worte mit Charlotte wechseln müssen.

Darcy meldete sich zu Wort: „Wie könnte ich zurückbleiben, wenn eine solch angenehme Exkursion stattfindet?"

Der Colonel lachte. „Er war einfach eifersüchtig, dass ich all die liebreizenden jungen Damen ganz für mich allein haben würde!" Damit rückte er seine schwarze Armbinde zurecht, die verrutscht war.

ALLEIN MIT MR DARCY: EINE VARIATION VON STOLZ UND VORURTEIL

Elizabeth sah Darcy genauer an. Er trug nicht mehr länger das übliche schwarze Halstuch und die Armbinde, die man am Colonel sehen konnte. Wie seltsam, dass er schon nach ein paar Tagen auf die Trauerkleidung verzichtete! Sogar für eine Tante würde man drei Monate lang erwarten, dass er sie trug.

Und doch war sie froh, dass er es nicht tat. Lady Catherine war der wahre Grund für ihre Trennung. Warum sollte sie ihr den Gefallen tun und ihren Verlust betrauern? Darcys Entscheidung war der Beweis dafür, dass auch er sich von Lady Catherine betrogen fühlte.

Das erste Mal in gefühlten Tagen merkte Elizabeth, wie sich ihre Lippen zu einem echten Lächeln kräuselten. Er wollte dasselbe wie sie und es gab keinen Grund, weshalb ihr Verhältnis zueinander getrübt sein sollte. Sie hatte die Wahl, ob sie die nächsten Tage damit zubringen wollte, über seinen Verlust zu grübeln oder ob sie diese kurze Atempause mit ihm zusammen genießen wollte und den Schmerz, den die Zukunft ihr bringen würde, beiseite schieben würde. Ja, sie würde das Geschenk, das diese beiden Tage waren, annehmen und sich im Herzen bewahren, direkt neben den Erinnerungen an den Schneesturm.

„Außerdem", fügte Darcy hinzu, „möchte ich um nichts in der Welt Miss Elizabeths Gesicht missen, wenn sie den ersten Blick auf das Meer erhascht – also das, mit dem Wasser drin."

Die Kutsche setzte sich in Bewegung. Obwohl es vermutlich die am besten gefederdste Kutsche war, in der Elizabeth jemals gefahren war, übertönte das Rattern der Räder auf der schlechten Straße sämtliche Versuche einer

Kommunikation. Öffentliche Straßen waren in Hertfordshire niemals so schlecht instand gehalten.

Der Colonel bellte: „Nur noch eine Meile bis zur Hauptstraße, und dort wird es dann viel besser werden."

Elizabeth störte sich nicht daran. Die fehlende Unterhaltung gab ihr die Gelegenheit, Mr. Darcy einfach anzusehen, ohne ihr Interesse verbergen zu müssen. Immerhin saß er ihr direkt gegenüber. Hatte Charlotte das auch geplant? Und doch hätte sie sich komisch gefühlt, ihn so anzusehen, wenn er nicht dasselbe getan hätte und offensichtlich zufrieden war, mit dem was er sah.

Es war seltsam. Wenn er ihr tatsächlich den Hof machen würde, dann wäre diese Zurschaustellung peinlich. Sie konnte diese Dreistigkeit nur auskosten, weil sie wusste, dass nichts daraus werden würde. Die Zeit ihrer Reise war irgendwie vom Rest ihres Alltags abgekoppelt, so wie der Sturm es gewesen war.

Colonel Fitzwilliam tippte Darcy auf die Schulter und lehnte sich zu ihm hinüber, um ihm etwas ins Ohr zu flüstern. Darcy erhob eine Augenbraue, bevor er ihm eine Art Antwort gab und verlagerte dann sein Gewicht auf der gepolsterten Bank. Er streckte sein Bein, bis sein Stiefel auf dem Boden der Kutsche nur Zentimeter von Elizabeths Füßen entfernt war. Nein, nicht einmal so weit weg, sie konnte durch all die Schichten ihrer Petticoats fühlen, wie es sich gegen ihren Fuß drückte. Das hatte er absichtlich getan, dessen war sie sich sicher. Vollkommen schamlos erlaubte sie ihrem eigenen Fuß, den Druck zu erwidern und wurde mit einem schwindelerregenden Blick der Zustimmung belohnt. Oder vielleicht war es auch nur der physische Kontakt mit ihm, der ihr den Kopf vernebelte, und ihr seltsame Gefühle das Bein hinauf tanzen ließ, bis sie tief in ihr flatterten wie Schmetterlinge. Sie riskierte einen Blick auf die anderen, aber sie schienen nichts weiter bemerkt zu haben.

Man konnte es aber auch kaum Kontakt nennen, wenn sich so viele Lagen zwischen seinem und ihrem Fuß befanden – ihre Strümpfe, das Leder ihrer Stiefeletten, ihr Hemdchen, die Petticoats und ihr Rock, seine Stiefel und Socken – und doch fühlte es sich unerträglich intim an und führte ihr all die Arten wieder ins Gedächtnis, wie er sie in den Tagen im Cottage berührt hatte. Wie sie sich zusammen gekuschelt hatten, um sich zu wärmen, wie ihr Köper im Schlaf mit seinem verschlungen gewesen war und die erstaunlichen und alles umnebelnden Küsse. Die Wärme seines Atems an ihrem Ohr, als er ‚Schlaf gut, süße Lizzy‘ gesagt hatte. Meine Güte, ihre Lippen kribbelten schon von der bloßen Erinnerung! Noch vor ein paar Tagen war ihr der Sturm wie eine blasse, weit zurückliegende Erinnerung vorgekommen und jetzt hätte es auch gestern sein können.

Die Kutsche ruckelte durch ein besonders großes Schlagloch, als sie die Hauptstraße erreichten. Der Fahrer rief den Pferden etwas zu und bevor sich Elizabeth noch von dem Schlag erholt hatte, nahm die Kutsche schon wieder an Fahrt auf und sie rutschte wieder den ein oder anderen Zentimeter auf ihrem Sitz zurück.

Dankenswerterweise ließ der Lärm nach, genauso wie der Colonel es vorausgesagt hatte, wenngleich er ihr auch in den Ohren immer noch nachhallte. Es schien beinahe unnatürlich still zu sein, als nichts anders als das Hufklappern der Pferde zu hören war. Ihre Geschwindigkeit war beeindruckend genug, dass Elizabeths Aufmerksamkeit von Mr. Darcy weg zu der vorbei fliegenden Landschaft gezogen wurde, als die Bäume neben der Straße zu verwischen begannen.

Charlotte meldete sich zu Wort: „Wie weit ist es?"

„Ungefähr zwanzig Meilen von hier aus – zwei Stunden mit Darcys Pferden. Bei voller Fahrt können sie sogar eine Postkutsche überholen."

Elizabeth lachte. „So schnell? Ich bin nie in einer Postkutsche gefahren, also ist das schon ziemlich schnell für mich. Aber ich lege wieder die Lücken meiner bisherigen Erfahrung offen und Sie werden mich für ziemlich hinterwäldlerisch halten!" Sie rümpfte die Nase und sah zum Colonel hinüber.

Darcy wandte sich leise an sie: „Ihre Begeisterungsfähigkeit ist liebenswert." Und sein Fuß, der durch den Ruck beiseitegeschoben worden war, drückte sich wieder an ihren.

Sie sollte seine Avancen nicht zulassen, doch es war einfach zu verlockend. In Meryton war ihr Ruf schon dahin, also würde das auch keinen Unterschied mehr machen, selbst wenn es jemand herausfände. Der einzige, der ein Recht darauf hatte, sich zu beschweren, wäre Mr. Hartsthorne und sobald dieser Gedanke ihr in den Sinn kam, war sie sich gewiss, dass sie seinen Antrag nicht annehmen würde. Sie hatte es in Erwägung ziehen können, als sie noch dachte, dass sie von Mr. Darcy verschmäht worden war, aber da sie Gefühle für ihn hatte, und wusste, dass er diese zumindest zu einem gewissen Grad erwiderte, konnte sie keinen anderen Mann heiraten, selbst wenn

Darcy Miss de Bourgh heiratete. Sie würde eine andere Lösung finden müssen – aber nicht vor übermorgen. Jetzt lebte sie erst einmal in der Gegenwart.

ELIZABETH HIELT SICH den Hut fest und lachte vergnügt, als die steife Seebrise ihn ihr beinahe vom Kopf riss. „Ist es hier immer so windig?"

Der Colonel grinste sie an. „Für gewöhnlich schon, im Winter ist der Wind sogar noch wesentlich stärker. Manchmal macht er es einem beinahe unmöglich, zu laufen."

„Ich habe mir nie vorgestellt, dass die Wellen so hoch sein würden oder dass ich das Meer aus solch einer Entfernung würde riechen können. Ich dachte immer, die weißen Klippen wären eher gräulich, aber sie sind tatsächlich weiß, nicht wahr? Und so hoch!"

„Wenn Sie sie hinauf klettern, kommen sie Ihnen noch höher vor. In den Stein wurde eine Treppe gehauen, die bis ganz nach unten reicht. Wenn Sie einen Strandspaziergang machen möchten, dann wäre jetzt die richtige Zeit dafür, weil die Flut sich gerade wieder zurück zieht."

„Macht das denn einen solch großen Unterschied am Strand?"

„Eigentlich nicht, hier aber schon. Wenn Sie am Strand entlang gen Norden um die Landzunge herum laufen, werden Sie dort eine sehr schöne Bucht finden. Die Klippen ragen dort senkrecht empor, von ein paar Höhlen abgesehen. Man erreicht diese Bucht allerdings nur, wenn sich das Meer zurückgezogen hat, weil sich die Spitze der Landzunge bei Flut unter Wasser befindet und die

Strömungen dort gefährlich sind. Es kommt immer wieder vor, dass Touristen dort stranden, bis sich die Flut wieder zurückzieht." Der Colonel schirmte seine Augen mit der Hand ab. „Es sieht so aus, als hätten Sie ungefähr vier Stunden – sagen wir drei, um auf der sicheren Seite zu sein – bevor die Flut Ihnen den Weg wieder abschneiden würde. Es wäre schade, wenn Sie die Bucht nicht zu Gesicht bekämen."

Elizabeth verlagerte ihr Gewicht auf ihren verletzten Fuß. Der Schmerz war aushaltbar. „Ich würde sie sehr gerne sehen, wenn wir genug Zeit haben."

Charlotte zog die Schleife an ihrem Hut fester. „Du solltest gehen, Lizzy, aber ich denke, dass ich die Aussicht von hier oben mehr genießen werde. Allein der Gedanke, die Klippen hinunterzusteigen, klingt schon furchterregend genug für mich. Mrs. Jenkinson kann mir Gesellschaft leisten." Da sich die Dame nicht einmal die Mühe gemacht hatte, aus der Kutsche auszusteigen, um sich das Meer anzusehen, schien es unwahrscheinlich, dass sie an einem Strandspaziergang interessiert sein könnte.

Der Colonel wandte sich zu Darcy um. „Ich habe die Bucht schon oft gesehen, also könntest du Miss Bennet vielleicht begleiten, während ich hier bei Mrs. Collins und Mrs. Jenkinson bleibe."

Allein mit Mr. Darcy? In einer überfüllten Kutsche miteinander zu flirten war die eine Sache, aber miteinander allein zu sein, würde bedeuten, dass sie sich unterhalten mussten und das würde nicht gut enden. Aber sie sehnte sich dennoch danach - und brachte es nicht übers Herz, sich zu weigern.

ALLEIN MIT MR DARCY: EINE VARIATION VON STOLZ UND VORURTEIL

Darcy hielt ihr seinen Arm mit einem warmen Ausdruck in den Augen hin. „Miss Elizabeth, es wäre mir eine Ehre, mich mit Ihnen zusammen auf die Suche nach der berühmten Bucht zu machen."

„Einen Moment, Lizzy", ging Charlotte dazwischen, „bei diesem Wind wirst du deinen Mantel brauchen."

„Eine hervorragende Idee! Mir ist jetzt schon kalt." Elizabeth folgte ihr zur Kutsche, wo der Kutscher den verlangten Mantel herausholte.

Charlotte drückte ihr einen vollen Pompadour in die Hand. „Nur ein paar Kekse, für den Fall dass du Hunger bekommst. Das sieht mir nach einer langen Wanderung aus."

„Danke dir." Elizabeth zog sich den Mantel über und befestigte dann den Pompadour daran. Seit dem Frühstück war schon einige Zeit vergangen.

Als sie zu den Gentlemen zurückkehrte, wurde sie rot, als Darcy einen ihr sehr vertrauten Mantel überzog. Waren nur drei Monate vergangen, seit sie sein vertrautes Gewicht auf ihren Schultern gespürt hatte?

Darcys Augen wanderten von Kopf bis Fuß über sie hinweg. „Der Mantel steht Ihnen sehr gut, Miss Elizabeth."

Also ob er ihn nicht drei Tage am Stück gesehen hätte!

Dieser Spaziergang schien dafür bestimmt zu sein, Erinnerungen zu wecken.

OBWOHL DIE STUFEN AN den Klippen weder zu hoch noch zu uneben waren, genoss Darcy es, Elizabeth bei jeder Gelegenheit seine Hilfe anzubieten. Die Berührung ihrer Hand in seiner war ein kleiner Vorgeschmack dessen, wonach er sich die ganze Zeit gesehnt hatte und er gab sie nur ungern frei, als sie den Strand erreicht hatten. Und dennoch war es eine Freude, Elizabeth dabei zuzusehen, wie sie sich umschaute, die Landschaft in sich aufsog, die Kreidefelsen mit ihren behandschuhten Fingern berührte und einen der Kiesel aufhob und inspizierte, die den Strand bedeckten.

Sie sah sich mit ihrem bezaubernden Lächeln zu ihm um. „Mir war nicht bewusst gewesen, dass die Wellen sich so schnell bewegen. Und der Schaum! Ist es nicht wunderschön?"

„Wunderschön", stimmte er ihr zu und bewunderte das Leuchten in ihren Augen, die so hell waren wie das Sonnenlicht, das vom Wasser reflektiert wurde.

„Wenn die Bucht noch schöner ist, als das hier, dann kann ich es gar nicht erwarten, sie zu sehen!"

Er nahm all seinen Mut zusammen. „Miss Elizabeth, darf ich so dreist sein und Ihnen eine Frage stellen?"

„Sie dürfen mich sicherlich fragen, ob ich darauf antworten werde, hängt allerdings von Ihrer Frage ab." Sie klang amüsiert, aber er spürte augenblicklich die Spannung, die von ihr ausging.

„Der zweite Brief, den du mir geschrieben hast, derjenige, der mich nie erreichte. Was stand darin?"

Ihr Lächeln erstarb. „Der Grundtenor war, wie Recht du hattest in der Annahme, dass unser kleines Abenteuer Konsequenzen für meinen Ruf hätte. Und dann habe ich mich eine Weile damit aufgehalten, darüber zu schreiben, wie sehr es mir missfiel, zuzugeben, dass ich im Unrecht war. Ich habe dir die Adresse meines Onkels in London gegeben, wohin mich mein Vater geschickt hatte, um dem Klatsch der Leute zu entgehen."

„Du warst *dort*?" All die Zeit, die er damit verbracht hatte, sie zu suchen und sich Sorgen zu machen und sie war direkt vor seiner Nasenspitze gewesen? „Ich hatte Miss Bingleys Fahrer bestochen, dass er mir die Adresse gibt, aber ich kam gar nicht auf die Idee, nach dir zu fragen, da ich nur wusste, dass sich deine Schwester dort aufhält. Wenn ich nur gewusst hätte..."

„Das hätte dir auch nichts genützt. Ich habe Erkundigungen eingeholt und der Grund, warum dir mein Onkel gesagt hatte, dass Jane nicht mehr dort sei, war, um meine Anwesenheit dort zu verschleiern. Offensichtlich nahm er an, dass du meine missliche Lage ausnutzen wolltest. Er kam nicht auf die Idee, dass du mir gegenüber ehrliche Absichten hegen könntest."

Nicht ehrenhaft? Wie konnte er es wagen, so von ihm zu denken! Und warum hatte Elizabeth ihrem Onkel nicht gesagt, dass es nicht so war? Aber das war eine Frage, die er sich nicht zu stellen traute. „Ich habe deinem Vater gesagt, dass ich dich heiraten möchte."

„Als er dich in London aufgesucht hat?"

Verwirrt schüttelte er den Kopf. „Er war in London nie bei mir, oder wenn er es doch war, dann war ich nicht zu Hause und er hat keine Karte hinterlassen. Ich bin nach Longbourn gefahren, nachdem Stanton mir berichtete, dass dein Ruf ruiniert sei."

Elizabeths Augen starrten ins Leere, dann nickte sie. „Du hast gesagt, dass du mich heiraten würdest und er hat dir trotzdem nicht gesagt, wo ich war?"

Selbst die Erinnerung daran war schmerzhaft. „Er sagte, dass du nichts mit mir zu tun haben möchtest."

„Das hat er *gesagt*? Oh, wie kann er sich nur erdreisten! Er wusste sehr wohl, dass ich dich sehen wollte und dass ich dich sehen musste." Elizabeth sah nach unten, ihre Hutkrempe verdeckte ihr Gesicht, doch er hatte ihren verstörten Blick bereits gesehen.

Er legte seine Hand auf ihre, die sich in seiner Ellenbeuge befand. „Es tut mir leid, dass er das getan hat und dass damit so viel Schmerz für dich verbunden war, aber das ist Vergangenheit. Es ist nicht mehr von Bedeutung."

Sie sah ihn nun wieder an – mit weit aufgerissenen Augen. „Wie kannst du das sagen? Ich weiß – und du musst es auch wissen, dass ich es weiß – ich kenne die Bedingungen im Testament deiner Tante. Bitte denke jetzt nicht, dass ich dich dafür verantwortlich mache, ich verstehe, dass dir keine andere Wahl gelassen wird. Aber bitte sag nicht, dass es nicht von *Bedeutung* ist!"

Was in Gottes Namen hatte Lady Catherines Testament damit zu tun? Vorsichtig sagte er: „Ich fürchte, dass ich dich nicht verstehe."

Sie nahm ihre Hand von seinem Arm und blieb abrupt stehen. „Ich weiß, dass du deine Cousine heiraten musst. Ich würde es vorziehen, wenn wir nun zu den anderen zurückkehren würden."

Verwirrt griff er nach ihren Armen. „Ich weiß nicht, wie du auf diese Idee gekommen bist, aber ich habe nicht die Absicht, Anne zu heiraten. Wie könnte ich hier mit dir sein, wenn ich vorhätte, eine andere zu heiraten?"

Sie sah ihn weiterhin nicht an. „Ich kann nicht glauben, dass du es zulassen würdest, dass sie ihr Erbe verlöre."

„Dann kennst du mich nicht so gut wie du denkst. Wenn sie durch eine Katastrophe in die Armut gestürzt würde, hätte ich mich ihr gegenüber verpflichtet gefühlt, aber ihre Mutter hat ihr das sehenden Auges angetan, um mich zum Handeln zu zwingen. Als ich vor Jahren zum ersten Mal von ihren Plänen hörte, habe ich sie darüber informiert, dass sie damit nicht durchkäme, und nur ihrer Tochter Schaden zufügen würde. Sie meinte wohl, ich bluffe. Aber ich bin kein Spieler und lasse mich auch nicht erpressen."

Elizabeth blinzelte ein paar Mal schnell hintereinander und lächelte dann kraftlos. „Mein Vater und mein Onkel sollten sich glücklich schätzen. Wenn ihre Verdunkelungstaktiken ein permanentes Hindernis zwischen uns gestellt hätten, dann hätten sie einige der Dinge, die ich ihnen zu sagen gehabt hätte, nicht gerne gehört."

Es war eine indirekte Antwort, aber immerhin eine Antwort. Darcy zwang sich, seine Hände von ihren Armen zu nehmen, zeigte den Strand hinunter und sie hakte sich wieder bei ihm unter. Das musste ein gutes Zeichen sein.

Noch einmal musste er Mut fassen: „Wenn wir von Hindernissen sprechen - als ich Mrs. Collins zum ersten Mal nach dir fragte, sagte sie mir, dass du im Begriff seist, zu heiraten." Obwohl sie hier bei ihm war, schmeckten die Worte immer noch wie Gift.

„Ach, das. Es ist eine etwas peinliche Situation. Meine Familie hielt es für notwendig, mich zu verheiraten, um den Skandal abzuwenden und deshalb fand mein Onkel einen

Mann, der Willens war, mich zu heiraten, so wie du es für Maria Lucas gemacht hast. Charlottes Einladung auf einen Besuch kam mir gelegen, sodass ich den endgültigen Abschluss der Sache noch ein wenig hinauszögern konnte." Sie fröstelte.

Darcy wagte nicht, zu sprechen.

„Ist etwas, Mr. Darcy?"

„Überhaupt nichts, aber ich habe noch eine andere Frage." Vielleicht könnte sie das ja ein für alle Mal klären. Er wusste, dass sie ihn akzeptieren würde, warum schlug also sein Herz so wild? „Jetzt wo wir uns darauf geeinigt haben, dass ich nicht mit Anne verlobt bin und du es nicht mit einem Mann in London bist, darf ich nun annehmen, dass du Willens wärst, dich mit mir zu verloben?"

Sie scharrte mit ihren Halbstiefeln in den Steinen unter ihren Füßen und sah dann mit geröteten Wangen zu ihm auf.

„Ich glaube, diese Annahme dürfen Sie Gewissheit nennen."

„Also wirst du mich heiraten? Mir die große Ehre erweisen, meine Frau zu werden?" Großer Gott, er kam ja tatsächlich ins Stottern!

Ein glückliches Lachen breitete sich auf Elizabeths Gesicht aus. „Ja."

„Gott-sei-Dank", entwich es ihm, während sich der Triumph in ihm ausbreitete. Wenn er sie nur küssen könnte! Vielleicht hätte er ja mehr Glück, als ihm zustand und die Bucht würde sich als menschenleer herausstellen. Aber es war genug, ihre Zustimmung zu haben. Endlich!

Der schmale Pfad um die Landzunge herum schlängelte sich zwischen Felsen hindurch, sodass sie hintereinander gehen mussten. Das Wasser war nur ein paar Meter von ihnen entfernt, aber vermutlich würde die Ebbe es noch weiter hinaus ziehen.

Als sie die Landzunge umrundet hatten und sich der Strand wieder vor ihnen eröffnete, erhoben sich hohe weiße Klippen sichelförmig darum. Es wäre unmöglich, Stufen in diese Felsen zu hauen. Am anderen Ende der Bucht schlugen die Wellen gegen zwei Fischerboote, in denen die Fischer ihre Netze auswarfen. So viel zum Thema menschenleere Bucht.

„Oh, meine Güte." Elizabeth schirmte ihre Augen ab, als sie die Klippen hinauf sah. „Kein Wunder, dass der Colonel wollte, dass wir hier her kommen. Es ist ein erhebender Anblick!"

Sie hatte Recht, aber er interessierte sich mehr für ihren Anblick. Die Anwesenheit der Fischer störte ihn allerdings, er sehnte sich danach, sie in seine Arme zu nehmen. Später; versprach er sich selbst. Irgendwie würde er heute noch einen Weg finden, mit Elizabeth allein zu sein.

Elizabeth fuhr mit der Hand über die rissige Struktur der Kreidefelsen. „So eindrucksvoll. Es ist ein Wunder, dass das Meer nicht alles wegspült."

„Stücke davon brechen regelmäßig ab." Er hob einen der abgerundeten weißen Steine auf, die zwischen den dunkleren Kieseln verstreut lagen. „Sie werden ins Meer hinaus gespült und kehren als das hier zurück."

„Da drüben – ist das eine der Höhlen, die dein Cousin erwähnte?" Sie zeigte auf ein Loch im Felsen.

„Die Felsen sind davon durchlöchert. Den Schmugglern sind sie vermutlich höchst willkommen. Die meisten sind aber nicht tief."

„Wäre es sicher, wenn wir uns eine ansähen?"

Was konnte er ihr schon verwehren, wenn ihre Augen so funkelten? „Ich sehe keinen Grund, warum es nicht gehen sollte."

Zusammen bahnten sie sich ihren Weg durch den Kies. Es war nicht wirklich eine Höhle, eher ein tiefes Loch im Felsen, aber als sie darin standen, hielt es den schlimmsten Wind ab und plötzlich wurde es still und ruhig.

Aus den Augenwinkeln sah Darcy, wie die Fischer ihre Ausrüstung zusammen packten und einen Witz machen, der den jüngeren der beiden schallend auflachen ließ. Würden sie tatsächlich aufbrechen? Konnte er doch so viel Glück haben?

Offensichtlich hatte Elizabeth die beiden auch beobachtet. „Sie sind weg, gut! Ich glaube nicht, dass ich noch eine Minute länger hätte anständig bleiben können!"

Darcys Augenbrauen schossen in die Höhe, aber ihre Auffassung von Unanständigkeit deckte sich wohl nicht mit seiner. Sie eilte zum Wasser, zunächst rannte sie, doch dann hielt sie an und ging gemächlicher weiter. Mit ein paar Schritten hatte er sie eingeholt.

Sie hielt inne, als eine Welle sich auf ihre Röcke zubewegte und nur ein paar Zentimeter davon entfernt zum Stillstand kam. Als sie sich wieder zurückzog, zog Elizabeth einen ihrer Handschuhe aus und bücke sich. Schon kam die nächste Welle, sie tauchte ihre Finger hinein und zog sie überrascht wieder zurück, zweifellos der Temperatur wegen.

ALLEIN MIT MR DARCY: EINE VARIATION VON STOLZ UND VORURTEIL

Sie sah keck zu ihm auf, als sie ihren Zeigefinger an ihre Zungenspitze führte.

Ihn durchfuhr eine Welle des Verlangens, doch irgendwie schaffte er es, sich unter Kontrolle zu halten. „Salzig?", fragte er mit belegter Stimme.

„Oh, ja!" Sie richtete sich schnell auf und raffte ihre Röcke nach oben. Wie eine Jägerin begann sie den Wellen aufzulauern, lief jeder nach, die sich zurückzog, um dann wieder zurück zu spurten, wenn das Wasser es ihr gleich tat. „Ist es nicht herrlich?"

Wie konnte er anders, als zu lächeln, wenn er ihre offensichtliche Freude sah. „Herrlich ist es, in der Tat."

Sie blieb stehen und das Leuchten in ihrem Gesicht ließ nach. „Schockiere ich dich?"

„In keinster Weise." Aber sie schien nicht überzeugt zu sein, und so fügte er noch hinzu: „Ich versuche zu entscheiden, ob ich es wage, mich dir anzuschließen."

„Oh, bitte!" Sie hielt ihm ihre Hand hin, als ein Windstoß ihren Hut davon blies und er nach hinten fiel, soweit es die Bänder um ihren Hals zuließen.

Als ob er ihr fern bleiben konnte, wenn ihre Augen leuchteten und ihr kastanienfarbenes Haar in der Sonne glänzte! Er nahm ihre Hand. Beinahe augenblicklich mussten beide einen Satz nach hinten machen, um der nächsten Welle zu entkommen.

So sehr hatte er seit Jahren schon nicht mehr gelacht. Nach jeder Welle tasteten sie sich vorwärts, um dann wieder zurückzueilen. Er genoss Elizabeths Kreischen, als sie eine Welle beinahe erfasste. Vor und zurück, vor und zurück.

Eine besonders große Woge kam auf sie zu. „Oh je!",
rief Elizabeth über ihr Lachen hinweg und hielt seine Hand
fester, als sie sich umdrehte, um zu fliehen. Die Welle kam
unnachgiebig auf sie zu. Sogar wenn sie spurteten, würden
sie es nicht schaffen.

Darauf hatte er gewartet. Schwungvoll nahm er sie in
seine Arme, sodass sie noch einmal kreischte. Das Wasser
umspülte seine Stiefel, als er sich vollkommen aufrichtete.

Mit funkelnden Augen legte sie ihm die Arme um den
Hals. „Sir, ich wusste gar nicht, dass Sie Jungfrauen in Not
retten."

„Jetzt weißt du's, aber ich warne dich, ich habe meinen
Preis, wie die Schmuggler auch. Wenn du wieder frei
kommen willst, dann kostet das etwas." Die sich
zurückziehende Welle riss an seinen Stiefeln, ehe sie sie frei
gab.

Ihre Augen verdunkelten sich. „Und was ist, wenn ich
nicht frei gelassen werden möchte?"

Darcy schluckte hart und sagte dann heiser: „Auch das
wird etwas kosten."

Ihre Zungenspitze schnellte hervor und berührte ihre
Oberlippe, nur um sich dann schneller als die Wellen wieder
zurückzuziehen. „Dann muss ich wohl zahlen."

„Das musst du, in der Tat." Zu seiner Freude trafen ihre
Lippen seine auf halbem Weg. Oh Gott, sie wollte das so
sehr wie er auch! Aber er hielt sich zurück, und erwiderte
nur ihren leichten Druck, bis sie seufzte und sich ihm
öffnete.

Er verstärkte den Druck seiner Arme um sie herum,
nahm ihre Einladung an, ihren Mund zu erforschen und

brachte damit zum Ausdruck, wie sehr das Feuer in ihm brannte und wie sehr er sich nach ihr sehnte.

Schließlich zog sich Elizabeth schwer atmend zurück. „Du schmeckst nach Salz", informierte sie ihn lachend.

„Du auch. Nach Salz..." Er senkte seinen Kopf und küsste die empfindliche Stelle direkt unter ihrem Ohr. „... und frischen Äpfeln...", seine Zunge strich über ihr Schlüsselbein zu der empfindlichen Kuhle in der Mitte, „... und Honig."

„Das alles?"

„Das alles und noch viel mehr und jedes kleine Bisschen davon ist köstlich." Hungrig beanspruchte er ihren Mund wieder für sich und dieses Mal spürte er, wie sie sich an ihn presste.

Er nahm das Wasser unter sich kaum wahr, wie es seine Stiefel umspülte und an ihnen zog. Aber die Tiefen des Ozeans stellten keine Gefahr für ihn dar - er versank in Elizabeths Küssen. Sie zitterte in seinen Armen, als sein Daumen über die Röcke hinweg ihr Bein streichelte. Er sollte dem Himmel dafür danken, dass er knöcheltief im Wasser stand, da es vermutlich das Einzige war, was ihn davon abhielt, seine Gefühle für sie auf einer anderen Ebene auszudrücken.

Währenddessen war es genug, ihren Körper an seiner Brust und ihre Küsse zu spüren, um die Welt um ihn herum zu vergessen, zumindest, bis ein Schwall eiskalten Wassers seine Knie umspülte. Mit einem Aufschrei drehte er sich um und schritt zum Strand zurück, während er eine kichernde Elizabeth an sich gedrückt hielt und ihm das Wasser an den Beinen hinunter in die Stiefel lief. Er hielt in sicherer Distanz zum Wasser an und warf ihm einen vernichtenden

Blick zu. Wie war es so tief geworden? Es sollte sich doch zurückziehen, und *so lange* hatte er Elizabeth doch auch wieder nicht geküsst. Nicht, dass er währenddessen auch nur einen Gedanken an die Gezeiten verschwendet hätte, aber trotzdem...

Ihm kam ein Gedanke und er sah sich um, bis er die Landzunge sehen konnte, deren Spitze nun unter den Wellen verborgen lag.

Elizabeths Augen folgten seinem Blick. „Ich dachte, das Meer sollte sich zurückziehen."

Keine Frage, der Pfad war schon lange verschwunden. Verdammter Richard! „Wie es scheint, lag mein Cousin falsch."

„Und wir sind hier gefangen?"

„Es sieht ganz danach aus, zumindest, bis sich die See wieder zurückzieht."

Ihre Augen weiteten sich. „Wie lange wird das dauern?"

„Zwischen Ebbe und Flut liegen etwa sechs Stunden, aber es könnte weniger sein, je nachdem, wie weit unter dem Meeresspiegel der Pfad liegt."

„Oh." Sie zog ihren Mantel enger um sich und lächelte dann. „Nun, wenn wir hier schon gefangen sein müssen, dann wissen wir zumindest, wie es ist, miteinander festzusitzen."

Jede andere junge Lady seines Bekanntenkreises hätte einen hysterischen Anfall bekommen. „Unglücklicherweise werden meine Fähigkeiten beim Feuermachen hier weniger hilfreich sein." Stunden alleine mit Elizabeth. Sein Kopf schwirrte ob der Möglichkeiten.

„Dann ist's gut, dass wir beide andere Wege kennen, um uns warm zu halten." Ihre Augen leuchteten, als sie den Pompadour hoch hielt. „Zumindest werden wir nicht hungern. Charlotte war so umsichtig, mir ein Täschchen voll Kekse mitzugeben."

„Richard hat mir seine Taschenflasche mit Wein mitgegeben. Ich bin froh drum, dass er darauf bestanden hat, ich solle meinen Mantel anziehen, wenn wir die nächsten Stunden hier verbringen müssen." Plötzlich kam ihm ein Verdacht. Richard hatte sie dazu ermutigt, die Bucht anzuschauen. Mrs. Collins hatte vorgeschlagen, dass Elizabeth ihren Mantel anziehen solle und ihr die Kekse mitgegeben. Es war fast, als ob sie *erwarteten*, dass sie dort festsitzen würden. Aber warum? Langsam sagte er: „Sie haben das geplant. Richard wusste ganz genau, dass die Flut einsetzen würde."

Ihr Ausdruck der Überraschung war hinreißend. „Sie haben es *geplant*?"

„Warum sonst hätten sie so großen Wert darauf gelegt, uns für einen langen Aufenthalt hier vorzubereiten?"

„Aber welchen Grund hätten sie dafür?"

„Das macht keinen Sinn. Der einzige Grund, warum man einen Mann und eine Frau dazu bringt, Zeit alleine zu verbringen, wäre um die Lady zu kompromittieren, aber Richard ist sich durchaus im Klaren darüber, dass ich vorhabe, dich zu heiraten, das hätte also keinen Sinn."

„Charlotte hat das gleiche gedacht wie ich, dass du gezwungen sein würdest, Miss de Bourgh zu heiraten. Vielleicht war es ihre Idee."

„Nein, ich bin mir sicher, dass Richard da irgendwie mit drin steckt. Zuerst bestand er darauf, dass wir diesen Ausflug machen müssen, auch wenn wir in Trauer sind, und nachdem er dann ein Buch mit Tabellen der Gezeiten studiert hatte, hat er darauf bestanden, dass wir früher als geplant aufbrechen." Vielleicht wusste Richard, wie sehr er mit Elizabeth allein sein wollte, aber es gäbe doch sicherlich leichtere – und wärmere – Möglichkeiten, um das zu erreichen. Aber immerhin waren sie alleine und er gedachte, das Beste daraus zu machen. Vor ihrer Hochzeit könnte sich keine zweite Gelegenheit wie diese bieten, so lange Zeit allein verbringen zu können. Er reichte ihr die Hand. „Komm mit mir."

Darcy führte Elizabeth zu der kleinen Höhle in der Steilküste zurück. Ihr Gesicht fühlte sich nun wärmer an, da sie aus dem Wind heraus war, aber es war immer noch kühl und es überraschte sie, zu sehen, dass Darcy seinen Mantel auszog. Und trotzdem musste sie schmunzeln, als sie sich daran erinnerte, wie er ihn während des Sturms um sie gelegt hatte. „Wird dir nicht kalt werden?"

Er schenkte ihr ein atemberaubendes Lächeln. „Nicht, wenn du mich warm hältst." Er setzte sich auf einen kleinen Vorsprung im Kreidefelsen an der Hinterwand des Felsenlochs und hielt ihr seine Hände entgegen.

Sie hätte ablehnen oder zumindest zögern sollen, aber sie tat nichts dergleichen. Die kurze Zeit, die er sie über den Wellen in seinen Armen gehalten hatte, hatte ihre Sehnsucht nach mehr nur verstärkt. Immerhin würden sie ja bald heiraten, nicht wahr? Sie nahm seine Hände und ließ sich von ihm auf seinen Schoß ziehen.

Er breitete seinen Mantel über ihnen beiden aus, genau so, wie er es in dem Cottage getan hatte. Sie atmete tief ein und schon umgab sie wieder dieser Duft nach Gewürzen und Moschus. Mit einem tiefen Seufzer ließ sie sich gegen seine Brust sinken.

Er lachte in sich hinein. „Fühlt sich vertraut an, nicht wahr?"

„Es fühlt sich gut an." Sie legte den Kopf in den Nacken, um in seine dunklen Augen hinauf sehen zu können.

Dann streiften seine Lippen ihre, zunächst ganz sachte, dann mit wachsendem Hunger und füllten sie mit Hitze und dem unsagbarem Verlangen, ihm sogar noch näher zu sein und die Erinnerungen an die einsamen Wochen auszulöschen, in denen sie geglaubt hatte, ihn verloren zu haben. Sie legte ihm die Arme um den Hals und gab sich seiner Leidenschaft hin.

Sie war sich nur halb dessen bewusst, dass er an den Knöpfen ihres Mantels zerrte, bis eine Hand hinein schlüpfte und sich um ihre Hüfte legte. Sogar durch ihr Kleid hindurch fühlte sich die Wärme seiner Hand beinahe unerträglich intim an und jagte eine Welle der Leidenschaft durch ihren Körper. Das Gefühl intensivierte sich noch, als seine Hand ihre Taille hinauf glitt und ihre Rundungen umfasste.

Schließlich gab er ihre Lippen frei, bewegte sich aber dennoch nicht fort. „Schockiere ich dich?", hauchte er atemlos.

„Ein bisschen."

Er schenkte ihr ein kehliges Lachen. „An jenem ersten Morgen im Cottage wachte ich auf, um meine Hand an exakt dieser Stelle hier wiederzufinden. Glücklicherweise war ich in der Lage, sie wegzunehmen, ohne dich zu wecken – nicht dass ich sie hatte wegnehmen *wollen*, wohlgemerkt."

„Ich wäre zutiefst schockiert gewesen, wenn du das nicht getan hättest!"

„Oder du hättest beschlossen, dass es dir gefällt und wir hätten viel früher heiraten können." Er küsste sie innig und ließ seinen Daumen über den oberen Rand ihres Korsetts gleiten, eine Berührung, die ihr das pure Glück durch die Adern fließen ließ.

Elizabeth fühlte sich, als ob sie dahinschmelzen würde, als sich gleichzeitig ein Druck zwischen ihren Beinen aufbaute. Unwillkürlich kam sie seiner Hand entgegen. Sie hätte es nicht ertragen, wenn er aufgehört hätte. „Nein."

„Meine liebste, süßeste Elizabeth", murmelte er.

Schließlich machte er sich von ihr los. „Wir müssen aufhören, solange ich es noch kann."

„Immerhin steht ja nicht mehr zur Debatte, ob du mich anziehend findest!"

Er stöhnte laut auf. „Viel zu anziehend!"

Vielleicht wäre es genug, dass er sie begehrte und ihre Gesellschaft offensichtlich genoss. Charlottes Behauptung, dass er heftig in sie verliebt war, konnte sie nicht bestätigen, aber Charlotte hatte auch keine Vorstellung davon, wie tief sein Ehrgefühl in seiner Persönlichkeit verankert war. Tief genug, so hoffte sie, dass sie seine Zuneigung auch dann noch für sich beanspruchen konnte, wenn seine Leidenschaft einmal gestillt war.

Das war etwas, das sie immer noch ansprechen musste. „Ich weiß es zu schätzen, dass du mich unter den Umständen noch heiraten möchtest. Ich bin mir dessen bewusst, dass viele andere Männer das zu vermeiden versucht hätten."

Er versteifte sich, nahm dann ihr Gesicht zwischen seine beiden Hände und sah ihr tief in die Augen. „Glaubst du wirklich, dass ich dich nur heirate, weil ich mich korrekt verhalten möchte?"

Peinlich berührt versuchte sie, ihren Blick abzuwenden, was ihr aber nicht gelang. „Nun, ich nehme an, dass du auch ein wenig Freude daran haben wirst."

„*Ein wenig Freude?* Elizabeth, es gibt nichts, was ich mehr will, als dich zu heiraten!"

Sie biss sich auf die Lippe. „Das ist sehr nett, dass du das sagst, aber..."

„Das ist nicht *nett*. Es ist *wahr*!" Er ließ sie für einen Moment los, um in seiner Jackentasche zu kramen und zog schließlich etwas heraus, das wie ein lila Band aussah, das schon bessere Zeiten gesehen hatte. „Erkennst du es?"

Sollte sie es erkennen? Dann dämmerte es ihr. „Ist das eines der Haarbänder, die ich während des Sturms getragen habe?"

„Ich habe es seit dem immer bei mir getragen, weil ich es nicht ertragen konnte, das letzte Stück gehen zu lassen, das ich von dir noch hatte. Ich habe mich nach einer Ausrede gesehnt, um mit dir in Kontakt treten zu können."

„Wirklich?"

„Wirklich. Ich weiß, dass du, was unsere Heirat anbelangt, weniger frei entscheiden kannst als ich, aber ich hoffe, dich zur glücklichsten Frau unter der Sonne zu machen."

„Unglücklicherweise liegt das nicht in deiner Macht, da ich bereits die glücklichste Frau unter der Sonne bin!"

Sein Gesicht wurde ernst. „Bist du das? Mir scheint, dass alles, was du getan hast, darauf ausgerichtet war, eine Ehe mit mir zu vermeiden."

Sie vergrub ihr Gesicht an seiner Brust und grub die Finger in seine Weste. „Ja", nuschelte sie in den Stoff hinein, „ich habe dich nach dem Sturm fürchterlich vermisst, und mir brach das Herz, als du mich im Stich gelassen hast."

Sie fühlte, wie er Küsse in ihr Haar, auf ihr Ohr, ihre Stirn und überall sonst hin drückte, wo er gerade hin kam, bis sie es schließlich wagte, den Kopf zu heben. Den sanften Ausdruck hatte sie zuvor noch nie auf seinem Gesicht gesehen.

„Dankeschön", hauchte er. „Ich kann dir gar nicht sagen, was für ein Geschenk du mir damit gemacht hast." Sein Kuss war herzzerreißend sanft.

Etwas später meinte er: „Aber ich verstehe immer noch nicht, warum dein Vater der Verbindung nicht positiv gegenüber steht, insbesondere da du sie wolltest. Die Vorteile liegen auf der Hand."

Elizabeth atmete hörbar aus. „Ich nehme an, dass du die Geschichte sowieso irgendwann hören wirst, dann kann ich sie dir genauso gut gleich erzählen."

„Du musst es mir nicht sagen, wenn du das nicht willst."

„Nein, das ist etwas, das du wissen solltest. Als mein Vater meine Mutter kennen lernte, war sie die schöne und lebhafte Tochter eines örtlichen Handelstreibenden. Ich denke, er wollte nur ein kleines, unbedeutendes Techtelmechtel daraus entstehen lassen, aber sie wurden zusammen erwischt. Die Familie meiner Mutter war seiner nicht ebenbürtig, aber zu angesehen, um über sie hinweg zu sehen. Da er sich in ihrer Gesellschaft wohl fühlte, machte er ihr einen Antrag. Das führte zu einem Bruch in seiner Familie und vielen unglücklichen Jahren für die Beiden. Er fand heraus, dass zügelloses Verhalten nicht das Selbe ist wie Unternehmungslust, dass Lebhaftigkeit nicht unbedingt Geist voraussetzt und dass Schönheit vergeht. Er war - so sehe ich das - verärgert, als er herausfand, wie teuer ihn eine Frau zu stehen kam, die er nicht respektieren konnte und derer er sich regelmäßig schämen musste. Er begann, schneidende Bemerkungen zu machen, sich auf ihre Kosten zu amüsieren und sie wurde in diesem Kreuzfeuer immer nervöser und affektierter."

„So würde ich mich dir gegenüber nicht verhalten und an deinem Benehmen gibt es auch nichts auszusetzen."

„Wie könnte mein Vater sich eingestehen, dass du eine ungleiche Ehe, die durch den Druck der Gesellschaft zu Stande kam, besser handhaben würdest als er selbst?"

„Aber die Umstände sind nicht dieselben."

„Ich kann keinen Unterschied erkennen."

„Nun, ich wollte dich schon vor dem Schneesturm heiraten. Er hat mir einfach nur einen Grund geliefert, die Erwartungen, die seitens meiner Familie in mich gesetzt werden, zu umgehen."

Sie sah durch ihre Wimpern hindurch zu ihm auf. „Das wolltest du? Ich hatte keine Ahnung davon."

„Aber das habe ich dir doch gesagt!"

„Nein, du hast gesagt, dass dir kein Joch auferlegt würde, wenn du mich heiraten würdest, nicht, dass es etwas wäre, das du dir selbst gewünscht hättest. Ich habe geglaubt, dass du das Beste aus einer ungünstigen Situation machen wolltest und erleichtert warst, als ich ablehnte."

„Nein", sagte er von einem zärtlichen Kuss begleitet. „Ich war nicht erleichtert. Genau genommen war ich verärgert darüber und hatte darüber nachgedacht, deinem Vater die ganze Geschichte zu erzählen, sodass die Sache zu einem Ende gebracht würde. Aber mir war die Anerkennung der Gesellschaft immer noch zu wichtig, oder ich dachte, dass sie mir wichtig sein *sollte*, dass ich das nicht tat. Stattdessen bin ich nach London zurückgekehrt und habe die nächsten Wochen damit zugebracht, dein Haarband zwischen meinen Fingern zu zerreiben und es zu bereuen, dass wir nicht erwischt wurden."

Elizabeth schmiegte sich an seine Schulter. „Ich wünschte, ich hätte es gewusst. Das hätte mir meine Ängste genommen."

„Deine Ängste?"

„Darüber, wie meine Mutter zu enden. Das war es, was mich davon abhielt, deinen Antrag anzunehmen."

„Aber ich hätte dich niemals so behandelt. Das ist nicht meine Art."

„Ich habe dich nicht gut genug gekannt, um mir dessen sicher zu sein. Aber ich denke, dass das der Grund dafür ist, warum mein Vater der Vorstellung gegenüber nicht gewogen war – dass du mit ebenso wenig Respekt mir gegenüber enden würdest, wie er für meine Mutter hat."

„Ich frage mich, warum er den Unterschied nicht erkannt hat! Als ich zu ihm ging, hat mich nichts weiter angetrieben, als die Sorge um dich. Der Skandal in Meryton hat mich in keinster Weise berührt."

„Das weiß ich nur zu gut! Als mein Vater mir gesagt hat, dass du mich nicht heiraten würdest, dachte ich, dass das der Grund war."

Er hielt sich gerade noch rechtzeitig zurück, um ihr nicht zu sagen, dass sie noch einmal hätte versuchen sollen, mit ihm in Kontakt zu treten. Ihre Theorie wäre für so viele Gentlemen zutreffend gewesen und deshalb konnte er ihr keine Vorhaltungen machen. „Nun, jetzt sind wir zusammen, meiner und deiner Familie zum Trotz." Und dafür würde er bis in alle Ewigkeit dankbar sein.

Kapitel 19

DIE ABENDDÄMMERUNG hatte beinahe eingesetzt, als Elizabeth und Darcy die letzten Stufen der Klippen erklommen. Die Kutsche wartete an derselben Stelle, aber vom Rest der Reisegesellschaft fehlte jede Spur.

„Schlechtes Gewissen?", murmelte Darcy.

Der Kutscher sprang vom Bock. „Entschuldigen Sie, Sir, Colonel Fitzwilliam und die Ladys sind zum Gasthaus gefahren und haben mich angewiesen, zurückzukehren und auf Sie zu warten."

„Vielleicht hat die Seeluft sie müde gemacht", entgegnete Elizabeth fröhlich. „Wie gut, dass es uns nicht so ergangen ist."

Darcy öffnete die Tür der Kutsche und half Elizabeth hinein. „Ich hoffe, dass wir noch genug Tageslicht haben werden, um den Gasthof auch zu erreichen. Andernfalls wären wir gestrandet und das würden wir doch nicht wollen, oder?"

Elizabeth kicherte.

„Sir, ich habe mir erlaubt, Vorsorge zu treffen und Laternen mitzubringen", ließ sie der Kutscher entschieden wissen. „Aber der Mond scheint hell und ich nehme an, dass wir es auch ohne sie schaffen werden."

Darcy flüsterte in Elizabeths Ohr: „Ich habe nichts gegen die Dunkelheit, und du?"

Sie errötete heftig.

„OH, WIE WUNDERBAR warm es hier ist", schwärmte Elizabeth, als sie das Gasthaus betraten und hielt ihre Hände sogleich dem wärmenden Ofen entgegen.

„Da seid ihr ja!", rief der Colonel aus. „Wir hatten uns schon Sorgen gemacht, dass wir euch bis morgen nicht zu Gesicht bekommen würden. Haben euch die Gezeiten gefangen gehalten?"

„Gefangen schon, aber ob es die Gezeiten oder eher Hinterlist waren, kann ich nicht sagen", entgegnete Darcy geflissentlich.

Charlotte eilte an Elizabeths Seite. „Arme Lizzy! Du musst halb erfroren sein."

„Ich habe Mittel und Wege gefunden, um warm zu bleiben." Elizabeth und Darcy tauschten einen amüsierten Blick aus. „Aber ich freue mich schon auf ein warmes Essen."

Colonel Fitzwilliam trat von einem Fuß auf den anderen. „Das Dinner wird um acht serviert. Ich werde ihnen Bescheid geben, dass unsere Gesellschaft nun aus zwei Personen mehr besteht."

Darcy hob eine Augenbraue. „Ich hoffe, sie haben noch genug für uns. Diese ganze frische Luft hat mir ziemlich Appetit gemacht."

„Und ich hoffe, dass sie Zwiebelsuppe haben", warf Elizabeth ein, „daran musste ich schon den ganzen Tag denken." Sie reichte einer Magd ihren Mantel. Darcys Mantel und Hut gesellten sich zu dem Stapel über ihren Armen, als sie die Treppen hinauf wankte.

Der Colonel und Charlotte wechselten einen Blick, als Darcy und Elizabeth sich zu ihnen an einen großen Eichentisch setzten. Also führten sie offensichtlich *doch* etwas im Schilde! „Nun, Darcy, wie es scheint, waren du und Miss Elizabeth einige Stunden miteinander allein."

„Ja. Und es war sehr angenehm, muss ich sagen." Wie es schien, war Darcy sich nicht zu schade, seinen Cousin aufzuziehen.

Colonel Fitzwilliam räusperte sich. „Ich habe Miss Elizabeth für die Dauer dieses Ausfluges unter meinen Schutz genommen und Mr. Collins versprochen, ihren Ruf zu schützen, als wäre sie meine Schwester."

Darcy lachte. „Ich gehe davon aus, dass er deine Schwestern nie getroffen hat."

„Bleib ernst, Darcy. Wir stehen vor einem Problem."

Gütiger Gott! War es etwa möglich, dass der Colonel und Charlotte es untereinander ausgeheckt hatten, sie und Darcy in eine Falle zu locken, um ihn dazu zu zwingen, sich ihr anzutragen? Sie konnte der Versuchung nicht widerstehen. „Colonel, wie überaus freundlich von Ihnen, sich um meinen Ruf zu sorgen. Ich muss Ihnen aber versichern, dass es dazu keine Veranlassung gibt, da ich schon vor einigen Monaten von Mr. Darcy kompromittiert wurde - und das wesentlich gründlicher als heute."

ALLEIN MIT MR DARCY: EINE VARIATION VON
STOLZ UND VORURTEIL

Colonel Fitzwilliams Kinnlade fiel herunter, aber er hatte sich schnell wieder unter Kontrolle. „Damals standen Sie nicht unter meinem Schutz. Darcy, ich weiß, dass du dich verpflichtet fühlst, Anne die Ehe anzutragen, aber das ist eine Sache der Ehre und die ist wichtiger als bloßer Besitz und Geld."

Darcys Lächeln schwand. „Wie kommst du auf die Idee, dass ich Anne jetzt einen Antrag machen würde, nachdem ich sie so viele Jahre abgelehnt habe?"

„Du machst ihr *keinen* Antrag? Aber dann wird sie Rosings verlieren!"

„Das tut mir leid für sie, aber das war Lady Catherines Wahl und nicht meine. Da sie meine Cousine ist, habe ich eine gewisse Verantwortung für sie und ich habe vor, ihr ein Cottage auf Pemberley und eine kleine jährliche Rente anzubieten. Aber ich habe es *niemals* in Erwägung gezogen, sie aus Mitleid zu heiraten."

„Aber, wir haben alle angenommen... sogar mein Vater dachte... du hast nichts gesagt, als das Testament verlesen wurde!"

Charlotte fügte beschwichtigend hinzu. „Das wurde allerseits vermutet. Ich habe es bestimmt geglaubt."

Elizabeth stieß Darcy mit dem Ellenbogen an. „Siehst du, *so* abwegig war es gar nicht, das zu glauben."

Der Colonel schüttelte den Kopf. „Ich dachte, dass du dich verpflichtet fühltest, ihr einen Antrag zu machen, während dein Herz eine andere Sprache spricht."

„Und deshalb hast du diese kleine Posse inszeniert? Um mir einen Ausweg zu eröffnen?"

Colonel Fitzwilliam hüstelte. „Nun, ja, das war die Idee dahinter."

Charlotte bedeckte ihr Gesicht in einem hilflosen Versuch, ihr Lachen zu unterdrücken. „Und so sorgfältig geplant..."

Elizabeth schüttelte den Kopf über ihre Freundin. „Ich weiß deine Fähigkeit, Intrigen zu spinnen, erst jetzt richtig zu schätzen, Charlotte!"

Colonel Fitzwilliam meinte: „Also, das sollten wir heute Abend gehörig feiern. Sag mal, Darcy, warum hast du es eigentlich mit keinem Wort erwähnt, dass Georgiana zu uns stoßen wird? Ich war ziemlich überrascht, als ich sie hier entdeckt hatte!"

Darcy hielt inne. „*Georgiana* ist hier?"

Richard und Mrs. Collins tauschten Blicke aus. „Sie meinte, du hättest ihr gesagt, sie solle kommen."

„Ich habe nichts dergleichen getan! Es ist doch viel zu weit, als dass sie für nur eine Nacht hierher reisen sollte. Ich habe meine Reisepläne ihr gegenüber nicht einmal erwähnt. Du musst es fallen gelassen haben."

Richard schüttelte den Kopf. „Ich nicht. Ich habe ihr schon über vierzehn Tage nicht mehr geschrieben. Wer wusste noch von unseren Plänen? Mrs. Collins hat sie vor dem heutigen Tag nie getroffen. Vielleicht hat Anne es in einem Brief erwähnt? Das muss es sein. Aber warum würde Georgiana das nicht erwähnen?"

„Was habe ich nicht erwähnt?" Georgiana erschien mit zusammengezogenen Augenbrauen an ihrem Tisch.

Darcy umarmte sie. „Selbstverständlich bin ich außer mir vor Freude, dich zu sehen, aber dein Erscheinen hier stellt mich vor ein Rätsel. Hat Anne dir von unseren Plänen erzählt?"

Sie sah ihn skeptisch an. „Natürlich nicht."

„Aber wieso bist du dann hier?" Langsam begann er, sich Sorgen zu machen. Es war nicht Georgianas Art, auf eigene Faust zu handeln.

Sie senkte die Augen und knetete ihre Hände. „Du wolltest, dass ich komme", wisperte sie kaum hörbar, „Crewe hat es mir ausgerichtet."

Darcys Augen verengten sich. „*Crewe* hat dir das gesagt?"

„Hätte er das nicht tun sollen?" Georgiana blinzelte durch ihre Wimpern zu ihm hinauf.

„Nein, das hätte er nicht, oder vielmehr habe ich ihm keine Anweisung gegeben, dir irgendetwas dergleichen auszurichten."

Georgiana biss sich auf die Lippe. „Es tut mir leid. Ich werde gleich morgen Früh wieder nach London aufbrechen." Sie wandte sich ab, offensichtlich um der Situation zu entfliehen.

Darcy griff nach ihrer Hand, bevor sie entkommen konnte. „Du bist nicht in Schwierigkeiten, Liebes. Ich freue mich immer, dich zu sehen. Ich hatte dich einfach nicht hier erwartet."

Richards Hand lag über seinem Mund, wenig darum bemüht, sein Lachen zu verbergen. „Crewe! Ich hätte es wissen müssen. Aber warum zum Kuckuck wollte er Georgiana hier haben?"

Nun schaltete sich Mrs. Collins ein: „Ich fürchte, dass ich nicht mehr folgen kann. Wer ist Crewe?"

„Er ist Darcys Kammerdiener, zumindest nach außen hin. Es sei denn, er denkt, Darcy sei im Begriff, einen Fehler zu begehen, dann merzt er ihn aus, ohne es ihm zu sagen. Ich frage mich, was er nun wohl wieder im Schilde führt."

„Das frage ich mich auch", murmelte Darcy düster. Crewe hatte doch wohl nichts gegen Elizabeth, oder? Das konnte Darcy sich nicht vorstellen, und wenn es so wäre, dann müsste Crewe sich nach einer neuen Stellung umsehen. Sogar ein altgedienter, vertrauenswürdiger Diener der Familie konnte sich das nicht herausnehmen.

Richard griff nach dem Ärmel einer vorbeieilenden Magd. „Wären Sie so freundlich, zu Mr. Darcys Zimmer hinauf zu gehen und seinem Kammerdiener zu sagen, dass er hier unten unverzüglich benötigt wird?"

Darcy blickte zu Elizabeth. „Nein, ich werde unter vier Augen mit ihm sprechen." Wenn es tatsächlich um sie ging, dann wollte er nicht, dass sie es mitanhören musste.

„Was immer es auch sein mag, er denkt nicht schlecht über Miss Bennet. Dieser ganze Ausflug war Crewes Idee." Schon wieder schien Richard seine Gedanken lesen zu können.

Darcy fiel ein Stein vom Herzen. Er würde Crewe nur ungern gehen lassen. „Also gut, dann bring ihn her. In der Zwischenzeit habe ich ein paar aufregende Neuigkeiten für dich, Georgiana. Darf ich dir deine künftige Schwägerin, Miss Elizabeth Bennet, vorstellen?"

Georgiana machte große Augen und klatschte in die Hände. „Wirklich? Ihr werdet heiraten?"

„Ehrlich und wirklich." Darcy konnte es selbst immer noch kaum fassen.

ALLEIN MIT MR DARCY: EINE VARIATION VON STOLZ UND VORURTEIL

Elizabeth knickste. „Es ist mir eine Freude, Ihre Bekanntschaft zu machen, Miss Darcy. Ihr Bruder hat mir so viel von Ihnen erzählt und ich habe mich schon sehr darauf gefreut, Sie einmal kennenzulernen." Auf Elizabeth konnte man sich einfach verlassen – sie wusste, dass Georgiana Hilfe brauchen würde, ihre Schüchternheit zu überwinden!

„Er hat mir auch alles über *Sie* erzählt. Ich bin so glücklich für euch beide!"

Er sah erfreut dabei zu, wie die beiden Frauen, die er so liebte, miteinander sprachen und Elizabeth Georgiana viele Fragen stellte, um sie aus der Reserve zu locken. Sie würde seiner Schwester so gut tun.

Von der Seite fiel ein Schatten auf ihn. „Sie wünschten mich zu sprechen, Sir?", machte Crewe sich bemerkbar.

Darcy verschränkte die Arme. „Ja, Crewe, das möchte ich. Vielleicht wären Sie so freundlich, mir zu erklären, warum Sie eigenmächtig meine Schwester hergebracht haben."

„Selbstverständlich. Möchten Sie, dass ich es Ihnen jetzt sage, oder später?"

Richard lachte laut auf. „Oh nein. Ihr wartet nicht, bis ihr allein seid. Ich will das auch hören!"

Darcy warf ihm einen giftigen Blick zu. „Sie dürfen es mir jetzt sagen."

Crewe wirkte wie üblich vollkommen unbeeindruckt. „Sehr wohl, Sir. Darf ich mir zunächst die Freiheit nehmen, Miss Bennet meine besten Wünsche auszusprechen?"

Natürlich nahm Crewe an, dass alles seinen Planungen entsprechend verlaufen war! „Später, Crewe. Ich warte."

Blitzte da tatsächlich ein Funke von Genugtuung in Crewes Augen auf? „In der Tat. Sie werden – selbstredend – bereits die beträchtlichen Nachteile in Betracht gezogen haben, die eine Verkündigung ihrer Verlobung zu diesem Zeitpunkt nach sich zöge, also habe ich angenommen, sie würden eine sofortige Heirat planen. Als ich in London war, um Ihre Sonderlizenz zu holen, kam mir der Gedanke, dass es weniger den Anschein machen würde, als ob Sie durchbrennen wollten, wenn Miss Darcy bei Ihrer Vermählung anwesend wäre."

Darcy ignorierte Richards Prusten und entgegnete trocken: „Bitte helfen Sie meinem Gedächtnis doch auf die Sprünge, Crewe. Wie bin ich noch einmal zu diesem Schluss gelangt?" Wenn Crewe ein überzeugendes Argument wusste, warum sie unverzüglich heiraten sollten, dann wollte er es wissen. Was würde er nicht darum geben, eine Entschuldigung dafür zu haben, Elizabeth auf der Stelle zu heiraten!

„Lady Matlock hat sehr klare Vorstellungen, was Etikette in Trauerfällen angeht." Crewes Augen streiften kurz die Stelle, an der sein nicht vorhandenes schwarzes Halstuch sitzen sollte. „Sie wäre äußerst bestürzt, wenn Sie Ihre Verlobung während der dreimonatigen Trauerzeit bekannt gäben. Und die Hochzeit könnte für volle sechs Monate nicht stattfinden. Sie würde darauf hinweisen, dass es Miss Darcy bei ihrem Debut in der kommenden Saison Schwierigkeiten bereiten würde, wenn Sie Ihre Ehe mit einem Skandal begännen, und dass ihre Aussichten auf eine vorteilhafte Verbindung besser wären, wenn Sie Ihre Verlobung bis zum Ende der nächsten Saison überhaupt

nicht verlautbar machen würden, was einer Wartezeit von
einem Jahr gleich käme. Natürlich müssen Sie sich nicht
nach ihren Wünschen richten, aber sie wird Ihnen ihre Sicht
der Dinge kundtun."

Teufel nochmal. Über die Trauergeschichte und
Georgianas Vorstellung bei Hofe im Januar hatte er sich
noch keine Gedanken gemacht. Er würde die drei Monate
warten müssen, aber das wäre auch alles. „Ich habe nicht
die Absicht, so lange zu warten. Lady Matlock stellt keine
Regeln für mich auf."

Richard schnaubte. „Oh doch, das tut sie."

„Natürlich, Sir, würden Sie Ihre eigenen Entscheidungen
treffen, was das angeht, und doch haben Sie sicherlich in
Erwägung gezogen, dass Lord Matlock seinen Ansichten,
Ihre Verlobung betreffend, fortwährend, und im strengsten
Maße, Ausdruck verleihen wird. Und diese Ansichten
werden höchstwahrscheinlich zu einem Bruch zwischen
Ihnen und Ihrem Onkel führen und, was von noch größerer
Bedeutung ist, dazu führen, dass Miss Bennet sich grämen
wird, die Ursache eines solchen Konfliktes zu sein. Zum
Zeitpunkt ihrer Hochzeit könnte die Kluft bereits
unüberbrückbar sein. Doch wenn Sie sie andererseits vor
vollendete Tatsachen stellten, wären sie vielleicht nicht
erfreut, würden aber das Beste daraus machen. Und Ihre
Hochzeit würde nicht von diesen unangenehmen Monaten
überschattet werden."

„Da ist was dran", warf Richard ein. „Mein Vater wird
dir gnadenlos Vorträge über die Nachteile der Verbindung
halten – ich bitte um Verzeihung, Miss Bennet, dem ist nur
so, weil er noch nicht die Gelegenheit hatte, Ihre

herausragenden Qualitäten kennen zu lernen – und es könnten ein paar ungemütliche Monate werden. Oder ein Jahr."

„Obwohl ich meine Tante und meinen Onkel respektiere, werde ich nicht überstürzt heiraten, nur um ihrem Groll zu entgehen."

„Selbstverständlich nicht, Sir. Entschuldigen Sie meinen Irrtum." Crewes Lippen kräuselten sich ein winziges Stücken nach oben und Darcy wusste, dass er zum Coup de Grace ansetzte: „Ohne Zweifel wird Miss Bennets Familie die Notwendigkeit durchaus verstehen, den Skandal und die Gerüchte über sie noch drei Monate länger grassieren zu lassen, bis Sie Ihre Verlobung bekannt machen können."

Das musste er einen Moment sacken lassen. Wie hatte er das übersehen können? Er fühlte, wie sich ein Lächeln auf seinem Gesicht formte. Eine schnelle Hochzeit war genau das Richtige! Er zwang das Lächeln nieder und antwortete streng: „Ich gehe davon aus, dass ich mir bereits Gedanken darüber gemacht habe, wie ich die Neuigkeiten über eine geheime Trauung überbringen könnte, ohne einen noch größeren Skandal heraufzubeschwören."

Crewe sah verwundert drein – und sein Mienenspiel verfolgte grundsätzlich einen Zweck. „Wie kann es eine geheime Eheschließung sein, wenn Ihre Schwester, Ihr Cousin und Miss Bennets beste Freundin, die ebenso die Frau ihres Cousins ist, alle anwesend sind? Es wäre nur schicklich, wenn Sie in Anbetracht von Lady Catherines kürzlichem Ableben eine stille und sehr private Zeremonie bevorzugten."

Richard schüttelte seinen Kopf. „Crewe, Crewe, Crewe. Sie erstaunen mich immer wieder. Sagen Sie schon, hat Darcy bereits Vorbereitungen für die Trauung getroffen?"

Crewe verbeugte sich in Richards Richtung. „Der Vikar der St. James Kirche hier in Folkstone wird morgen früh um halb zehn einen Termin frei haben."

Das Schweigen in seinem Rücken erinnerte ihn daran, dass das eine Entscheidung war, die er nicht allein treffen konnte. Elizabeths Gesichtsausdruck war gleichmütig. Das könnte ein schlechtes Zeichen sein, er hatte ihr Mienenspiel schon oft beobachtet und niemals war es als gleichmütig zu bezeichnen gewesen.

Mit feuchten Handflächen schob Darcy seinen Stuhl näher an Elizabeths heran. Unter dem Tisch griff er nach ihrer Hand, um seine darauf zu legen. „Was ist deine Meinung dazu? Crewe hat ein paar gute Argumente vorgebracht, aber es ist *deine* Hochzeit und sie soll so sein, wie *du* sie dir vorstellst. Du hast jedes Recht, in der Kirche von Longbourn im Kreise deiner Familie getraut zu werden. Wenn dir diese ganzen Vorschläge nicht gefallen, dann sag mir das bitte gleich und ich werde dem Ganzen ein Ende setzen."

Ihre Lippen zuckten. „Auch wenn du es vorziehen würdest, sofort zu heiraten, ganz unabhängig von den sorgfältig ausgewählten Argumenten deines Kammerdieners?"

Wenn er ihr nur diesen spitzbübischen Ausdruck vom Gesicht küssen könnte! „Ich kann meinen Wunsch, dass du so bald als möglich mein bist, nur schwer verbergen, aber mein Wunsch, dich glücklich zu sehen, ist noch größer."

„Wie gut, dass du eine so diplomatische Antwort aus dem Ärmel zaubern konntest und ich vernünftig genug bin, es zuzugeben!"

Ein Gefühl des Triumphes durchströmte ihn. „Heißt das also, dass du zustimmst?"

„Bei der Sache gibt es ein kleines Problem. Ich bin noch nicht volljährig und würde immer noch die Zustimmung meines Vaters benötigen."

Verflixt und zugenäht! Wenn er nach Longbourn und zurück reiten müsste, müsste er auch die Verlobung bekannt geben ... in drei Monaten. Seine nächsten Worte wählte er mit Bedacht: „Wenn du ohne seine Erlaubnis heiraten würdest, hältst du es für wahrscheinlich, dass er eine Annullierung der Ehe anstreben würde, selbst nachdem wir schon als Mann und Frau zusammengelebt haben?"

Eine köstliche Röte stieg in ihren Wangen auf. „Nein, davon gehe ich nicht aus. Der Aufwand wäre ihm zu groß und er geht grundsätzlich den Weg des geringsten Widerstandes."

„Ich habe ihn aufgesucht und ihm von meiner Absicht, dich zu heiraten, erzählt. Obwohl er mir nicht seine ausdrückliche Erlaubnis erteilt hat, hat er es mir auch nicht explizit verboten. Man könnte argumentieren, dass es sich dabei dann um eine unausgesprochene Zustimmung handelt. Was aber noch wichtiger ist: Würde es dich beunruhigen, ohne seine formelle Zustimmung zu heiraten? Ich möchte dich nicht unglücklich machen."

Ihre Lippen pressten sich zu einer schmalen Linie zusammen. „Indem er deinen Brief zurückgehalten hat, und es versäumt hat, dir meinen Aufenthaltsort mitzuteilen, ist mein Vater für die unglücklichste Zeit meines Lebens verantwortlich. Ich zweifle nicht daran, dass er es auf seine ganz eigene Weise gut meinte, aber selbst sein ausdrückliches Missfallen würde mich nicht aufhalten, mich wird also das Fehlen seiner formellen Zustimmung nicht weiter bekümmern."

Zumindest war er nicht allein mit seinem Ärger über Mr. Bennets Einmischung! „Also...?"

Sie zögerte. „Ist Crewes Annahme richtig, dass die Bekanntmachung unserer Verlobung innerhalb der Trauerzeit den Aussichten deiner Schwester schaden würde?"

„Damit liegt er richtig, aber das wäre keine schlimme Sache. Sie ist immer noch die Enkelin eines Earls mit einer beträchtlichen Mitgift. Es würde nur die konservativsten Moralverfechter abschrecken, dass ihr Bruder keinen Anstand hat."

Elizabeth lachte. „Keinen Anstand, natürlich!"

Er senkte seine Stimme zu einem Flüstern. „Ich hatte ganz bestimmt keinen, als wir in der Höhle waren."

Wieder stieg ihr die Röte ins Gesicht. „Vielleicht ist es dann am besten, da du so wenig Sinn für Anstand hast, wenn wir Crewes Pläne befolgen. Du hast mir einmal erzählt, dass er immer Recht behält."

„Was mir manchmal den letzten Nerv raubt. Aber nicht dieses Mal."

Richard hüstelte laut. „Nun, Darcy?"

Er beschloss, ihn zu ignorieren und wandte sich an Crewe: „Ich hoffe, Sie haben mir Gewand eingepackt, das einer Hochzeit würdig ist."

„Selbstverständlich, Sir. Ebenso für Miss Darcy."

Georgiana protestierte: „Aber Sie sagten, dass ich meine besten Kleider mitbringen soll, für den Fall, dass Darcy vorhabe, mich jemandem vorzustellen!"

Crewe nickte mit dem Kopf. „Ich halte es für das Beste, stets für alles gewappnet zu sein."

Elizabeth lachte. „Ich sehe schon, dass Charlotte und ich die einzigen sein werden, die nicht vorbereitet sind!"

Richard murmelte in seinen Bart: „Das denke ich nicht, so wie ich Crewe kenne."

„Ich habe mir die Freiheit genommen, Mrs. Collins bestes Kleid aus dem Pfarrhaus anzufordern, ebenso wie einige Stücke aus Lady Annes Garderobe, die danach aussahen, als würden sie Miss Bennet passen. Selbstredend habe ich die Darcy-Saphire aus London mitgebracht."

„Selbstredend", murmelte Darcy in sich hinein und fügte dann lauter hinzu: „Crewe, habe ich sonst noch etwas geplant, das ich vergessen haben könnte? Ich würde mich nicht gerne lächerlich machen, indem ich mich nicht an die Details erinnern kann."

Crewe zählte an seinen Finger ab: „Die Lizenz, Kirche, Vikar, Familie, angemessene Kleidung, Schmuck, nein, ich denke, dass Sie sich um alles gekümmert haben, Sir."

Richard scherzte: „Wie außerordentlich schlecht dein Gedächtnis in letzter Zeit geworden ist, Darcy! Crewe, wie haben Sie eine Sonderlizenz in Darcys Namen besorgen können?"

Dieses eine Mal sah Crewe ratlos aus und blickte zu Darcy hinüber.

Darcy räusperte sich. „Crewe war sich zweifelsohne dessen bewusst, dass ich bereits eine Sonderlizenz in meiner Schreibtischschublade hatte. Ich hatte sie vor meinem Besuch bei Elizabeths Vater erworben, da ich dachte, dass er sich eine schnelle Heirat wünschen würde."

Mrs. Collins meldete sich das erste Mal zu Wort: „Ich denke, ich höre heute Abend außerordentlich schlecht. Es wäre unsagbar, wenn ich daran beteiligt wäre, Pläne zu schmieden, die mein Mann ihrer verstorbenen Ladyschaft gegenüber als geschmacklos erachten würde. Der morgige Tag wird für mich also eine vollkommene Überraschung darstellen."

Richard lachte. „Wenn ich gewusst hätte, dass Crewe die Sache so gut im Griff hat, hätte ich Sie bei meinem kleinen Komplott außen vor gelassen, Mrs. Collins, dann hätten Sie nun ein reines Gewissen."

„Oh nein", entgegnete Charlotte ernst. „Ich hätte es um nichts in der Welt missen wollen, Intrigen gegen Lizzy und Mr. Darcy zu spinnen. In solchen Fällen wie diesen wird ein reines Gewissen eindeutig überbewertet."

Unter dem Tisch griff Darcy nach Elizabeths Hand und drückte sie.

NACH DEM DINNER DREHTE sich Darcy zu seinem Cousin um und sagte abrupt: „Ich habe nicht mitgedacht."

„Um es milde auszudrücken!", konterte Richard.

„Es ist mir ernst. Dein Vater war vollkommen darauf versteift, mich mit Anne zu verheiraten. Er wird nicht gerade erfreut sein, dass du seine Pläne durchkreuzt hast. Mir kann er wenig anhaben, um mich zu bestrafen, aber bei dir ist das eine ganz andere Sache."

Richards Lächeln schwand ein wenig. „Das habe ich schon in Betracht gezogen, aber ich werde meinen Anteil an der Geschichte nicht vertuschen, was auch immer er tun mag. Es wird eine unschöne Szene geben, um es milde auszudrücken."

Zu Darcys Überraschung unterbrach Mrs. Collins die beiden. „Was wäre das Schlimmste, das er Ihnen antun könnte?"

„Mich zu enterben", meinte Richard, dessen Gesicht noch eine Spur bleicher geworden war als zuvor. „Mir meine Zuwendungen streichen. Es würde schwierig werden, aber ich könnte von meinem Sold bei der Armee leben."

Mrs. Collins lehnte sich nach vorne. „Haben Sie mir nicht erzählt, dass Sie die Armee nicht verlassen könnten, da Sie Ihrem Vater gegenüber Ihre Pflicht tun müssten? Was wird daraus, wenn er Sie enterbt?"

Ein Lächeln breitete sich auf Darcy Gesicht aus. Was für eine clevere Frau Mrs. Collins doch war! „Wenn er dich enterbt, kannst du immer noch dein Offizierspatent verkaufen und auf Pemberley leben."

Richard hielt mit seinem Glas Portwein auf halbem Weg zum Mund inne.

„Oh, ja, Richard!", jubelte Georgiana, „das wäre perfekt!"

Er setzte den Portwein vorsichtig ab, als ob er Angst hätte, das Glas zu zerbrechen. „Willst du... willst du... ich kann deine Mildtätigkeit nicht annehmen."

ALLEIN MIT MR DARCY: EINE VARIATION VON STOLZ UND VORURTEIL

„Das wären keine milden Gaben. Du würdest das auch für mich tun – erinnerst du dich? Gemeinsam – gegen jeden Feind?"

Ein bisschen Farbe kehrte in Richards Wangen zurück. „Gemeinsam, gegen alle Widrigkeiten. Aber vielleicht solltest du dich mit deiner beinahe-Ehefrau besprechen, bevor du mich einlädst, auf Pemberley zu leben."

Der Gedanke war Darcy noch nicht gekommen. Er würde erst lernen müssen, ein Ehemann zu sein. Ehemann. Das Wort gefiel ihm. „Vielleicht könnten Elizabeth und ich das unter vier Augen besprechen."

„Ich sehe keinen Grund, warum wir das besprechen sollten", meinte Elizabeth herzlich. „Ich wäre sehr froh, wenn Sie ihr Patent verkaufen würden, Colonel."

Richards Schultern entspannten sich deutlich. „Dann würden Sie mich Richard nennen müssen."

Elizabeth kräuselte die Lippen, als ob sie angestrengt nachdachte und antwortete dann verschmitzt: „Eine schwierige Herausforderung, aber ich glaube, dass ich fähig wäre, sie zu bewältigen."

Mit einem Lachen hob Richard sein Glas. „Aufs ,enterbt-werden'!"

„Hört, hört!", rief Darcy.

Als sie sich alle zugeprostet hatten, meinte Elizabeth: „Es war ein anstrengender Tag und ich denke, dass ich mich früh zurückziehen werde."

„Ein exzellenter Plan", warf der Colonel ein. „Man sollte ausgeruht sein und Darcy schläft nie die Nacht durch."

Darcy ignorierte ihn und sah stattdessen Elizabeth mit einem leichten Lächeln auf seinen Lippen an. „Warm oder kalt?", fragte er mit belegter Stimme.

Mit geröteten Wangen lächelte sie: „Warm. Definitiv warm."

Charlotte sah verwirrt aus. „Ich bin mir sicher, dass sie ein Feuer in deinem Zimmer entzündet haben. Meines ist durchaus gut geheizt."

„Das sind gute Nachrichten", ließ Elizabeth sie wissen. „Ich hasse es so sehr, wenn mir nachts kalt wird."

Kapitel 20

WORAUF HATTE SIE SICH da eingelassen? Sie wusste nicht, wann, oder ob Darcy überhaupt auftauchen würde, und so zog Elizabeth sich ihr Nachthemd so schnell wie nie zuvor an. Sie war gerade dabei, ihr Haar zu kämmen, als es an der Tür klopfte und sie aus ihren Gedanken gerissen wurde. Mit rasendem Puls öffnete sie.

Charlotte trat herein. „Ich bin gekommen, um nachzusehen, ob dein Zimmer wirklich warm genug ist. Wenn du möchtest, werde ich verlangen, dass sie mehr Kohlen auflegen und im Schrank liegt noch eine zusätzliche Decke, falls du sie brauchen solltest."

Wenn sie sich noch überhitzter fühlen sollte als sie es sowieso schon tat, würde sie Gefahr laufen, in Flammen aufzugehen! Insbesondere, da Mr. Darcy jeden Moment auftauchen konnte, was die Szene noch peinlicher machen würde. „Ich danke dir, Charlotte. Wie du siehst, ist mein Zimmer sehr komfortabel. Ich war gerade dabei, ins Bett zu gehen." Sie hoffte, dass ihre Freundin den Wink verstehen und aufbrechen würde.

„Wenn du dir sicher bist, dass das Zimmer so in Ordnung ist ... Ich weiß, dass du deinen Schlaf brauchst.

Und Lizzy – wenn du irgendwelche *Fragen* haben solltest, wäre es mir eine Freude und ich würde mein Bestes geben, um sie dir zu beantworten. Ich weiß, dass du diese Situation so nicht erwartet hattest." Charlottes Wangen waren so rot geworden, wie Elizabeths sich anfühlten.

Das wäre ein *ziemlich* schlechter Moment für Darcy, um hereinzukommen! „Liebste Charlotte, du bist die beste aller Freundinnen! Im Moment fallen mir keine Fragen ein. Wie du ja weißt, neigt meine Mutter dazu, freier mit Informationen umzugehen, als ich es mir gewünscht hätte – aber falls irgendwelche Fragen auftreten sollten, wirst du sicherlich von mir hören." Impulsiv lehnte sie sich nach vorne und küsste Charlotte auf die Wange. „Wenn du uns schließlich nicht wieder zueinander geführt hättest, würde ich Mr. Darcy morgen nicht heiraten!"

Charlottes Lippen zuckten. „Ach, heute Morgen hast du mich noch mit Blicken töten wollen!"

„Du hattest es verdient – dich mit Colonel Fitzwilliam zu verbrüdern, also wirklich! Und du behauptest, nicht romantisch veranlagt zu sein!"

„*Irgendjemand* musste ja versuchen, euch beide zur Vernunft zu bringen. Wenn man die letzten vierzehn Tage so betrachtet, kann man wohl nicht davon ausgehen, dass ihr jemals eine langweilige Ehe führen werdet."

Die Erinnerung an Darcy in Hemdsärmeln vor einem flackernden Feuer wärmte sie innerlich. „Nein, langweilig war es nicht. In der Tat wäre ein kleines Bisschen weniger Aufregung gar nicht so unwillkommen", entgegnete sie kläglich.

ALLEIN MIT MR DARCY: EINE VARIATION VON STOLZ UND VORURTEIL

„Es tut mir nur leid, dass dein Besuch bei mir dadurch kürzer ausfallen wird! Natürlich mache ich nur Spaß. Schlaf gut, ich seh' dich dann morgen Früh."

„Gute Nacht, Charlotte." Mit einem Seufzer der Erleichterung schloss Elizabeth die Tür hinter Charlotte und ließ sich dann dagegen fallen. Dem Himmel sei Dank, sie war fort! Sie hoffte, dass Darcy vorsichtig sein würde, wenn er sich auf den Weg zu ihr machte, wenn er es denn tatsächlich tat.

Vielleicht wäre es ja klüger, alle glauben zu lassen, dass sie schliefe. Sie pustete die beiden Kerzen aus, sodass der dunkle Raum nur noch vom Schein des Feuers erhellt wurde. Immerhin waren sie während des Schneesturms auch ohne Kerzen gut genug zurechtgekommen.

Sie ließ sich auf dem Bett nieder und wickelte die Arme um ihre Knie. Dabei beschloss sie, dass sie noch ein wenig länger warten würde und sich dann schlafen legen würde, wenn er nicht käme.

Die Türklinke bewegte sich und eine große, vertraute Gestalt schlüpfte herein. „Bist du noch wach?", fragte er leise.

Elizabeth eilte sich, auf die Füße zu kommen. „Ja. Um ein Haar hast du Charlotte verpasst."

Er lachte. „Ich weiß. Ich wollte gerade den Gang hinunter gehen, als ich sie an deiner Tür klopfen sah. Ich musste so tun, als ob ich zu Richards Zimmer gehen würde." Er nahm sie in seine Arme.

Wie richtig sich das anfühlte! Sie legte ihren Kopf an seine Schulter. „Ich bin froh, dass wir uns in Zukunft keine Gedanken über diese Heimlichtuerei machen müssen!"

„Morgen kann gar nicht früh genug kommen." Er presste seine Lippen leicht auf ihre Stirn.

„Stimmt." Sie legte ihren Kopf in den Nacken, weil sie dachte, dass er sie küssen würde.

Stattdessen trat er einen Schritt zurück und legte seinen Finger an ihre Lippen. „Ich bin heute Nacht hier her gekommen und hatte gehofft, wieder in deinen Armen schlafen zu können, so wie im Cottage. Nachdem ich dich am Strand gehalten habe, schien mir eine weitere Nacht ohne dich unerträglich. Aber wenn ich damit anfange, dich zu küssen, dann fürchte ich, dass ich es nicht bei Küssen werde belassen können. Du führst mich mehr in Versuchung, als dir bewusst ist."

Meinte er das wirklich so? „Das werde ich dir einfach glauben müssen, aber ich bin auch froh, wenn ich in *deinen* Armen schlafen kann. Das habe ich vermisst!"

Sein Blick wurde intensiver. „Hast du?"

„Ja, habe ich." Sie konnte einfach nicht anders und ergriff die Gelegenheit, ihn zu necken. „Du warst ein wunderbares, warmes Kissen."

„Ein Kissen, natürlich. Aber im Cottage hattest du mehr an als das."

Sie fühlte ein Zupfen am Gürtel ihres Morgenmantels und sah hinab, wie er seine Hände hinein gleiten ließ. Deren warmes Gewicht, das sie durch das feine Leinen auf ihren Hüften spürte, jagte ihr einen Schauder über den Rücken.

„Dort haben wir beide in unseren Anziehsachen geschlafen. *Das* ist ein Nachthemd."

„Nein, *das* ist die Versuchung selbst! Ich denke, dass es das Beste wäre, wenn du zum Schlafen deinen

Morgenmantel anbehalten würdest, oder all meine guten Vorsätze wären dahin." Mit spürbarem Widerwillen zog er seine Hände wieder zurück, zog den Hausmantel zusammen und verknotete den Gürtel wieder fest.

Sie zog die Nase kraus und war sich nicht sicher, ob sie erleichtert oder enttäuscht sein sollte. Ihr Körper, der von Kopf bis Fuß kribbelte, entschied sich für die Enttäuschung. „Also gut, wenn du darauf bestehst. Für heute Nacht."

Er stöhnte. „Sag sowas nicht."

„Oh je, wie viele Regeln du heute Nacht doch hast!"

„Oh je, was für ein impertinentes kleines Biest du heute Nacht doch bist!" Er schlug die Decke zurück und zeigte auf das Bett.

Sie zögerte. Es sollte nicht so schwer sein, ins Bett zu gehen. Immerhin hatte sie auch schon in der Hütte neben ihm geschlafen, aber irgendwie erschien ihr das hier sehr viel intimer. Sie nahm ihren Mut zusammen, legte sich hin und breitete die Arme für ihn aus.

Er schlüpfte neben sie und legte seinen Arm unter ihren Kopf. „So ist's besser."

Sie seufzte zufrieden auf. „Viel besser. Aber was, wenn uns morgen Früh jemand entdeckt?"

„Mach dir keine Sorgen, ich wache immer vor dem Morgengrauen auf und werde sogar schon fort sein, bevor die Dienstboten ihrer Arbeit nachgehen."

Wenn er sie nur küssen würde, dann wäre es perfekt! Sie kuschelte sich nah an ihn heran und fragte sich, wie sie nur einschlafen sollte, so nah an ihn gepresst. „Mmhm."

Er küsste sie auf die Stirn. „Schlaf gut, süße Lizzy."

Sie öffnete ein Auge: „Das hast du im Cottage gesagt. Diese Erinnerung habe ich gehütet wie einen Schatz."

„Das habe ich seitdem jede Nacht gedacht."

Eingehüllt in seine Fürsorglichkeit und Rücksicht, erlag sie der Magie des Schlafes.

EIN UNAUFHÖRLICHES Klopfen riss Darcy aus dem schönsten aller Träume, in dem er seine Elizabeth in seinem Bett auf Pemberley liebte. Aber das hier war nicht das gewaltige Himmelbett, sondern nur ein schmales Bett in einem Gasthaus und das Sonnenlicht schien durchs Fenster, während Elizabeths Kopf auf seine Schulter gebettet war.

„Elizabeth?", hörte er Georgianas Stimme. Und seine Schwester war an der Tür.

Was war nur mit ihm los? So lange hatte er nicht mehr geschlafen, seit … seit er in dem Cottage in Elizabeths Armen geschlafen hatte. Was für ein Idiot er doch war! Sanft rüttelte er an Elizabeths Schulter. Dann kroch er aus dem Bett und legte einen Finger auf seine Lippen, während seine Augen den Raum absuchten. Irgendwo hier musste er sich doch verstecken können. Verdammt, unter dem Bett war nicht genug Platz für ihn!

„Elizabeth, bist du wach?" Das hörte sich wie Mrs. Collins an.

Elizabeth zischte: „Hinter den Schrank!", und fügte dann lauter hinzu: „Ja, einen Moment. Ich komme gleich."

Darcy sah sich den schmalen Spalt zwischen Kleiderschrank und Wand an. Konnte er da womöglich reinpassen? Wenn es jemand anders als Georgiana dort draußen wäre, dann würde er es einfach drauf ankommen lassen, aber vor seiner kleinen Schwester konnte er das nicht tun. Mit ungeahnter Kraft, die ihm die schiere Panik verlieh, quetschte er sich hinein.

Ja, es hatte geklappt! Zumindest, solange er den Kopf zur Seite und nur flache Atemzüge nahm. Was für eine irrwitzige Situation!

Die Klinke wurde gedrückt. „Guten Morgen, Ladys", sagte Elizabeth.

„Es tut mir leid, dass ich dich geweckt habe", meinte Georgiana, „aber Mrs. Collins hatte angeführt, dass wir eine Weile brauchen würden, um dich für die Hochzeit fertig zu machen, da es einige Zeit in Anspruch nehmen würde, um Cousine Annes Kleid für dich abzuändern."

Er betete, dass es Elizabeth gelingen würde, sie abzuwimmeln. Er würde ersticken, wenn er noch länger auf so engem Raum bleiben müsste!

Mrs. Collins kam ihm zu Hilfe. „Lizzy, dieser Raum hier ist ziemlich klein. Vielleicht wäre es einfacher, wenn wir auf Miss Darcy Zimmer gehen würden. Da hätten wir dann alle mehr Platz."

„Eine ausgezeichnete Idee", schaltete sich Elizabeth ein, „ist jemand auf dem Gang oder kann ich im Morgenmantel gehen?"

„Die Luft ist rein", ließ Mrs. Collins sie wissen.

Das Geräusch, als die Tür in Schloss fiel, war eines der schönsten, das Darcy jemals gehört hatte.

ELIZABETH SCHRITT ENTSCHLOSSEN voran. Je früher sie Miss Darcys Zimmer erreicht hätten, desto besser.

Charlotte griff nach ihrem Arm und wisperte: „Du ungezogenes Mädchen, Lizzy!"

„Wie bitte?"

Ihre Freundin wartete, biss Miss Darcy die Türe öffnete, um zu flüstern: „Dein Schrank hatte *Füße*."

„Was meinst du damit?" Elizabeth hatte das unbestimmte Gefühl, dass sie es schon wusste.

„Vier hölzerne und zwei menschliche Füße!" Charlotte gab sich Mühe, nicht zu lachen.

Elizabeth klimperte mit gespielter Unschuld mit den Wimpern. „Welchen Sinn hätte es, kompromittiert zu werden, wenn ich es nicht genießen darf?"

Miss Darcy sah sich mit verwirrter Mine zu ihnen um. „Ist irgendetwas? Habe ich etwas gemacht, was ich nicht hätte tun sollen?"

Elizabeth verbarg rasch ihr Lachen. „Überhaupt nichts. Bei dem Gedanken, schon so bald verheiratet zu sein, musste ich einfach kichern!"

ALS DARCY SCHLIESSLICH sein Zimmer erreichte, fand er dort seinen Anzug sorgfältig auf dem Bett ausgebreitet vor. Crewe saß auf einem hölzernen Stuhl mit gerader Lehne und hatte die Arme vor der Brust verschränkt.

„Ich habe mich schon gefragt, ob sie vorhatten, noch vorbeizukommen", sagte Crewe spitz.

ALLEIN MIT MR DARCY: EINE VARIATION VON STOLZ UND VORURTEIL

Darcy sah ihn finster an. „Kein Grund, mich so anzusehen. Nichts ist passiert. Ich habe verschlafen, das ist alles."

„Sie haben verschlafen." Diese drei Worte machten keinen Hehl daraus, dass er ihm nicht glaubte.

„Ja, genau so war es zuvor auch schon, als ich mit ihr festsaß!"

„Dann ist sie immerhin ein exzellentes Schlafmittel."

„Gütiger Gott, in ein paar Stunden werde ich mit ihr verheiratet sein und muss mich nicht vor meinem Kammerdiener rechtfertigen!" Insbesondere, nachdem er eine Viertelstunde damit zugebracht hatte, hinter diesem vermaledeiten Schrank hervorzukriechen. Wer hätte gedacht, dass es so viel schwieriger sein würde, wieder raus zu kommen, als sich dahinter zu zwängen?

Crewe hob die Augenbrauen. „Selbstverständlich müssen Sie sich nicht vor mir rechtfertigen. Aber wenn Sie rechtzeitig an der Kirche sein möchten, darf ich dann vorschlagen, Sir, dass Sie damit warten, mein Arbeitsverhältnis zu kündigen, bis ich Sie angekleidet habe?"

„Machen Sie sich nicht lächerlich."

„Wie überaus günstig, dass ich Ihre heutige Ehezeremonie in die Wege geleitet habe. Wenn Sie es nicht einmal über sich gebracht haben, eine Nacht zu warten, dann wären drei Monate ein wahres Desaster geworden."

Mit seinem besten „ich-bin-Herr-auf-Pemberley-Blick" entgegnete Darcy ungnädig: „Und ich danke Ihnen dafür."

Crewe lächelte fast, doch dann nahm sein Gesicht wieder den üblichen unlesbaren Ausdruck an, als er Darcy aus seinem Morgenmantel half.

Kapitel 21

DARCY KONNTE ES IMMER noch nicht ganz fassen, dass sie nun verheiratet waren. Nur der Ring an Elizabeths Finger war Beweis dafür, dass es tatsächlich wahr war. Aber der Ring konnte gar nicht so sehr funkeln wie Elizabeths schöne Augen, als sie das kurze Stück von der Kirche zum Gasthaus im strahlenden Sonnenschein zurückgelaufen waren. Er war so geblendet von seiner frischgebackenen Ehefrau, dass er beinahe mit einer untersetzten Frau zusammengestoßen wäre, die sich ihm vor der Gaststätte in den Weg gestellt hatte.

Darcy bemerkte sie kaum, als er zum Gruß seinen Finger an den Hut tippte. „Verzeihen Sie, Madam."

„Mr. Darcy", erwiderte sie knapp, „darf ich Ihre Zeit für ein paar Augenblicke in Anspruch nehmen?"

Nein, er wollte um keinen Gefallen gebeten werden, nicht jetzt! Brüsk antwortete er: „Das ist ein äußerst ungünstiger Moment."

„Das tut mir leid, aber ich bin für die Möglichkeit, mit Ihnen zu sprechen, sehr weit gereist. Erinnern Sie sich nicht an mich?"

Gereizt widmete er ihr seine Aufmerksamkeit. Zunächst wirkte sie wie eine völlig Fremde, doch dann erkannte er sie wieder, obwohl die Jahre ihr Gesicht gerundet und sich Krähenfüße um ihre Augen eingegraben hatten. Er taumelte unwillkürlich einen Schritt zurück, als er das Gesicht ausmachte, das ihm über Jahre Alpträume beschert hatte.

„Wie ich sehe, tun Sie es doch. Ich bitte Sie, wenn Sie sich nur anhören, was ich zu sagen habe, dann werde ich Sie in Frieden lassen."

Alles in ihm wollte sie abweisen, aber Georgiana, Richard und Mrs. Collins waren nur eine kleine Weile hinter ihnen und am wichtigsten war nun, dafür zu sorgen, dass Georgiana ihre Anwesenheit nicht bemerkte. „Also gut, aber nur ein paar Minuten. Im Gasthaus gibt es eine separate Stube."

„Ich danke Ihnen."

Darcy war sich Elizabeths Anwesenheit nicht mehr bewusst gewesen, ehe ihre Hand sich fester um seinen Arm schloss. Sie sah ihn fragend an.

Er nahm einen tiefen Atemzug. „Elizabeth, darf ich dir Mrs. Dawley vorstellen? Sie war die letzten Person vor dir, die den Titel der Mrs. Darcy trug."

„Ihre Frau? Ich hatte nichts davon gehört, dass Sie verheiratet sind."

Elizabeth knickste. „Es liegt noch nicht lange zurück."

„In diesem Fall lassen Sie mich Ihnen bitte meine Glückwünsche aussprechen."

Darcy warf einen Blick über seine Schulter. Georgiana und die anderen waren schon in Sichtweite. „Kommt, lasst uns hinein gehen." Er hielt ihnen die Tür zum Gasthaus auf.

Zu seiner Erleichterung übernahm Elizabeth es, die Nutzung der separaten Stube zu organisieren und um Tee zu bitten und ihm somit ein paar bitter nötige Momente zu verschaffen, in denen er sich sammeln konnte und um sich ins Gedächtnis zu rufen, dass er der Herr von Pemberley war. Im Flüsterton fragte ihn Elizabeth: „Möchtest du, dass ich dich begleite?"

Er war nicht auf die Idee gekommen, dass sie das nicht tun könnte. „Bitte."

Als sich alle niedergelassen hatten und die Tür zum Nebenzimmer wieder ins Schloss gefallen war, sprach er in seinem gebieterischsten Tonfall: „Du hast also eine ganze Menge auf dich genommen, um mich zu finden."

Mrs. Dawley biss sich auf die Lippe. „Ja. Als sie mir gesagt hatten, dass du nicht in London seist, habe ich mich nach deinem Aufenthaltsort erkundigt. Ich dachte, dass es hier einfacher sein könnte, an dich heranzukommen. Ich wünsche Georgiana zu sehen und mich dessen zu vergewissern, dass es ihr gut geht."

„Georgiana geht es ausgezeichnet und ich wundere mich über dieses plötzliche Interesse an einem Kind, das du schon vor so langer Zeit verlassen hast."

„Wenn du denkst, dass ich sie aus dem schlichten Grund, weil dein Vater mir nicht erlaubt hat, sie mitzunehmen, vergessen habe, dann verstehst du nicht, wie das Herz einer Mutter schlägt. Jeden Tag habe ich an sie gedacht und sie vermisst. Als sie das Alter erreichte, als ich deinen Vater – und dich – kennen gelernt habe, begann ich, mehr über diese schreckliche Zeit nachzudenken und begann zu fürchten, dass Georgiana in eine ähnliche Situation kommen könnte.

Schließlich hat mich das so sehr beschäftigt, dass mir meine Freunde geraten haben, Kontakt zu dir aufzunehmen."

Er würde ihr nicht erlauben, ihn wieder zu manipulieren. „Ich sehe nicht, was daran so schlimm gewesen war. Lag es daran, dass du einen reichen Mann geheiratet hast oder war es das Leben auf einem der schönsten Anwesen Großbritanniens?"

Ihre Brauen zogen sich zusammen. „Für *mich* war es schrecklich.", sagte sie sanft, „ich habe einen Mann geheiratet, der alt genug war, um mein Vater zu sein und dachte, dass er sich zu mir hingezogen fühlen würde, um dann festzustellen, dass er keine Frau wollte, sondern eine unbezahlte Gouvernante für seinen Sohn. Er hat mich von meinen Freunden und meiner Familie getrennt, um mich an einen Ort zu schicken, an dem ich niemanden außer einem achtjährigen Jungen kannte. Über Jahre hinweg habe ich auf meine Einführung in die Gesellschaft gewartet, mich auf all die Bälle und Soirees gefreut und darauf, mit meinen Freunden darüber zu lachen – und stattdessen wurde ich ins Nirgendwo verfrachtet, während mein *Ehemann* in London blieb."

Darcy schüttelte den Kopf. „Das ist lächerlich. Er hatte es nicht nötig, zu heiraten, um mir eine Gouvernante zu verschaffen."

„Nein, er hätte jemanden einstellen können, aber du hattest *mich* ins Herz geschlossen, und das während einer Zeit, in der du nur schwer zugänglich warst. Ich war aus zu gutem Hause als dass man mir eine Stellung hätte anbieten können, und deshalb hat er mich stattdessen geheiratet, um sich meine Dienste zu sichern. Seit dem Tod deiner Mutter hattest du dich so zurückgezogen und er wusste sich nicht mehr zu helfen, als er entdeckte, dass du in meiner Gegenwart glücklich warst. Mein Vater war begeistert davon, denn er sah es als eine brillante Partie an. Aber *mich* hat keiner gefragt, ob ich als Spielkameradin eines kleinen Jungen gekauft werden wollte."

Sein Magen verkrampfte sich. „Dumm wie ich war, hatte ich angenommen, dass du mich mochtest, aber alles, was du wolltest, war Pemberley."

„Ich *habe* dich gemocht, aber ein kleiner Junge konnte nicht alle anderen Menschen, die ich gern hatte, in meinem Leben ersetzen. Ich habe meine Freunde und meine Brüder vermisst. Ich habe Pemberley gehasst. Es war mein Kerker, nicht mein Zuhause. Keiner dort wollte eine siebzehnjährige Herrin haben. Sie haben die ganze Zeit hinter vorgehaltener Hand über mich geredet." Sie fröstelte.

„Wenn du Pemberley so gehasst hast, warum hast du dann versucht mich zu töten, wenn es nicht deswegen war, dass *dein* Kind alles erben würde?"

Sie versteifte sich und rückte ein Stück zurück. „Dich zu töten versucht? Das ist vollkommener Unsinn!"

„Zugegeben, du hast nicht versucht, mich zu vergiften, sondern mich stattdessen nur in gefährliche Situationen gebracht, in denen ich hätte tödlich verunglücken können. Soll ich sie dir auflisten? Das noch nicht zugerittene Pferd, die Klippen, die Bäume?"

Sie wurde bleich und griff nach der Tischkante. „*Das* ist es, was du von mir dachtest? Dass ich das vorgehabt hatte? Ich dachte, wenn ich jedem zeigte, dass du bei mir nicht sicher bist, würde dein Vater mich zurück nach London und zu meinen Freunden bringen. Warum sonst denkst du, habe ich all diese Dinge vor dem Verwalter und deinem Lehrer getan? Sie sollten deinem Vater schreiben und ihm mitteilen, dass er dich nicht in meiner Obhut lassen sollte! Ich wollte nie, dass dir etwas zustößt. Wenn mir bewusst gewesen wäre, dass es nur dazu führte, dass du weggebracht wurdest und ich allein auf Pemberley festsaß, hätte ich niemals den Versuch unternommen. Du warst das einzig Schöne an Pemberley für mich."

Seine Kehle schmerzte. Konnte es wahr sein? Er kramte in seinen Erinnerungen. Hatte immer jemand bei seinen waghalsigen Abenteuern zugesehen? Er konnte sich nicht an eines erinnern, bei dem er allein mit ihr gewesen war. Aber sein Lehrer und sein Onkel waren sich ihres Motivs so sicher gewesen. „Du hast mich ohne Essen oder Trinken allein gelassen, als ich krank war."

Sie ballte die Fäuste. „Diese *grässliche* Mrs. Reed, die Haushälterin. Ich habe gesagt, dass die Dienstboten dich nicht *pflegen* sollten, nicht, dass sie dir nichts zu *essen* bringen sollten. Und selbst wenn *ich* so eine unsinnige Order gegeben hätte, was ich *nicht* getan habe, hätte die Haushälterin sie ignorieren sollen. Ich habe das damals deinem Onkel alles erzählt. *Und* ich habe die Haushälterin entlassen – etwas von dem sie dachte, dass ich es nie wagen würde. Und, wie immer, hat dein Vater sich nicht um die Berichte der anderen gekümmert."

„Das erscheint mir eine lächerlich weit hergeholte Erklärung für dein Verhalten. Sicherlich hätte es vernünftigere Methoden gegeben, um meinen Vater zu überzeugen."

„Ich war dumm, das muss ich zugeben, aber ich war verzweifelt – und praktisch selbst noch ein Kind. Ich habe sie immer und immer wieder angefleht, deinen Vater und auch meinen, aber es hatte keinen Zweck. Deinem Vater lag dein Glück sehr am Herzen, meines weniger. Er war der Ansicht, dass ich als seine Frau mehr als adäquat entschädigt wurde. Als ob ein Anwesen allein mich glücklich machen könnte! Das ist alles, worum es Männern geht – Besitz und Vermögen – aber mir hat das nichts bedeutet."

„Viele Frauen würden weit mehr in Kauf nehmen als du es musstest, um Herrin auf Pemberley zu sein."

„Das mag vielleicht sein, aber ich gehöre nicht dazu. Wenn ich Pemberley so sehr gewollt hätte, warum habe ich dann darum gebeten, nach Hause zurückkehren zu dürfen? Wo ich, wie ich hinzufügen muss, wesentlich glücklicher war, aber ich weiß nicht, warum ich mir die Mühe mache, dir das alles überhaupt zu erzählen. Es ist klar und deutlich, dass du dir in den Kopf gesetzt hast, was für eine böse, mörderische Verbrecherin ich bin." Sie zog ihre Handschuhe mit scharfen, abrupten Handbewegungen an.

„Warten Sie." Elizabeth legte ihre Hand auf Mrs. Dawleys Arm. „Sie verlangen von ihm, dass er das, woran er ein Leben lang geglaubt hat, von einem Moment auf den anderen über Bord wirft. Ich bitte Sie, geben Sie ihm ein wenig Zeit."

Mrs. Dawley sah sie einen Augenblick lang scharf an und nickte dann leicht. „Also gut. Es sieht seinem Vater sehr ähnlich und das ruft schmerzhafte Erinnerungen wach." Ihre Stimme brach.

ALLEIN MIT MR DARCY: EINE VARIATION VON STOLZ UND VORURTEIL

Er war sich Elizabeths Blick auf sich bewusst und so sagte er vorsichtig: „Ich hatte den Eindruck, mein Vater hätte beschlossen, dich wegzuschicken." Aber er konnte sich nicht daran erinnern, dass sein Vater etwas darüber gesagt hatte. Hatte er nur selbst seine Schlüsse gezogen?

„Nein, natürlich nicht! Warum sollte er mich wegschicken? Es war ja nicht so, als ob er sich jemals die Mühe machte, mich zu sehen, abgesehen von den sporadischen Aufenthalten auf Pemberley, wo er es nicht vermeiden konnte. Als ich erst einmal begriffen hatte, dass er vorhatte, mich für immer in der Wildnis von Derbyshire zu belassen und es mir niemals erlauben würde, mit ihm in London zu leben, wusste ich, dass meine einzige Aussicht auf Glück darin bestand, zu gehen."

„Ich kann mir nicht vorstellen, warum er dich nicht in London leben lassen wollte."

Sie zögerte und wandte dann ihren Blick ab. „Du weißt es nicht?"

„Offensichtlich nicht."

„Er hielt seine langjährige Geliebte in Darcy House verborgen und wollte sie meinetwegen nicht ausziehen lassen. Ich sehe, dass du mir nicht glaubst. Frag einen der Dienstboten, die zu der Zeit schon dort gearbeitet haben, sie werden es dir bestätigen."

Es fühlte sich an, als ob sie seine Welt Stück für Stück aus den Angeln heben würde, und es keinen festen Boden mehr unter seinen Füßen gäbe. Er fühlte, wie Elizabeths Hand seine fest umfasste und er sah ihr in die Augen. *Sie* war sein Anker.

Er wandte sich wieder der anderen Frau zu. „Mrs. Dawley, wären Sie wohl so freundlich, mich kurz zu entschuldigen. Es gibt da etwas, worum ich mich kümmern muss."

„Selbstverständlich", antwortete sie und Elizabeth nickte ihm aufmunternd zu. Sie musste erraten haben, was er vorhatte.

Auf halbem Weg die Treppen hinauf musste er eine Pause einlegen, um sich wieder zu sammeln. Er fand Crewe in seinem Zimmer vor, der ihm eine frische Garnitur Kleidung herauslegte.

„Crewe, ich möchte Ihnen ein paar Fragen über meinen Vater stellen." Seine Stimme fühlte sich rau an.

Crewe richtete sich kerzengerade auf. „Selbstverständlich, Sir."

„Nach dem Tod meiner Mutter, hat mein Vater da seine Geliebte in Darcy House etabliert?"

Crewe sah ihm nicht in die Augen. „Ja, Sir."

„Sogar während seiner zweiten Ehe?"

„Ja, Sir."

„Warum hat er seine Frau von Pemberley fortgeschickt?" Er achtete genau auf Crewes Gesichtsausdruck.

Crewe zögerte. „Ich kann das nicht mit Bestimmtheit sagen, aber ich denke, dass es auf ihren Wunsch hin geschah. Sie kam nach London, um mit ihm zu sprechen. Er hat dem Ganzen zugestimmt, aber sie war ziemlich außer sich, vermutlich nachdem er ihr gesagt hatte, dass er es nicht zulasse, dass sie Miss Georgiana mit sich nahm. Aber das ist nur eine Mutmaßung meinerseits, er hat nie mit mir darüber gesprochen."

„Lord Matlock hat geglaubt, sie versuche mir Leid zuzufügen."

„Ja. Ihr Vater hat kein Wort davon geglaubt, aber dachte, dass es wenig Sinn machen würde, sich zu streiten, wenn Sie glücklich im Hause ihres Onkels waren."

Darcy sank auf den Stuhl neben dem Feuer und senkte den Kopf in seine Hände.

„Sir?", fragte Crewe zögerlich.

„Was?"

„Ist alles in Ordnung mit Mrs. Darcy?"

Einen Moment lang dachte Darcy, dass Crewe sich auf seine Stiefmutter bezog, aber erinnerte sich dann daran, dass es eine neue Mrs. Darcy gab. Ein Lächeln breitete sich auf seinem Gesicht aus. „Ihr geht es sehr gut und ich muss wieder zu ihr gehen."

Leichteren Fußes kehrte er wieder nach unten zurück. Als er die Tür zum Nebenraum öffnete, hörte er Mrs. Dawley sagen: „Ich hoffe, dass ich Ihnen keinen falschen Eindruck von Ihrem künftigen Zuhause vermittelt habe. Pemberley ist sehr schön, ein Zuhause, auf das jeder stolz wäre. Es war einfach kein guter Ort für ein einsames Mädchen, dass sich nach der Küste von Devon sehnte."

Elizabeth lächelte freundlich. „Ich freue mich schon sehr darauf, Pemberley kennen zu lernen, nach allem, was ich darüber gehört habe."

„Hast du gar keine glücklichen Erinnerungen an Pemberley?", fragte Darcy abrupt.

„Natürlich gibt es da ein paar. Obwohl für mich die meisten herrschaftlichen Anwesen austauschbar sind - die Ländereien von Pemberley habe ich geliebt." Sie hielt inne und ein reuiges Lächeln erhellte ihr Gesicht. „Und unser Versteck. Daran habe ich sehr schöne Erinnerungen."

„Welches Versteck?" Darcy konnte sich an nichts dergleichen erinnern.

„Unsere Höhle, in der wir einen Ring aus Steinen aus dem Fluss gebaut haben, in dem wir Feuer entfacht haben, um uns warm zu halten."

Darcy schüttelte den Kopf. „Nein, es war Richard, der in der Höhle Feuer mit mir gemacht hat."

Sie sah überrascht aus. „Ich nehme an, dass du es später auch mit ihm gemacht hast. Aber erinnerst du dich gar nicht daran? Es war unterhalb von Curbar Edge, keine wirkliche Höhle, nur ein ausgehöhlter Überhang. Wir haben uns sogar ein kleines Dach aus Weidenzweigen geflochten, um den Regen abzuhalten. Es war sehr schlecht gemacht, soweit ich mich erinnern kann, aber es hat seinen Zweck erfüllt."

Weiden flechten – ja, daran konnte er sich erinnern. Er dehnte seine Finger. Es war viel schwieriger gewesen als es ausgesehen hatte, die flexiblen Zweige durch die immer kleiner werdenden Löcher zu zwängen, aber er hatte es getan, bis ihm die Finger weh getan hatten und war unglaublich stolz auf sich gewesen, weil er etwas mit seinen eigenen Händen gebaut hatte. „Ich erinnere mich", sagte er stockend. „Du hast dir Geschichten überlegt, die wir nachspielten. Manchmal waren wir Ritter, die sich vor den Schrumpfköpfen versteckten oder wilde Indianer in Amerika, die sich darauf vorbereiteten, die britischen Siedler anzugreifen."

„Und Robin Hoods Männer!", rief sie dazwischen, „das war dein Lieblingsspiel."

ALLEIN MIT MR DARCY: EINE VARIATION VON STOLZ UND VORURTEIL

„Und ich habe immer gesagt, dass du Maid Marian sein solltest, aber du wolltest lieber Will Scarlett sein."

Um ihre Augen bildeten sich Fältchen, als sie lächelte. „Will Scarlett klang so viel interessanter als Maid Marian, obwohl ich mich voll und ganz mit ihrem Wunsch, von zu Hause fortzulaufen, identifizieren kann."

Ja, er hatte diese Spiele mit ihr geliebt. Warum hatte sie sich so viel Mühe gemacht, einen achtjährigen Jungen zu unterhalten? Und ausgerechnet auf Curbar Edge! Sein Magen verkrampfte sich. In der Umgebung von Pemberley gab es keinen perfekteren Ort, um einen zufällig aussehenden Unfall zu planen, als Curbar Edge. Männer waren dort schon gestorben, weil sie dem steilen Abhang ein wenig zu nahe gekommen waren. Aber sie war mit ihm am Fuß von Curbar Edge gewesen und nicht an der gefährlichen Klippe. Wenn sie vorgehabt hätte, seinen Tod herbei zu führen, hätte sie nur allzu oft eine gute Gelegenheit verstreichen lassen.

Sein Onkel musste sich getäuscht haben, was ihre Motive anbelangte. Und das bedeutete...

Abrupt, bevor er es sich wieder anders überlegen konnte, platzte er heraus: „Wenn du Georgiana sehen willst, habe ich nichts dagegen."

Sie klatschte ihre Hände aufeinander und presste sie gegen ihre Brust. „Darf ich? Wirklich?"

„Ich kann sie rufen, wenn du das möchtest."

Ihre Augen zeigten eine verdächtigen Schimmer: „Nichts könnte mich glücklicher machen."

Elizabeth erhob sich. „Ich werde sie zu uns bitten."

Darcy warf ihr einen dankbaren Blick zu. Elizabeth würde wissen, wie sie Georgiana die Neuigkeiten beibringen sollte.

Mrs. Dawley richtete sich das Haar und knetete dann ihre Finger. „Was weiß Georgiana über mich?"

„Bis sie letzten Sommer die Wahrheit herausgefunden hat, dachte sie, du seist tot. Ich habe nicht viel gesagt, was über eine Bestätigung, dass du noch am Leben bist, hinaus ging und dass es der Wunsch unseres Vaters war, dass sie keinen Kontakt mit dir haben sollte."

Sie wandte sich mit zusammengekniffenen Lippen ab. „Ich werde es ihm nie verzeihen, dass er es mir untersagt hat, sie zu sehen. Zweifelsohne dachte er, dass es in ihrem besten Interesse geschähe, aber ich kann nicht anders, als dabei das Gefühl zu haben, wie grausam er uns beiden gegenüber war."

Georgiana hatte etwas Ähnliches gesagt, nicht wahr? „Er hat mir die Gründe für seine Entscheidung niemals offen gelegt."

„Ich weiß nichts über sie. Ich hoffe, dass sie nicht enttäuscht von mir sein wird. Wird sie schlecht von mir denken, weil ich nicht schon früher den Versuch unternommen habe, mit ihr in Kontakt zu treten? Verzeih, ich rede zu viel. Ich hoffe so sehr, dass es gut geht!"

Bevor er nach einer angebrachten Antwort suchen konnte, erschien Elizabeth im Türrahmen. Georgiana folgte ihr und hielt mit bleichem Gesicht ihre Hand.

Er erhob und verbeugte sich, doch dann überkam ihn ein Moment der Panik. Wie stellte man eine Frau ihrer eigenen Tochter vor? Sollte er erwähnen, dass es ihre Mutter war?

Elizabeth rettete ihn erneut. „Georgiana, Liebes, darf ich dir Mrs. Dawley vorstellen?"

Georgiana knickste ruckartig. „Ich freue mich, Ihre Bekanntschaft zu machen." Ihre Stimme war kaum mehr als ein Flüstern.

Mrs. Dawley eilte zu ihr herüber und nahm Georgianas Hand in ihre. „Oh mein liebstes Mädchen!" Als Georgiana zu weinen begann, schloss ihre Mutter sie liebevoll in ihre Arme, während ihr selbst die Tränen über die Wangen strömten.

Darcy schluckte heftig. Wie viel hatte seine Schwester die Jahre über verpasst, weil sie dachte, ihre Mutter sei tot? Er hatte sie nie so schluchzen gesehen, mit zuckenden Schultern, während sie sich an Mrs. Dawley klammerte.

Elizabeth ließ ihre Hand in seine gleiten. „Vielleicht sollten wir ihnen ein wenig Privatsphäre gönnen."

Georgiana mit seiner Stiefmutter allein lassen? Das ging gegen jeden seiner Instinkte. Aber konnte er seinen Instinkten trauen? Als er in Elizabeths schöne Augen hinunter sah, wusste er, dass es keine Rolle spielte. *Elizabeths* Instinkten konnte er trauen und sie dachte, dass sie den Raum verlassen sollten.

Und endlich konnte er alleine sein... mit seiner Frau. Seiner *Ehefrau*! Wie wundervoll das klang! Heute Nacht würde er sich nicht mehr zurückhalten müssen. Sein Körper ließ ihn wissen, dass es ihm nicht schnell genug Nacht werden konnte.

„Komm." Er führte sie aus dem Nebenzimmer in den Gastraum, wo Richard von einer der Bänke beim Feuer aufsprang.

Er hielt sie auf und ließ ein aufgerolltes Papier in seine Hand schnalzen. „Endlich!"

Darcy erhob seine Hand. „Richard, ich werde dir alles erzählen - aber *später.*" Er legte Elizabeth seinen Arm um die Schultern und warf seinem Cousin einen vielsagenden Blick zu.

„Tut mir leid, aber das wird warten müssen", konterte Richard. „Wir haben ein Problem."

Ihm wurde schwer ums Herz. „Worum geht es *dieses Mal*?"

„Unsere liebe Cousine Anne hat es sich in den Kopf gesetzt, auszureißen. Niemand hat eine Ahnung, wo sie abgeblieben ist."

Darcy stöhnte. „Woher weißt du das?"

Richard grinste. „Ein Expressbrief für uns beide. Ich habe ihn geöffnet, da der Schankwirt meinte, dass du nicht gestört werden willst. Mit wem hast du denn gesprochen?"

„Mit meiner Stiefmutter", antwortete Darcy gedankenverloren. „Aber wie konnte Anne denn fort kommen?"

„*Sie* ist hier? Gütiger Gott, Darcy, was wird nur aus dieser Welt?"

„Kümmere dich nicht darum. Mit ihr ist alles in Ordnung. Erzähl mir von Anne."

Richard schüttelte ungläubig den Kopf. „Wenn du das sagst. Offensichtlich ließ sie ihren Koffer packen, hat die Kutsche vorfahren lassen und befohlen, sie zur nächsten Poststation zu fahren, wo sie in die Postkutsche nach London eingestiegen ist. Als Higgins sie fragte, wohin sie ginge, antwortete sie ihm, dass es ihm nicht zustehe, ihre Entscheidungen in Frage zu stellen."

Darcy pfiff durch seine Zähne. „Genau wie ihre Mutter. Was hat dein Vater unternommen?"

„Nichts. Er hatte Rosings schon kurz bevor sie fuhr verlassen. Vermutlich hat sie gerade deshalb diesen Zeitpunkt gewählt."

Verdammt, Anne! Es war sein Hochzeitstag – bald seine Hochzeits*nacht* – und das Letzte, was er jetzt wollte, war seiner tollkühnen Cousine nachzujagen. „Nun, sie *ist* volljährig."

„Ja, aber wir wurden als ihre Vormünder eingesetzt und von der Welt da draußen hat sie keine Ahnung. Der Himmel allein weiß, in welche Schwierigkeiten sie sich schon gebracht hat!" Richard schaute mürrisch drein.

„Verdammt nochmal! Richard, heute ist mein Hochzeitstag!"

Die Furchen in Richards Gesicht nahmen ein wenig weichere Züge an. „Ich weiß, und deine Familie scheint sich verschworen zu haben, um ihn dir zu ruinieren. Ich wünschte, dass das auf morgen verschoben werden könnte."

Elizabeths Hand schob sich um Darcys Arm. „Es macht nichts", sagte sie warmherzig. „Wir werden noch so viele andere Tage haben, an denen wir zusammen sein werden. Wir sind verheiratet und das kann uns niemand nehmen."

Abgesehen von Mr. Bennet, wenn die Ehe nicht vollzogen war. Darcy hatte vor, so bald als möglich vollkommen sicherzustellen, dass diese Möglichkeit nicht mehr bestand, wenn seine doppelt und dreifach verdammte Familie ihn endlich lassen würde.

„Also gut", entgegnete Darcy. „Nach dem Essen werden wir fahren. Crewe hat für uns alle ein Hochzeitsfrühstück arrangiert und so viel Hochzeitsfeierlichkeiten haben wir uns verdient."

NACHDEM ER ALLE VORBEREITUNGEN für ihre Abreise getroffen hatte, kehrte Darcy in das Nebenzimmer zurück und fand dort eine in Tränen aufgelöste, aber glückliche Georgiana an der Seite von Mrs. Dawley vor, die ihre Hände hielt. Zumindest schien dieser Teil des Tages erfolgreich verlaufen zu sein.

Mrs. Dawley sah zu ihm auf. „Ich danke dir so sehr. Ich kann dir gar nicht sagen, wie viel mir das bedeutet. Mein hübsches kleines Mädchen ist schon so erwachsen!" Sie berührte Georgianas Wange. „Es ist so seltsam, mich selbst in dir zu sehen, mein liebes Kind, obwohl ich auch ein gutes Stück Will in dir erkenne!" Sie wandte sich wieder Darcy zu und die Furcht stand ihr in die Augen geschrieben. „Entschuldigen Sie, Mr. Darcy, das ist mir so herausgerutscht. Es wird nicht wieder vorkommen."

Zu seiner eigenen Überraschung, hörte Darcy sich sagen: „Ich habe nichts dagegen, wenn du mich Will nennen möchtest, obwohl ich in letzter Zeit eher Fitzwilliam genannt werde."

Ihre Augen füllten sich mit Tränen. „Das ist sehr freundlich von dir. Fitzwilliam war ein zu erhabener Name für einen kleinen Jungen, aber jetzt passt er gut zu dir."

Er schluckte heftig. „Das stimmt. Es tut mir leid, dass ich euer Wiedersehen stören muss, aber das Hochzeitsfrühstück ist fertig. Möchtest du dich zu uns gesellen? Es ist nur eine sehr kleine Gesellschaft, aber genug zu essen für eine Kompanie." Natürlich tat er das nur um Georgianas Willen.

Sie zog verwirrt die Augenbrauen zusammen. „Hochzeitsfrühstück? Wer hat geheiratet?"

Georgiana kicherte. „Fitzwilliam und Elizabeth. Erst heute Morgen."

Darcy sagte: „Du hast uns auf dem Rückweg von der Kirche erwischt."

Ihre Augen weiteten sich. „Dein Hochzeitstag? Oh, das tut mir so leid! Ich hätte niemals daran gedacht, so einen besonderen Tag zu stören, wenn ich das gewusst hätte. Was hältst du nun wohl von mir? Ich hatte nichts davon gehört, dass eine Hochzeit bevor steht."

Hinter ihm meldete sich Elizabeth zu Wort: „Das liegt daran, dass wir es niemandem gesagt hatten. Aber ich bitte Sie, kommen sie mit uns."

„Oh, ja - wenn du das möchtest", flüsterte Georgiana.

Die ältere Dame lächelte zaghaft. „Wenn ihr bereit seid, mich einzubeziehen, dann wäre ich mehr als glücklich, mich euch anzuschließen."

ES WAR EIN EIGENARTIGES Hochzeitsfrühstück, bei dem nur wenige Gäste außer des Brautpaares anwesend waren, aber Crewe hatte sich selbst übertroffen und sicher gestellt, dass die besten Speisen serviert wurden. Zu Elizabeths Überraschung, sprach Darcy offen über Annes Verschwinden und dem damit einhergehenden Aufbruch nach Rosings, trotz Mrs. Dawleys Anwesenheit. Georgianas

Miene war zu entnehmen, dass sie besonders enttäuscht über diese Neuigkeiten war.

„Georgiana, Crewe wird dich zusammen mit deiner Zofe nach London zurück begleiten.", bestimmte Darcy.

Georgiana atmete tief ein und fragte dann: „Darf meine Mutter mich begleiten?"

Darcy schielte zu Richard hinüber und kaute einen Moment auf seiner Lippe. „Wenn ihr beide es wünscht, habe ich nichts dagegen, wenn sie sich in der Kutsche zu dir gesellt."

„Oh, ich wünsche es mir! Dankeschön!" Georgiana fiel ihrem amüsiert dreinschauenden Bruder um den Hals.

Mrs. Dawley wandte sich leise an Elizabeth: „Ich kann Ihnen gar nicht sagen, wie froh ich bin, dass Will das alles so gut aufnimmt. Ich hatte solch eine Angst, dass er sich weigern würde, auch nur mit mir zu sprechen. Bis heute habe ich es nie verstanden, warum er mich als Kind so plötzlich abgelehnt hat, das war sehr schmerzlich. Sogar als kleines Kind war er schon sehr besonders. Sie können sich glücklich schätzen, seine Frau zu sein."

Dann war Georgiana wieder zurück an der Seite ihrer Mutter und die Gelegenheit, sich im Vertrauen zu unterhalten, war verstrichen.

Kapitel 22

NACHDEM SIE CHARLOTTE am Pfarrhaus abgesetzt hatten, erreichte die Kutsche Rosings kurz vor dem Einsetzen der Dunkelheit. Augenblicklich öffnete ein Diener die Tür, hinter der direkt Higgins hervortrat.

„Ist Miss de Bourgh zurückgekehrt?" Darcy zog einen Handschuh aus, dem sogleich der andere folgte.

„Nein, Sir." Higgins räusperte sich.

„Was wurde unternommen, um ihren Aufenthaltsort herauszufinden?"

Higgins trat einen Schritt zurück. „Sir, es steht mir nicht zu, die Entscheidungen von Höhergestellten in Frage zu stellen."

Richard schnaubte und schritt an dem Butler vorbei. „Wer hat sie gesehen, bevor sie ging?"

„Ihre Zofe, und der Kutscher, der sie zur Poststation gebracht hat."

„Was ist mit ihrer Gesellschafterin, Hiss Holmes?"

„Miss Holmes ist mit Miss de Bourgh gegangen."

„Oh, dem Himmel sei Dank dafür!", rief Richard. „Hoffentlich hat sie mehr Verstand als Anne."

Darcy ließ seine Handschuhe auf das Tablett fallen. „Bestellen Sie ihre Zofe unverzüglich in den Salon. Ich werde dort sein, sobald ich Mrs. Darcy unsere Gemächer gezeigt habe. Schicken Sie jemanden zum Pfarrhaus zurück, der ihr Gepäck dort abholt."

„Mrs. Darcy?", fragte Higgins skeptisch und schaute von Darcy zu Elizabeth und wieder zurück.

„Mrs. Darcy.", antwortete er mit fester Stimme.

„MISS DE BOURGHS ZOFE, Sir." Ein Diener führte eine Frau mittleren Alters in den Salon.

„Sie wünschten mich zu sprechen, Sir?" Ihre Hände umfassten ihre Röcke auch noch, nachdem sie geknickst hatte.

„Ja. Ich wünsche alles zu erfahren, was gestern vor Miss de Bourghs Abfahrt geschehen ist."

„Nicht viel, Sir. Bis das Frühstück serviert wurde, schien alles wie immer. Sie hat es auf ihrem Zimmer eingenommen, wie sonst auch immer, aber dieses Mal wies sie mich an, ihren Koffer vom Dachboden zu holen. Als der Diener ihn brachte, schloss sie die Tür und gab mir den Auftrag, ihn zu packen."

„Hat sie Ihnen irgendwelche Anordnungen erteilt, was sie packen sollten und wie viel?"

„Sie hat mir gezeigt, welche Kleider eingepackt werden sollten und meinte dann, dass ich alles andere hinzufügen solle, das sie brauchen könnte."

Darcy hielt sich an, geduldig zu bleiben. „Wie viele Kleider hat sie ausgewählt?"

„Zehn, Sir. Fünf Kleider für den Tag und fünf Abendkleider. Und keines davon war Trauerkleidung!" Das schien die Zofe mehr zu schockieren als die Tatsache, dass ihre Herrin verschwunden war.

Sie plante also, längere Zeit fort zu sein. „Haben Sie irgendetwas ungewöhnliches an ihrem Verhalten bemerkt?"

„Den ganzen Tag zuvor hatte sie zusammen mit Miss Holmes gekichert und Miss Holmes schien sehr aufgeregt zu sein. Aber Miss de Bourgh schickt mich für gewöhnlich weg, wenn Miss Holmes da ist, es sei denn, es ist Zeit zum umziehen und frisieren und so hat sie es auch getan, als ich mit dem Packen fertig war."

Darcy fiel es schwer, sich Anne beim Kichern vorzustellen. „Haben Sie mitbekommen, wie sie darüber gesprochen hat, an welchen Ort sie verreisen möchte?"

„Nein, Sir, aber über solche Dinge hat sie mit mir nicht gesprochen."

„Steht sie mit anderen Ladys im Briefkontakt?"

„Nur Lady Matlock und Miss Darcy, und selbst mit denen nicht all zu oft."

„Hat sie Freunde? Leute, die ihr Besuche abstatten?"

Die Dienstbotin schüttelte den Kopf. „Nicht dass ich wüsste, Sir. Wir haben nicht viele Besucher auf Rosings."

Das war keine große Überraschung. Lady Catherine hatte es fertig gebracht, allen Nachbarn so sehr auf die Nerven zu gehen, dass sie nur selten irgendwohin eingeladen wurde und von der Gesellschaft ihres Pfarrers abhängig war. „Gibt es sonst etwas, das Ihnen einfällt?"

„Nein Sir, außer, dass Mr. Collins sie seit Lady Catherines Unfall täglich besucht hat, aber sie hat nie lange mit ihm gesprochen."

Collins. Könnte er etwas wissen? War er im Pfarrhaus? Oder womöglich bei Anne?

„Kann ich Ihnen sonst noch helfen, Sir?"

„Nein, Sie können gehen."

Die Zofe war eben gegangen, als Richard herein stürzte. „Irgendwelche Neuigkeiten?"

„Nichts."

Richard rieb sich das Kinn. „Das verstehe ich nicht. Wo sollte sie denn hingehen? Und warum hinterlässt sie keine Nachricht?"

„Ich wünschte, ich wüsste es. Hat Mrs. Jenkinson dir irgendetwas gesagt?" Die Anstandsdame hatte sich selbst wieder auf den Weg nach Rosings zurück gemacht, nachdem sie von Darcys Plänen, Elizabeth zu heiraten, erfahren hatte.

„Sie gibt an, nichts zu wissen. Ich habe den Eindruck, dass Anne sich ihr generell nicht anvertraut hat."

Trotz dessen, dass er sie auf ihrer Reise nur oberflächlich kennen gelernt hatte, war es doch keine Überraschung für ihn. „Die Frage ist, was wir nun als Nächstes unternehmen. Warten wir einfach ab, bis Anne wieder zurückkehrt oder versuchen wir herauszufinden, wo sie sein könnte?"

„Haben wir eine Wahl?"

Darcy fuhr sich mit der Hand über die Stirn. „Nicht wirklich, nein."

Vielleicht würde Elizabeth ihn zu der Befragung von Mr. Collins begleiten. Nicht, dass er Hilfe benötigt hätte, er wollte einfach bei ihr sein.

KURZ VOR DEM ESSEN trafen sie sich wieder, um sich gegenseitig auf den neuesten Stand zu bringen. Richard streckte seine Beine vor sich aus, wie er es vor Lady Catherine niemals getan hätte. „Miss Holmes Familie weiß von nichts. Ihnen hat sie gesagt, dass sie einige Tage bei Anne bleiben würde. Unter den gegebenen Umständen hat sich niemand etwas dabei gedacht. Weder hat sie etwas davon erwähnt, dass sie verreisen wolle, noch etwas Bestimmtes über Anne verlauten lassen. Ihre Mutter teilte mit, dass sie vor ein paar Monaten gesagt habe, dass Anne eines Tages alle überraschen würde, aber näher war sie darauf nicht eingegangen. Hast du etwas herausgefunden?"

Darcy schüttelte den Kopf. „Keiner der Knechte oder Stalljungen wusste über das Ziel ihrer Reise Bescheid. Zwei Koffer wurden auf die Postkutsche aufgeladen, ein großer, der Anne gehörte und ein kleinerer für Miss Holmes. Keinem waren Taschen aufgefallen, die sich für eine Übernachtung in einem Gasthof am Weg geeignet hätten, was darauf hinweist, dass sie sich nur einen Tagesritt weit entfernt aufhalten oder dass Anne keine Ahnung von der Notwendigkeit einer zweiten Tasche hatte."

„Was ist mit Collins? Habt ihr ihn angetroffen?"

Elizabeth brachte sich lächelnd ein: „Ja, und er hat ziemlich viel Zeit darauf verwendet, uns absolut gar nichts zu sagen. Ihm war nicht einmal aufgefallen, dass sie fort war. Aber oh! Die Farben, die sein Gesicht angenommen hatte, als er herausfand, dass wir verheiratet sind! Ich glaube nicht, dass ich diese Farben jemals zuvor bei einem menschlichen Wesen gesehen habe." Sie griff nach Darcys Hand.

Richard blickte finster drein. „Anne scheint sich einige Mühe gegeben zu haben, ihre Spuren zu verwischen. Es muss noch jemand anders im Spiel sein, dem sie bekannt ist."

„Da gibt es noch den Doktor, doch der ist in London. Es ist ziemlich weit hergeholt, aber wir sollten es versuchen, da wir keine Alternativen haben."

Richard nickte. „Ich nehme an, dass du immer noch vorhast, morgen nach London zu fahren, vielleicht findest du ihn ja. Ich werde hier bleiben, für den Fall, dass Anne zurückkehrt."

Darcy entgegnete: „Es ist nicht wirklich fair, dass du hier bleibst und dich ausruhst, während wir in die Hauptstadt reisen."

Richard lachte. „Wohl wahr, aber ihr beide seit frisch verheiratet und du musst die Familie deiner liebreizenden Frau besuchen, um ihnen die frohe Kunde zu überbringen. Ich werde mich damit zufrieden geben, Lady Catherines Weinkeller zu erforschen. Ich habe immer schon vermutet, dass sie edlere Tropfen besitzt, als sie uns immer serviert hat. Abgesehen davon bin ich gerne in Mrs. Collins Gesellschaft. Bei ihr ist es sehr gemütlich."

Während Elizabeth Richard einen dankbaren Blick zuwarf, sagte Darcy: „Also schön. Dann werden wir uns nun unseren Reiseplänen widmen."

Richard gähnte übertrieben. „Ich denke, ich werde mich zurückziehen. Es war ein langer Tag."

Darcy schielte zur Uhr hinüber. Es war kaum acht Uhr und Richard war immer eine Nachteule gewesen. Dann sah er, wie sein Cousin ihm zuzwinkerte.

„Ein ausgezeichneter Gedanke", stimmte Elizabeth sittsam zu.

DARCY STRECKTE SEINE Arme, nachdem Crewe ihm aus seinem modisch-eng geschnittenen Frack geholfen hatte. Selbst hätte er ihn nicht für die Reise ausgewählt, aber sei's drum.

Er ließ sich auf einen niedrigen Stuhl fallen und streckte seine Füße aus. Crewe zog gekonnt an seinem Stiefel und er löste sich sofort. Darcy erinnerte sich, wie sehr er im Cottage damit zu kämpfen gehabt hatte und lächelte. Im Cottage hatte sie zumindest niemand gestört, aber jetzt würde er endlich wieder allein mit Elizabeth sein und dieses Mal würde er sich nicht zurückhalten müssen. „Crewe?"

„Ja, Sir?" Der Kammerdiener zog ihm den zweiten Stiefel aus und bürstete ein wenig Schmutz fort.

„Ich wünsche heute Nacht oder morgen Früh von niemandem gestört zu werden, sofern das Haus nicht in Flammen steht."

Crewe presste seine Lippen fest aufeinander, als er versuchte, ein Lächeln zu unterdrücken. „Ich werde dafür Sorge tragen."

„Wenn ich's mir recht überlege, dann nicht, sofern nicht dieser Flügel des Hauses brennt. Der andere Flügel kann bis auf die Grundmauern herunterbrennen und es würde mich nicht weiter stören."

„Und die Stallungen? Was ist, wenn sie brennen?"

Es kam selten vor, dass Crewe ihn neckte, aber Darcy grinste. „Retten Sie Bucephalus, aber lassen Sie mich in Ruhe...und, Crewe?"

„Ja, Sir?"

„Vielen Dank, dass Sie sich um all die Vorbereitungen für die Hochzeit gekümmert haben. Sie haben mir damit eine Freude bereitet."

Auf dem Gesicht des Kammerdieners machte sich ein Grinsen breit. „Die Freude war ganz auf meiner Seite, Sir."

IM RAUM NEBENAN SASS Elizabeth stocksteif am Frisiertisch, als Lady Catherines französische Zofe ihr die Haarnadeln entfernte. Als sie jedoch im Begriff war, nach der Haarbürste zu greifen, schritt Elizabeth ein: „Ich werde es selbst auskämmen. Wenn Sie so freundlich wären, mir mit diesem Kleid zu helfen. Ich habe noch nie etwas getragen, das auch nur annähernd so viele Knöpfe hatte!"

Antoinette schnaubte, um ihr Missfallen angesichts Elizabeths offensichtlich fehlendem Schliff zum Ausdruck zu bringen, vielleicht aber lehnte sie sie auch auf Grund ihrer Position ab. Einige der Dienstboten auf Rosings schienen den Eindruck zu haben, dass sie der rechtmäßigen Inhaberin ihre Stellung als Mrs. Darcy gestohlen habe. Elizabeth verkniff sich ein Lächeln und überlegte, was Darcy wohl dazu sagen würde, wenn er davon wüsste. Sie selbst kümmerte es wenig, denn morgen würde sie abreisen und Antoinette nie wieder sehen. Aber ihn würde sie immer noch haben. Ein wohliger Schauder der Erwartung lief ihr über den Rücken.

Ihre Hochzeitsnacht. Sie konnte es immer noch nicht recht begreifen, nicht, nachdem sie immer erwartet hatte, dass einer Hochzeit Wochen der Vorbereitung vorangingen. In ein paar Minuten würde ihr Ehemann eintreffen, um die Ehe zu vollziehen. Das war der Moment, der sie von einem Mädchen in eine Ehefrau verwandeln sollte, aber ihre Werbungszeit war so ungewöhnlich gewesen, dass es sich anfühlte, als würden sie nun einfach den nächsten Schritt gehen. Und wenn es sich auch nur im Geringsten so anfühlte wie in der Höhle, dann würde es in der Tat sehr interessant werden!

Sie stieg aus ihrem Kleid heraus, ließ Antoinette ihr Korsett aufschnüren und entließ sie dann, bevor sie ihr in ihr Nachthemd helfen konnte. Es war nur ihr einfaches Nachtgewand für alle Tage, ohne Rüschen oder Spitze, und ganz und gar nicht das, was man von der Braut von Mr. Darcy für ihre Hochzeitsnacht erwarten würde. Aber aus irgendeinem Grund dachte sie, dass es für ihn nicht von Bedeutung sein würde.

Ein Klopfen an der Verbindungstüre brachte ihren Puls zum rasen. Sie erhob sich und rief: „Herein."

Darcy trug nur sein Hemd und eine Hose und kein Nachtgewand, wie sie es erwartet hatte. Durch das Leinen konnte sie die Konturen seiner breiten Schultern sehen, was sie nach Luft schnappen ließ.

Nachdem er im Türrahmen stehen geblieben war, kam er mit langsamen Schritten auf sie zu und wickelte eine Strähne ihrer Locken um seinen Finger. „Du machst mich sprachlos", sagte er heiser. Sie legte den Kopf schief und antwortete: „Dann müssen wir wohl Aktivitäten finden, die nicht auf Sprache basieren."

Seine Augen begannen zu lodern und wurden dunkler, als sie sie jemals gesehen hatte. Dann zog er sie in seine Arme und hielt sie fest an sich gepresst. Er drückte seinen Kopf gegen ihren und sagte: „Ich habe den ganzen Tag darauf gewartet, das zu tun. Während der endlosen Kutschfahrt habe ich gedacht, dass ich verrückt werde, wenn ich dich so nahe bei mir habe und doch nicht berühren kann."

Sie beschloss, ihn nicht daran zu erinnern, wie oft sein Fuß ihren berührt hatte. „Und jetzt?"

„Denke ich immer noch, dass ich verrückt werde. Elizabeth, ich möchte dir keine Angst machen, aber ich fürchte, dass meine Leidenschaft für dich genau das bewirken könnte."

Sie legte ihren Kopf schief und strich mit ihren Lippen über seine. „Mein Mut wächst mit jedem Versuch, mich einzuschüchtern - und ich habe keine Angst. Irgendwie scheint es leichter zu sein, da ich zuvor schon ein Bett mit dir geteilt habe."

Er nickte ruckartig. „Mir geht es auch so. Heute Nachmittag ist mir bewusst geworden, dass ich seit dem Schneesturm das Gefühl habe, mit dir verheiratet zu sein und dass wir uns heute nur um die Formalitäten für etwas, das sowieso schon bestand, gekümmert haben."

Wärme füllte sie aus. Sie legte ihre Handflächen auf seine Brust und ließ sie nach außen zu seinen Schultern gleiten. „Wie sehr ich mir im Cottage gewünscht habe, das zu tun, und jetzt darf ich's!"

Darcy atmete scharf ein. „Und ich wollte, dass du mein Hemd öffnest und mich berührst. Wobei ich vermute, dass die Geschichte unseres Aufenthaltes dort dann anders geendet hätte, wenn du das getan hättest!"

Sie sah ihn schelmisch an und öffnete die Knöpfe an seinem Hemd, wobei ihre Hände nicht so ruhig blieben, wie sie es sich gewünscht hätte. „Weiß du, ich bereue beinahe, dass ich es nicht getan habe. Das hätte uns so viel Ärger erspart."

Er schloss die Augen, aber sie sah, dass sein Atem schneller ging. Langsam öffnete sie den Kragen des Hemdes und legte ihre Hand über sein Herz, ob aus Mut oder Selbstvergessenheit, konnte sie nicht sagen. Als sie seine raue Haut unter ihrer spürte, durchfuhr sie ein heftiger Schauer.

Seine Hand schloss sich über ihrer, um sie dann an seine Lippen zu führen und ihre Handfläche zu küssen, bis hinauf zu ihren Fingern, wo er seine Zähne leicht über die sensiblen Fingerspitzen fahren ließ.

Das Gefühl überwältigte sie und sie beugte sich ihm unwillkürlich entgegen. Dann vergruben sich seine Hände in ihrem Haar und zogen ihr Gesicht näher zu sich heran, bis er ihren Mund in einem Kuss gefangen hielt, der jede Barriere zwischen ihnen zu durchbrechen schien.

Als sie sich an ihn drückte, fühlte sich alles anders an. Zuvor hatten sie immer viele Lagen Kleidung getrennt, und jetzt war da nur der leichte Musselinstoff. Sie spürte seinen Körper, dessen Hitze und Härte, und ihre Beine begannen zu zittern.

Seine Lippen wanderten ihren Nacken hinunter, erkundeten ihre Konturen, bis sie unten bei der kleinen

Kuhle angekommen waren. Wie hatte sie bisher nicht wissen können, wie viel Vergnügen ihr diese kleine Stelle bereiten konnte? Dann fühlte sie, wie seine Finger den Ausschnitt ihres Nachthemdes nachzeichneten und nur ein wenig hinein glitten, ehe sie schon eine Welle der Leidenschaft bis hin zu ihrer Körpermitte durchfuhr.

Als er die Schnürbänder ihres Nachthemdes öffnete, zitterte sie. Er hielt inne und sah ihr tief in die Augen.

„Elizabeth, geht es dir gut? Möchtest du, dass ich aufhöre?"

Sie schüttelte den Kopf. „Bitte, hör nicht auf."

„Meine liebste, süßeste Elizabeth", hauchte er, als seine warmen Hände ihr das Nachthemd von den Schultern streiften. Mit einem sanften Geräusch glitt es über ihre erhitzte Haut, ehe es zu Boden fiel.

Kapitel 23

DARCY WAR NICHT BESONDERS guter Laune, als er sich Mr. Graves Haus näherte. Es war ihm relativ leicht gelungen, seine Adresse herauszufinden, doch der Tag zählte schon einige Stunden, seit ihrem Aufbruch auf Rosings. Natürlich mochte auch der Schlafmangel der vorigen Nacht sein übriges tun – im besten Sinne! Elizabeth hatte all seine kühnsten Träume erfüllt. Und dann war er, statt sich einen gemütlichen Tag im Bett machen zu können, gezwungen gewesen, Elizabeth in Darcy House mit Georgiana und Mrs. Dawley zurückzulassen, um seiner ausgerissenen Cousine nachzujagen. Seine Miene verfinsterte sich.

Er fand das bescheidene Haus im Zentrum der Stadt und überreichte seine Karte. Nach ein paar Minuten führte ihn ein Dienstmädchen in ein kleines Wohnzimmer.

Anne de Bourgh erhob sich würdevoll, ihre Freundin, Miss Holmes, an ihrer Seite. „Du hast also hergefunden. Mr. Graves macht Patientenbesuche, aber ich nehme ohnehin an, dass du meinetwegen gekommen bist."

So überrascht, dass er beinahe vergaß, sich zu verbeugen, antwortete Darcy streng: „Ich bin froh, dich wohlauf anzutreffen, Cousine. Richard und ich haben uns große Sorgen um dich gemacht."

„Nun, dass muss eine vollkommen neue Erfahrung für dich sein! Wie du sehen kannst, bin ich hier in Sicherheit und erfreue mich bester Gesundheit."

„Hättest du nicht Nachricht hinterlassen können, wohin du gehst?"

Sie legte den Kopf schief und schien es für einen Moment zu überdenken. „Das hätte ich tun können, aber ich habe schon genug Zeit meines Lebens damit vergeudet, auch nur für kleinste Abweichungen meiner alltäglichen Routine um Erlaubnis bitten zu müssen. Ich bin siebenundzwanzig Jahre alt und kein Kind mehr und muss nicht überwacht werden."

Darcy atmete tief ein, um sich zu sammeln. Es war kein Wunder, dass Anne sich nicht mit gewöhnlichen Gesten der Höflichkeit aufhielt, indem sie sie von ihren Plänen unterrichtete, schließlich hatte sie nur wenig von dieser Höflichkeit auf Rosings erlebt. Außerdem wollte er sich mit ihr nicht über ihre Manieren streiten. Sie würde über das, was er ihr zu sagen hatte, schon aufgebracht genug sein.

„Darf ich dich, nun da ich weiß, dass du in Sicherheit bist, um einen Augenblick deiner Zeit bitten? Es gibt da etwas, das ich mit dir besprechen möchte."

Sie wies ihm einen Stuhl an. „Bitte."

Er warf einen Blick auf Miss Holmes. „Könnten wir unter vier Augen sprechen?"

„Alles, was du zu sagen hast, kannst du vor Carrie sagen. Sie ist meine liebe Freundin und von nun an auch meine Gesellschafterin."

ALLEIN MIT MR DARCY: EINE VARIATION VON STOLZ UND VORURTEIL

Da er nichts daran ändern konnte, setzte er sich mit Bedacht. In diesem kleinen Raum waren sie nur ein paar Fuß voneinander entfernt und er war es gewohnt, Abstand von Anne zu halten. „Wie du weißt, war es der Wunsch deiner Mutter, dass wir beide heiraten."

„Ich würde sagen, dass *jeder* davon wusste. Sie hat es oft genug erwähnt."

„Wie auch immer - ich kann dich nicht heiraten." Er wartete darauf, dass die Lawine ins Rollen kam.

„Das hast du fast genauso oft erwähnt." Sie schien ziemlich unbeeindruckt von seiner Ankündigung.

„Unglücklicherweise hat das noch andere Auswirkungen auf dich. Deine Mutter hat dir Rosings nur unter der Bedingung hinterlassen, dass du mit mir verheiratet bist."

„Auch das habe ich schon seit Jahren gewusst. Es spielt keine Rolle."

Verwirrt fragte Darcy: „Kümmert es dich gar nicht, dass du dein Zuhause verlierst?"

Ihre Lippen kräuselten sich. „Denkst du tatsächlich, dass ich eine solche Närrin bin, diesen Fall eintreten zu lassen?"

„Eine Närrin? Wie könnte ich das sagen? Ich bekomme wieder und wieder vor Augen geführt, wie wenig ich über dich weiß."

„Sehr gut beobachtet. Aber Rosings gehört mir."

„Deine Mutter hat dafür gesorgt, dass es nicht so ist. Sie hat sich dazu entschlossen, es dir zu nehmen und gehofft, mich dadurch in die Enge treiben zu können."

Anne legte einen Finger an die Lippen. „So wie ich es verstehe, sagt ihr Testament aus, dass ich Rosings nur bekomme, wenn ich zum Zeitpunkt ihres Todes unverheiratet bin und dich eheliche. Jedenfalls war ich schon vor ihrem Ableben verheiratet, sodass es keine Rolle spielt."

Er musste sich verhört haben. „Verzeihung - wie bitte?"

„Du hast richtig gehört. Ich habe vor zwei Jahren geheiratet, schon bald, nachdem ich über ihren letzten Willen aufgeklärt wurde. Ich war schlichtweg nicht bereit, mein Erbe zu verlieren, nur weil meine Mutter ihren Willen durchsetzen wollte."

Darcy fühlte sich verloren. Hatte Anne das frei erfunden? Es gab keine Männer in ihrem Leben. Vielleicht war sie nicht ganz bei Sinnen. Er schielte zu Miss Holmes hinüber, aber sie schien nichts davon seltsam zu finden. „Äh... warum hast du nichts davon erzählt?"

„Und meiner Mutter damit eine weitere Gelegenheit verschaffen, mich aus ihrem Testament zu streichen? Nein, danke."

„Ich wollte fragen, warum du seit ihrem Tode darüber geschwiegen hast." Und ihm zwei schreckliche Tage beschert hatte, während derer er eigentlich seine Hochzeit hätte feiern sollen.

„Ich wollte es nicht ansprechen, bevor mein Mann sich nicht frei machen konnte. Ich wusste, dass du versuchen würdest, mich aufzuhalten."

„Darf ich nach der Identität deines Ehemannes fragen?" Er konnte nur hoffen, dass es keiner der Lakaien war.

Sie zuckte leicht mit den Schultern. „Mr. Graves, natürlich."

„Mr. Graves?" Natürlich – Graves, der ihr so zugeneigt war, dass er sie wöchentlich besuchte, ob sie krank war oder nicht. Graves, der erkannt hatte, welches Vermögen ihm

zufallen würde, wenn er nur geduldig genug warten würde.
Graves, der clever genug war, eine Hochzeit in einer anderen
Pfarrei zu organisieren und vorgab, dass er Anne nur die
Erfahrung machen lassen wolle, wie es sei, mit einem
Gentleman auszugehen.

„Warum nicht Mr. Graves? Er hat mir mein Leben
zurück gegeben. Mehr noch, er hat mit mir gesprochen. Er
hat mir Romane und Ackermann's Modezeitschrift zu Lesen
mitgebracht. Er hat mich nach meiner Meinung gefragt und
sich angehört, was ich zu sagen hatte. Er hat Carrie für mich
gefunden, die keinen Report über jeden meiner Schritte an
Mutter abgab und mich nicht dazu zwang, abscheuliche
Toniken zu schlucken. Niemand sonst hat sich jemals so sehr
um mich bemüht. Ich habe ihn sehr gerne geheiratet."

Dazu gab es nicht viel hinzuzufügen, da Darcy großen
Wert darauf gelegt hatte, Anne in keinster Weise
Aufmerksamkeit zu schenken, und sich nie Gedanken
darüber gemacht hatte, wie es ihr damit ging. Außerdem war
es nun auch nicht mehr zu ändern. Wenn Graves tatsächlich
ein Mitgiftjäger war, dann war es bereits zu spät. „Ich hoffe,
dass du sehr glücklich sein wirst."

„Ich bin schon glücklicher, als ich es über Jahre hinweg
gewesen bin. Ich habe meinen lieben Ehemann und Carrie
wird bei uns leben, statt von der Mildtätigkeit ihres Bruders
abhängig zu sein. Du musst dir also keine Sorgen machen.
Mir gegenüber hast du keine Verpflichtungen, insbesondere
nicht als potentieller Ehemann."

„Das wäre ohnehin unmöglich gewesen. Du bist nicht
die Einzige, die durch eine geheime Eheschließung den

Forderungen deiner Mutter entgehen wollte. Als ich sagte, dass ich dich nicht heiraten könnte, war das nicht gelogen."

Das erregte ihre volle Aufmerksamkeit. „Ich kann es nicht glauben! Du bist verheiratet?"

„Seit gestern. Meine Braut wartet in Darcy House auf mich."

„Wer ist sie?"

„Du hast sie als Miss Elizabeth Bennet kennen gelernt. Sie kam mit Mr. und Mrs. Collins zum Dinner nach Rosings."

„Die, die dich abwechselnd ignoriert oder mit Blicken getötet hat?"

Darcy grinste. Wer hätte gedacht, dass Anne eine so gute Beobachterin war? „Eben diese."

Schritte waren von draußen zu hören und Mr. Graves trat herein. Als er Darcy erblickte, schaute er Anne fragend an.

Sie streckte ihm ihre Hand entgegen. „Darcy weiß es. Ich habe ihm gerade alles gesagt."

Ihr Ehemann – was für ein Gedanke – lächelte sie liebevoll an, als er ihre Hand ergriff und legte seine freie Hand auf ihre Schulter, als er sich neben sie stellte. „Ich hoffe, dass das keine zu große Enttäuschung für Sie ist, Mr. Darcy."

„In keinster Weise. Sie werden einen Rechtsanwalt aufsuchen müssen, um ihm die Belege für Ihre Ehe vorzulegen. Ich nehme an, dass Sie die Dokumente noch haben? Dann kann ich Ihnen Rosings Park übergeben, da ich bis dahin rein formell Annes Vormund bin." Und dann würde er sich mit Freuden die Hände in Unschuld waschen und sich von all dem Unsinn lossagen.

„Ich kann Ihnen sowohl Dokumente, als auch Zeugen vorbringen. Wir haben schon geahnt, dass unsere Ehe in Frage gestellt werden könnte."

„Eine sehr weise Entscheidung. Nun, dann werde ich mich Ihnen nicht weiter aufdrängen. Ich wünsche Euch beiden alles Gute."

Darcy stand schon, als Mr. Graves ihn ruhig unterbrach. „Ich nehme an, dass sie mich für den schlimmsten Mitgiftjäger halten müssen, aber ich habe ihre Cousine sehr gern. Ich habe ihr immer wieder vorgeschlagen, dass sie Rosings verlassen solle, um hier bei mir zu leben, auch wenn das bedeuten würde, aus dem Testament ihrer Mutter herausgeschrieben zu werden. Aber Rosings zu behalten ist Anne wichtig und das respektiere ich."

Annes Lippen zogen sich zusammen. „Nach allem, was ich durch meine Mutter durchmachen musste, *verdiene* ich Rosings. Ich hätte es *niemals* aufgegeben, selbst wenn das bedeutete, dass ich bei ihr leben musste. Zumindest konnte sie mich nicht länger krank machen."

Darcy schüttelte den Kopf. „Sie hat dich krank *gemacht?*"

Mr. Graves schaltete sich ein: „Ganz zu Anfang, als ich gerufen wurde, um nach Anne zu sehen, war sie dem Tode nicht all zu fern. In der Tat bin ich überrascht, dass sie so lange überlebt hat. Ihr vorheriger Arzt hatte sie wöchentlich zur Ader gelassen und ihr Abführmittel verabreicht. Auf seine Anweisung hin wurde ihr nichts als Milch und Brot verabreicht, was er als eine angemessene Diät für eine junge

Lady ansah. Meine Behandlung, wenn man es so nennen kann, war, die Aderlasse und die Abführmittel sofort zu unterbinden und ihr täglich Fleisch und frisches Obst zu essen zu geben, sie in die Sonne zu bringen und das abführende Tonikum ihrer Mutter durch ein ungefährliches zu ersetzen, das genauso aussah und roch. Ein paar Monate später war sie in dem Zustand, wie sie sie heute sehen können. Anne, mein Liebes, wärest du so freundlich, deinen Handschuh auszuziehen?"

Anne zögerte und rollte dann ihre Handschuhe herunter, die ihr bis über den Ellenbogen reichten und die sie stets trug, um Darcy ihren Unterarm zu zeigen. Er war von kreuzförmigen Narben übersät, manche waren dick und rot, andere dünn und verblasst.

Er schreckte zurück und erinnerte sich an die Jahre, in denen Anne kränklich und weiß wie die Wand ausgesehen hatte und in denen sie so schwach war, dass selbst das Durchqueren eines Raumes sie erschöpfte. „Es tut mir leid. Das habe ich nicht gewusst."

„Natürlich wussten Sie das nicht", entgegnete Mr. Graves knapp. „Lady Catherine verpflichtete die, wie sie dachte, besten Ärzte des Landes, um sich ihrer Tochter anzunehmen. Zu Annes Ungunsten standen ihr Ruf und ihre Honorare in keinem Verhältnis zu ihrem Können. Aber Sie verstehen sicher, warum ich gezögert habe, sie in Lady Catherines Obhut zu belassen, insbesondere als sie dann meine Frau war."

„Ich bin froh, dass Sie mir das gesagt haben, das erklärt eine ganze Menge." Darcy räusperte sich. „Mr. Graves, Anne ist nicht die Einzige, die unter Lady Catherines Herrschaft gelitten hat. Die Instandhaltung des Anwesens und ganz besonders der Pächtersiedlungen, wurde sehr vernachlässigt, und der Verwalter ist sowohl inkompetent als auch unredlich. Ich empfehle Ihnen dringendst, ihn bei der ersten Gelegenheit zu ersetzen. Wenn es Ihnen dienlich wäre, wäre es mir eine große Freude, Ihnen eine Liste der Verbesserungen anzufertigen, die ich Lady Catherine vorgeschlagen hatte – sie enthält auch die Reparatur der Straße, auf der sie ihr Ende gefunden hat."

Graves sah überrascht aus. „Das wüsste ich sehr zu schätzen. Ich habe keinerlei Erfahrung in der Verwaltung eines großen Anwesens und werde viel zu lernen haben."

Zumindest hatte der Mann das Problem erkannt. Damit war der erste Schritt getan.

DARCYS NÄCHSTE STATION war Matlock House, wo er sofort hereingebeten wurde, um seinen Onkel zu sehen. Er atmete das süße, vollmundige Aroma des guten Brandys ein, den ihm sein Onkel eingeschenkt hatte und ließ sich den ersten Schluck durch den Mund gleiten. Dem Geschmack nach zu urteilen kam er aus Frankreich und war zweifellos Schmugglerware. Er sollte ihn jetzt noch genießen, bevor das Gespräch sich in eine hitzige Diskussion verwandelte.

„Ich dachte, du bist noch auf Rosings", wandte sich der Earl an ihn.

„Ich bin gestern abgereist, nachdem ich herausfinden musste, dass Anne es sich in den Kopf gesetzt hatte, zu verreisen. Es besteht kein Grund zur Sorge, ich habe sie gefunden, nun aber stellt sich eine interessante Frage im Bezug auf Lady Catherines Testament."

Der Earl räusperte sich. „Nun, Darcy, ich habe verstanden, dass du nichts von der Idee hältst, Anne zu ehelichen, aber wir können Rosings nicht aufgeben."

Zumindest konnte er es nun vermeiden, seinem Onkel zu gestehen, dass er genau das vorgehabt hatte. „Wie sich herausstellt, war sich Anne der Klausel im Testament bewusst und hat schon vor einiger Zeit beschlossen, die Dinge selbst in die Hand zu nehmen. Sie ist bereits verheiratet, und das schon seit zwei Jahren. Die gestellte Bedingung tritt nur in Kraft, falls Anne zum Zeitpunkt des Todes ihrer Mutter unverheiratet sein sollte. Vermutlich hat Lady Catherine niemals die Möglichkeit in Betracht gezogen, dass Anne einen Anderen als mich heiraten könnte."

„Schon verheiratet? Aber, das ist lächerlich. Das Mädchen hat Rosings nie verlassen."

„Offensichtlich besitzt sie mehr Raffinesse, als wir ihr zugetraut hatten. Es gibt einen Mann, der regelmäßig Zeit mit ihr verbracht hat – ihr Arzt, der nun ihr Ehemann ist."

Lord Matlock schlug mit der Faust auf seinen Schreibtisch. „Gütiger Gott! Sag mir, dass das ein Witz ist!"

„Unglücklicherweise ist es kein Scherz."

„Wir müssen sie sofort annullieren lassen."

„Mir scheint nicht, als gäbe es eine Grundlage für eine Annullierung. Sie lebt seit mehreren Tagen bei ihm. Einen Vorteil hat es – Rosings bleibt in der Familie, denn sonst hätte Anne es verloren."

„Nicht, wenn sie mit dir verheiratet wäre."

ALLEIN MIT MR DARCY: EINE VARIATION VON STOLZ UND VORURTEIL

Darcy stellte seinen Brandy ab. Besser, keine zerbrechlichen Gegenstände in den Händen zu halten, wenn der Sturm über ihm hereinbrach.

„Das wäre in keinem Fall möglich gewesen. Schon vor Lady Catherines vorzeitigem Ende war ich ehrenhalber an eine andere gebunden."

„Verlobungen können gelöst werden."

„Aber verlorene Ehre kann nicht wieder gut gemacht werden. Die Diskussion ist sowieso hinfällig. Sie ist nun meine Frau." Er wappnete sich für die Explosion.

„Zuerst geht Anne ein Mesalliance ein, und nun auch noch *du*, von dem ich das am wenigsten erwartet hätte."

„Die Lady, von der wir sprechen, hat mir das Leben gerettet, was sie ihren guten Ruf gekostet hat. Das könnte ich wohl kaum ignorieren. Ob es sich dabei um eine Mesalliance handelt oder nicht, überlasse ich deinem Urteil. Ihr Vater ist immerhin ein Gentleman."

Der Earl presste seine Finger an die Nasenwurzel. „Aber keine *gute* Partie, wie ich heraushöre."

„Ihr Vater besitzt ein kleines Anwesen, auf dem ein Erbschaftsvertrag liegt, sodass es die Familie nach seinem Tode nicht erben wird. Sie haben keine Verbindungen von Bedeutung, soweit ich das überblicken kann."

„Ich nehme an, dass es schlimmer sein könnte. Ist sie präsentabel?"

„Ja." Der Gedanke an Elizabeth ließ ihn lächeln.

„Also gut. Dann hoffe ich, dass du sie zu uns bringen wirst, damit wir sie kennen lernen können."

ABIGAIL REYNOLDS

Darcy schüttelte langsam und bedächtig den Kopf. „Das ist alles? Kein Sturm? Keine Drohungen, mich zu enterben oder die Ehe annullieren zu lassen?"

Der Earl lehnte sich in seinem Stuhl zurück und faltete die Hände hinter seinem Kopf. „Darcy, ich hätte beinahe jede Frau akzeptiert, die du zu ehelichen gedacht hättest. Ich hatte die Hoffnung schon aufgegeben, dass du jemals eine finden würdest, der du genug Vertrauen schenken könntest, um ihr deinen Namen zu geben. Wohlgemerkt, ich verstehe es durchaus, dass du genug Gründe für dein Misstrauen hast, aber es bringt wenig, die ganze weibliche Hälfte der Menschheit zu verdammen, nur weil dein Vater sich ein schlechtes Exemplar ausgewählt hat. Ich bin also glücklich darüber, dass du verheiratet bist."

„Aber du wolltest, dass ich Anne heirate!"

Sein Onkel seufzte. „Ich dachte, dass darin die größte Wahrscheinlichkeit lag, um dich unter die Haube zu bringen. Vermutlich wärst du eher willens gewesen, meiner Argumentation, dass Anne von dir gerettet werden muss, zu folgen, als wenn ich dir mit der Notwendigkeit eines Erben gekommen wäre. Nun, Ende gut, alles gut. Du magst deine neue Ehefrau hoffentlich gern genug, um einen Erben mit ihr zu zeugen?"

Darcy lächelte. „Das wird kein Problem darstellen. Sie ist wie keine andere Frau, die ich jemals getroffen habe, aber für mich ist sie perfekt."

„Also, sollen wir dann auf die neue Mrs. Darcy anstoßen?"

Sie ließen die Gläser klingen. Aber eines blieb noch unerwähnt. Wenn sein Onkel seiner Heirat wegen nicht verärgert war, würde er Richard nicht enterben und der saß in der Armee fest, weil er seine Pflicht erfüllen musste. „Da gäbe es noch eine Sache."

Die Augen des Earls verengten sich. „Was noch?"

„Es geht um Richard. Die Armee macht ihn kaputt."

„Das sehe ich auch so. Aber warum sagt er nichts?"

Darcy sah ihn ungläubig an. „Weil du wolltest, dass er der Armee beitritt und er möchte dir gegenüber seine Pflicht erfüllen – selbst wenn es ihn umbringt."

Lord Matlock schüttelte fassungslos den Kopf. „Werden Kinder jemals erwachsen? Sag ihm, dass er mit mir darüber sprechen soll."

Bisher hatte er es nie erlebt, dass sein Onkel Widerspruch so ruhig hinnahm. Vielleicht war Anne nicht die einzige Verwandtschaft, die er nicht wirklich kannte.

DARCY WAR AM ENDE SEINER Geduld, er wollte zu Elizabeth und so sprang er praktisch aus der noch fahrenden Kutsche, als sie Darcy House erreichten. Wer hätte auch ahnen können, dass eine Trennung von ihr schmerzhafter sein würde, nachdem sie die Ehe vollzogen hatten, selbst wenn es sich dabei nur um ein paar Stunden handelte? Zu allem Überfluss würde er sie für die wenigen Stunden bis zur Schlafenszeit auch noch mit Georgiana teilen müssen. Aber immerhin wäre er in ihrer Nähe.

Er trat ein und zog sich die Handschuhe aus. Den Hut übergab er dem Butler und fragte: „Wo ist Mrs. Darcy?" Warum Zeit mit der Suche nach ihr verschwenden?

„Im Salon, Sir."

Doch noch während er sprach, trat Elizabeth schon aus dem Salon heraus und kam auf ihn zugestürmt. Das war in *keinster* Weise schicklich, und doch es gab nichts, was ihn hätte glücklicher machen können. Wenn es nach ihm gegangen wäre, hätten sich die Dienstboten durch seine pure Willenskraft in Luft aufgelöst, als er nach ihrer Hüfte griff und sie durch die Luft wirbelte, um sie dann wieder auf ihre Füße zu stellen und ihr einen langsamen, leidenschaftlichen Kuss zu geben. Währenddessen hoffte er, dass Georgiana nicht ins Foyer kommen würde.

Atemlos löste Elizabeth sich lange genug von ihm, um „Das Personal..." zu hauchen.

„Das Personal gewöhnt sich verdammt nochmal besser daran!" Ein weiterer Kuss folgte. Wenn er sie nur direkt mit hinauf nehmen könnte! Aber nein, sie würden den Anstand wahren und ein langes Dinner mit Georgiana hinter sich bringen müssen und ihr anschließend zuhören, wie sie auf dem Pianoforte für sie spielte, ehe er Elizabeth für sich allein haben konnte. Diese Küsse würden ihm über die Zeit hinweg helfen müssen. Oh Gott, wie gut es sich anfühlte, sie in seinen Armen zu haben!

Widerstrebend ließ er sie los, kam aber nicht umhin, ihre Wange zu streicheln. „Es tut mir leid, dass ich dich hier so lange allein gelassen habe. Ich hoffe, es gab keine Schwierigkeiten."

Elizabeths Grübchen kamen zum Vorschein. „Überhaupt keine Schwierigkeiten, wobei es ein kleinwenig seltsam war, plötzlich Herrin eines Hauses zu werden, das ich gar nicht kannte! Ich war noch keine Stunde hier, als sich die Haushälterin wegen des Dinners mit mir besprechen wollte. Ich wollte ihr gerade sagen, dass sie es so wie sonst auch immer handhaben solle, als Mrs. Dawley zu meiner Rettung eilte und fragte, ob es mir recht wäre, wenn sie sich darum kümmern würde. Ich war alles andere als abgeneigt, auch wenn ich nicht vorausgesehen hatte, was sie tun würde."

Ihm schwante nichts Gutes. „Was ist passiert?"

„Nichts dergleichen!" Sie nahm in bei der Hand und führte ihn ins Wohnzimmer, wo sich Mrs. Dawley und Georgiana bei seinem Eintritt erhoben. „Sie hat der Hausdame gesagt, dass wir bisher noch keine angemessene Hochzeitsnacht gehabt hätten und dann haben sie die Köpfe zusammengesteckt und einen Plan ausgeheckt."

Mrs. Dawley lachte. „Ihr beide werdet heute Abend euer Dinner allein in euren Räumlichkeiten einnehmen. Georgiana wird mich in mein Hotel begleiten, sodass ihr ein wenig Privatsphäre haben werdet. Wir waren gerade im Begriff zu gehen, nicht wahr, Liebes?"

Georgiana nickte mit roten Wangen. „Es macht dir nichts aus, oder?"

Ob es ihm etwas ausmachte, mit Elizabeth allein zu sein? „Nicht im Geringsten."

Georgiana rang sich die Hände. „Mrs. ... meine Mutter möchte, dass ich ihr einen Besuch in Devon abstatte, sodass ich ihre Söhne kennen lernen kann", sie atmete tief durch, „meine jüngeren Brüder."

Ein unerwarteter Schmerz drang tief in Darcys Brust. So viele Jahre nun war er Georgianas einzige nähere Verwandtschaft gewesen und jetzt würde er sie mit ihrer Mutter und zwei neuen Brüdern teilen müssen. Würde er sie an sie verlieren?

Georgiana musste seinem Gesicht etwas angesehen haben, denn sie fügte schnell hinzu: „Das muss nicht gleich entschieden werden. Vielleicht können wir es ein andermal besprechen."

Er fühlte Elizabeths Hand in seiner, die ihn daran erinnerte, dass er ohne seine Schwester nicht allein sein würde. Seine Familie war gewachsen, als Elizabeth hinzugekommen war und das bedeutete nicht, dass er Georgiana deshalb weniger liebte. „Wenn du nach Devon gehen möchtest, sehe ich keinen Grund, warum du das nicht tun solltest. Es brauchte nur einen Moment, bis ich den Gedanken verdaut hatte, dass du noch andere Brüder hast!"

Sie kicherte. „Ich kann es auch noch nicht ganz fassen!"

Zu seiner Überraschung legte ihm Mrs. Dawley für einen Moment die Hand an die Wange. „Ich danke dir aus ganzem Herzen, mein lieber Junge. Ich kann dir gar nicht sagen, was mir das bedeuten würde. Vielleicht möchtest du sie eines Tages auch kennen lernen."

„Natürlich möchte ich Georgianas andere Brüder kennen lernen", entgegnete er und war selbst überrascht darüber, dass er es tatsächlich auch so meinte.

Ein strahlendes Lächeln erhellte Mrs. Dawleys Gesicht. „Nichts könnte mich glücklicher machen! Aber ich nehme an, dass *dich* nichts glücklicher machen würde, als mit deiner liebreizenden Braut alleine zu sein, und deshalb werden wir uns nun von euch verabschieden."

Elizabeth knickste. „Ich hoffe, dass ihr einen schönen Abend haben werdet und freue mich schon darauf, euch wieder zu sehen."

Darcy sah amüsiert dabei zu, wie Mrs. Dawley Georgiana zügig aus dem Haus dirigierte.

Elizabeth wandte sich schelmisch an ihn: „Ich hoffe, du hast nichts gegen ihre Pläne für uns."

Ein langsames Lächeln breitete sich auf seinen Lippen aus. „Etwas dagegen haben, mit dir allein zu sein? Ganz im Gegenteil! In der Tat denke ich, dass wir uns sofort auf den Weg in unsere Gemächer machen sollten, nicht dass wir noch unser Dinner verpassen."

Sie lachte, während er sie die Treppen zu ihren Räumlichkeiten hinauf führte und schnappte nach Luft, als er die Tür zu seinem privaten Wohnzimmer öffnete, das nun *ihr* privates Wohnzimmer war. Überall standen Blumen, Frühlingsblumen und exotische Gewächshausblumen und mehrere Vasen, die mit Rosen gefüllt waren. Ihr Duft war allgegenwärtig, wie in einem Frühlingsgarten. Im Raum dahinter war sogar das Himmelbett mit Rosenblättern bedeckt.

Elizabeth berührte eine der samtigen Rosen. „Wie hat sie all das nur so schnell arrangieren können? Ich dachte schon zuvor, dass das ein schöner Raum ist, aber das hier geht weit darüber hinaus!"

„Im Moment könnte ich meiner Stiefmutter so manches vergeben." Er legte von hinten die Arme um Elizabeth und liebkoste ihren Nacken seitlich mit seinen Lippen. „*Du* bist mehr als schön."

Eines der Mädchen erschien im Türrahmen. „Mrs. Darcy", meldete sie sich respektvoll zu Wort, „gibt es irgendetwas, das ich für Sie tun kann?"

„Tee vielleicht, das wäre nett."

ABIGAIL REYNOLDS

„Nein, Mrs. Darcy benötigt derzeit gar nichts", griff Darcy autoritär ein, während er seine Augen nicht von Elizabeth abwandte. Sie konnte beinahe sehen, wie die Glut seiner Leidenschaft wieder im Begriff war, aufzulodern.

Das Dienstmädchen blickte unsicher zwischen beiden hin und her und antwortete dann: „Ja, Sir", ehe sie sich mit einem Knicks entfernte.

Er schloss die Tür hinter ihr. Auf ihre erhobene Augenbraue hin antwortete er: „Ich wollte allein mit dir sein."

Elizabeth wurde rot, als ihr Körper auf den Ausdruck in seinen Augen reagierte. „Was wird sie denken?"

Er legte seine Hand an ihre Wange und küsste sie zögerlich. „Sie wird ohne Zweifel denken, dass ich mich wie ein frischgebackener Ehemann benehme, der eine wunderschöne Frau hat." Er ließ seine Finger leicht über ihr Schlüsselbein gleiten, trat dann hinter sie und begann abwechselnd, ihre Haarnadeln herauszuziehen, und ihr federleichte Küsse in den Nacken zu hauchen, wodurch sich ihr Wunsch, die Form zu wahren, bald schon in Luft auflöste.

„Aber es ist immer noch Nachmittag!", rief sie aus, als ihr das Haar lose um die Schultern fiel und seine verführerischen Küsse ihr die Erregung durch den Körper strömen ließ.

Er ließ seine Hände besitzergreifend an ihren Seiten hinunter gleiten, sodass sie sich nach mehr sehnte.

„Aufmerksam wie immer, meine Liebe", murmelte er, „wenn du nun so gut wärst und einen Augenblick stillhalten würdest...", woraufhin er seine Aufmerksamkeit den Verschlüssen ihres Kleides widmete und seine Finger hinein gleiten ließ, um eines ums andere zu öffnen, während seine Lippen die entblößte Haut ihrer Schultern erkundeten. Nachdem er den letzten erreicht hatte, streifte er das Kleid von ihren Armen, bis es zu Boden fiel.

Als seine Hände begannen, ihre Taille durch ihr Hemdchen hindurch zu erfühlen, gab Elizabeth es auf, vorzutäuschen, als wehre sie sich. Sie lehnte sich mit einem Stöhnen gegen ihn und ließ ihm damit alle Freiheit, sie durch den dünnen Stoff hindurch zu liebkosen. Sein zufriedenes Lächeln, als sie ein Schauder durchfuhr, war erst der Anfang.

Kapitel 24

DER DIENER, DER IHNEN die Tür am Haus der Gardiners öffnete, war überrascht, Elizabeth zu sehen, und das zu Recht, denn normalerweise würde sie hereinkommen, ohne anzuklopfen. Aber es erschien ihr nicht richtig, Mr. Darcy ohne Vorwarnung auf ihre Verwandtschaft loszulassen.

„Miss Elizabeth, Ihre Schwester ist im Wohnzimmer."

„Dankeschön." Elizabeth nahm einen tiefen Atemzug und marschierte los.

Aus Janes Gesicht wich jegliche Farbe, als sie Elizabeth sah. Sie eilte zu ihr und nahm beide Hände ihrer Schwester in die Ihren. „Oh, Lizzy, bitte sag, dass es nicht unser Vater ist! Aber wer dann?"

Elizabeth sah sie verdutzt an. Natürlich war das nicht ihr Vater, der mit ihr gekommen war!

Glücklicherweise begriff Darcys schneller als sie. „Miss Bennet, Ihre Familie erfreut sich guter Gesundheit. Elizabeth trägt Trauer für meine Tante, Lady Catherine de Bourgh." Er berührte seine eigene Armbinde aus schwarzem Kreppstoff.

ALLEIN MIT MR DARCY: EINE VARIATION VON STOLZ UND VORURTEIL

Janes Kopf bewegte sich zwischen den beiden hin und her. „Mr. Darcy! Bitte sehen Sie es mir nach, dass ich Sie nicht bemerkt hatte. Das war nur der Schock."

„Vollkommen verständlich, Miss Bennet."

„Aber Lizzy, warum trägst *du* Trauer für *Mr. Darcys* Tante?" Dann weiteten sich ihre Augen, als sie Elizabeths linke Hand näher betrachtete und den Ring an ihrem Finger berührte. „Bist du ... bist du...?"

„Verheiratet?" Elizabeth schlang ihre Finger um Janes Hand. „Vor zwei Tagen, es war eine sehr ruhige Zeremonie in Folkstone."

Als Jane ihren Mund öffnete, kam Darcy dem nächsten Schwall an Fragen zuvor: „Den Umständen geschuldet, ging alles sehr schnell vonstatten. Darf ich fragen, ob Mr. und Mrs. Gardiner zu sprechen sind? Es würde die Sache vereinfachen, wenn wir die Geschichte nur einmal erzählen müssten."

„Es ist eine ziemlich lange und weitschweifige Geschichte", fügte Elizabeth hinzu.

Darcy nahm Elizabeths freie Hand und führte sie an seine Lippen. „Deren Ergebnis äußerst zufriedenstellend ist."

Als Elizabeth die Hitze in die Wangen stieg, beeilte sich Jane zu sagen: „Gebt mir nur einen Moment, um meine Tante und den Onkel zu holen. Ich werde gleich wieder da sein." Damit trat sie die Flucht an.

„Ich glaube, du hast ihr solche Angst eingejagt, dass sie sich aus dem Staub gemacht hat", grinste Elizabeth.

„Gut. Es ist Stunden her, seit ich dich geküsst habe." Er nahm es sofort auf sich, die Situation zu bereinigen.

Ein Hüsteln von der Tür aus ließ sie auseinander fahren, aber Darcy schaffte es irgendwie, Elizabeths Hand weiter festzuhalten. Sie lächelte ihn an und amüsierte sich über sein anhaltendes Bedürfnis, den Kontakt mit ihr zu halten.

Mr. Gardiner sah Darcy ernst an. „Also, das ist durchaus eine Überraschung. Mr. Darcy, darf ich Ihnen meine Frau vorstellen? Jane sagt, das Sie uns etwas mitzuteilen haben."

Darcy verbeugte sich in Mrs. Gardiners Richtung. „Das habe ich in der Tat; oder vielleicht sollte ich sagen, dass *Mrs. Darcy* und ich eine Ankündigung zu machen haben."

„DAS IST JA SCHON FAST eine Saga", merkte Mr. Gardiner an, nachdem er die ganze Geschichte gehört hatte. „Mr. Darcy, ich muss mich noch einmal vielmals dafür entschuldigen, dass ich Anteil daran hatte, Sie voneinander zu trennen."

„Es besteht keine Notwendigkeit für eine Entschuldigung, da Sie, aus Ihrer Perspektive gesehen, in Elizabeths bestem Interesse gehandelt haben. Ich habe die Vormundschaft für meine viel jüngere Schwester und hätte vermutlich eine ähnliche Entscheidung getroffen, wenn ich nur die Informationen gehabt hätte, die Ihnen bekannt waren."

Elizabeth meldete sich zu Wort: „Ich hoffe, dass Mr. Hartshorne nicht zu enttäuscht sein wird."

„Er wird sich davon erholen, auch wenn er auf einen anderen Ausgang für sich gehofft haben mochte, hielt er es dir gegenüber doch immer für ungerecht. Ich weiß, dass er sich um deinetwillen freuen wird. Und ich habe ihn in eine verantwortungsvollere Position befördert, sodass er auch etwas davon hatte."

„Bitte richte ihm aus, dass ich ihm seine Großzügigkeit niemals vergessen werde, als er mir einen sicheren Hafen in diesem Sturm angeboten hat."

Darcy hatte durchaus genug über den heiligen Mr. Hartshorne gehört, der es gewagt hatte, ein Auge auf *seine* Elizabeth zu werfen.

Mrs. Gardiner fragte: „Lizzy, wurden deine Eltern von deiner Eheschließung unterrichtet?"

Elizabeth sah zu Darcy hinüber. „Noch nicht. Wir möchten ihnen die Neuigkeiten persönlich mitteilen."

„In ein paar Tagen", fügte Darcy entschlossen hinzu. „Nach allem, was geschehen ist, habe ich das Bedürfnis, ein paar Tage an einem Ort zu verweilen."

DREI TAGE SPÄTER GRIFF Darcy nach Elizabeths Hand, als die Kutsche in den Weg nach Longbourn House abbog. „Courage, meine Liebe."

„Ich weiß, dass es nicht so schwierig werden wird, aber ein Teil von mir sträubt sich immer noch dagegen, meinen Vater zu enttäuschen. Ich hoffe, dass wir ihn davon überzeugen können, seine Meinung von dir noch einmal zu überdenken."

„Er mag das vielleicht nicht heute tun, aber vielleicht verändert sich seine Sichtweise, wenn er uns über die Zeit hinweg zusammen sieht."

„Das hoffe ich." Sie strich ihr Kleid mit ihrer freien Hand glatt. Nach Janes Reaktion auf ihre Trauerkleidung, hatte sie sich dazu entschieden, ihr lavendelfarbenes Kleid bei ihrem Besuch auf Longbourn zu tragen. Natürlich war die Volltrauerkleidung notwendig gewesen, um den Earl of Matlock von ihrer Schicklichkeit und dem Respekt vor seiner Familie zu überzeugen, aber auf Longbourn kümmerte Lady Catherines Tod vermutlich niemanden.

Darcy küsste sie sachte, als sie vor den Treppen des Portals zum Stehen kamen.

Das Dienstmädchen schien überrascht, sie zu sehen. „Miss Lizzy, ich hatte nichts davon gehört, dass Sie zurückkehren würden!"

„Es ist eine Überraschung. Ist mein Vater in der Bibliothek?"

„Ja, Miss."

Elizabeth straffte die Schultern, ehe sie an der Tür der Bibliothek klopfte. Auf Geheiß ihres Vaters hin öffnete sie sie und wurde sogleich vom vertrauten Geruch der alten Bücher eingehüllt. Bisher hatte sie ihn immer mit Geborgenheit in Verbindung gebracht.

Mr. Bennet saß in seinem großen, ledernen Lieblingssessel am Fenster. Er legte sein Buch zur Seite, als er sich die Brille abnahm. „Lizzy, welch eine Überraschung. Oder vielleicht sollte ich sagen, dass es sich um *zwei* Überraschungen handelt."

Darcy legte seine Hand von hinten um Elizabeths Taille. „Und auch noch eine dritte Überraschung: Ihre Tochter und ich sind verheiratet."

Der ältere Mann, der sich bereits halb erhoben hatte, hielt wie eingefroren mit den Händen auf den Armlehnen inne und richtete sich dann langsam auf, als ob er um zwei Dekaden gealtert wäre. „Das ging aber schnell."

„Unser schnelles Handeln war den Umständen geschuldet, wie Sie sich sicherlich bewusst sein müssten."

Mr. Bennets Lippen pressten sich zu einer dünnen Linie aufeinander, als er sich zu seiner Tochter umdrehte. „Hast du selbst nichts mehr zu sagen oder übernimmt er bereits das Reden für dich?"

Nachdem sie ein wenig leichter atmen konnte, als Darcy sie der Notwendigkeit enthoben hatte, ihren Vater zur Rede zu stellen, überwog nun doch der Groll bei Elizabeth. „Ich möchte wissen, warum du mich angelogen hast. Du hast ihn in London nie gesehen, ihm meinen Brief nicht übergeben und du hast mir nichts davon gesagt, dass er dich aufgesucht hat."

Langsam zog er ein Taschentuch hervor und begann, die Gläser seiner Brille zu polieren. „Ich bestreite nicht, dass ich gegen die Verbindung war und alles getan habe, was in meiner Macht stand, um sie zu verhindern. Aber was geschehen ist, ist geschehen und ich kann nur hoffen, dass meine Befürchtungen sich als gegenstandslos herausstellen werden."

Elizabeth befeuchtete ihre trockenen Lippen. „Könntest du deine Befürchtungen präzisieren?"

„Welchen Sinn hätte das? Du bist dir meiner Meinung über ungleiche Ehen und die Verbitterung eines Ehemannes, dem man die Fußfesseln angelegt hat, bereits bewusst. Ich wollte, dass du einen Ehemann hast, der dich respektiert, und keinen, der dich heiratet, weil er keine andere Wahl hat.

Du wirst für immer in seiner Schuld stehen, weil er deinen Ruf gerettet hat und er wird es dich niemals vergessen lassen."

Darcy versteifte sich. „Sir, Sie missverstehen da etwas. Wenn jemand in der Schuld eines anderen steht, dann bin ich das. Elizabeth hat mein Leben gerettet und wenn unsere Eheschließung auch ihren guten Ruf wieder hergestellt hat, hat sie dennoch ebenso sehr mir gedient. Wenn Elizabeth Schwierigkeiten hat, die von der Veränderung ihrer Lebenssituation herrühren, dann liegt es in *meiner* Verantwortung, es ihr leichter zu machen, sie alles zu lehren, was sie wissen muss und sie vor Situationen zu schützen, die sich als prekär herausstellen könnten, bis sie die Gelegenheit hatte, zu lernen, was dafür notwendig ist. Bei ihrem Intellekt und Geist habe ich jedoch keinen Zweifel daran, dass sie sich darin bald so wohl fühlen wird, als wäre sie hineingeboren worden."

Elizabeth starrte Darcy an. Seine ungewöhnliche Redseligkeit, was das Thema betraf, verriet ihr, dass er sich schon im Vorfeld Gedanken dazu gemacht hatte und sein scharfer Tonfall zeugte von seiner Wut. Konnte er Recht damit haben, dass das peinliche Verhalten ihrer Mutter vielleicht anders wäre, wenn ihr Vater mehr Mühe darauf verwandt hätte, ihr bei der Anpassung an ihre neuen Lebensumstände behilflich zu sein? Aber die Antwort darauf lag bereits auf der Hand – es wäre für ihn mit Aufwand verbunden gewesen und ihr Vater hasste es, Mühe für etwas aufzubringen, wenn es sich auch vermeiden ließ. Stattdessen hatte es ihn amüsiert, seiner Frau bei ihren Anstrengungen zuzusehen.

„Das ist leicht gesagt, junger Mann. Ich hoffe, dass es Ihnen auch so leicht von der Hand gehen wird."

„Ich habe keinen Zweifel daran, dass sich *Ihre Tochter* als fähig erweisen wird."

Da sie sich des wachsenden Unmuts ihres Ehemannes bewusst war, schritt Elizabeth ein, bevor er noch mehr hinzufügen konnte. „Vater, wir sind hergekommen, um dir die guten Neuigkeiten zu überbringen. Ich weiß, dass Mr. Darcy ein guter Mann ist und hoffe, dass du das mit der Zeit auch erkennen wirst. In der Zwischenzeit werden wir heute Abend wieder nach London aufbrechen müssen und ich stelle es dir frei, ob ich Mutter die frohe Kunde überbringen werde oder ob du das selbst tun möchtest." Sie hoffte beinahe, dass er sich für Letzteres entscheiden würde, da es Mr. Darcy vor dem schützen würde, was da kommen mochte. Und das würde sich vermutlich als unangenehme Ausbrüche von Begeisterung herausstellen.

Mr. Bennets Lippen kräuselten sich zu etwas, das ein Lächeln hätte sein können. „Sie würde mir keine Ruhe lassen, wenn deine Mutter um die Gelegenheit gebracht würde, all die Details zu hören zu bekommen, die sie mit Freuden an ihre Freunde weitergeben wird. Erspare mir nur jegliche Diskussion über Spitze und diesen ganzen Tamtam."

Das kam einer Entschuldigung so gleich wie sie es nur erhoffen konnte. „Also gut, obwohl ich dir versichern kann, dass Spitze wirklich das Letzte war, worüber ich mir bei unserer Hochzeit Sorgen gemacht haben. Das Kleid, das ich trug, war geliehen."

„In diesem Fall wünsche ich mir, dass ich da gewesen wäre! Aber du tätest gut daran, dir zumindest ein bisschen etwas aus den Fingern zu saugen, das mit Spitze zu tun hat, nicht dass deine Mutter noch darauf besteht, alles noch einmal vernünftig zu wiederholen."

„Himmel bewahre!", warf Darcy ein, „Einmal war durchaus genug."

ELIZABETH LEGTE IHRE Hand auf Darcys Arm. „Haben wir noch Zeit für einen kurzen Abstecher in den Stall?"

Den Stall? Darcys Gedanken wanderten sofort in die Heuhaufen, aber das hatte sie bestimmt nicht damit gemeint, nicht, wenn ihre Eltern direkt hinter ihnen standen. „Natürlich."

Mrs. Bennet schaltete sich ein: „Oh Lizzy, du kannst Mr. Darcy doch nicht in den Stall führen!"

„Ich kann Ihnen versichern, Mrs. Bennet, dass ich bereits zuvor schon einmal einen Stall von innen gesehen habe", entgegnete Darcy ernsthaft.

Die ältere Dame wedelte mit ihrem Taschentuch. „Nun, wenn Sie darauf bestehen..."

„*Ich* bestehe darauf", ließ Elizabeth mit Nachdruck verlauten. Sie führte ihn um das Haus herum, durch die Gärten, auf ein kleines Nebengebäude zu.

„Was ist da drin?", wollte er wissen.

„Das ist eine Überraschung." Sie öffnete die Tür und spähte hinein, um anschließend einzutreten.

Darcy ging hinter ihr her, seine Augen gewöhnten sich erst allmählich an das schwache Licht. Der Geruch von Heu lag in der Luft. Er folgte ihr bis in die hinterste Ecke.

ALLEIN MIT MR DARCY: EINE VARIATION VON STOLZ UND VORURTEIL

Sie sah sich suchend um. „Schneeball? Bist du da? Ich hoffe, dass sie nicht draußen unterwegs ist, um Mäuse zu fangen, es täte mir leid, sie zu verpassen."

Etwas zupfte an Darcys Hosenbein. Er sah hinunter, um die ihm wohlbekannte weiße Katze zu entdecken. Schon kniete er sich neben sie und streichelte ihr Fell, während sie sich an ihm rieb und laut schnurrte. „Hallo, Schneeball."

„Siehst du, Schneeball, ich habe dir deinen Lieblingsmensch auf der ganzen weiten Welt gebracht!", sagte Elizabeth.

Schneeball ließ es gnädigst zu, von Elizabeth gestreichelt zu werden und wandte sich dann wieder Darcy zu, um ihn zu umgarnen, der feststellte: „Sie ist viel fülliger geworden."

Elizabeth lachte: „Ich habe ihr immer Essen gebracht und mich zu ihr gesetzt und an dich gedacht. Eine Zeit lang musste sie sich oft anhören, was mir so durch den Kopf ging! Ich habe sie vermisst, als ich nach London gefahren bin." Ihre Stimme klang wehmütig.

Er hatte vergessen, wie liebenswert die kleine Kreatur war. „Möchtest du sie mit zu uns nehmen?"

„Oh, darf ich?"

„Natürlich darfst du. Du bist jetzt Mrs. Darcy und kannst tun, was du willst – solange du nicht aufhörst, mich zu lieben."

„Dann bin ich außer Gefahr!" Ihre Lippen trafen sich und schmiegten sich aneinander.

Zumindest würden sie alleine sein, nachdem sie von Longbourn aufgebrochen waren! Er war es leid, Elizabeth mit anderen teilen zu müssen.

Eine kleine Weile später saß Schneeball mit ihnen in der Kutsche. Elizabeth hatte Schneeballs Lieblingskorb mitgenommen, aber die Katze schien Darcys Schoß vorzuziehen, und war nicht Willens, ihn wieder gehen zu lassen, nun, da sie ihn wieder gefunden hatte.

Elizabeth kuschelte sich im Wagen an Darcy Seite. „Da warst sehr tapfer, als du dich den Ausschweifungen meiner Mutter gestellt hast."

„Für dich würde ich noch viel mehr tun."

„Zumindest hat sie einen solchen Respekt vor dir, dass sie ein wenig Zurückhaltung gezeigt hat!"

„Und dein Vater schien dem Ende zu fröhlicher zu werden. Ich hoffe, dass es dich nicht zu sehr mitgenommen hat."

„Nicht so sehr mitgenommen, dass ich meine Entscheidung noch einmal überdenken würde! Ich weiß, dass er auf seine eigene Art und Weise versucht hat, mich zu beschützen, aber ich wünschte, er hätte es mir überlassen, meine eigenen Entscheidungen zu fällen oder mir zumindest die Wahrheit gesagt hätte. Aber er ist immer noch mein Vater, und ich werde versuchen, es ihm nachzusehen. Ich hoffe, dass du das eines Tages auch können wirst."

„Ich werde ihm um deinetwillen vergeben, mein Liebes, aber nur, weil seine Intrigen es am Ende doch nicht geschafft haben, unsere Ehe zu verhindern."

„Darüber möchte ich nicht einmal nachdenken. Stattdessen habe ich mir vorgenommen, nur dann in der Vergangenheit zu schwelgen, wenn es mir Freude bereitet."

Er fand die einzig richtige Antwort darauf, ihr Kuss wurde aber unterbrochen, als die Kutsche zum Stehen kam.

„Warum halten wir?", fragte sie.

Darcy grinste breit: „Ich wollte in der Vergangenheit schwelgen, oder zumindest in dem Teil davon, der *mir* ganz sicher Freude bereitet." Er setzte die Katze zur Seite, öffnete den Wagenschlag, sprang hinaus und half ihr beim Aussteigen.

Sie hatten vor einem frisch getünchten Lehmbau -Cottage gehalten, um dessen Tür Rosen blühten und fröhlich Rauch aus dem Kamin aufstieg. Elizabeth konnte nicht anders, sie musste lachen. „Ist es das, wofür ich es halte? Es sieht so anders aus, wenn es nicht in einem Meer aus Schnee steht. Aber das muss es sein – ich erinnere mich an den Grenzstein. Zumindest erinnert sich mein Zeh, wie er drangestoßen ist!"

„Lass uns nachsehen, ob es innen immer noch so ist, wie du es in Erinnerung hast." Darcy trat vor und hob den Riegel an.

„Aber die Pächter..."

„Die Pächter genießen einen Aufenthalt in einem viel größeren Cottage nicht weit von hier und sind rundum zufrieden damit, uns dieses hier zu überlassen."

„Aber..." Elizabeth schüttelte amüsiert den Kopf. Offensichtlich hatte Darcy sich einiges einfallen lassen, um diesen Ausflug zu organisieren und tatsächlich brannte sie darauf, es wiederzusehen. Er hielt ihr die Tür auf und sie trat ein.

Ihre Augen brauchten einen Moment, bis sie sich an das Halbdunkel gewöhnt hatten. Der Raum wirkte vertraut und doch anders zugleich. Sie blinzelte zweimal. Auch hier waren die Wände frisch gestrichen und ein schlichtes Bett stand an der Wand neben der Feuerstelle. Ein kleiner Tisch war unterm Fenster zu finden und – Wunder aller Wunder - der Fußboden war eingeebnet und gefegt worden. Gelbe Vorhänge flatterten am Fenster. Aber es war dasselbe Cottage, mit den altbekannten Regalen, dem Schrank und der Feuerstelle, in dem sie so viel Zeit verbracht hatten.

„Bist du für das Ganze hier verantwortlich? Sicherlich haben die Silbermünzen, die du ihnen nach unserem Aufenthalt hinterlassen hast, nicht für eine solche Verwandlung gereicht!"

„All das ist Crewes Werk. Er entschuldigt sich vielmals, dass es ihm unmöglich war, den Boden vor unserer Ankunft fliesen zu lassen. Sogar er kann nur kleine Wunder verbringen, wenn ihm nur zwei Tage zur Verfügung stehen." Von hinten schlüpften seine Hände um ihre Mitte.

„Aber warum? Das ist mehr als großzügig, noch dazu für Leute, die wir nie kennen gelernt haben."

„Ihr Haus und ihr Brennholz haben unser Leben gerettet; aber es ist weniger für sie, sondern eher für uns gedacht."

„Für uns?" Sie lehnte ihren Kopf nach hinten an seine Schulter.

„Also gut. Für *mich*." Er vergrub seine Nase in ihrem Nacken und jagte ihr damit einen Schauder über den Rücken. „Während wir hier waren, habe ich mir so oft gewünscht, dich zu küssen, zu berühren und dass du mir gehörst – und in deinen Augen zu sehen, dass du mich liebst und dich um mich sorgst. Also habe ich für unsere zweite Chance gesorgt. Wir werden heute Nacht hier bleiben, aber dieses Mal wird Crewe uns ein Dinner und das Frühstück bringen und wir werden es wesentlich komfortabler haben. Also, wenn es dir nichts ausmacht... wir können auch nach London zurückkehren, wenn dir das lieber wäre."

Sie drehte sich in seinen Armen um und verschränkte ihre in seinem Nacken. „Ich wüsste nicht, wo ich lieber wäre – solange man nicht von mir erwartet, Zwiebelsuppe zu kochen."

Er lachte und biss sie zärtlich ins Ohrläppchen. „Ich wüsste besseres, um meinen Appetit anzuregen."

WIEDER ERWACHTE DARCY mit Elizabeths Kopf auf seiner Schulter, während das Sonnenlicht durchs Fenster strömte. Mit einem zufriedenen Lächeln zog er sie noch enger an sich.

„Mm?", sagte sie schläfrig. „Wo... oh, ja. Wieder zurück in unserem Cottage."

„Und mit Freuden." Er vergrub seine Hände in ihrem Haar und küsste sie ausgiebig.

Ein wenig später wand er eine lockige Strähne um seinen Finger. „Zu meiner Überraschung hat uns Schneeball noch nicht gestört. Wenn ich mich recht erinnere, hat sie ihre Rolle als Anstandsdame beim letzten Mal sehr ernst genommen."

Elizabeths Grübchen kamen zum Vorschein. „Vielleicht hat sie verstanden, dass wir jetzt verheiratet sind." Sie stützte sich auf ihre Ellenbogen und sah sich in dem kleinen Raum um. „Sie muss immer noch in ihrem Körbchen sein." Sie schlug die Decke zurück und überließ es ihm, die schöne Aussicht zu genießen, als sie die paar Schritte ging, die notwendig waren, um den Korb zu erreichen. Als sie hinein sah, brach sie in Gelächter aus.

„Was ist?"

Immer noch lachend brachte sie hervor: „Schneeball war schwer beschäftigt."

Darcy tapste herüber, stellte sich hinter sie und schlang ihr die Arme um die Taille. Er konnte der Versuchung nicht widerstehen und küsste die zarte Haut ihres Nackens, was ihm wesentlich interessanter als das erschien, was die Katze auch immer gerade tun mochte.

„Bitte, darf ich dich bekannt machen mit Schneeflocke, Schneeglöckchen, Schneewehe und ... lass mich nachdenken ... Blizzard."

Verdutzt ließ er von ihr ab und lugte in den Korb hinein. Vier kleine Kreaturen, die mehr wie Mäuse denn Katzen aussahen, saugten an Schneeballs exponiertem Bauch. Er langte hinunter und streichelte eines mit seiner Fingerspitze, dessen kurzes Fell daunenweich war. „Sie sind so winzig."

„Es lag also offensichtlich nicht nur am guten Essen, dass sie fülliger wurde. Und ich hab mir schon Sorgen darum gemacht, wie die Hausdame von Darcy House wohl auf eine kleine Katze reagieren würde, stattdessen bringen wir nun fünf davon mit!" Als er ihren Ausdruck gespielter Empörung sah, verspürte er noch stärker als sonst den Wunsch, sie zu küssen.

Er beschloss, sein Glück beim Schopfe zu packen. „Da ich bezweifle, dass Schneeball glücklich damit wäre, wenn sie heute schon reisen müsste, nehme ich an, dass das bedeutet, dass wir noch ein paar Tage hier bleiben müssen."

ALLEIN MIT MR DARCY: EINE VARIATION VON STOLZ UND VORURTEIL

Sie lächelte mit diesem herrlich kecken Gesichtsausdruck zu ihm hinauf. „Ich frage mich, was wir mit der ganzen Zeit nur anfangen werden?"

Er hob sie schwungvoll in seine Arme und machte sich auf dem Weg, um ihr seine Lösung für das Problem zu demonstrieren.

Epilog

MASTER RICHARD DARCY stemmte die Hände in die Hüften und sprach mit der weißen Katze auf dem Schoß seiner Mutter.

„Wann bekommst du nun diese Kätzchen? Ich warte schon seit Monaten!"

„Tage vielleicht", korrigierte ihn sein Vater.

„Es waren aber ganz schön *lange* Tage", jammerte der Junge niedergeschlagen.

Seine Mutter wuschelte ihm durch seine kastanienfarbenen Locken. „Denk dran, wenn sie auf die Welt gekommen sind, muss dein Kätzchen erst mal bei seiner Mama bleiben, bis es entwöhnt ist."

Richard schmollte. „Wer darf sich zuerst ein Kätzchen aussuchen, Jenny oder ich?"

Sein Vater lächelte den Säugling in seinen Armen an. „Ich denke, dass Jenny ein bisschen klein für ein Kätzchen ist. Vielleicht könntest du eines für sie aussuchen, das sie dann bekommt, wenn sie ein bisschen älter ist."

Seine Mutter lächelte ihn an. „Eine gute Idee. Richard, ich glaube, du findest die kleinen Kätzchen viel spannender, als deine kleine Schwester!"

ALLEIN MIT MR DARCY: EINE VARIATION VON STOLZ UND VORURTEIL

Er warf ihr einen skeptischen Blick zu. Wer würde so einen Schreihals, mit dem man nicht mal spielen konnte, einem Kätzchen vorziehen?

Richard fand einen verblichenen Fetzen Seide in Schneeballs Korb und schwenkte ihn vorsichtig vor der schläfrigen Katze hin und her. Sie ließ sie dazu bewegen, eine Pfote auszustrecken, um ihn zu fangen. „Es interessiert sie nicht besonders", ließ er seine Eltern wissen. „Vielleicht braucht sie ein neues Band. Das ist schon ganz schön zerfleddert."

„Schneeball hängt ganz besonders an diesem Band", klärte ihn sein Vater auf.

Seine Mutter lachte. „Schneeball würde an *jedem* Band ganz besonders hängen."

Das Gesicht seines Vaters erhellte sich, als sich langsam ein warmes Lächeln darauf ausbreitete. „Also gut, ich hänge an diesem Band ganz besonders."

Sie lächelte zurück und es war, als hätten sie vergessen, dass Richard überhaupt existierte. „Mich verbindet auch viel damit."

Richard mochte es nicht, wenn er ignoriert wurde. „Was ist so besonders an dieser alten Schleife?"

„Deine Mutter hat sie mir geschenkt.", antwortete sein Vater.

Richard verzog nachdenklich das Gesicht. „Warum hat sie dir ein Band geschenkt? Du trägst doch keine Schleifen, oder?"

Sein Vater hüstelte und verbarg seinen Mund. „Nein, ich trage keine Schleifen. Es war ein Zeichen ihrer Zuneigung."

„Hätte sie dir nicht etwas schenken sollen, das du brauchen konntest, wie Stiefel oder eine Krawatte?"

Seine Eltern schienen diesen überaus praktischen Vorschlag amüsant zu finden, aber glücklicherweise kam Onkel Richard herein und hockte sich neben den Jungen. „Lass mich dir ein Geheimnis verraten, junger Mann. Frauen denken nicht immer praktisch, wenn es um die Liebe geht – und Männer auch nicht."

„Also, ich hoffe, dass kein Mädchen versucht, *mir* Schleifen zu schenken", verkündete Richard und fügte dann großmütig hinzu: „Aber wenn sie's doch tun, dann werde ich sie Schneeball schenken."

DANKSAGUNGEN

DAVE MCKEE, MARIA GRACE und Elaine Sieff haben frühe Entwürfe dieser Geschichte gelesen und sind mir dabei hilfreich zur Seite gestanden. Rita Watts, Catherine Grant und Connie Hay haben mit ihrem großartigen Feedback zur finalen Version beigetragen und sind verantwortlich dafür, dass wesentlich weniger Tippfehler darin zu finden sind, als zuvor! Meine Leser und meine Autorenkollegen von Jane Austen Variations (www.austenvariations.com[1]) hatten immer wieder aufmunternde Worte und gelegentlich auch Drohungen für mich übrig, wenn ich Auszüge aus dem entstehenden Buch gepostet habe.

Meiner Familie gebührt, wie immer, endloser Dank für ihre Geduld und Unterstützung. Samoa, Floof, Pip, Beatrice und Satsuki haben die Mäuse vom Haus fern gehalten (was gar kein geringes Unterfangen ist, wenn man mitten im Wald lebt) und Snowdrop, die Wunderkatze, hat mich durch ihren außergewöhnlichen Lebenswillen inspiriert. Hier gibt es mehr über Snowdrop lesen:

---

1. http://www.austenvariations.com

ABIGAIL REYNOLDS

www.austenvariations.com/
writing-kittens-and-other-miracles/

Über die Autorin

ABIGAIL REYNOLDS MAG Ärztin und US-Bestsellerautorin sein, kann aber keine gerade Linie mit einem Lineal ziehen. Ursprünglich stammt sie aus Upstate New York, hat Russisch und Theater am Bryn Mawr College und Marinebiologie am Marinebiologischen Labor in Woods Hole studiert. Nach einem kurzen Gastspiel in der Verwaltung der darstellenden Künste beschloss sie, Medizin zu studieren und hat das Schreiben als Hobby während ihrer Jahre in einer Privatpraxis für sich entdeckt.

Da sie ihr Leben lang die Romane von Jane Austen liebte, hat Abigail 2001 damit begonnen, Variationen von Pride and Prejudice (Stolz und Vorurteil) zu schreiben, um ihr Repertoire dann um einen Romanzirkel zu erweitern, der auf ihrem geliebten Cape Cod spielt. Ihre neuesten Bücher sind die US-Bestseller *Mr. Darcy's Noble Connections* (Mr. Darcy's feine Verwandtschaft), *The Darcys of Derbyshire* und *Mr. Darcys Refuge*. Bisher wurden ihre Bücher bereits in fünf Sprachen übersetzt.

Sie ist ein lebenslanges Mitglied der JASNA (Jane Austen Society of North America) und lebt mit ihrem Ehemann, ihrem Sohn und einer Menagerie von Tieren, der auch Snowdrop, die Wunderkatze angehört, auf Cape Cod. Zu ihren Hobbies gehören weder schlafen noch putzen.

www.pemberleyvariations.com[1]

www.austenvariations.com[2]

---

1. http://www.pemberleyvariations.com

2. http://www.austenvariations.com

ALLEIN MIT MR DARCY: EINE VARIATION VON STOLZ UND VORURTEIL

Danke, Bea –
Du bist wirklich ein Schatz!

ABIGAIL REYNOLDS

Auszug aus

Mr. Darcys feine Verwandtschaft

von Abigail Reynolds
übersetzt von Michaela Bittner und Christina Löw

Kapitel 1

WÄHREND DIE KUTSCHE gemächlich über die von Ulmen gesäumte Allee holperte, zupfte Elizabeth einen Fussel von ihren weißen Ziegenlederhandschuhen. Die Witwe, die sie in der Postkutsche begleitet hatte, war in einen dunkelbraunen Wollmantel gekleidet gewesen. Als Elizabeth schließlich den Wagen verlassen hatte, war sie über und über mit braunen Fasern bedeckt gewesen. Sie zog es vor, nicht wie ein aus dem Zwinger gelassener Straßenköter vorstellig zu werden, also hatte sie die vergangene halbe Stunde damit zugebracht, sorgsam jedes Überbleibsel des schwarzen Wollmantels von ihrer Kleidung zu entfernen. Auch wenn der Zustand ihrer Garderobe sich seit Verlassen der Postkutsche deutlich gebessert hatte, würde sie beim Eintreffen auf Bentham Park wie eine mittellose Verwandte wirken. Nicht, dass sie in der Gunst dort so hoch stand wie eine solche, schließlich war sie lediglich die Bekannte einer mittellosen Verwandten.

Elizabeth maß diesem Umstand jedoch keine Bedeutung zu. Egal, welche Fehler sich in ihrem Erscheinungsbild oder ihrer Abstammung finden ließen, für sie zählte allein der Gedanke an Bentham Park. Jahrelang war dieser Ort für sie wie ein zweites Zuhause gewesen, bevor sie dann irgendwann gefürchtet hatte, das Anwesen nie wiederzusehen. Wen kümmerten da schon einige Fussel auf dem Kleid. Möglicherweise waren Lord und Lady Bentham nicht einmal zugegen und selbst wenn doch, würde sie ihnen vermutlich nur beim Abendessen begegnen. Lord Bentham verlor sich oft in seinen Gedanken und schenkte ihr kaum Beachtung. Und die Ansprüche der neuen Lady Bentham waren so hoch, dass Elizabeth sie ohnehin nicht erfüllen konnte. Wozu sich also unnötig grämen? Der einzige Grund für ihren Besuch in Bentham Park war Eleanor und diese würde auch eine in Lumpen gekleidete Elizabeth freudig begrüßen. Eine Gemeinsamkeit der beiden Freundinnen war ihr völliges Desinteresse an der neuesten Mode.

Als die Allee den Blick auf das gleichermaßen vertraute und beeindruckende Bentham Park freigab, spürte Elizabeth wie Heiterkeit sie erfüllte. Der Butler, der ihr die Tür öffnete, wirkte weniger beeindruckend, dafür umso herablassender. Mit einem bedeutsamen Naserümpfen gab er ihr zu verstehen, was er von jungen Damen hielt, deren einzige Reisebegleitung aus einem Dienstmädchen bestand. „Ich werde sehen, ob Lady Eleanor zu Hause ist", verkündete er.

Vor nicht ganz einer Stunde hatte Eleanor ihre Kutsche geschickt, um Elizabeth abholen zu lassen. Deshalb schien es unwahrscheinlich, dass Eleanor nicht zu Hause sein könnte, aber Elizabeth widerstand der Versuchung, den Butler auf diesen Umstand hinzuweisen. Stattdessen würde sie sich darüber später mit ihrer Freundin amüsieren. Elizabeth fuhr mit der Hand an einer der Marmorsäulen entlang, die die beeindruckende Kuppel über der großen Halle stützen. Wieder hier zu sein, fühlte sich gut an.

Als der Butler Elizabeth einige Minuten später in den Salon führte, prägte ein gequälter Gesichtsausdruck seine ausgemergelten Züge. Im Salon fanden sie Eleanor vor, die in vollendeter Damenhaftigkeit auf dem Sofa residierte. Jede

ABIGAIL REYNOLDS

einzelne ihrer blonden Locken saß perfekt und sie begrüßte Elizabeth mit dem bei der *ton* so geschätzten Desinteresse – das überhaupt nicht zu dem verzweifelten Brief passte, den Elizabeth nur wenige Tage zuvor erhalten hat. Da Lady Bentham mit Argusaugen über ihre Freundin wachte, zeigte sich Elizabeth jedoch keineswegs überrascht.

Nachdem die Frauen die üblichen Nettigkeiten ausgetauscht hatten, regte Eleanor an, dass Elizabeth sich nach ihrer Reise vielleicht zurückziehen wollte. Gemäßigten Schrittes führte sie ihre Freundin nach oben in ein kleines, aber elegant ausgestattetes Schlafzimmer. Dabei plapperte sie unentwegt weitere Belanglosigkeiten vor sich hin.

Sobald sie jedoch die Tür des Zimmers hinter sich geschlossen hatte, verschwand Eleanors Lächeln und sie rief aus: „Danke, dass du gekommen bist, Lizzy! Ich habe mich verzweifelt nach deiner Vernunft und Freundschaft gesehnt."

„So viel habe ich deinem Brief entnommen." Elizabeth griff nach Eleanors Händen. „Ich bin so schnell gekommen, wie ich konnte, und wünschte gleichzeitig, es hätte nicht so lange gedauert. Dein Brief hat mich zutiefst beunruhigt! Es sieht dir gar nicht ähnlich, einen derartigen Hilferuf auszusenden! Was ist geschehen?"

„So vieles – ich weiß kaum, wo ich anfangen soll! Es ist ein solches Durcheinander. Papa hat sich in den Kopf gesetzt, dass es für mich an der Zeit ist, zu heiraten. Es ist einfach unerträglich! Er befindet sich bereits im Gespräch mit dem Gentleman, den er zu meinem Gemahl auserkoren hat." Eleanor schauderte. „Papa plant, das Verlöbnis im September bekannt zu geben und die Hochzeit zu Beginn der nächsten Saison auszurichten."

ALLEIN MIT MR DARCY: EINE VARIATION VON STOLZ UND VORURTEIL

Elizabeth war sich durchaus bewusst, dass ihre Freundin einen Hang zum Dramatischen hatte, aber dieses Mal schwang ein Hauch von Verzweiflung in ihrer Stimme mit. „Ist er denn so schlimm?"

Eleanor krallte die Finger in die bestickte rosafarbene Seide ihres Rockes. „Nein", flüsterte sie beinahe. „Ich hätte es schlimmer treffen können. Er ist nicht übellaunig und besitzt auch keine verabscheuungswürdigen Eigenarten, aber er ist solch ein Dandy! Alles, was ihn interessiert, sind die neuesten Modetrends für Westen und die Perfektion seines Krawattenknotens. Darüber hinaus scheint er keinerlei Ambitionen zu haben. Und natürlich nimmt er an, dass auch alle anderen Menschen in gleichem Maße von seiner Garderobe fasziniert sind. Bei unserem letzten Treffen ließ er sich soweit herab mir mitzuteilen, wen er sich als Putzmacherin für meine Hochzeitsgarderobe vorstellt. Schließlich sei es für seinen Ruf von essenzieller Bedeutung, dass ich dieselben Standards modischer Eleganz erfülle wie er selbst. Und natürlich gehört er zu den Freunden meiner Stiefmutter."

„Oh, das tut mir so leid. Ist dein Vater fest entschlossen?"

„Absolut. Seine Meinung ist unumstößlich. Aber das Fürchterlichste habe ich dir noch gar nicht erzählt."

„Es kommt noch schlimmer?"

Eleanor nickte schicksalsergeben. „Ich liebe einen anderen."

Ein Klopfen an der Tür kündigte den Tee an und Eleanor legte warnend den Finger auf die Lippen. Die beiden jungen Damen saßen mucksmäuschenstill da, bis das

Teetablett serviert war und das Dienstmädchen den Raum wieder verlassen hatte.

„Oh, liebste Eleanor! Wäre eine Verbindung zu ihm inakzeptabel?"

Sie schüttelte den Kopf. „Nicht für mich, wohl aber für meinen Vater – für ihn stünde das völlig außer Frage, denn der Vater meines Liebsten ist durch Handelsgeschäfte reich geworden. Es spielt keine Rolle, dass Geoffrey der perfekte Gentleman ist und ebenso gebildet wie mein Vater und meine Brüder oder dass er selbst über ein ansehnliches Anwesen herrscht. Mein Vater hält ihn nicht für respektabel." Eleanor schloss die Augen und kämpfte mit den Tränen.

Elizabeth streichelte ihrer Freundin den Arm. „Wie hast du ihn kennengelernt? Etwa in London?"

„Nein. Als wir uns kennenlernten, war ich gerade sechs Jahre alt, aber erst letzten Sommer habe ich ihn wiedergetroffen. Er ist einer unserer nächsten Nachbarn und der einzige Mann auf der Welt, der nicht von mir erwartet, dass ich mich verstelle. Ich kann es nicht ertragen ihn zu verlieren, Lizzy."

„Kennt er deine Gefühle?"

„Er weiß alles. Gelegentlich können wir uns für ein paar Minuten fortstehlen, aber nicht sehr häufig. Meine Stiefmutter behält mich zu sehr im Auge und meine Eltern sind selbst mit einer Freundschaft nicht einverstanden. Erst in den letzten beiden Jahren, seit dem Tod von Geoffreys Vater, nehmen sie seine Existenz überhaupt zur Kenntnis. Aber selbst jetzt weigern sie sich, ihn hierher einzuladen. Er hat die Bildung eines Gentleman genossen und seine

ALLEIN MIT MR DARCY: EINE VARIATION VON STOLZ UND VORURTEIL

Umgangsformen unterscheiden sich in keiner Weise von denen unserer anderen Freunde, aber sein Vater war ein Weber, bevor er in den Spinnereien sein Vermögen gemacht hat." Ihr Gesicht verdüsterte sich leicht. „Ich habe seinen Vater nur ein einziges Mal getroffen, aber ich mochte ihn."

Elizabeth runzelte die Stirn. „Wenn deine Eltern seine Existenz nicht zur Kenntnis nehmen, wie kam es dann, dass du seinen Vater oder ihn kennengelernt hast?"

Eleanor stand auf und trat ans Fenster. Sie sah hinaus und fuhr mit dem Finger am Rahmen entlang. „Ohne ihr Einverständnis, natürlich." Ihre Stimme war tonlos. „Es war während der Sommer, als ich noch alle Freiheiten besaß, weißt du. Bevor mein Vater wieder heiratete ... sogar, bevor ich dich kennenlernte."

„Ich verstehe." Elizabeth fragte sich, ob Eleanor wohl bewusst war, wie sehr Lizzys eigenes Leben noch immer von diesen Freiheiten geprägt war, zu denen einsame Spaziergänge durch die Landschaft und Kabbeleien mit ihren Brüdern gehört hatten. All das hatte für Eleanor vor fünf Jahren geendet, als ihre Stiefmutter, eine anerkannte Schönheit und nur acht Jahre älter als Eleanor, beschloss, dass es an der Zeit war, aus Eleanor eine junge Dame zu machen. Eleanors Lebhaftigkeit wurde unter den strengen Augen ihrer Stiefmutter über die Jahre immer mehr erstickt. Gelegentlich fragte Elizabeth sich, ob das energische Mädchen aus ihren Kindertagen für immer verschwunden war und es nun nur noch die perfekte Debütantin gab. Elizabeth war mit der neuen Lady Bentham nie warm geworden, aber am Schlimmsten war es gewesen, die Veränderungen in ihrer Freundin mitansehen zu müssen. Es tat gut, noch einmal die alte Eleanor zu sehen, auch wenn sie litt.

„Ich weiß, ich kann froh sein, dass es überhaupt eine Zeit gab, in der ich diese Freiheiten besaß. Aber ich hasse es so sehr, eine junge Dame zu sein und ein Prestigeobjekt der Familie." Eleanors Augen füllten sich mit Tränen. „Damals war mir mein Glück gar nicht bewusst. In dem Sommer war ich zu sehr damit beschäftigt, mich selbst zu mitleiden, weil meine Brüder sich nicht mit einem Mädchen abgeben wollten. Auch Geoffrey war unter ihrer Würde und so wurden wir Freunde, auch wenn er älter war als ich. Er brachte mir bei, wie man Kaulquappen fängt." Sie ging ruhelos in dem kleinen Zimmer auf und ab, wie ein Tiger in einem viel zu kleinen Käfig.

„Wie kam es, dass du ihn wieder getroffen hast?"

„Bei einem Ball in London, kannst du dir das vorstellen? Er hat genügend Freunde in der *ton*, um zu einigen weniger wichtigen Anlässen eingeladen zu werden. Ich erkannte ihn zunächst nicht. Aber dann schritt ich beim Tanzen an ihm vorbei und er sagte, er hoffe, ich habe keine Kaulquappen in meinem Retikül. Erst da erkannte ich ihn. Aber ich bemerkte auch, dass sich zwischen uns etwas geändert hatte. Die Art, wie er mich ansah – dabei wurde mir gleichzeitig heiß und kalt. Gleich für den nächsten Tanz ließ ich mich wieder von ihm auffordern und dann noch für den vor dem Dinner. Er brachte mich zum Lachen und ich unterhielt mich mehr mit ihm, als ich es mit irgendeinem Gentleman während der gesamten Saison getan hatte. Es war himmlisch. Ich war so traurig, als ich gehen musste und sobald ich nach dem Ball in die Kutsche gestiegen war, schalt meine

Stiefmutter mich für mein zügelloses Benehmen. Anständige junge Damen lachen auf Bällen nicht, sie müssen Langeweile vortäuschen. Außerdem wechseln sie mit Herren nur die Worte, die nötig sind, um deren Interesse zu wecken, natürlich vorausgesetzt es handelt sich dabei um einen standesgemäßen Heiratskandidaten." Sie machte eine Pause und ließ sich dann auf ihr Bett fallen, als wäre das Gewicht ihres eleganten Kleides zu viel für sie. „Das war vor beinahe einem Jahr."

„Ist es denn gewiss, dass dein Vater einer Heirat zwischen euch nicht zustimmen würde?"

„Ohne jeden Zweifel. Auf mein Drängen hin sprach mein Bruder Charles ihn darauf an und erwähnte, dass er finanziell gesehen eine gute Partie wäre. Mein Vater meinte, er würde mich lieber tot sehen als mit einem der Paxtons verheiratet."

Elizabeth versuchte sich vorzustellen, was für ein Gefühl das wohl sein musste, doch derartige Gedanken waren ihr völlig fremd. Es schien unvorstellbar, dass es irgendetwas gab, das bei ihrem Vater den Wunsch wecken könnte, sie möge lieber tot sein. Dennoch zweifelte sie nicht an Eleanors Darstellung. Lord Bentham war eben nicht Elizabeths Vater.

„Geoffrey wollte ihn trotz allem um sein Einverständnis bitten. Er meint, mein Vater könne kaum mehr tun, als abzulehnen. Aber da täuscht er sich. Das ist nicht das Schlimmste. Hätten meine Eltern auch nur den geringsten Verdacht bezüglich meines Interesses an Geoffrey, dürfte ich ihn nie wieder sehen. Wir treffen uns ohnehin schon selten genug, aber wenn uns selbst diese wenigen Momente nicht vergönnt wären, es wäre unerträglich. Ich würde den Verstand verlieren."

Elizabeth fühlte sich angesichts der ausweglosen Situation ihrer Freundin hilflos und sagte: „Es tut mir so leid. Ich wünschte, ich könnte dir auf irgendeine Art helfen."

Eleanor stützte sich auf die Ellenbogen und plötzlich strahlten ihre Augen. „Aber das kannst du! Deshalb habe ich dich hergebeten."

Elizabeth kannte diesen Blick und er verhieß für gewöhnlich nichts Gutes. Wie sollte jemand in dieser Situation helfen können? Sicherlich würde Eleanor nicht von Elizabeth erwarten, zwischen ihr und ihren Eltern zu vermitteln oder, noch schlimmer, ihr dabei zu helfen, mit Geoffrey davonzulaufen. Etwas beklommen fragte sie: „Ich hoffe, du hast nicht vor, mit ihm nach Gretna Green zu entwischen?"

Ihre Freundin ließ die Schultern sinken. „Ich wünschte, ich könnte es. Geoffrey ist bereit, aber ich kann das nicht tun. Es würde bedeuten, alles zurückzulassen, was ich kenne und liebe. Meine Familie würde sich von mir abwenden. Nein, ich habe mich damit abgefunden, dass ich Geoffrey niemals werde heiraten können. Alles, worauf ich hoffen kann, ist die Gelegenheit, ein wenig mehr Zeit mit ihm zu verbringen, bevor es zu spät ist."

„Ich verstehe, dass du bei ihm sein willst, aber würde euer Abschied dadurch nicht noch viel bitterer sein?"

„Wärst du jemals verliebt gewesen, würdest du diese Frage nicht stellen. Ja, ihn wiederzusehen ist den Schmerz wert."

Elizabeth vermutete, dass ihre Freundin von ihr erwartete, ein heimliches Treffen zu arrangieren. Sie spürte, wie sich ihr Magen zusammenzog. „Und was ist, wenn du mit ihm erwischt wirst?"

Eleanor strahlte. „Das macht nichts, wenn du mich begleitest und meine Anstandsdame spielst."

„Könnte das nicht auch deine Zofe tun?"

„Sie würde das Treffen sofort meiner Stiefmutter verraten und diese würde jede weitere Zusammenkunft unterbinden. Aber mit dir ist es anders. Solange ich nichts Unziemliches tue, würdest du es doch keinem sagen, oder?"

Elizabeth war nicht wohl bei der Sache und sagte: „Wenn deine Eltern dahinterkommen, werden sie außer sich sein vor Wut – und das mit gutem Grund."

„Auch daran habe ich gedacht. Wenn wir entdeckt werden, werde ich ihnen erzählen, dass Geoffrey an dir interessiert ist und ich die Verbindung unterstütze. Er hat auch einen Freund eingeladen, den Enkel eines Earls mit makellosem Ruf. Nichts könnte natürlicher sein, als wenn wir zu viert unterwegs sind."

Elizabeth schüttelte ungläubig den Kopf. „Geoffrey soll vortäuschen, mir den Hof zu machen?"

„Ja. Meine Stiefmutter wäre entzückt, denn würde er die Tochter eines Gentlemans heiraten, müssten sie ihn nicht länger ausschließen. Sie hat sich eine solche Partie für ihn gewünscht. Natürlich könnte sie es ihm nicht verzeihen, würde er jemanden unseres Standes ehelichen, denn dann wäre er ein Emporkömmling. Wenn sie wüsste! Du wärst die perfekte Lösung: Die Tochter eines Gentlemans, aber arm genug um über die Quelle von Geoffreys Vermögens hinwegzusehen. Außerdem ist dein Benehmen so gut, dass du eine akzeptable Nachbarin wärst."

„Wohingegen der Enkel eines Earls eine akzeptable Begleitung für dich wäre, nehme ich an!"

„Nun, vielleicht nicht für eine Heirat, aber für gesellschaftliche Interaktion, ja." Eleanor sah den Ausdruck auf dem Gesicht ihrer Freundin und fügte rasch hinzu: „Ich hoffe, ich habe dich nicht gekränkt, Elizabeth. Ich wollte nicht andeuten, dass du verzweifelt auf der Suche nach einem Gemahl bist oder etwas mit deiner Familie nicht stimmt. Ich meinte lediglich, dass die Sache für dich anders aussieht."

Elizabeth lachte. „Ich bin nicht gekränkt. Ich habe schon wesentlich Schlimmeres über meine Familie gehört und ich weiß, dass unsere gesellschaftliche Stellung der euren nicht ebenbürtig ist. Und von wegen Gemahl – nie in meinem Leben war ich weniger auf der Suche nach einem. Manchmal habe ich das Gefühl, als würde ich nichts anderes tun, als Hochzeitsanträge abzulehnen!"

„Jemand hat dir einen Antrag gemacht und du hast es mir nicht erzählt?", erkundigte Eleanor sich empört.

„Liebste Eleanor, mit dem allergrößten Vergnügen erzähle ich dir alles andere, aber ich werde die fraglichen Gentlemen nicht dadurch erniedrigen, dass ich dir oder irgendjemand anderem von ihren Anträgen berichte. Es soll genügen, dass zwei akzeptable und vermögende Gentlemen unlängst um meine Hand angehalten haben. Einer davon war ein Narr und der andere übellaunig und reizbar. Ich habe keinen der beiden Anträge auch nur in Betracht gezogen."

„Oh, aber ich möchte alle Einzelheiten hören! Du weißt, ich werde sticheln, bis du es mir verrätst."

„Bekomme ich noch nicht einmal die Gelegenheit, mein Gesicht zu waschen und meine staubige Kleidung abzulegen?", erkundigte Elizabeth sich mit einem Lächeln.

„Oh, natürlich darfst du das, du Gänschen!" Lachend griff Eleanor nach der Glocke.

„Wenn du mir mit meinem Kleid hilfst, brauche ich keine Zofe", wandte Elizabeth ein.

Eleanor hob mahnend den Finger. „Du weilst nun auf Bentham Park", erinnerte sie ihre Freundin erhaben. „Wenn Lady Bentham zu Ohren käme, dass du dich ohne die Hilfe einer Zofe umgezogen hast, würde sie uns schelten, bis uns die Tränen kommen."

„Dir würden vielleicht die Tränen kommen, meine Liebe. Ich würde lachen."

Erst viel später erkannte Elizabeth, dass sie versäumt hatte, Eleanors Plänen zu widersprechen.

PAXTON WAR FÜR GEWÖHNLICH sehr zurückhaltend mit seinem Alkoholkonsum, deshalb beobachtete Darcy jetzt umso beunruhigter, wie sein Freund sich das dritte Glas Portwein in einer halben Stunde eingoss. Er überlegte kurz, ob er ihn direkt danach fragen sollte, was ihn quälte, entschied sich aber dagegen. Noch vor wenigen Monaten hätte er sich eine derartige Direktheit aufgrund ihrer langen Freundschaft angemaßt, aber das war, bevor Elizabeth Bennett die Dreistigkeit besessen hatte, ihm unehrenhaftes Benehmen vorzuwerfen. *Sind das die Worte*

eines Gentleman?', hatte sie ihn zurechtgewiesen. Das würde er ihr nie verzeihen, doch es hatte ihn vorsichtiger gemacht, selbst gegenüber Freunden, die ihm so nahe standen wie Paxton. Stattdessen sagte er: „Dieser Portwein hat es ganz schön in sich."

Sein Freund hob das Glas an und betrachtete die Flüssigkeit darin. „Starkes Zeug für einen Schwächling." Er schwenkte den Portwein im Glas, als handele es sich um Brandy. „Darcy, warst du jemals verliebt?"

Gab es für ihn denn kein Entkommen? Liebe war wirklich das letzte Thema, über das er sprechen wollte.

„Vergiss es", sagte Paxton. „Ich nehme die Frage zurück. Es geht mich nichts an." Er nahm einen großen Schluck.

Unvermittelt antwortete Darcy: „Ja, ich war schon einmal verliebt. Es nahm kein gutes Ende."

Paxton sah überrascht auf. „Ich dachte immer, derartige Dinge würden dir einfach zufliegen. Du hast schließlich alles – das richtige Elternhaus, ein Vermögen und du bist jung."

„Genau wie du." Darcy leerte sein Glas und goss sich einen weiteren Portwein ein. Vielleicht war Alkohol doch keine schlechte Idee.

„Vermögend und jung bin ich, ja. Aber ich habe nicht das richtige Elternhaus."

„Das hat für dich doch noch nie eine Rolle gespielt."

„Es war mir stets egal, was die Söhne der Gentlemen von mir hielten. Sicherlich nicht mehr als ich von ihnen – Anwesende ausgeschlossen –, deshalb war mir ihre Meinung herzlich egal. Bis jetzt."

„Sie ist also von edler Geburt? Und sie hat dich abgewiesen?" Darcy wünschte sich inständig, er könnte einen ebenso guten Grund für Elizabeths Abneigung gegen ihn vorbringen.

„*Sie* würde nur zu gerne meine Frau werden. Aber ihr Vater ist strikt dagegen. Ich bin nicht gut genug für die Tochter eines Marquess."

Wenn der Vater der Dame ein Marquess war, war seine Ablehnung kaum verwunderlich. Viele Väter von Adel erlaubten es ihren Töchtern nicht, einen Gemahl von niederem Stand zu erwählen, es sei denn, die Familie befand sich finanziell in einer solchen Zwangslage, dass die Einkommensquelle des zukünftigen Schwiegersohns geflissentlich übersehen werden konnte. Wie demütigend das für Paxton sein musste. „Und es gibt keine Hoffnung, dass ihr Vater seine Meinung ändert?"

„Nein. Er hat bereits einen zukünftigen Mann für seinen Tochter ausgesucht und wird die Verlobung in Kürze bekanntgeben." Paxton stellte seufzend sein Glas ab. „Und damit ist die Sache dann aus und vorbei. Vermutlich werde ich sie nie wiedersehen."

„Es tut mir leid, das zu hören. Wenn ich irgendetwas für dich tun kann, vielleicht bei ihrem Vater ein gutes Wort für dich einlegen, kannst du auf mich zählen." Wie albern das klang. Was sollte er schon ausrichten können? Er konnte noch nicht einmal der Frau, die er liebte, einen Heiratsantrag machen, ohne sie zu beleidigen.

„Du hast mir schon häufig großmütig angeboten, deinen gesellschaftlichen Einfluss für mich geltend zu machen. Bisher hat mein Stolz es mir stets verboten, deine Hilfe anzunehmen. In diesem Fall ist mir mein Stolz egal und habe dich sogar eingeladen, um dich um deine Unterstützung zu bitten."

Noch nie hatte Darcy seinen Freund so verzweifelt gesehen. „Ich werde gerne alles in meiner Macht stehende tun."

„Ich brauche Zutritt zu Bentham Park. Du hast Verbindungen zu Lord Bentham, nicht wahr?"

„Ja. Es geht also um seine Tochter?" Dann war die Sache in der Tat hoffnungslos. Vielleicht brauchte er noch mehr Portwein.

„Ja, Lady Eleanor Carlisle." Er sprach ihren Namen mit einer gewissen Ehrfurcht aus.

Darcy erinnerte sich vage an ein dünnes, einigermaßen zerzaustes kleines Mädchen. Vermutlich war sie seitdem aufgeblüht. „Ich hatte ohnehin vor, Lord Bentham einen Besuch abzustatten. Wenn du möchtest, kannst du mich begleiten, aber ich nehme an, dazu bräuchtest du meine Hilfe nicht."

„Leider doch. Ich wurde noch nie von den Benthams eingeladen und sie haben mich noch nie hier besucht. Immerhin schlage ich mich besser als mein Vater – mich grüßen sie zumindest in der Öffentlichkeit."

Darcy zuckte zusammen. „Tut mir leid."

„Ich bitte dich nicht, ein gutes Wort für mich einzulegen. Ich möchte lediglich die Chance haben, mit Lord Bentham zu sprechen und ihm zu beweisen, dass ich mich anständig verhalten kann und keinen Dreck unter den Fingernägeln habe. Und sollte er sich so weit herablassen, mich als Gentleman zu behandeln, werde ich ihn um die

Hand seiner Tochter bitten. Natürlich wird er mich abweisen, aber dann habe ich es wenigstens versucht."

„Weiß Lady Eleanor von deinem Plan?"

„Nein. Sie hat ebenfalls eine Freundin zu Besuch eingeladen. Sie hofft, dass wir dadurch Gelegenheit haben, uns hier und da gemeinsam fortzustehlen. Aber ich habe ihr nichts davon gesagt, dass ich einen Frontalangriff wagen will. Sie würde nur versuchen, mich davon abzuhalten. Sie will ihren Vater nicht verärgern." Paxton presste die Lippen aufeinander.

„Es spricht nichts dagegen, Lord Bentham gegenüber deine Vorzüge zu erwähnen, aber vielleicht sollten wir schrittweise vorgehen. Wenn wir ihnen einen Besuch abstatten, müssen sie ihn entweder erwidern oder uns zumindest zum Dinner einladen. Es wäre schwierig für sie, meine Anwesenheit hier zu ignorieren. Ich habe Lord Bentham in den letzten paar Jahren zwar kaum gesehen habe, aber mein Vater war sein engster Freund und die Dowager Marchioness ist meine Großtante – sie hatte früher eine kleine Schwäche für mich. Sie ist eine praktische Frau und würde sich möglicherweise auf deine Seite stellen"

„Die Mutter von Lord Bentham? Als sie noch Marchioness war, hat sie meine Eltern ignoriert. Aber das spielt keine Rolle. Sie lebt nicht mehr auf Bentham Park. Die derzeitige Lady Bentham versteht sich nicht besonders gut mit ihr – selbst der Witwensitz ist ihr nicht weit genug weg. Die Dowager hat ihr eigenes Haus, etwa 20 Meilen von hier."

Darcy zog die Augenbrauen hoch. „Ich kann mir nicht vorstellen, dass sie das kommentarlos hingenommen hat. Sie hat mit ihrer Meinung noch nie hinter dem Berg gehalten."

„Ich weiß nicht, was vorgefallen ist, aber meine Eleanor hat die Dowager sehr gern. Glaubst du, Lord Bentham wird deiner Meinung über mich Beachtung schenken?"

Darcy streckte die Beine aus. „Um meines Vaters willen wird er sich zumindest anhören, was ich zu sagen habe. Meine Eltern stellten ihn damals seiner ersten Frau vor, allerdings haben seine jetzige Frau und ich nicht viel füreinander übrig. Ich war sehr eng mit seinem ältesten Sohn befreundet, aber der ist jetzt im Exil und zu Hause nicht mehr willkommen. Das hilft uns also nicht weiter. Dennoch hat Lord Bentham versucht, in den letzten Jahren Kontakt zu mir zu halten. Vielleicht ist er erfreut, mich zu sehen." Das entsprach der Wahrheit. Darcy war derjenige gewesen, der sämtliche Kontaktversuche von Lord Bentham ignoriert hatte.

„Wenn ich auch nur einen Blick auf Eleanor erhaschen kann, ist es den Versuch wert. Bentham Park liegt keine drei Meilen entfernt, dennoch gab es kaum Gelegenheit für ein Treffen, weil ihre Eltern sie so streng im Auge behalten. Natürlich wird sich daraus nie mehr ergeben können, dennoch ist es ein Trost, in ihrer Nähe zu sein."

Darcy fragte sich, ob er Elizabeths Nähe als Trost oder Folter empfinden würde. Vermutlich würde er das nie herausfinden. Dennoch, wenn ein mitfühlendes Ohr Paxton durch seine Verzweiflung helfen konnte, war Darcy gerne bereit, ihm zuzuhören. Ganz besonders, wenn ein weiteres Glas Portwein die Gedanken an die schlanke, schöne Gestalt vertreiben konnte, die in seinem Kopf herumspukte.

Nach drei weiteren Gläsern hatte Darcy jede Hoffnung aufgegeben, Elizabeths schöne Augen auch nur eine einzige

Stunde lang vergessen zu können. Alles in allem war Paxton besser dran als er. „Wenigstens kannst du dich mit dem Wissen trösten, dass Lady Eleanor etwas für dich empfindet." Das war mehr, als ihm blieb. Wenn er Elizabeth etwas bedeutet hätte, sie ihn jedoch nicht hätte heiraten können, wäre das genug gewesen. Aber was, wenn es anders gewesen wäre? Wenn sie ihn geheiratet hätte, obwohl er ihr nichts bedeutete, wäre das genug gewesen? Seine Gedanken waren nicht mehr klar genug, um es mit Bestimmtheit sagen zu können.

„Gehe ich recht in der Annahme, dass die Dame deines Herzens deine Gefühle nicht erwidert hat?"

„Nein." Der Portwein brannte in seinem Hals. „Sie verabscheut mich."

„Sie *verabscheut* dich? Das ist lächerlich. Ist sie eine solche Närrin?"

„Nein, der Narr bin ich. Ich hatte keine Ahnung von ihren Gefühlen. Sonst wäre ich wohl nicht so verrückt gewesen, ihr einen Antrag zu machen."

„Komm schon, Darcy. Auch wenn du andere gelegentlich kränkst, so gibt es doch niemanden, der dich verabscheut."

Darcy sah das verschwommene Gesicht von George Wickham vor seinem inneren Auge auftauchen und hörte anschließend Elizabeths Stimme: *„Sie sind der letzte Mann auf Erden, den ich je heiraten könnte."* „Sie fand mich arrogant und egozentrisch. Ich lernte sie in einem kleinen Ort auf dem Land kennen, als ich dort meinen Freund Bingley besuchte. Bist du mit Bingley bekannt?"

„Darcy, du bist blau wie ein Veilchen. Ich habe dich Bingley vorgestellt."

Darcy versuchte sich daran zu erinnern, konnte aber nur eine vage Vision einer Dinnerparty heraufbeschwören – oder war es eine Jagdgesellschaft? „Sie hat mich vollkommen verzaubert, obwohl sie nur die impertinente Tochter eines Landadligen war und ihre verwandtschaftlichen Beziehungen alles andere als wünschenswert. Eine ihrer Schwestern war präsentabel, aber der Rest der Familie zeigte keinerlei Anstand. Eine Heirat mit ihr wäre ein gesellschaftlicher Abstieg gewesen und ich wollte keine Erwartungen wecken, die ich nicht erfüllen konnte. Deshalb sagte ich nichts. So bald es ging, verließ ich die Gegend. Ich war fest entschlossen, sie zu vergessen."

„Unter deiner Würde", sagte Paxton bitter. „Das kenne ich nur zu gut. Liebe hat keine Bedeutung, nicht im Vergleich zu deiner Herkunft."

„Nichts hatte Bedeutung. Sie wollte mich nicht." Darcy seufzte und wiederholte dann die Worte noch einmal langsam und deutlich. „Sie wollte mich nicht."

„Woher willst du das wissen? Du bist doch fortgegangen, ohne dich ihr zu erklären"

„Ich traf sie einige Zeit später wieder. Ich hielt um ihre Hand an und sie wies mich in den schärfsten Tönen zurück. Monatelang hatte ich sie bewundert, hatte ihr meine Aufmerksamkeit geschenkt, aber wie sich herausstellte, war sie völlig ahnungslos gewesen. So groß war ihre Abneigung, dass sie mich als Verehrer nicht einmal in Erwägung gezogen hatte. Ich dachte, sie flirtet mit mir, aber ich muss blind gewesen sein. Ich kannte sie überhaupt nicht. Ich hielt sie für liebenswürdig und gütig. Es war mir gar nicht in den Sinn gekommen, dass sie mich abweisen könnte. Und selbst wenn hätte ich erwartet, dass sie dies sanft und freundlich tut. Stattdessen schalt sie mich, machte mir Vorhaltungen, erklärte mir, mein Benehmen entspräche nicht dem eines Gentlemans. Ich machte ihr das größte Kompliment, das ich einer Frau machen kann, und im Gegenzug griff sie meinen Charakter an." Elizabeth hatte bewiesen, dass sie nicht die clevere, intelligente, liebevolle Frau seiner Träume war. Warum also konnte er sie nicht vergessen?

Paxton schüttelte den Kopf. Dann legte er die Hand an seine Stirn, als ob er sein Gleichgewicht wiederfinden müsste. „Sie klingt nach einer Kratzbürste. Da hast du noch einmal Glück gehabt, mein Freund."

Darcy ließ die Schultern sinken, er wusste keine Antwort. Vor diesem schicksalhaften Abend war ihm an Elizabeth nie ein Zeichen von Grausamkeit oder Gehässigkeit aufgefallen. Entweder hatte sie diese Seite gut verborgen, oder gab sich nur ihm gegenüber kratzbürstig. Sein Gerechtigkeitssinn verbat es ihm, hiermit zu enden. „Eine kleine Entschuldigung für ihr Verhalten will ich gelten lassen: Sie hatte eine falsche Vorstellung von mir. Erinnerst du dich noch an George Wickham? Er hat ihren Kopf mit Lügen über mich und mein Verhalten ihm gegenüber vollgestopft – aber sie hat ihm geglaubt!"

„George Wickham könnte mit seinem Charme die Vögel aus den Bäumen locken."

Darcys Mund zuckte. „Das stimmt."

„Aber warum hielt sie dich für unehrenhaft? Hast du ihr unziemliche Avancen gemacht?"

„Nein. Ihr schien nicht zu gefallen, wie ich ihr von meinen ehrlichen Zweifeln über ihre Familie und ihre Verbindungen berichtete. Aber das war alles die Wahrheit. Sie ist von niedrigerem Stand als ich und ich dachte, meine Aufrichtigkeit würde ihr zeigen, wie stark meine Gefühle für sie sind."

„Während deines Heiratsantrags hast du ihr gesagt, dass sie dir gesellschaftlich unterlegen ist?"

„Es ist ja nicht so, als wäre sie sich dessen nicht bewusst gewesen!"

„Trotzdem ..." Paxton sah ihn mit steinernem Gesicht an und kippte sein Glas so schnell hinunter, dass er husten musste. „Stell dir vor ein Duke ... nein, ein Duke des Königshauses, würde um die Hand deiner Schwester anhalten. Dabei würde er dir erklären, von welch geringer Stellung du im Vergleich zu ihm bist und welch eine Herablassung es für ihn bedeutet, die Ehe mit einer Frau ohne Titel überhaupt in Betracht zu ziehen. Außerdem seien deine familiären Bande eine wahre Schande. Würdest du dich angesichts dieser Aufrichtigkeit geehrt fühlen?"

„Von den derzeitigen Dukes des Königshauses würde ich ohnehin keinem erlauben, Georgiana zu heiraten", grummelte Darcy. Paxtons Vergleich gefiel ihm überhaupt nicht.

Paxton seufzte. „Ach, vergiss es. Trotzdem hätte ich nicht geglaubt, dass irgendeine Frau jemanden zurückweisen würde, der ihr so viel zu bieten hat wie du. Gab es einen anderen? Jemanden, der eine noch bessere Partie war?"

„Nicht, dass ich wüsste." Allein bei dem Gedanken daran wurde Darcy übel. „Sie könnte nie eine bessere Partie machen als mich. Sie hat kein Vermögen. Ich war vermutlich der wohlhabendste und einflussreichste Mann, den sie je kennengelernt hat."

Sein Freund pfiff leise durch die Lippen. „Sie muss verrückt sein."

Genau das hatte Darcy sich auch immer wieder gesagt, aber als er diese Worte nun von jemand anderem hörte, fiel es ihm plötzlich wie Schuppen von den Augen. „Nein, sie war nicht verrückt. Sie wollte sich nur nicht verkaufen. Sie war einfach der Ansicht, dass ich ihre Aufmerksamkeit nicht wert war. Ich habe sie geliebt. Mein Gott, was ich nicht alles für sie getan hätte!"

Aber er wusste, was er nicht getan hatte. Er hatte nicht versucht, sich ihren Respekt zu verdienen. Er hatte lediglich versucht, sie zu kaufen – und sie war nicht käuflich. Mit zitternder Hand schenkte er sich ein weiteres Glas Portwein ein.

Weitere Werke von Abigail Reynolds

Pemberley-Variationen in deutscher Übersetzung

Mr. Darcy's feine Verwandtschaft
(Originaltitel: Mr. Darcy's Noble Connections)
Allein mit Mr. Darcy
(Originaltitel: Alone With MR. Darcy)

Englischsprachige Pemberley-Variationen

What Would Mr. Darcy Do?
To Conquer Mr. Darcy
By Force of Instinct
Mr. Darcy's Undoing
Mr. Fitzwilliam Darcy: The Last Man in the World
Mr. Darcy's Obsession
A Pemberley Medley
Mr. Darcy's Letter
Mr. Darcy's Refuge
Mr. Darcy's Noble Connections
The Darcys of Derbyshire
Alone with Mr. Darcy

ABIGAIL REYNOLDS

The Woods Hole Quartet

The Man who loved Pride & Prejudice
Morning Light